绿 宝 石
Fall into your light

U0452565

青春喵小狗

小央 著

北京联合出版公司

I Don't Like Mondays

1	我想趁上大学多交点朋友	001
2	不会是被讨厌了吧	014
3	大学多好啊	026
4	没有人是不会伤心的	045
5	喜欢就是喜欢	061
6	营业都是假的	075

目录 contents

7 + 廖茗觉绝不退让 089
8 + 肖屿崇最吃激将法 102
9 + 死要面子活受罪 114
10 + 复杂的是人，而不是人际交往 130
11 + 退一步不如直接跳崖 146
12 + 王良戊采访游戏 160
13 + 新的廖氏说法增加了 174
14 + 是你 187
15 + 巴扎帅 208
16 + 邱谭在发光 225
17 + 胡姗灌心灵鸡汤 242
18 + 山楂树之恋 258
19 + 毕业快乐 273
20 + 番外：谢谢你喜欢我 287
21 + 番外：青春像小狗一样 294

以前聊天你说过，大城市就像魔法仙境，你从兔子洞滑进来，

什么都不懂,但是,我一直觉得你像我的救星。

● REC

青春啦小狗

1 我想趁上大学多交点朋友

白天鼓起勇气送出去的礼物正躺在垃圾桶里，和垃圾待在一起。

正值下班高峰期，地铁交通枢纽不得已采取限流措施，排队的人熙熙攘攘，夏天特有的汗臭味过于刺鼻。邓谆把鸭舌帽帽檐往下压。

一个中年男人突然挤进队伍里。插队是不文明行为。后面的乘客要么当"低头族"看手机，要么用力咂嘴，横眉冷对，可多一事不如少一事，还是贯彻了忍耐的"美德"。

从公司回宿舍的路上，惹是生非不值得推崇，但内心还是不由得开始挣扎，距离闯祸只有一步之遥，邓谆目不转睛地望着那边。

突然有其他事物野蛮地夺走了他的注意力。

邓谆看到一个穿绿色毛衣的女生。

她就站在插队者后面，头发长到腰间，手里拎着鼓鼓囊囊的蛇皮编织袋。邓谆分神不到半秒，事态就脱离了控制。他目睹她向后退，分明没有任何人推她，她却平白向后跌倒。

女生惊叫一声，在地上抱住膝盖，露出足球选手重伤般的痛苦表情。前方插队的中年男人闻声回过头来，未料竟被一双明亮的眼睛死死瞪住。女生的嗓音比山雀还清亮，她尖厉而笃定地喊道："插队就算了！你凭什么推人啊？！"

猝不及防被扣上比预想大许多倍的帽子，中年男人满脸蒙，骂骂咧咧的，让她不要血口喷人。他的声音很大，女生的声音更大，而且更尖锐，尽情地没皮没脸，摆明了不会让他占上风："你一个大男人欺负我一个小女生！有没有王法了？！大庭广众下动手动脚！"

周围人早就心怀怨气，眼下自然纷纷上前帮腔。女生已经发起绝招，卖哭腔的同时保持咄咄逼人，着实可怕。眼看站务员就要赶到，那中年男人终于晓得要逃，临走咽不下这口气，还想推搡那女生一下。

女生灵敏地躲避，却没注意拥到身后的人潮。邓谆下意识地伸出手，在她倒在自己臂弯的一瞬间与她四目相对。

毛衣的触感硬硬的，扎得皮肤有点痛。

那是她一开始给他留下的印象。

开始放入新一批乘客，女生迫不及待，一跃而起，什么都没说就离开了。邓谆感觉匪夷所思，随即也接受安检，刷交通卡进站。车门已经关闭，他索性放慢了脚步。

邓谆站在站台上，耳机里播放的是 The White Stripes（白色条纹乐队）的 We're Going to Be Friends（《我们将成为朋友》）。

透过车窗，他看到握着扶手走神的女生以及她那件醒目的绿色毛衣。她正专注于看地铁上的宣传动画片，和旁边被大人抱着的孩子一样，被里面的卡通角色逗得哈哈大笑。

邓谆注视着那张笑脸，恍恍惚惚地回想起来，自己好像很久没像那样笑过了。

这座城市的常住人口超过 2000 万，素昧平生的两个人分别在车厢内外，大概率不会再见，下一秒就会忘记。

地铁开动了。

没赶上最近一趟地铁，留在站台上的并不只是邓谆一个人。他低下头切换音乐，旁边忽然有人搭话。他漫不经心地抬眼，一边取下 AirPods（无线耳机）一边看过去。

刚才插队未遂的中年男人贴过来，充满烟草臭的口气与地铁站里的臭味混杂，脸上的横肉微微颤动。他说："小伙子，刚才我看你和那疯婆娘好像认识。她是学生吧？你知不知道她是哪个学校的？"

被误会与陌生人有关系，邓谆却丝毫不介意，反而趁着人少，耐心地拉下口罩。

中年男人当即凑过来，眼睛余光扫过，腹诽了一句："这孩子把自己遮得严严实实，长得倒挺像电视明星的。"

邓谆作势要回应，却又陷入沉默。满脸的冷漠消散，嘴角蓦地上扬，他骤然微笑，灿烂得虚伪，美观到恶毒。他带着亲和力十足的笑容说："问你大爷，关你屁事。滚啊。"

廖茗觉热得要命，在心里念叨了早上告诉她城里到处有空调，肯定会很冷，所以要多穿几件的爷爷成百上千次。从汽车站到机场，再到地铁站，沿途艳阳高照，全程烈日当空。夏日炎炎，只有她一个人穿着一件显眼无比的绿色毛衣，旁边人光看着都出汗。

也不能怪爷爷。每年他们祖孙俩离开镇上的次数屈指可数，更不用提千里迢迢坐飞机到准一线的大城市。

廖茗觉出生在小庄山所在的小庄山镇，毕业于小庄山镇上唯一的山区学校小庄山初级中学，去县城读了三年寄宿制高中，以全校第一的成绩考上了大学。

第一次出省、第一次上大学、第一次坐飞机，一切对她来说都很新鲜。

廖茗觉自信满满，她爷爷忧心忡忡。

她爷爷年纪大了，本来想陪她过来，但又放心不下家里的鹅。最后，老人家临时联络了个熟人——

肖叔叔是个业余摄影爱好者，差不多每年都会到小庄山拍照，虽然拍了这么久，但他连蒲儿根和一年蓬都分不清。有一次，他在山里滑倒，遇到赶着羊去避雨的廖爷爷。廖爷爷把他放到羊背上，救了他一命。

他本职是互联网公司的股东兼财务管理，很会计算净利润，但不怎么擅长爬树。有一次他问廖茗觉哪里有好风景，当时才读初三的廖茗觉带他去看树上的鸟窝。他却死活爬不上去。最后，两个人坐在树下乘凉。肖叔叔给她看他家人的照片，他有一个漂亮的太太、一个高傲的儿子和一个可爱的女儿。

廖茗觉心不在焉地道："哦哦，厉害啊。"

"有机会请你和你爷爷到我家吃饭。"肖叔叔笑着说。

没想到，机会竟然真的来了。

廖茗觉刚出地铁站，就接到了肖叔叔的电话。他开着宝马车来接她。肖叔叔家是一栋三层楼的别墅，她提前一个月来，就准备住在肖叔叔家。

"怎么穿得这么厚？"刚上车，肖叔叔就笑着问，"生病了吗？"

大概是脑子生病了吧。廖茗觉回答："哈哈哈，忘了看天气预报。"

肖阿姨在家里张罗了满满一桌菜，有糖醋排骨，有白灼虾……比《家有儿女》里刘星家的伙食还好。一见到廖茗觉，肖阿姨就高兴得不得了，握着她的手问："怎么穿毛衣呢？怕冷吗？"

廖茗觉边把带的土特产送过去，边干巴巴地笑道："哈哈，感冒才好。"

肖阿姨带她去看给她收拾的房间。窗帘是粉色的，床单和被子都是新的。廖茗觉觉得不好意思，肖阿姨和肖叔叔却很高兴。他们是一对过于热情善良的夫妇，喜欢孩子，但生活不尽如人意，早年间为了创造更好的物质条件而忙于工作，疏忽了和孩子的沟通，等孩子们长大后再想弥补就难了。

吃饭时，廖茗觉才知道肖叔叔的女儿在家。

肖娅卿还在读高中，烫了头发，涂着带亮片的宝蓝色眼影，下装看似失踪。她走到餐桌边，一屁股坐下。

廖茗觉正在帮肖阿姨拿碗筷,看到她时心里咯噔一下,也不知道该不该与她打招呼。

肖叔叔给廖茗觉和肖娅卿夹菜。廖茗觉道谢,肖娅卿倒不拒绝,只是在她爸爸抽回筷子后立刻把那点菜拨出去。

"她昨天熬了通宵,很晚才睡呢,估计还不精神。"肖阿姨笑着打圆场,又对肖娅卿叮嘱道:"以后你作业上有什么问题都可以问这个姐姐,多向人家学习。"

肖娅卿突然撂下筷子,抬起眼,看着智能手机屏幕问:"我哥呢?"

"屿崇和朋友吃饭去了。"肖阿姨突然想起了什么,冲着廖茗觉笑起来,"我们家儿子和小觉你是一个专业,以后能做同学呢。"

飞机餐没吃饱,廖茗觉正着急吃饭,也没多说什么,就只傻笑了两下。

在来的路上,肖叔叔车里特地开了空调,廖茗觉还是出了不少汗。肖阿姨看她容易出汗,专门给她找了换洗衣服,带着她去浴室,挨个教她怎么用电器。

以前廖茗觉不是没用过莲蓬头,但在老家,更多时候是自己用桶装水,先拎到厕所,然后拿牙杯舀水冲洗。她打开淋浴,试着调节温度,用带来的小包装洗发露洗了头,又打肥皂搓了搓身体,冲好了才出去。

她不太会用防滑垫,穿衣服时没站稳,差点摔一跤。她没受伤,倒是手里的换洗衣服不小心掉地上了,被水打湿。本来她想暂时穿着出去,但又想到卧室就在几步远的地方,索性套上吊带和睡裤,围着浴巾加快脚步往卧室走。

廖茗觉蹑手蹑脚地去推房门,忽然听到楼下传来一阵响声。她好奇地多留意了一眼,却什么都没看到。刚回头,霎时,她看到楼梯顶端出现一个人。

肖屿崇在自己家遇到一个刚洗过澡的女生,她的眼睛很大,个子很高,水珠沿着发梢往下滴,落在瘦削的肩膀上。

廖茗觉感觉肖屿崇长得有点帅,但她没花痴到穿成这样就去跟他打招呼。说时迟那时快,男生独具男性意味的干燥手臂撑住门,猛地阻拦了她关门的动作。

廖茗觉倒是不惊恐,单纯狐疑地看过去。

肖屿崇则板着脸,举止间透着高冷。他说出了他们初次见面后的第一句话:"小偷?"

◇　　◇　　◇

廖茗觉回答:"我不是小偷。"

"那你是谁?"

"你又是谁?"

这个衣衫不整出现在别人家浴室门外的女生反倒振振有词。肖屿崇略微感到讽刺,他竟然在自己家被人质问自己是谁,不可理喻,简直离谱。

廖茗觉却大大方方地和他对视,好像完全不觉得有什么不对的。下一秒,她忽然用老实巴交的表情看向肖屿崇身后,顺势发出极具迷惑性的单音节:"啊。"

以为有人过来了,肖屿崇条件反射地想一探究竟,他刚回头,就感觉手臂被往外推了一下。

门猛地关上了,反锁。

继续刚才那副打扮和别人在门口争论下去,不管解不解释得清,廖茗觉都觉得肯定是自己吃亏。她快速把衣服换好,用毛巾尽量擦干头发,然后才火急火燎地出去,吧嗒吧嗒地踩着楼梯下楼。

然而已经晚了,肖屿崇正站在他妈妈身边,仰起头来看向她。很难说他那个眼神到底是什么意思。

"来,介绍一下。"肖阿姨笑吟吟地拉住廖茗觉,"小觉,这是我儿子屿崇。屿崇,这是小觉。你爸爸之前去小庄山回来经常说的那个。她要和你上一个大学,也是学植物保护专业。你们可以做好朋友啊。"

凭借以往的经验,廖茗觉不觉得交朋友是什么难事。在她生活的镇上,大家都是邻里街坊,大人一块儿干活儿,小伙伴们约着一起上山打草、下河摸虾,从出生就认识了,之后又上同一所学校,每个年级就两个班。忽略根本没几个交往对象这一点,她就没遇到过人际交往上的问题。

然而,廖茗觉还没开始露出微笑,就被肖屿崇毫不留情地打断。他看着她,没有明确拒绝,但眼神完全谈不上友好:"朋友?"

"哈哈。小觉,你满十八岁了吗?几月份的……啊,几号……就比屿崇小一点,不做朋友,就做哥哥妹妹吧!"

显而易见,肖屿崇对这个突然出现的妹妹没兴趣,回头就说:"我约了同学,用一下车。"

"欸!"肖阿姨却惊呼起来,"你们去干什么呀?"

"不是昨天就说过了?一起去看游戏比赛。"

"那你也可以带小觉去啊!"

肖阿姨不容分说,把廖茗觉推到肖屿崇身边。廖茗觉想退退不得,甚至开始考虑要不要借口说自己拉肚子想上厕所拒绝掉。然而肖屿崇只稍微停顿了一下,似乎早习惯了他妈妈这种古道热肠,一言不发就转身离开了。

廖茗觉不是完全没拒绝的余地,但仔细一想,本来自己也想出门,出去后分开走就好,她索性没推辞。

高考刚结束，肖屿崇就考了驾驶证。他是高考失利才被调剂到现在的专业的，爸爸妈妈无所谓，但他自己内心打定主意，入学后一定要争取转系。开车刚出门，就看到刚住到他家的女生要往反方向走，他一脚油门，将车停到她跟前，皱眉道："你跑哪儿去？"

"啊，没事的，你去玩吧。我刚好自己转转。"廖茗觉笑着说。

这样倒是顺了肖屿崇的意。但她这么善解人意，让他也不好意思做坏人："你先坐上来吧。出小区有点绕。"

恭敬不如从命，廖茗觉高高兴兴地坐上副驾驶座，系好了安全带——她没有挑位置，肖屿崇开的是辆没有后排座的车。

"你去哪儿？我送你。"肖屿崇说，"开个导航给我。"

等了很久廖茗觉都没有出声，他看着她一脸反应迟缓的样子，有些不确定地补充了一句："……手机地图导航。"

"我知道，"廖茗觉有种被小看了的感觉，忙不迭地解释，"只是我没下那个 App。"

"……"肖屿崇把自己手机递过去，"你定位一下你要去哪儿吧。"

话音刚落，就有一辆柠檬黄的敞篷车横冲直撞而来，恰好停在旁边车道。那辆车车窗打开，约好了等会儿见面的朋友与肖屿崇打招呼："哦！肖屿崇，这是你女朋友？"才瞥一眼，他就眼尖地发现她手里握着肖屿崇的手机，一下炸开了，"哟嚯！真是？嫂子查岗呢？别担心！我们真是一帮兄弟，就是去看星际比赛。"

肖屿崇本来是要反驳的，一听后面这滔滔不绝的一大串话，直截了当地关了车窗。

廖茗觉感觉自己还是不说话为好，正犹豫时，就听到同样尴尬的肖屿崇镇定自若地转移话题道："你是小庄山人？"

"啊，是呀，"廖茗觉也乐于转换话头，连忙说，"你好像没跟肖叔叔一起去过。"

结果没想到，肖屿崇一下又把天聊死了："嗯，我不喜欢山里。"

其实，他没有让廖茗觉难堪的意思。他认为爸爸或许是个好人，但绝对不是一个好父亲。

等他从思绪中回过神时，稍微觉察到了异样。安静的时间长得过头了，他反思自己的措辞，随即想要补充说明，却看到廖茗觉侧过头，露出柠檬片浸泡到碳酸饮料中一般的笑容。

"好巧啊，"她清清爽爽地回答，"我也不喜欢城里。"

过了红绿灯就该下车了，廖茗觉背好她那只从精品店花五块钱买来的斜挎包。肖屿崇没忘询问一句"你知道怎么回去吗"，她相当笃定地点了点头。

廖茗觉暗暗冷笑。虽然刻苦学习，但她也不是书呆子。她上能割猪草、掏鸟蛋，下能烧蚂蟥、生柴火，就连之前没用过的智能手机，也在等待高考出分数的一个月里钻研了个七七八八，如今已经能轻车熟路地给电商软件解绑银行卡。

不管怎么说，想要接受更好的教育，继而出人头地，背井离乡也是不得已。她的确是头一次来这样的大城市，不怎么习惯，也没有特别喜欢，但凭自己的实力适应并融入其中肯定不是什么难事。

廖茗觉对未来的规划可不仅仅是适应。

尽管家里不算贫寒，付得起学费，但她满十八岁了，总不能一直心安理得地跟家里要钱。她在网上填写了应聘信息，约好了下午过去面试。时间还早，她在周围转转也好。

她随便找了一家便利店借用 Wi-Fi。

看起来平平无奇的饮料，一瓶就要二十多块钱，廖茗觉内心充满了对这个世界的不解。她刚坐下，就收到了新的消息提醒。

是她妈妈发来消息："宝宝，怎么样啊？已经到了吗？"

刚刚的疲惫顿时烟消云散，廖茗觉高兴地发了几张自己拍的照片过去。里面有机场停机坪的照片、地铁站高峰期满满当当全是人的照片，还有肖阿姨给她收拾的房间的照片。廖茗觉说："到了，都挺好的。妈妈，你下班了吗？我等会儿可以跟你打电话吗？"

几条信息接二连三地发出去，但妈妈那边又不回复了。妈妈要工作，没办法。

环顾一周，廖茗觉忽然发现便利店环境还不错，功能有点像她老家的小卖部，但两者完全不是一个规格。老家的超市暗得像蜘蛛精的老巢，没有奥利奥，只有"粤利粤"，冰箱里没几种雪糕，还总跟鱼、肉之类的生鲜食品直接冻在一起，以致雪糕都是臭臭的。而这里则灯光很亮，地板很干净，还有音乐。货架上的商品很多，在售食品有拆袋即食的零嘴，也有现做的主食，日用品一应俱全。靠近收银台的地方甚至有闪亮亮的外国杂志。她腹诽，好有都市人的感觉。

为了不让自己显得那么像乡巴佬，廖茗觉慢慢回头。便利店的玻璃橱窗上贴着一张海报，在店内看不清楚。

外面热得要命，店里却很凉快。休息的时间过得飞快，一眨眼她就该走了。自动门打开，盛夏的空气如热浪般喷涌，迎面扑来，她咽了下口水。她完全没有撑遮阳伞的概念，也没有戴帽子，走到烈日下。

廖茗觉看到了便利店外贴的招聘兼职工的海报。

店长在这家便利店已经干了两年。比起其他分店,来这里面试的人很多,店里却又总是缺人。原因无他,都是这特殊的地理位置惹的祸。

看着眼前的应聘者,店长来回比对简历,慢条斯理地开口道:"你是刚高考完?"

"嗯!是的!"廖茗觉太迫切了,以至两眼闪闪发光却毫不自知。

"你不是本地人啊,来这里是上大学?"

"是啊,录取通知书的照片我也有,要看吗?"廖茗觉已经侧身去掏手机。

怎么说呢?店长对这个女生的第一印象只有一个,那就是"土",而且土得掉渣。她皮肤被晒黑了,没有化妆,头发未经烫染,甚至连专业人员修剪过的痕迹都没有,穿着一条背带裤,脚下是品牌不明的运动鞋。

犹豫一阵,他还是问道:"你是来追星的吗?"

廖茗觉一时半会儿没听懂,但还是勉勉强强地回答:"我是来找兼职的。"

"不是。"店长换了一个提问方式,"你知道 J3 是什么吗?"

这就是这家便利店的特殊所在。就在距离它不到 500 米的地方,是以培养偶像闻名的"造星工厂"J3 娱乐公司总部。这个总部连带着公司艺人的教室与练习场所,成为诸多记者及粉丝的朝圣之地。其中不乏失去分寸的狂热分子,为了接近偶像,无所不用其极。说这家便利店深受影响,倒没那么严重,但也不是完全没被波及。

这是面试题吗?廖茗觉认真地琢磨起来。

"zhei 三?"这种有点中外结合的名字,能是什么呢?

"你说,"目睹女生流露困惑,不知道出于什么心理,店长忍不住鼓励道,"没关系。你觉得是什么?"

廖茗觉回答:"卫生巾?"

店长憋住笑,下一秒,便利店的门就开了。

看到来人,店长右眼皮微跳。虽然这三四个人几乎都戴了帽子或口罩,但显然是已出道的偶像组合成员,大概是被叫来总部开会或为演唱会排练的。店长只默默扫码,分心一看,坐在那里的廖茗觉无动于衷。

她只觉得他们身上的香水味很刺鼻。男人也喷这么浓的香水吗?

心里正纳闷,廖茗觉转过头,就看到一个男人在用衣服做掩护,偷偷摸摸、鬼鬼祟祟地拿出相机。她十分疑惑,试探性地将上半身往左侧挪。

偷拍男便转移镜头。

廖茗觉没注意到,背后那几名客人刚好去左边的冰柜挑咖啡。她又向右侧移。

几名艺人正往右边收银台走,偷拍男理所当然地转换拍摄角度。

廖茗觉确定了状况,无语透顶地冷笑一声——嚯,见过不要脸的,没见过这么不要脸的。她当机立断,毅然决然地起身走过去,顺手抄起门边的旋转拖把。

"私生饭大叔"专注于捕捉猎物,做梦都想不到会有拖布从天而降。他摔了个屁股蹲,头顶拖布,就像戴了顶假发,瞠目结舌地抬起头。

"竟敢偷拍我……爷爷果然没说错,"廖茗觉心满意足地拍了拍手,仿佛武侠片里仗剑走天涯的女侠,"城里到处都是变态!"

◇　　◇　　◇

直到很久以后,谈起廖茗觉的面试表现,便利店店长还是忍不住露出追忆哪吒闹海般的神情,意味深长地感慨道:"真是猛女啊,猛女。"

犹记得当时廖茗觉一拖把敲下去,别说是被打的"私生饭大叔",连带着被拍的那几名艺人都大吃一惊,要不是经纪人及时出现,拽着他们走,恐怕他们恨不得留下来,跟廖茗觉合张影再走,实在分不清谁是明星、谁是素人。

获得便利店的兼职工作那天,廖茗觉是人生第一次踏入便利店。

做便利店店员要完成什么工作?

搬运货物,上货,贴价格标签,换小票纸,打扫卫生,等等。

廖茗觉在试用期的前三天就成功展现出了超越大多数同龄人的动手能力——值得一提的是,此处的动手能力指的并不是大庭广众之下用店里的旋转拖把表演棍法。以前在老家帮舅妈的鞋店进过货,过年期间在庙会上摆过摊,廖茗觉并不缺乏社会经验,只是在城市这一陌生地域里偶尔会有一丁点脱线和缺乏常识。

关于三班倒,一开始,肖叔叔和肖阿姨也是有顾虑的。但廖茗觉好歹是成年人了,加上便利店离家不远,正儿八经赚钱也不是坏事。最后,他们的回应只剩下望着自家儿子女儿摇头。

肖娅卿当即心情不好地喊大叫起来,反驳的主要依据是她又不缺钱。她爸爸妈妈当然不是要她去做兼职,只是希望女儿稍微努力一点。但这让她更加愤怒,毕竟比起其他,她受够了父母指责她不努力学习。

肖屿崇倒是麻木不仁。爸爸妈妈说了什么,他没那么在乎。他只觉得廖茗觉去便利店做兼职有些大材小用。他虽然不知道她具体的高考成绩,但能和他一所学校,成绩肯定不会太差。假如需要钱的话,去给中学生补习不好吗?不过,转念一想,像她这种看到他家洗碗机都像发现新大陆的人,估计没这个概念，也不可能有途径。

廖茗觉第一次上夜班，恰好轮到店里的大扫除日。一起值班的同事是一位家里有两套拆迁房但还是闲不住，出来找事干的老阿姨。平时她对谁都没好脸，就连看到店长都动不动数落几句才罢休。然而，才一起工作一次，一提到廖茗觉，老阿姨就满面春风，笑着夸这孩子能干。

做清洁、洗器具、清理熟食、补货、核对、拍照，虽然是新手，但廖茗觉愣是都完成了，甚至趁着蒸面点的时候边哼歌边拖了地——而且她哼的还是刘德华的《恭喜发财》。

廖茗觉也不觉得辛苦，就这么任劳任怨地做着，说服务用语时声音洪亮，进货时，两批冷藏食品能在几小时里全部搞定。碰上一月一度的冰箱铲冰，她一个人做得比男店员还快，是无情铁手，着实让人怀疑她是不是缺失温度感知系统。

负责检查的同事说水槽脏，她就看了一眼，随即眼睛都没眨一下，直接收拾起来，连本来只是挑不出毛病又想树立威严，所以才吹毛求疵的同事都震惊了。

店长旁观良久，终于忍不住，提出自己的想法："你要么转正吧。不是我给你画饼，你知道新人来半个月被巡查的总部点名夸两次是什么概念吗？搞不好能破最快晋升副店长的纪录。"

廖茗觉对自己的表现突出毫无自觉，也不觉得自己要有自觉的必要，换下衣服说："不行欸。"

"为什么？"

她嘴角向上扬了一下："大学要开学了。"

自从收到录取通知书，廖茗觉就下定了决心，要青春洋溢，活出自我，度过轰轰烈烈、精彩纷呈的大学生活。

为此，离开小庄山前，她特意找村口的王师傅烫了头发，又去了一趟衣服专卖店，下载了小红书App学化妆。只可惜，现实很骨感，她的头发没几天就乱七八糟了，新买的衣服被朋友说土气，化妆也进展不顺利，要么脸涂得太白，要么眉毛画得太黑。

报到这一天，廖茗觉是和肖屿崇一家人一起去的。

肖叔叔和肖阿姨硬是拽着肖屿崇要在校门口拍照。肖屿崇还在上高中的妹妹肖娅卿比他反应还激烈，嫌拍照丢人，就差在地上打滚了。最后，还是肖叔叔、肖阿姨和肖屿崇三个人拍。廖茗觉拿着三个人的手机挨个拍过去，喜洋洋地指挥他们说"茄子"。

自家儿子考上大学,肖家人都很高兴。廖茗觉跟在后边,偷偷用手机自拍了几张,但距离不太好把握,要么没拍到校门,要么就是没露出她的脸。

等她收起手机再追上去,就听到肖阿姨他们说要回去了:"都在本地,要么晚上来接你们回去吃晚饭?"

"别了吧。"肖屿崇不冷不热地婉拒,"等摸清了作息时间再说。"

"也好。"肖阿姨的面色微微落寞,"小觉呢?"

廖茗觉笑着回答:"我的话,做兼职那几天可能会回去住。到时候就提前发微信给阿姨好了。"

肖阿姨顿时眼睛一亮:"好啊!你千万别怕麻烦,我们都很乐意见你的。要接送也打电话,只要不限号,我就开车过来。"

肖家人离开了,廖茗觉还站在原地,肖屿崇毫不留恋地掉头就走。

她连忙追上去,主动搭话:"你其实可以不办住宿的吧?反正就在本地。"

"箱子那么大,你带了些什么?"肖屿崇根本不想回答那个问题。都在他家住了这么些日子,还能对他想离开家这件事浑然不觉,真不知道该说她是脑子笨还是反应迟钝。

"嘿嘿,土特产!"她仰起头,露出灿烂到刺眼的笑容,"送给寝室同学的!"

肖屿崇回忆了一下。当时她送给他父母的土特产是酸角、萝卜丁、放鸡枞菌的辣椒酱,瓶瓶罐罐,花花绿绿,看起来脏兮兮的。

他有点迟疑:"……你真要送这些给室友?"

"嗯!"廖茗觉用力点头道,"刚认识嘛,以后还要一起度过四年的。要搞好关系啊。你也送点什么吧,请客吃吃饭也行啊。"

望着她那丝毫没觉得不妥,甚至主动想指教他的模样,末了,肖屿崇什么都没说。

恰好看到几名站在新生指引处的学长、学姐,对方正一边打量他们一边窃窃私语,肖屿崇索性主动走了上去。对方不是他们专业的,但还是给了基础的流程指向。廖茗觉高声道谢,肖屿崇掏出手机,拍摄张贴的地理位置示意图。突然间,有个学姐用玩笑的口吻问他:"你们是一对吗?"

廖茗觉会错意,听成了"一队",立刻作答,坦坦荡荡:"是呀!"

"不是!"肖屿崇像被烟头烫到似的,急急忙忙与她撇清关系,又皱着眉瞪她。

"哦哦,要我说,也不是。"另一个学姐也笑了,在周围同级生戏谑的目光中说,"看你们俩就不像认识的。"

这样的话已经很收敛了。

肖屿崇和廖茗觉根本不像一个世界的人。从头到脚,肖屿崇的打扮绝对没有刻意炫耀,却通通透着精致,叫人闭着眼都能猜到,他打出生就没离开过一线城市,是典型的城市男孩。而廖茗觉上半身穿着一件印有陌生、非主流网红头像的卫衣,下半身则是一条中老年服装店里随处可见的绸面长裤,脚下是那双运动鞋,整个人像马上就能去春晚参演小品。她像没听懂学姐话里有话,突然面带惊喜道:"呀!"

"哦!"男生抬起一只手,随即淡淡地笑着走过来。

廖茗觉伸出手,扣住他的手摇了摇。显而易见,两个人很熟悉。王良戍登场时,几位学姐都看呆了。今年新生中男生的质量竟然这么高,一个不够,还来两个。更令人大跌眼镜的是,眼前这个举手投足都透着乡村气息的女生居然也和他认识。

肖屿崇戒备地看向他们两个,然后目光落在廖茗觉身上。

廖茗觉光明磊落地介绍道:"我们是暑假的时候在网上认识的。"

"你好,你也是植保的?"王良戍与肖屿崇打招呼,脸上的笑容像剔过刺的鲷鱼,透明而柔和,"我叫王良戍。"

三个人一起去宿舍。一路上,廖茗觉和王良戍滔滔不绝地聊着,分开时也热情地告别。作为见证者,肖屿崇看不懂,但大受震撼。

廖茗觉进宿舍时,同宿舍的另外七个人已经到了。

几个女生都是初次见面,便拉了微信群,命名为"富婆高级养生会所"。大家都很热情,让她松了一口气。

廖茗觉立刻把自己准备的土特产拿出来,是她在家自己做的酸角和萝卜丁。往常旅游季,有游客上山,她就骑摩托车到公路旁边摆摊贩卖这两样食物,换点钱补贴家用。爷爷房间的空调就是她这样攒钱买来的。

室友们都收下了,只有睡她对面铺位的女生摇摇头,说"不用"。虽然气氛有过短暂的尴尬,但廖茗觉早做好了不会被所有人接受的准备,所以并没觉得有什么。

手机振了一下,是王良戍发来消息问她去不去领军训服。廖茗觉想问室友们去不去,但她们聊暑假旅游聊得热火朝天,她就没打扰。

廖茗觉和王良戍在排队的地方遇到了肖屿崇。肖屿崇和别的同学在一起,见到他们时移开目光,略微侧身。廖茗觉没察觉他的小动作,大咧咧地走上前问:"你床铺好了吗?阿姨跟我说了,你还没住过校。需要帮忙就说哦。"

突如其来的一通话,令肖屿崇太阳穴狂跳,他拽着廖茗觉的手臂就往旁边走,然后压低声音道:"你能不能注意一下场合?"

廖茗觉眨了眨眼,尚未理解他的言下之意,王良戊便插进来提醒:"早点去领军训服吧,不然等会儿就没能穿的尺码了。"

一听这话,廖茗觉就什么都不关心了,直接挤进人群。对她来说,除了吃、穿、住、行、拉、撒,其他都是不值一提的破事。

取完军训服,她又和王良戊去食堂吃了饭。

回宿舍的路上,廖茗觉一直看着手机。

王良戊有些好奇,凑过来看了眼,有些困惑地问:"你这都是什么笔记?"

"是我记的寝室同学特征,我还认不清人,怕叫不出名字尴尬。"廖茗觉笑着说。

"好努力啊。"

"嗯,"廖茗觉认真地道,"我初中学校没几个人,高中时又只知道读书,被录取的时候连能分享一下心情的人都没有。所以,我想趁上大学多交点朋友。"

她独自回了女生宿舍。宿舍里黑漆漆的。大概大家都出去吃饭了。

廖茗觉收拾了一下洗漱用具准备洗澡。她拆了新浴巾的标签却没地方扔,出去转了一圈,终于在走廊尽头找到垃圾桶。

她走过去,打开盖子,把标签丢了进去。

盖上盖子之前,廖茗觉闻到一股熟悉的气味。

走廊尽头没有灯,她就着昏暗的光线往垃圾桶里看。那萝卜丁是爷爷教给她,她自己改了改做的。白天鼓起勇气送出去的礼物正躺在垃圾桶里,和垃圾待在一起。

廖茗觉抿着嘴,眉毛上扬,忍不住叹了口气,自认为珍贵的礼物被如此轻视,说不受伤是不可能的,只是不知道做什么表情才好。

2 不会是被讨厌了吧

关系还真是复杂，城里套路深。

垃圾桶摆放在走廊尽头，不是那么显眼，廖茗觉费了好大的劲才伸进手去，把里面的萝卜丁瓶子掏出来。

有两瓶，其中一瓶被拧开了，所以才散发出气味。另一瓶的封口还没开过，只是上面沾了另一瓶的辣油。她觉得有点可惜，所以拿回了宿舍。还没买洗洁精，她就先拿卫生纸擦掉辣油，然后用热水冲洗了一遍。

没过多久，室友们陆陆续续回来了，还是若无其事地言笑晏晏。

廖茗觉套上妈妈的旧衣服，穿着内裤就上床了。

刚好刷完牙的同学回来，带着笑容问她："你没有睡衣吗？"

廖茗觉说："嗯，没有穿那个的习惯。"

临睡之前，大家闲聊。

她们先讨论学校附近的商场和娱乐设施。有人今天已经出去踩过点了，大家也用各种外卖类 App 了解附近的餐饮店。接下来的话题是关于军训的。虽然都是学生，但总会有一两个有各种门路的，要么认识学长、学姐，要么家长和教职工相识，总之，早早打听到校方的各种安排，相当"阔气"地传到群里。最后，对荷尔蒙正值分泌旺季、刚摆脱"早恋"红线不久的大学生们来说，还有一个无法回避的话题——恋爱。

"我们这一级好像有帅哥。"

"在哪儿在哪儿？我们专业不是只有搞农业的光头强吗？"

廖茗觉对面铺位的女同学冷不防地开口："光头强搞的是林业。"

"我看到了！真挺帅的。叫肖屿崇，是吧？隔着两个人才要到微信。他好跩啊，当面问他还不给。"

廖茗觉躺在床上，暗暗想着，那小子还真是了不得，上大学第一天就这么受欢迎。

不仅如此，她还听到了其他人选。

"不是还有一个吗？个子很高、皮肤很白的，听说是放弃保送名额进来的。"

"谁啊？没见到。"

"你们看到学长们了吗？学长里有高质量的吗？"

"你不是有男朋友嘛，干吗这么兴奋？！"

"爱帅哥之心，人皆有之。"

然后她就听到之前把军训日程传到群里、名字叫赵嘉嘉的女生拖着懒散的语调说："你们听说过那个传言吗？有名人考到这里来。"

"反正不可能是我们系的吧。"

此话一出，大家都哈哈大笑起来。

此时，廖茗觉突然问："那个，你们是不是不喜欢我送的萝卜丁？"

她其实没有要发脾气的意思，只是问问而已，顺便解释一下自己没有逼别人收下礼物的意思，或者了解一下是不是有什么饮食的差异，大城市里的孩子真的都不吃这种东西？然而，她的话音落下后，寝室里却陷入了长时间的沉默。

起初廖茗觉很困惑。为什么？是老师来了吗？她没有要怪谁的意思啊。

虽然没有宿管老师，但整个寝室有着高度的熄灯自觉。

那一夜就是这样过去的。

第二天，在闹哄哄的教室里，听廖茗觉说了整个事情经过，王良戌笑了出来。他淡淡地笑着，将填写完的联络簿往后传，随即转动着中性笔道："你这可以说是踩了最大的雷啊。"

"什么？"廖茗觉茫然地反问道，"直截了当地解决问题不好吗？"

"你以为是解理综题吗？茗觉，人和人之间的事不能这么简单、粗暴地处理。"王良戌有条不紊地说下去，"手工做的东西本身就令人很有负担，虽然你肯定没有错，但别人收下后不想要也无可厚非。当然，直接扔了是不对，但你捡到后当着所有人的面问，给人感觉你就是要找麻烦嘛。"

廖茗觉马上辩解道："我没有要找麻烦啊！"

"你是想交朋友，对吧？"他温温柔柔地确认。

她也笃定地承认："嗯！"

王良戌忍不住笑出声，廖茗觉则难以理喻地回望他。

就在这时，有人经过，在廖茗觉旁边的座位放下记事本，自己也坐下来。她回过头，就看到了在宿舍睡她对面铺位的室友。这个女生的名字叫胡姗，冷冷清清的，没什么表情，化妆风格却在一众刚从高中毕业的孩子中格外突出。她也是那天唯一不留情面拒绝土特产的室友。

廖茗觉有点受宠若惊，毕竟自打前一天晚上的无语事件发生，天亮后，宿舍同学就都巧妙地避开了与她的正面交流，她道："胡姗？"

"你的微信是这个吗？"胡姗没回应她的问候，而是径自拿起手机，从宿舍群里翻出一个头像是自家牵牛花的账号。

"啊，嗯。"廖茗觉懵懵懂懂。

胡姗面无表情，边添加好友边说："她们刚才都在看这边呢。"

"什么？"

胡姗扬了扬下巴，示意坐在一块儿的女同学。刚入学，大家难免以更容易熟悉起来的宿舍为阵地拓展人际关系。室友们坐在一起，讨论的话题很多，廖茗觉是其中一个。她明明是怪胎，却在第一节班会上就跟各方面条件都显眼的男同学形影不离，两人一副情侣的派头。虽然王良戊和她只是朋友，但已经被同学们背地里贴上"口味重"的标签。

廖茗觉忍不住皱眉，倒没有生气，只是充满了不解。

胡姗脸上头一次浮现出微不可察的笑意，她说："有些人就是这样。我昨天没有要你的土特产，是因为吃的时候会联想到你的脸，总觉得有点不舒服，没有别的意思。"

廖茗觉有些摸不着头脑："哦……哦！不要紧啦。"

"但没想到你这个人挺有意思的，一点都不在意别人的目光。"胡姗微微笑着说。

王良戊不由得插了句嘴："她不是不在意，是不会。"

"那不也挺好吗？"

她朝廖茗觉笑着。廖茗觉不知道做什么反应，就不知不觉讪笑起来。

就在这一刻，班导走进了教室。

班导推了推眼镜，慢条斯理地开口道："先点个名，大家顺便自我介绍一下吧。"

花名册是按学号来排列的，学号是按录取成绩排的。关于这一点，就算班导不说，大家也都心知肚明。

然后，班导念出了第一个名字："廖茗觉。"

说廖茗觉没有做任何准备是假的。

早在暑假期间，刚从网上认识王良戊时，她就咨询了不少关于大学的事。其中就有这个环节——自我介绍。虽然王良戊只是不经意间随口一提，但廖茗觉上了心，甚至在网上搜索了大学生自我介绍精选。她了解到，自己的姓名、年龄和家乡是基本信息，以前上高中做过班干部也可以说，还有兴趣爱好什么的，适当加入有趣的玩笑，是人气暴涨的诀窍。女生想要吸引异性的话，还可以准备卖弄一些个人特色,但廖茗觉暂时没有这个需求,所以可以不提。

廖茗觉觉得,小庄山这种地方,说出来也没人知道。她就是普通的应届生,听说周围人年龄不一,大概是读书早晚或复读的缘故。高中时她做过卫生委员,没别的活儿要干,就是打扫卫生,很烦,她再也不想干了,所以不提应该会更好。爱好的话……

"我还挺喜欢学习的,所以高考考得还可以。"她说这话时,台下传出轻轻戏谑的嘘声,她考得何止是"可以"?但廖茗觉没觉察到,继而堂堂正正地说:"还有,我有很喜欢的男偶像,那个组合叫飞轮海,哈哈哈。"

廖茗觉的自我介绍就这么极其尴尬地在冷场中结束。

之后,军训开始了。

有一天廖茗觉进宿舍时,宿舍里只有三个人。大家都在喝水,忽然间,还是上次问她穿不穿睡衣的女生说:"你都不涂防晒霜吗?"

"涂啊。"廖茗觉举起她之前特意跟风买的防晒霜。不可否认,这的确是她人生中第一次用防晒霜,过去连想都没想过,总觉得晒一晒又怎么样,没那么娇气。

她又被问道:"怎么都没看你卸过妆?你涂防晒霜不卸妆吗?"

廖茗觉想了想,回答:"我用了洗面奶。"

"啊?不卸妆啊……很伤皮肤吧?"她们忽然相视一笑,意味不明。

廖茗觉心想,涂防晒霜还要卸妆吗?她走出去洗了把脸,回来时站在门外,隐隐约约听到她们说话的声音。

赵嘉嘉的声音尤其尖:"我不是说她不好,你们不觉得她身上有点臭吗?那个土鳖是不是衣服洗不干净啊?"

夏日的走廊尤其燥热,廖茗觉站着,她的第一反应是——她说的是谁?

她抬手闻了闻自己的袖子,她明明每天都换衣服啊。

廖茗觉百思不得其解。她问胡姗时,果不其然,得到了"你终于注意到了啊"的揶揄。

她只是想度过精彩一点的大学生活而已,这会不会精彩过头了?经过一番深思熟虑,廖茗觉认为还有挽回的余地,她应该跟室友们谈谈。

赵嘉嘉是宿舍的中心人物,因为加入广播站,所以不用参加军训,经常落单,也因此成了廖茗觉的第一个谈话目标。

廖茗觉知道赵嘉嘉每天不出早操,也不去食堂。一天,跑完操,她没有像往常一样冲刺去食堂,而是直接回了宿舍。她的计划是跟赵嘉嘉当面把话说开。

然而，计划赶不上变化，她万万没想到，赵嘉嘉还没醒。

要把她叫醒吗？怎么想怎么觉得这样做会火上浇油。廖茗觉纠结了好久，终究放弃了原本的计划，白瞎了她牺牲的一顿早餐。

就在她转身那一刻，衣角碰到赵嘉嘉下铺旁的桌面，一张有一定硬度的纸片掉在地上。

廖茗觉弯腰捡起。

拍立得照片上是男生笑着的脸，角度选得不怎么样，却挡不住他出彩的五官。廖茗觉往下看，在白边看到手写的名字——邓卓恩。她将照片放回原位，继续看着那张脸，感觉自己好像在哪儿听过这个名字，好像在哪儿看过他的眼睛。

◇　　◇　　◇

提供了材料原件和复印件，签了不止一次字，邓谆向教授颔首致意，准备原路返回。女助教刚结束新生教材的交接，走进来时不经意地侧眼，留意到他还没拉上口罩的面孔，起初只觉得眼熟，反应过来时才猛地转过头："他！他是不是那个——"尽管一时半会儿叫不出他的名字，但她还是能确认他是什么人物。

年近花甲的老教授戴上老花镜看电脑，随意地开口催促邓谆出去。邓谆已经走到门边，突然又被叫住，老教授多问了一句："当初的同级生都上大三了，你确定还要回来重修？"

邓谆戴着渔夫帽，身上穿的是款式简单的T恤和牛仔裤，乍一看只是再普通不过的大学生，唯一不普通的是长相不平凡。

邓谆回答："确定。"

他走了出去。

外面艳阳高照。

军训的休息时间，廖茗觉问王良戌："我身上有味儿吗？"

王良戌低下头，贴着她的肩膀闻了闻，说："没有吧。"

肖屿崇刚好与同学买水回来，经过时看到这一幕，不知为何放慢了脚步，直到身边人催促，他才加快脚步离开。

廖茗觉又挪到胡姗身边，重复了一遍刚才那个问题。

胡姗的反应则不咸不淡，她一语中的地问："是不是赵嘉嘉她们说你什么了？"

"你也听到了？"

冷色调的女生摇摇头："可以想象到。"胡姗是很细心的那类人，显然注意到了刚才当事人都忽略的角落,"假如她们知道那个叫肖屿崇的跟你认识,恐怕会说得更难听。"

廖茗觉更惊讶了:"你怎么知道肖屿崇和我认识?"

胡姗笑了笑,不说话。

军训结束前,高年级同学过来通知学生会招新的事。廖茗觉围观了很久,主动去找班长报名。班长是个男生,当时说过谁想报名就找他。

在操场上训练时,廖茗觉没找到机会,于是专程去了男生宿舍楼下。她等了半天不见班长的人影,反倒被肖屿崇碰到了。

男生真是谜一样的动物,军训还不够他们折腾的,自由活动时间竟然还要去打篮球。其他人先走了,肖屿崇出来时看见她,还没说话,眉头先皱起来:"你来这儿干吗?"

"我想报名参加学生会。"廖茗觉不遮不掩地说,"班长不是在群里说让来找他吗?"

肖屿崇不知道该生气还是该笑:"所以你就来找他?他说的是微信上找他吧。"

廖茗觉像被雷劈了似的"啊"了一声,然后恍然大悟。按她的惯性思维,要交流什么,除非打电话,否则都是当面说。

肖屿崇实在是无语。

"那你准备参加学生会吗?"廖茗觉又问,"我听王良戊说,这个对将来校招什么的有好处。"

"王良戊啊……"虽然都是同班同学,但肖屿崇没和他说过几次话,"再说吧。"

"这种事要早做打算!你不能头脑空空,什么都不想就开启大学生活啊!"廖茗觉像吃错了药一样,突然激动起来。

肖屿崇抱怨道:"你怎么把上大学说得跟参加选秀一样?"

廖茗觉走近他,难以抑制心中的激动,诚恳且迫切地说:"人生每个阶段都不能重来,我们都成年了,本来就是大人了,大学就相当于最后的学生生活,所以要更加好好珍惜啊!"

肖屿崇有点怕她:"好好好,是是是。你开心就好。"

廖茗觉一点都听不出这句话的含意,大大咧咧地笑着说:"嗯!我现在可开心了。这么大的学校,这么多的课程,就像做梦一样。考上之前真的想都想不到,我居然有一天能到这种地方来。"

她这话反倒让肖屿崇有些介怀。虽然想说,没那么夸张吧,不就是一个大学而已,但他并非没从爸爸那里听说过小庄山的一草一木。对于父亲自顾自地唠叨,肖屿崇向来很烦,避之唯恐不及。可是看到这一刻廖茗觉的笑容,他忽然有种回家看看爸爸拍的那些照片的冲动。

他忍不住问道:"这个星期你回我家吗?"

廖茗觉果断地给出答复:"嗯,会操是周四吧,那天晚上我有兼职。"

"才刚军训完你就熬通宵打工?"这次轮到肖屿崇大跌眼镜。

"对啊。"廖茗觉完全不觉得这有什么不妥当的。

"班上同学应该会叫吃饭什么的吧?我还听他们说要一起去蹦迪。"他瞄了眼她本来就黑、眼下也看不出有没有晒黑的脸,回忆了一下她从不化妆的生活习惯,终于挤出了一句,"不过,你应该不会去。"

然而,廖茗觉的反应出乎他的预料:"蹦迪?哦!我想去欸。"

"……"

"听起来好好玩啊,我只在小说里看过。"她好像纠结了一阵,终于艰难地做出决定,"不行,我答应了店长的。"

约好打篮球的朋友打电话来,肖屿崇草草看了眼,忽然想起前几天从同学那儿听说的一些话,不由得开口道:"你要是有什么事——"后半句是"可以找我帮忙",但到了嘴边,他又觉得太矫情,改口成"你没遇到什么麻烦就行"。

廖茗觉一怔。她想起了和宿舍同学的纠纷。但比起她满怀期待、即将到来的大学生活,这也不算什么大事。

廖茗觉露出果酱刨冰一般的笑脸。

"嗯,没什么麻烦。"她说,"我都能搞定的。"

廖茗觉想更换打工的连锁店,无奈这家便利店在市内虽有分店,却大都不在学校所在的区域,仅有的两家还暂时不缺人,以至她不得不两头跑,开学后排的还都是夜班。

时隔多日,见到她时,一起值班的老阿姨忍不住从脖子到脚捏了她一遭,啧啧感慨:"又瘦了,瘦太多了,在学校都不吃饭的吗?"

廖茗觉当即傻笑着据理力争:"吃了啊,早、中、晚三顿,平时还吃零食呢。"

便利店夜班的工作没变。老阿姨在后门核对进货,廖茗觉擦了热狗炉和蒸包炉,弯着腰在水槽边洗关东煮的锅。塑胶手套上破了个洞,手指变得油腻腻的,她盯着指腹,突然听到自动门的响声。她高声说出了固定的问候语:"欢迎光临。"

然而没有人走进来。她站在收银台后探身朝向门口，远远地能看见玻璃门外停留的身影。

几个年轻女生像花朵旁边茂密的枝叶，将一个男生簇拥在中间。男生发出低低的笑声，嗓音没有刻意压低，却好听得令人舒服。他说："是吗？谢谢，我会的。"

他在用签字笔帮她们写着什么。

"我们之前是不是见过？在曼谷吗？难怪呢。你的头发留长了。"

那是一个背影，廖茗觉只能观望到他的后脑勺。这轻飘飘的口吻、这游刃有余的态度，倒是很像电视剧里那些受欢迎的花花公子。周遭女生沐浴着便利店门口昏暗的灯光，却仿佛得到了救赎，目不转睛，满眼璀璨的星河流向他。

廖茗觉突然有点好奇。她几乎整个上半身都趴到柜台上，很想看看那边到底是什么情况。但那个男生猝不及防转过身来。

廖茗觉猛地向后缩，不小心撞到了桌角，痛得咬紧牙关。然而，看到那张脸的一瞬间，小脚趾的疼痛也好，手上关东煮的气味也罢，任何感觉都被她抛到了脑后。

他的长相不是特别有攻击性。眼睫分明，向下垂落，却与无害扯不上关系，纯粹显得慵懒散漫、不服管教。他刚刚才和几名女粉丝道别，踏入便利店时，嘴角仍然向上，笑起来双眼微微泛亮，足以令人怀疑他是否在面对路边的垃圾桶时也能如此深情。

廖茗觉看得呆了，但没忘记重复那句工作用语："欢迎光临——"

邓卓恩是邓谆的艺名，稍微口头读一读就能清楚其缘由。他侧过头，终于从"营业"恢复到"私下"的状态。改变是一瞬间发生的，他笑时的确足够治愈人心，迷人得无可救药，一旦不笑，就是另一个极端。邓谆给人的印象无非是纤细、冷漠。

他收敛笑容的那一刻，廖茗觉只觉得自己好像看到晴天转阴，顿时从暖洋洋的三亚跌入冷冰冰的马里亚纳海沟。

一个人的态度竟然能有如此大的反差。

邓谆从货架上取了香烟和咖啡。廖茗觉根本没发现自己全程都在用好奇的目光打量他。

这座城市的常住人口超过 2000 万，萍水相逢的两个人就算再见，记得对方的概率也微乎其微。

邓谆走过来结账，语气刻薄，神情鄙夷，以差得不能再差的态度说出了他们相遇以来的第一句话："看什么看？"

◇　◇　◇

邓谆是小学三年级时进娱乐公司的，他不是在街头被星探发现的，也并非自己有这方面的想法，而是他妈妈带他去的。他妈妈十分痴迷小虎队，上大学时更是频繁参加试演会和电视台举办的歌手比赛，只可惜止步于三甲，曾经被唱片公司挖掘过，却输给水准明明不如自己的日本籍女艺人。

妈妈是个美女，爸爸仪表堂堂，生出来的孩子巧妙地继承了父母的优点。从小，邓谆就被规定了睡姿，因为要防止后脑勺的形状变得奇怪；跷二郎腿之类的动作就更不用说了，他必须当心体态；发育期被押着吃营养品，生怕他长不高。

都说小孩是在三岁左右第一次有个人意志，假如说此前都是大人说什么，孩子照办什么，那么之后，人才迎来出生后的第一个叛逆期。不过，邓谆好像没有过叛逆期。或许在一部分人眼里，男生想做偶像，有点女气。但人生目标偶尔就是无迹可循的契机。邓谆妈妈原本以为，他小小年纪，没什么主见，先乖乖地听从，结果，不知不觉，他就错过了反抗的时候。

七八岁时，邓谆参加了不止一个公司的面试。街舞是他的主要展示项目，他最擅长的是 locking（锁舞），唱歌的备选曲目是 The Boomtown Rats（爱尔兰新浪潮乐队）的 *I Don't Like Mondays*（《我不喜欢星期一》），没有伴奏也能唱，还没变声，音色尤其好听。他面试通过的公司很多，最后，妈妈为他选择的是专门培养唱跳艺人的 J3。

一开始，邓谆只是把这儿当作补习班。反正别的同学周末也要学特长，去公司还不用付钱。更何况，可能是他年纪小的缘故，大家都对他格外照顾。

他第一次公开亮相是上初三时，当时妈妈欣喜若狂，拿着视频在社交账号拼命转发。那兴奋的状态吓到了邓谆，他已不记得多久没见过妈妈那种与往常判若两人的喜悦姿态。虽然 J3 以公司拿利润大头著称，当偶像赚不了几个钱不说，还只能吃青春饭，但他还是想：那就做偶像吧，做偶像也不错。

后来，有一次公司内部考核，他唱的还是那首 *I Don't Like Mondays*。公司里的老师拿着笔敲打写字板，慢慢地说："怎么这么丧啊？"

邓谆，或者说邓卓恩，正朝摄像机熠熠生辉地微笑。他唱完最后一个词，走出拍摄范围，那精妙绝伦的面部表情便消失得无影无踪。他回答："还好吧。"

在公司熬了这么久，培训在生活中所占的比重越来越大，小男生经历了变声、抽条后参加高考,长成了大人,不再是孩子。

就像这一刻,他在便利店问店员借打火机。

被说过以后,廖茗觉已经低下头去,再反应过来时就发觉了比那句没教养的问候更有冲击力的事。

他——走——了!他拿着她借给他用一下的打火机直接走了!

亏她刚才还觉得他长得眉清目秀,结果竟然是她最讨厌的顾客类型。廖茗觉大为震惊,但需要整理的货物还有很多,她只能自认倒霉。当时是半夜两点,差不多四点时,老阿姨在点烟,廖茗觉准备去座位上小睡一下,结果门又开了。

邓谆走进来,全程盯着手机,默不作声地走到收银台。对他说"欢迎光临"的是老阿姨。他抬头,笑了笑权当问候,转头扫视一周,终于在贴着海报的橱窗边看到女生趴倒的背影。他走了过去。

打火机放到桌上时,廖茗觉睡眼惺忪地侧过头,随即蹙眉起身。邓谆转身就走。辨认清楚他是来还什么时,她下意识抱怨了一句:"哦,算你不是低素质。"

猝不及防听到自己被评价"低素质",邓谆不由得回过头来:"你说我什么?"

"啊,"廖茗觉没想到会被听见,急忙用傻笑弥补,"不好意思,哈哈哈。因为半夜会有很多奇葩的顾客,我还以为你也是。"

邓谆逐渐意识到了什么:"你不认识我吗?"

廖茗觉感觉莫名其妙。

发现便利店店员用看精神病人的眼神看着自己,邓谆头一次无言以对。她真的不认识他?

但她的表情在下一刻发生了变化。

"啊,"她忽然觉得他眼熟,"你是赵嘉嘉的……"她在室友书桌边看到的拍立得照片上的人正是眼前的男生。

廖茗觉激动地说:"你是赵嘉嘉的老坎吧?"

短短一句话里出现了两个他想提问的地方。邓谆先问了其中一个:"'老坎'?"这是哪个地方的方言吗?看她这过于朴素的样子,这个词倒是与她本人画风一致。

"就是男朋友。"廖茗觉说,"我看到赵嘉嘉收着你的照片!"

"……"他回答,"不是。"

单凭一张照片就判定情侣关系好像不对。

他们慢慢走到店门外。廖茗觉收敛了些,试探着说:"啊,那就是认识?"

"不认识。"邓谆点了香烟,整张脸透着不近人情。

关系还真是复杂,城里套路深。廖茗觉感到匪夷所思,陷入沉默。

邓谆看着她那副百思不得其解的样子,也不知道为什么突然发善心为她解惑:"她认识我,我不认识她吧。"

"噢——"也有这种情况。

廖茗觉脱口而出:"交个朋友吧!"

"行。"邓谆回答。

"什么?"

他答应得太果断了,以至廖茗觉一下子接受不了。

邓谆还在为公司内部宣传拍摄待命,嘴边挂着装饰用的假唇环,笑容也像金属般透着冰冷的色泽。他拉上口罩,在夜色中朝廖茗觉毫无善意地微笑:"我说'行'。"

周末,廖茗觉在补觉时接到了王良戌的电话,说是他打工的店里缺人手。廖茗觉赶紧揣上健康证出门,紧急替补,临时上岗。

烤肉店经理直接让王良戌带她。两个人站在餐桌两侧烤肉,埋头苦干,直到客人买单才有空聊天。

"对不起,临时叫你帮忙。"王良戌穿着短袖,戴着手套和防雾面屏,手拿烤肉夹,"你今天也有兼职吧?"

"没事,是夜班。"廖茗觉也是同样的打扮,打了个哈欠,回答,"勤工俭学的人要互相帮助。"

王良戌低头收拾餐盘,却发觉她正盯着远处的上方看。他转过头去,意外发觉她在看悬挂式的电视机。里面是关于山区惠民民生的官方播报,不过已经播完,镜头切回端庄严肃的男女主播,自然而然地引入下一条新闻。之后的报道是全国性会议,领导级别的人物在发表讲话。

廖茗觉又打了个哈欠,看到王良戌转过身,继续把油腻腻的餐具摞在一起。

"那得做多少年的官才能坐到那个位置啊。"廖茗觉感慨说。

"三十多年?"王良戌淡淡地笑着,要把东西搬到后厨去,"快四十年吧。"

廖茗觉拿了剩下的跟着去,又拿了块抹布出来。她像是突然察觉到了什么:"你怎么知道?"

"刚刚电视里那个人,"王良戌边用垃圾袋装食物残渣边回复,"是我爸。"

结束打工已经是晚饭时间过后,廖茗觉和王良戌骑共享单车回学校。

学校暂时没有强制学生自习。胡姗习惯了做面面俱到的优等生,又嫌宿舍里那帮小女生叽叽喳喳的,太吵,索性拿着课本找地方自习。只可惜,大部分教室被高年级霸占了。虽然她不在乎,但没有一席之地学习还是难受,所以转了好几个地方,还是上楼了。

楼上走廊里静悄悄的,看起来没有人。她挨个推门,大部分门都锁着,只有一扇门有动摇的痕迹。

推开后,胡姗看到的是十分戏剧性的一幕。

眼下年级里和她共同行动还算比较多的两位同学正在里面,一上一下,一左一右,一动一静。一个拿着手机以职业狗仔的姿势喊:"头压低一点,低一点,对。"另一个穿着女仆装,边摆姿势边叮嘱:"说了不要拍脸,脸不入镜。"

值得一提的是,拍照的是廖茗觉,穿女仆装的是王良戌。

胡姗问:"这是什么?Cosplay(角色扮演)?"

王良戌正用最爽朗的神情穿着最没面子的装束,廖茗觉则风平浪静地专心给他拍照。她说:"哦,是王良戌微博 39 万粉丝的福利照。"

"福什么?"胡姗一脸蒙,"福利?话说你们之前是不是说你们是网友……到底是怎么回事?"

那已经是将近三个月前的事了。

廖茗觉买了新款智能手机,先让爷爷拿去玩了一个多星期的麻将和泡泡龙游戏,再拿回来时,爷爷已随便从应用商店下载了一堆软件,其中就有微博。

廖茗觉注册了微博账号,还是默认的,选择入门爱好时有"阅读"这一项。虽然她的阅读指的是看《读者》和《青年文摘》之类的杂志,但系统还是自动推荐给她一大堆微博推文账号。其中一个 ID 叫"漂亮小呜呜",粉丝数 38 万。

在胡姗诧异的注视下,廖茗觉和王良戌就像年画里的男女福娃,喜洋洋、美滋滋地笑着。王良戌展示自己的手机屏幕,里面露出微博管理的个人界面:"区区不才,正是在下!"

3 大学多好啊

会不会有点太近了？

大学是个卧虎藏龙的地方。胡姗头一次如此深刻地领略到这一点。

大家来自五湖四海，性格不同，长相不同，有着不一样的爱好和特长。有的人是穿女仆装被追捧为"男菩萨"的网络博主，有的人是在教学楼顶楼晒霉干菜的好彩妹，有的人是距离娱乐圈只有一线之隔的前偶像，还有的人简直比电视剧里的恶毒反派还坏——

胡姗被辅导员叫去教职工宿舍，途经停车场，偶然撞见以赵嘉嘉为首的同班女同学。说不清为什么，胡姗就是下意识地往离自己最近的那辆车后缩。

赵嘉嘉她们聚集在一起。

"你们寝室是不是有个奇葩？"其他宿舍的女生边抽烟边说。

"不止一个好吧，"另一个人回答，"还有那个胡姗，眼睛长在头顶，瘦得没胸没屁股。"

"那也比不过那个乡巴佬，呵呵呵呵。"

赵嘉嘉喝着汽水，把香烟掐灭，道："别说了，无语死了。她真的土死了，上次我们全寝室去麦当劳，她连要去服务台点单都不知道……你们相信吗？二十一世纪还有这种人，老家连个华莱士都没有。"

"笑死，她是贫困生吗？你要把柜子锁紧啊，小心她翻你东西。"

"我连护发素都不敢放在桌上，我那支 YSL 还不知道是不是她拿的。"

"你不是在床底下找到了吗？"

"是啰，但我的气垫也不见了……"

"肯定是她偷的！气垫这种东西都用过了，除了她谁会偷啊！"

得，"臭"之后是"小偷"。胡姗冷笑。

说实话，高中时，在学校里，胡姗也有看不惯的人。她当时年少无知，可以说是小混混，手段也简单粗暴得多，找眼中钉麻烦罢了，后来追悔莫及，还特意去道歉。

然而眼下，赵嘉嘉她们可过火得多。

有人说了一句公道话，意义却与点燃食人族篝火相差无几："但她成绩确实好，他们那个省分数线好高。"

赵嘉嘉按手机，嘴角挂着冷笑："要不是我舅舅是农科院的，将来好调动工作，我死都不会学这个。"

有个同宿舍的女生忽然发笑，招招手示意赵嘉嘉靠近，随即贴到她耳边说了点什么。

只见赵嘉嘉当即爆笑起来，推搡那个女生的肩膀："多损啊！"

"反正他不是追你吗？明明你对象就在体院，他还想挖墙脚。"那个女生挑眉，"他跟那个乡巴佬都不是什么好东西。"

"正道的光照在了大地上。"赵嘉嘉没有异议。

她们到底出了什么馊主意胡姗不知道，但她能确定，接下来，廖茗觉身上不会发生什么好事。就在这一刻，突然间，她们载笑载言地往她这边走来。

胡姗无处可躲，环顾一周，想着总不可能像007一样卧倒在车底，正打算咬咬牙硬着头皮出去，却见她身旁那辆车突然发动，向前驶去。

那辆车开进车道，和赵嘉嘉她们正面相遇。车窗降下，里面露出一张并不陌生的面孔。

肖屿崇若无其事地和她们打招呼："出校门？"

眼看同一级小有名气的帅哥主动问候，女生们也笑着回应。没人注意到胡姗这边，她抓住机会跑路。

假如是廖茗觉，百分之百会天真得令人扼腕地感慨"好巧啊，居然刚好碰到肖屿崇"。但胡姗可没那么天真。她不由得微笑。廖茗觉的人脉的确比想象中还奇怪。

被评价人脉奇怪的女大学生廖茗觉正在便利店值班。

她打了个喷嚏，正打算躲开空调风口的位置，就看到店长在休息室用座机打来电话。店长说："小廖，帮忙送个订单。单子打到电脑上了，你拿纸袋装好送过去。"

廖茗觉不是头一次处理外卖配送服务，但往常都只用她取好商品，包装后交给男同事，但今天店里没有别人，店长又年纪大了（其实就是想偷懒），她又没有在工作上推辞的习惯，因此也就应下了。

她一看，哦嚯，好家伙！三十盒雪糕、十五份麻辣烫A餐，也不知道这么吃会不会吃坏肚子。

其实廖茗觉没见过同事是怎么去送外卖的，店长则刚好忘了电动车正在后门充电，以至她到门口时只看到一辆收废纸箱的三轮车停在门口。

也不是不行。收废纸箱的老头刚从仓库出来，以为她有啥急事，因此追都没追，还乐呵呵晃悠着脖子上的毛巾说"同志辛苦了"。

廖茗觉也笑眯眯地道"为人民服务"。

去往目的地的路都是上坡路，她蹬着车，倒是不费劲，边蹬边唱着凤凰传奇的《荷塘月色》，一会儿就到了目的地附近。她看了眼电子地图，按导航走，稀里糊涂就到了J3公司前门处。

廖茗觉下了车，料想只停一下，交了东西马上就走。她走上台阶，只见一名戴眼镜的青年男子正在门口左顾右盼。她背着巨大的外卖包，加快脚步冲了过去。

礼嵩正等着来参加第二轮面试的女练习生，毫无时间观念的小丫头片子竟敢迟到，害他快被上司骂死。一看到哼着"游过了四季荷花依然香"的小女生迎头奔来，身高、发型和体形都匹配，他立刻抓住她，火急火燎地追问："单子呢？带了吗？"

他问的是第一轮面试通过的通知函，廖茗觉误认为是买东西的小票，连连点头就要翻兜："在这儿呢！"

"快来！"因为安排冲突，礼嵩之前没跟第一轮面试。但眼前的女生个子高挑、黑发及腰，长相也是公司那群制作人喜欢的类型，他想都没想，直接将她往里拉。

廖茗觉被拽着进门，心里纳闷，这群人是饿成什么样了，这么着急？

她被带到了一个能透视内侧的房间外，里面是舞蹈室。有三三两两的女生在走廊上排队，身高、体重、五官、风格甚至头身比例都像一个模子里刻出来的。

"你背的这是什么？赶紧放下，伴奏带呢？邮箱里这个是吗？上次发的纸给我。"礼嵩只知道催。

一位化着妆的女性从房间里探出身，问道："她来了吗？"

"来了来了。"礼嵩握住廖茗觉的肩膀，径自把她往里送，"快去。"

那一天的最后，作为一名无辜的娱乐圈打工人，礼嵩想过，这场乌龙最大的源头究竟在哪儿。

他认为廖茗觉本人必须承担百分之八十的责任。谁让她从一开始就没否认过，谁叫她来得刚刚好，谁知道她怎么就长得那么合要求，个子高又瘦，头发长，又是素颜，模特也好，演员也罢，把她放哪个选秀门口，都不会被认为是纯素人。

廖茗觉被推进去，和其他准备充分、铆足劲想进J3练习的女孩子站在一起。第一个流程是舞蹈的 freestyle（即兴发挥），第一个要表演的就是廖茗觉。

她很无助、很茫然："外卖你们不签收吗？"

送她出去的时候，礼嵩尽量放慢了脚步，因为知道回去后就只有死路一条，肯定会被骂得狗血淋头。廖茗觉这个没心没肺的，居然还敢安慰他："我们店周三有全场第二件半价，下次你过去，我请你吃饭团。"

他翻了个白眼，倒是没忘传达上司微信发来的叮嘱："你走大运了，姐姐，我们副总监亲自问你有没有兴趣下周来公司面试。"

"哦哦！你们公司是培养明星的吧？"廖茗觉之前已被店长科普过，有些小得意地捧住脸，"我长得有那么美吗？"

不是美，而是适合整的美。她的五官虽然不怎么精致，但看起来很舒服，绝对称得上底子好。当然，这种话礼嵩不可能大咧咧地坦白。

但廖茗觉还是回答："谢谢啦，但我不想当明星。"

"……你知道这是多好的机会吗？"礼嵩并不是为廖茗觉着想，单纯有点嘲笑的意思。这女生这么不知天高地厚，恐怕二十岁的莱昂纳多·迪卡普里奥向她索吻，她都会傻了吧唧反问"你是谁啊"。

廖茗觉却笑了："当明星又不是什么好事。"

事实上，礼嵩还想挖苦她几句，但看到她笑容的一瞬间，挖苦的话突然都忘光了。她是真的这么认为的。

廖茗觉脚步轻快地走出去，顿觉晴天霹雳，自己的三轮车不见了。这下怎么交差？万幸保安主动告知，他们嫌她的车影响公司形象，给推到侧门去了。廖茗觉已经拿到了访客证，没受阻拦就找了过去。她正要跨坐上车，就见几名男生从地下通道走出来。

其中一个男生穿着斯图西的灰色卫衣，袖子挽起，露出线条利落且美观的手臂。说来奇妙，他并没有那些超级英雄式膨胀的肌肉，皮肤干燥、强健有力，可还是给人以冲击性的暴力观感。

总觉得一拳就能打死她，却也很适合牢固的拥抱。廖茗觉想。

邓谆在和其他练习生说话。他们小小年纪就清楚了同事的含意，鲜少起正面冲突，不过私底下难免有芥蒂。恰在此刻，他又被半开玩笑半认真地调笑"合群点"："别老回宿舍睡觉，你又不是不会玩 DOTA（魔兽争霸）。"

"太吵。"他一如既往地敷衍，说着就要踏上相反的方向。

同一时间，他们看到身穿便利店制服、站着发呆的女生。

廖茗觉傻乎乎地站在原地，几个男生眯起眼来。有人在问同伴"是不是新来的"，有人回答"不会吧，今天东区不是有面试吗"。

很难说为什么，或许是对方清一色外貌出众的缘故，也或许是终于想起自己工作时间在外逗留太久不太好，廖茗觉笨手笨脚就要走。她低着头，尽量不去看他们，从耳朵到脸颊感觉像烧起来了似的。

奇怪，真奇怪。廖茗觉听到口哨声、笑声和嘘声。

她抬起头，看到邓谆来到自己跟前。

他正倾斜身体，为了和她对视而配合她的高度。比起上次他戴唇环、喷发胶的造型，廖茗觉认为他现在这样更好看。

练习生都是十几岁或二十出头，他们故意笑着闹着起哄："打劫！打劫！打劫！"

邓谆侧过身，不留情面地瞪了他们一眼。

他再回头，廖茗觉重新看到他的正脸。她想解释，自己没有被吓到，只是觉得他今天有点好看："我……"

话语中断，只因廖茗觉手腕被握住。他骤然把她往前拉，她也结结实实地撞到他的肩膀。邓谆把她圈进臂弯，回头没好气地教训同伴道："别吓她。"

◇　　◇　　◇

会不会有点太近了？廖茗觉短暂地失去了理智，陷入了自己的困惑中。她就连那群男生吵吵嚷嚷的调笑都没听到，过了好一阵才悄悄踮起脚，试图越过邓谆肩膀去看他背后的人。

然而，邓谆却毫不留情地将她推开。

廖茗觉踉跄了一下，身体撑着三轮车车沿，只见其他人都已不见，就只剩下他们俩。邓谆掏出手机，转头就走，颇有几分翻脸不认人的意思，刚刚一瞬间吃错药似的亲切态度已经消失，变回之前喜怒莫测的架势。

廖茗觉有点着急，连忙去扶三轮车车把手，追赶过去："哎，你等等我呀！"

"你自己不会走？"他头也不抬，嘴上也很不留情，但却没有继续往前走，一直在等她。

"你怎么从这里出来？"廖茗觉问。

他回答："在这儿打工。"

他倒也不是撒谎，公司的确供吃供住，还会发一定的零花钱。

"啊？"结果廖茗觉又开始一惊一乍，动作夸张地上下打量他一圈，"你看着年纪也不大啊！还以为你是学生呢。"

"我是学生啊，好不容易考上的。休学了而已。"他报了自己拿到录取通知书，却只读了半学期就办手续离校的大学名字。

她倒是很惊喜："那你是我的学长啊！"

"是吗?"面对廖茗觉满到溢出来的热情,邓谆冷淡地随便应付。

"天哪!我们也太有缘了吧!"廖茗觉一点都没觉察到身边人对这个话题没兴趣,只顾着自己雀跃,难以自已,"你不觉得吗?我正为了赵嘉嘉的事头疼,你就出现了,还愿意跟我做朋友!今天也是……"

邓谆一边收起手机一边回头,不知道是不是为了堵住她的嘴,主动提问:"上坡了,你一个人推得动?"

"啊?哦!"廖茗觉像乐高积木的小人儿,双手举过头顶,得意扬扬地宣布,"没问题!"

"……"他看着她,很难判断她是在拒绝他的好意,还是单纯没听懂他的潜台词。

最后,他什么也没说,径自接过她的车把手。

说实话,这场面稍微有点奇怪。她穿着衬衫款式的便利店制服,他像个帮助社区老奶奶的热心好青年,两个人在有树荫的道路上往前走,断断续续地对话。

"这里面装的是什么?"

"应该是要回收的废纸吧。"

"你还干这个吗?"

"不是……我也不知道为什么会有这些东西。"

廖茗觉想了想,突然问邓谆:"你今天干吗突然离我那么近啊?"

邓谆用反问的眼神看过去。

"就是在别人面前的时候啊,"她故意龇牙,像小狗面带凶相随时要扑上去,"不会是觉得有我这种朋友很丢脸吧!"

他对此无动于衷,只瞥了她一眼,就不紧不慢地作答:"……只是想测试一下。"

"测试什么呀?"

他倏地看向她,神态散漫,却没有敌意:"你很介意吗?"

她露出了一个狰狞而不失可爱、尴尬而不失优雅的笑容:"那倒不至于,就是想知道为什么。"在老家的时候,大家去山上摘野果吃,你爬不上去,我拉你一把,我滑下来,你托我一下是常事。她不是不习惯肢体接触的那类人。

"到了续约的时候,想探探上司的口风。"他似笑非笑地目视前方,淡淡地陈述,"他们肯定会去打小报告,假如我还有工作的机会,上司就会来训我。要是没来,估计就没戏了。"

廖茗觉没听懂,一个劲在他背后追问。邓谆却怎么都不再回答。

她眼睛亮晶晶地问:"反正你就是利用了我一下,对吧?""利用"这个词，感觉是电视剧里才有的，听起来很酷。

他却回答："你不是说和我做朋友吗？既然是朋友，帮点小忙也行吧。"

"那当然！"廖茗觉一点也不在乎，一个冲刺上前，就用手臂夹住邓谆的脖子，像对待好哥们儿似的说，"咱俩谁跟谁！"

到便利店时刚好是晚餐的时间点，她急急忙忙进去帮忙，再回头，就发现邓谆不见了。她也顾不上他，马上帮忙收银和煮泡面。

她今天值班到零点前就能走，晚餐时间和下班高峰期一过，工作总算稍微轻松一些。

廖茗觉想，什么时候还是考虑辞职吧，毕竟离学校还是太远了。

她要努力拿到国家奖学金，助学贷应该不用，下次不如跟着王良戍去多找几份工打，他好像很擅长这种事。真搞不懂，爸爸是那种级别的人，他竟然还这么勤俭……

廖茗觉一个人值班，累得不行，支撑着身体去清理冰柜里的饮料。

门外传来响声，她抱着果汁，起身招呼道："欢迎光临——"

又是他。

"你刚刚跑哪儿去了？！"廖茗觉尖声质问。

"没人说过你很吵吗？"邓谆眉都没皱一下，用那种嘲讽到极致反而失去起伏的表情回复，"回去睡了一觉。"

他还没吃晚饭，实际上连午饭都没吃，他对吃本身就没什么兴趣，进食也只是为了填饱肚子。他站在货架旁拿不定主意，索性迈开步子，优哉游哉地来到她旁边，拿起顶端的饮料问："这个好喝吗？"

"呃……我没喝过，"廖茗觉两三下就把篮子里的商品补充好，蹲着仰起头看着他说，"你不会没吃饭吧？"

邓谆没吭声。

廖茗觉当即一跃而起："那怎么行呢？！"

她拽住他的衣袖，马上把他带到零食区域，言之凿凿地劝说道："你知道现在几点了吗？这个时候才吃晚饭，你的胃会坏掉的！光喝饮料也不行，这几个我看着挺好吃的……"

看着她推荐的麻辣小龙虾味虾条、螺蛳粉味薯片和草莓蛋糕味干脆面，邓谆犹豫了一下，最后还是表示了敬谢不敏，扭头要走。

"等等等等！"廖茗觉硬拉着他不让走，"我知道了！我弄给你吃！你别走！"

确认他终于停下脚步，她这才溜到柜台后面，先看了眼手机的时间，然后闪进休息室,没一会儿就拿着乐扣乐扣的便当盒出来了。

廖茗觉边打开边说:"放心,饭盒是我昨天才买的,洗过了,都还没用呢。饭也是早晨蒸的,不是剩饭。"

忽然间,她又停顿了。

廖茗觉冷不防抬起头,目不转睛地看着邓谆。他不明所以,她却想起在大学宿舍垃圾桶里见到的情形,末了问:"你们是不是都挺在意这个的?"

他挑眉,倒是没说话。

她还是把饭盒盖上了,转头想去拿店里出售的速食乌冬面。她想,至少这次,她学会先问一下对方的意见,也算进步了吧。

一瞬间,她被捉住了手臂。

邓谆看着她,在供人出入的隔板外轻描淡写地说:"你打算让我吃你的?"

"嗯。"她没否认,眼睁睁看着他抽回手。

"你自己不饿?"

"呃,打工的时候反正吃得晚,"她霍地朝他微笑,古灵精怪地挤眼睛,"我都是自己带饭,会偷偷浇一点关东煮的汤,还有在老家做的菌菇酱。很好吃哦!"

邓谆望着她,随即也笑了。他说:"那一起吃吗?"

她开心不已:"你不嫌弃我的饭?"

他回复:"难吃的话会有点。"

"不可能!"廖茗觉拍着胸脯承诺,"我的伙食可好了!"

"那我给你把剩下的放上去?只要补满缺的就行了吧?"他走到她装满商品的购物篮旁。

"哦!谢谢!"她有点受宠若惊,毕竟没想到他还会主动帮忙,"放那儿就好了,等会儿我会做完的。"

"你一个人也挺累的吧。"他却没有停手,接着帮忙做下去。

廖茗觉看着他的背影,有那么几秒钟愣住了。

她回想起平日里接触的同龄男生,要么臭烘烘,要么闹腾腾,要么油腻腻,要么就是自以为了不起,相比之下,邓谆这个人好温柔、体贴啊。真是个好人!

她由衷地感慨,这世界上果然还是好人比坏人多。

廖茗觉很快就加工好了半成品的晚饭,拿到座位上,两个人一起吃。

邓谆拆开一次性筷子,毫不客气地取了很大分量的手工酱,和米饭一起送进嘴里,没什么表情地咀嚼。

廖茗觉全神贯注地盯着他,直到邓谆注意到,看过来。他骤然展露出笑脸,仿佛灯光镀过钻石表面，刹那间熠熠生辉，漂亮到刺眼。不得不承认，他是能用脸骗人的类型，太擅长伪装。于他而言，扮演无辜者着实易如反掌。

邓谆问："总看着我干吗？"

他其实是明知故问，却没想到她爽朗地发笑。她说："天啊，你长得真帅，我刚刚一下子都看呆了！"

她的笑声清爽、干脆，仿佛这样的感想发出后就淡忘，不值一提。对她来说，没有什么需要遮遮掩掩的，想到就说了。称赞别人不用畏畏缩缩。

他的目光在她脸上滞留，强行移开时有过转瞬即逝的难堪，他生硬地换了话题："你饭量很大。"

"嗯？"她也直截了当地承认，"对啊，感觉很容易饿。不知道是不是还要长高——"

他们坐在一起，吃她做的饭。

肖屿崇开车赶到时看到的就是这一幕。

邓卓恩到底没有出道，只在圈内人里小有名气，但肖屿崇也不关心这些。他下了车，从那个方向只能看到男生的背影，以及廖茗觉笑得前仰后合的蠢样子。

他没进便利店，而是打了个电话过去。她的手机放在收银台，起身绕过去接通。

肖屿崇随即走进便利店。廖茗觉和肖屿崇的关系不冷不热，不陌生，但也算不上亲近。非要说的话，主要仰仗的还是她单方面的自来熟，一旦要他主动，气氛就怪怪的。

"我有学校的事要跟你说，"肖屿崇板着脸，"你该下班了吧？"

"啊，是差不多了。"廖茗觉看了眼时间，"但值夜班的同事可能会迟到……"

肖屿崇面色不善，视线却直奔她身后的人："他不是吗？"

廖茗觉回过头，只见邓谆单手拿着餐具，仿佛不经意似的问她："我拿去洗？"

"没事，我来吧。"她伸出手，他垂下脸，两个人的距离很近。

会不会有点太近了？

肖屿崇又想起白天在学校停车场撞破的情形，还不知道那群女生究竟在盘算什么。他虽然不爱管闲事，但好歹廖茗觉住在他家，能提醒还是提醒一下。廖茗觉这种开学不到一个月就得罪同学的傻子，无缘无故接近她，尤其是男的，八成都不是什么好东西。

身体先意识一步，他还没下决心，就已经攥住她的手腕。肖屿崇把廖茗觉拉到自己身边，道："还干什么？不是都说了要下班？带走洗也一样。我们回家。"

廖茗觉穿着帆布鞋，在光滑的地板上平移了几厘米，眨了眨眼睛，疑惑地瞪着肖屿崇。

她还没回过神，另一边的邓谆已经按住她的手臂。他不确定来人和她是什么关系，只觉得对方匆匆忙忙，很可疑，他展开电力满格的笑容，眼睛闪闪发亮地看向她："今天的饭很好吃，谢谢你。"

廖茗觉真的搞不懂这两人在发什么神经。

她像躲避蹭上来的小狗一般甩开他们，看看一个，又看看另一个。"哈哈，回去就回去呗，你今天怎么了？"她想缓解气氛，于是笑了起来，随手挥出去，一下砸中了肖屿崇的肚子，"说话和我老妈一样！"

肖屿崇按着腹部弯腰。

"你也是，"廖茗觉丝毫没意识到自己因为常年干活儿手劲非比寻常，随即捶向邓谆的肩膀，笑着说下去，"怎么搞得跟我老公似的！"

邓谆捂着肩膀倾身。

◇　◇　◇

回家路上，肖屿崇感觉肚子隐隐作痛，却又不好意思直说自己被一个女生打到内伤。廖茗觉坐在副驾驶座位，一心一意摆弄着手机，真难想象，这样一张朴素的脸，这样纤细的四肢，下手可真够重的。

"你还在联系同事？"他随口问了一句。

她摇摇头，转过来脸时豁达地回复："跟邓谆聊天呢。就是刚才那个人，我们今天才加的好友。"

说到这个，肖屿崇就顾不上痛了。其实他刚刚就想问，碍于对方在场，外加他和她似乎也没那么熟，所以才没问。眼下正是最适合旁敲侧击的时候，没必要放过。他问："他是谁？"

"哦！他是……"廖茗觉本来想实话实说，但仔细一想，事情的渊源似乎有些深。该从哪里说起好呢？于是，末了，她只说："一个朋友。"

"……上次那个王良戌，你也说是朋友。"

廖茗觉干脆利落地承认了："对啊！"

好怪。她一解释更怪了。肖屿崇感觉被人强行喂了一只马蜂，在胃里嗡嗡叫。

他们进家门，肖叔叔和肖阿姨正在看篮球赛转播，见他俩回来很高兴。尤尤其是肖阿姨，立刻嘘寒问暖，然后就要去给他们煮消夜。

肖屿崇的妹妹肖娅卿从沙发上露出脸，嗤笑一声，阴阳怪气地说："你什么时候跟她关系这么好了？还一起回来。"

"我刚下班，要不是肖屿崇来接，我就只能走路了。"廖茗觉以为肖娅卿是在跟自己说话，高高兴兴地作答，"真的很谢谢他。"

肖娅卿微不可察地喊了一声，轻轻地埋怨道："又没跟你讲话。"

廖茗觉倒也没往心里去，只要别人没指名道姓，她听不听一般都是靠缘分，眼下她的耳朵自然关闭了，所以不以为意。

反倒是肖屿崇有点尴尬，脸色铁青、脾气很差地说了句："我跟她是同学，一起回来怎么了？"

他们俩上了楼。

提到学校，肖屿崇这才想起自己还没干正事。他大老远地去找她，为的就是当面提醒一句，毕竟都上大学了，如今孩子也早熟，她们又在一个宿舍，谁知道那几个女生会搞什么鬼。要说不良少女，通过妹妹，他也算了解了不少。打起架来扯头发的，拿指甲挖人的，想想就觉得不得了。

廖茗觉走进房间，打开灯，刚要关门，就被一股力气挡住了。

肖屿崇想在门口聊完就走，索性抱起手臂，靠在墙边问："你是不是跟咱班的女生相处得不太好？"

其实他这个开场白有点虚伪。肖屿崇自己也知道。

毕竟军训这么久，他们男生宿舍当然也有夜聊。女生那边的情况他不关心，却也被迫听了一耳朵。目前来看，总体来说，最受男生欢迎的还是赵嘉嘉那一挂，又会收拾自己，和异性来往又开放。而事关廖茗觉，多半关键词是"奇葩"、"乡下人"和"学霸"。

"学霸"肯定是褒义词。假如说"乡下人"是中性词，那么作为贬义词存在的"奇葩"则来自学院新晋小美女赵嘉嘉的评价。

廖茗觉被讨厌的事连男生都已经觉察到了。

"是有点误会。"廖茗觉回答，"不过没事，我已经在想办法解决了。"

肖屿崇被她这天真的语气搞得来火："怎么解决？就你？你要怎么解决？"

"哎呀，放心。反正没事的。"说实话，她有点想洗澡了，现在没空和他闲聊。

看她这不领情的态度，外加刚刚挨了打的恼火，他有些忍不住了，语气也加重："你到底怎么搞的？"

已经被王良戊和胡姗打击嘲笑过，廖茗觉不怎么想再提这件事："都是我不好,不懂人家的规则而已。以后我会学的。明天要回学校,你也早点休息吧。拜拜。"

眼看她就要关门,还好他眼明手快,直接抵住门。

"喂——"肖屿崇真的纳闷,这人怎么这样,他百思不得其解,"你打算怎么解决?她们打算整你,你知道吗?"

"整我?怎么整?"廖茗觉打着哈欠,一副根本没放在心上的样子。

"是你要注意,不是我要小心。"

廖茗觉又打一个哈欠:"哦,你也不知道。那我等着她们来吧。总得她们开整了,我才知道怎么应付。"

感觉自己被质疑情报不全,肖屿崇觉得她有点把好心当成了驴肝肺:"你能搞定?你别把娄子越捅越大就行了。哪儿有你这样的,刚开学就跟人闹成这样。你要是在学校出什么事,我爸妈会找我,你知道吗?"

他说的话,她一个字也没听进去。廖茗觉倍感狐疑,终于用一句话点燃引线:"我的事情,你为什么这么较真啊?"

"没常识也要有个限度吧?我不是说了吗?我爸妈会找我的麻烦!"

"真的假的?那我去跟叔叔阿姨说一声。"她侧身就要走,却被他猛然拦住去路。

"……你打工赚来的钱呢?"这是肖屿崇人生中头一次觉得自己啰唆得宛如八旬老太,"去请你的室友吃个海底捞!你知道海底捞吧?我真是佩服你,怎么什么都不知道?那里是吃完买单。"

结果她反倒生气了:"你在看不起我吗?我当然知道海底捞是什么!"

两个人的争吵声传到楼下,就连肖阿姨都来到楼梯下,担心地往上看:"这俩孩子没事吧?好久没听到屿崇这么大声吼人了。"

他们大吵一架,不欢而散。

肖屿崇就没见过这种狗咬吕洞宾的人,廖茗觉也感觉他莫名其妙。他换了件衣服,准备去书房玩会儿游戏,不偏不倚,在走廊上撞到她抱着浴巾和睡衣去洗澡。两个人望着对方,都没有在"看谁先移开目光"的比赛中认输。

然而,即将擦肩而过时,她却率先出声。

"肖屿崇,"廖茗觉转过身,看着他的眼睛说,"谢啦。"

肖屿崇满脸困惑,甚至以为这是什么挖苦讽刺的新方法。

她大大方方地解释道:"虽然刚才你好像要找我吵架一样,但其实是想提醒我吧。谢谢你。不过你真的很不会说话,明明是个好人,偏把自己弄得像个来找碴的。"

他怔怔地站在原地,一时间居然不知道说什么。她却若无其事,错开身离去,该干吗干吗。肖屿崇迟疑片刻,缓过神时已经下意识叫了她的名字:"廖茗觉。"

小麦色皮肤的女生回头,长发披肩。廖茗觉打着哈欠看过来,整个人不修边幅,除却不错的比例,放在现在大部分人的审美里只能说是普通。

她像某种明亮的东西,坦坦荡荡,无所畏惧,理直气壮,"本性难移",让人本能地想回避,又鬼使神差地伸出手去触摸,她像是光。

大学开学,学习当然是重点。

大一以必修的高校公共课为主,除此之外,也有一些本专业的入门级科目。虽然几名老师带着研究生下田去了,又被洪水困在了当地,以致课程顺延,但廖茗觉还是很激动,每天都是想伸出双臂在天台上大喊"我是大学生啦"的一天。

而在学习之外,其他事也进入了新生们的视野。

"今天晚上学生会来我们院开宣讲会。"胡姗转着食堂的勺子,餐盘里的食物几乎都没动。

廖茗觉毫不客气地捞过来吃,即便她已经吃了满满当当一份大盘鸡面:"那是什么东西?"

"是大学学生会的第一轮面试。"王良戌耐心地解释给她听,"到时候会介绍每个部门的职能,有兴趣的话提前带照片去,填写表格,交到想去的部门,和那里的学长、学姐聊聊天,然后回去等消息就好了。"

"哇!"廖茗觉只在小说和电视里见过,他们初中连操行评分制度都没有,到了高中她才头一次知道广播站,学校没有学生会,只有类似值日生的职务,"你们去吗?"

胡姗补了点唇彩,淡妆反而凸显出她冷冰冰的气质:"我顶多参加个社团吧,跳舞之类的。学生会好像很忙。"

王良戌也说:"嗯……我倒是更想打工。但你想参加的话,我也陪你去看看吧。"

廖茗觉一蹦三尺高,道:"太好啦!"

还没到晚上,她就迫不及待了。

胡姗本来想给她化个妆,但转念一想,要是她因为长相被选上,估计之后只会引来麻烦,最后还是作罢。

王良戌提前来到女生宿舍楼下,廖茗觉冲刺下楼,兴高采烈地跟他核对该做的准备:"两寸照片,带了!笔和笔记本,带了!开学前才去商场买的新衣服,穿了!灵光的脑子,带了!"

"都带了就好。"王良戌笑眯眯地附和道。

"最重要的是自信,"廖茗觉模仿短视频里的美有姬老师,动作浮夸地一转身,帅气地说道,"来!试试看!"

王良戌鼓掌:"不错不错。"

走之前,他笑着岿然不动,默默打量了一周。有些同级生途经门前,试探性地和他打招呼,他也简单地回应,扭头跟上廖茗觉。

没想到参加宣讲会的人还不少,他们到时,多功能教室里已经聚集了不少新生。

"我去拿下表格,你就在这里等吧。"王良戌说。

廖茗觉随便找了个位置坐下,掏出手机想拍张照片发给妈妈。突然间,一道身影闯入镜头,她抬起头,看到一个没见过的男生。

"你好,你是新生?"他的笑很平易近人。

她懵懵懂懂地点头:"嗯,你也是吗?"

"我大三了,"陆灿说,"我叫陆灿。"

"哦哦,学长好。"自从开学以来,她好像还是头一次跟高年级生一对一说话。

陆灿侧着头,仔仔细细地打量她。廖茗觉毫不避让,也直勾勾地看回去。她的做法倒让他有些始料未及。

陆灿支起下颌,手臂搁到桌上。他饶有兴趣地问:"学妹,你有男朋友吗?"

◇　◇　◇

陆灿浑身上下的打扮很干净,笑容爽朗,与人接触时也能把握好距离感,是不会给人负担的那种异性。所以,他问"你有男朋友吗"的时候,廖茗觉稍微有些措手不及。

万幸不等她回答,他就双手并拢,笑着说了下去:"不好意思,有点唐突了吧。没别的意思,是这样的……"他不经意地靠过来,在她旁边指向正在收集表格的秘书处,略微压低声道,"那边那个穿条纹衣服的人和我是同级,假如是长得漂亮的单身女生,可能会被他缠着问微信号。我们都受不了他这样,所以到处提醒一下学妹。"

"哦。"廖茗觉恍恍惚惚地点头,反应平平无奇,倒是看不出究竟有没有觉察到自己被称赞了"长得漂亮"。

陆灿轻轻用手指敲打桌面，轻飘飘地提议道："假如到时候真有什么麻烦，跟其他学长、学姐说也可以。"

然而廖茗觉的答复较之前也就只是多了一个"哦"而已："哦哦！"

得亏他没觉得自己被怠慢，想问什么照常问："你是在这里等朋友吗？"

"是呀，"而廖茗觉也成功展现出友好的态度，"学长也是学生会的吗？"

"嗯，我是学习部的。"

"那是做什么的？一起学习吗？"廖茗觉刚问出口就中止，说着"等一下"，低头掏出手机打开搜索引擎自己查。

陆灿笑着靠过去，低头看她手机屏幕上的内容。她忽然抬头，险些撞到他的门牙。两个人都笑了。

"抱歉哈，我不知道的事有点多。老问别人也怪不好意思的。"廖茗觉笑着，身体无意识地前后晃动起来，她随和地道，"我现在知道了。"

陆灿看着她的眼睛："那你有兴趣到我们那边吗？"

廖茗觉几乎想都没有想就回答："我打算去传媒部！"

他们之间又陷入沉默。

好在很快，另一个人的声音从座位后响起："廖茗觉。"

他们回过头，就看到身材高挑的男生手拿空表格和水笔走来，王良戌的笑容乍一看还是挺和善的，他道："这位是——"

"哦！王良戌！"廖茗觉立刻把座位压下来，让王良戌得以方便地坐下。

"我是学习部的，叫陆灿。"陆灿才开口，就看到远处有学姐招手。他起身，和他们匆匆道了个别，随即快步过去。

廖茗觉兴致勃勃地取下笔帽，认认真真地填写起表格。王良戌则直起上半身观望，好一会儿才低下头，帮忙拆开胶棒帮她贴照片。

"你想去传媒部？"他拿起那张纸，并根据上面的笔迹发表评论，"我还以为你会去女生部。"

"女生部？"廖茗觉从没听说过这种部门，甚至都想象不出会干吗，拿起手机就要搜。

王良戌先一步做出回答："我们学校的话，好像女生节会有一些活动，比如穿汉服、拍照之类的。"

"汉服？"廖茗觉完全为这丰富的校园生活所震撼，"还可以在学校穿汉服吗？"

王良戌被她吃惊的表情逗笑，慢慢地说："那当然了，JK（女高中生）和Lolita（洛丽塔）应该也会有吧……"

"哦！"她忽然撞了一下他的肩膀，故意挤眉弄眼地开玩笑，"那你岂不是很喜欢！"

"……我那天是为了发粉丝福利好吗？现在有的女生就喜欢看那种。又不是因为喜欢才穿的。"

"好啦好啦，那这个部门就只有女生吗？"

"也有男生。"表格另一面是每个部门的介绍，王良戊边看边问，"为什么想去传媒部呢？"

廖茗觉很开心："我看到网上说，传媒部的会参与很多学校活动，因为到处都要拍照、录像什么的。"

"那不就是工具人嘛。"

"但我们中学都没有这样的东西，所以很想见识一下啊！"她坦然地笑起来。

望着廖茗觉，王良戊不由得想起他们曾经聊过的故乡、家与过去。

他也微笑："那就加油吧。"

聊得差不多了，廖茗觉又检查了一遍有无错别字，再让王良戊帮忙审核了一遍，两个人踏上了提交的旅程。

传媒部有两位学姐在坐镇，学姐收下表格后请廖茗觉坐下。王良戊在背后揉了揉她的肩膀，她也抬起脸朝他点点头，然后才郑重其事地看回去。

学姐很亲切，笑着寒暄，"军训晒吗"，"宿舍条件怎么样"以及"有没有吃西食堂的豚骨拉面啊，特别好吃"，顺便扫了眼王良戊，羞答答地问她："这是男朋友？感情好好呀。"

廖茗觉字正腔圆、中气十足地回答："不是男朋友，是好朋友。"

学姐觉得她有意思，继续打趣道："那你进了我们部门的话，他会不会跟来啊？"

"会吧！"廖茗觉两眼放光，龇着牙说，"可以让我入部的话，我天天拽着他来！"

学姐齐刷刷地捧腹大笑，之后又随意问了几个问题，聊了聊，面试就结束了。

廖茗觉和王良戊一起回去，一路上碰到不少同学，大家主要还是和王良戊打招呼。但刚面试完，廖茗觉心情很好，所以一点也不介意，反倒主动问候。俗话说伸手不打笑脸人，大家无冤无仇，顶多只是有些尴尬和偏见，见她落落大方，也都没再固执，笑着说"嘿"。

廖茗觉回宿舍洗了澡，刚爬上床，就看到赵嘉嘉旁边的朋友朝她笑，甜丝丝地问:"学生会的宣讲会人多吗?"

"嗯。"她点了点头。

"你进了吗?"

廖茗觉实事求是地说:"还没出结果呢。"

她看到她们几个彼此朝对方笑了一下。按理说,不管怎样,她这句话里应该没什么奇怪的地方。

廖茗觉不知道她们在笑什么,但她不喜欢这种气氛。

在宿舍,廖茗觉主要是和胡姗来往。另外有三四位室友,被搭话还是会回应,只是姿态略有些窘迫。赵嘉嘉和她的朋友则霸气外露得多,不过,廖茗觉也没再试着跟她们沟通,不是放弃了解决问题,而是校园生活实在是太——丰——富——了!

真的上了大学,廖茗觉才发现,原来大学里的活动竟然有这么多。学生会、社团,这两项就已经足够五花八门,就连班上也不纯粹是聚在一起读书,还要举办拉近关系的班会活动。

那一天班会,他们找了间空教室,摆放好用班费买的零食和饮料,然后大家分组围成几个圈,坐在一起玩狼人杀和"谁是间谍"的游戏。

这些游戏廖茗觉听都没听说过。

刚宣布要玩,她就默默翻出手机开始搜索。胡姗冷不丁凑到她背后,阴恻恻地说:"你没看过综艺吗?电视上应该有吧。"

廖茗觉吓得猛缩,差点把手机摔到地上,结结巴巴地回答:"呃……我平时其实都是放假才看,也只看看电视剧什么的。"

"没事,"胡姗不假思索,直接把她拉到身边,"等会儿我教你。"

坐下时,胡姗又低声自言自语了一句:"不过没玩'真心话大冒险'还是挺有良心的。"

"谁是间谍"比较简单,没两下廖茗觉就搞懂了规则。她很快有些翘尾巴,认为大都市孩子们的乐趣也不过如此,主动提出挑战狼人杀。胡姗从鼻子里发出冷笑,大手一挥,带她去狼人杀局的座位坐下。

规则还过得去。但是,角色扮演这种游戏方式实在称不上简单。

大家都是老游戏咖,玩了一圈,都看得出她好欺负,于是屡次三番先选她下手,不管她是不是狼人,总之先坑了再说。胡姗保护欲强,恨不得像老鹰抓小鸡里的母鸡一样把廖茗觉护在身后,因此一旦廖茗觉吃瘪,她就忍不住地垮脸、咂嘴加跺脚。

廖茗觉也感觉不对劲。为了防止胡姗把桌子掀了,她找了个机会,起身说去休息会儿。

没想到她一走，胡姗反而斗志翻倍、热血沸腾，没了软肋，更要把刚刚欺负她们的同学全凌虐一遍。

廖茗觉看到王良戊，在他旁边坐下，拉开易拉罐喝饮料，又用手机拍了张教室里热热闹闹的照片，发给联系人。直到收到回复，她才发现自己发错人了。

却说邓谆和廖茗觉交换了联系方式之后，就没怎么再联络，消息始终停留在当晚最后的"拜拜""再见"上。偶尔瞄到，他也想过，她倒沉得住气。毕竟只要是差不多年纪的女生，一旦要到他的账号，没过多久就会想方设法联系他。

终于，这个晚上，她也不免俗，发来一张同龄人闹腾腾团建的照片。

廖茗觉说"对不起，发错人了"的时候，邓谆只当是借口。男生女生都这样，为了发起话题，情愿假装犯错。再厉害一点的，估计会声称本来要发给另一位备选异性，好引起同性之间的竞争心。

他刚好在回宿舍的路上，停下脚步，开始编辑信息："本来要发给谁？"

说实话，能让他愿意继续话题本身就已经很反常。

邓谆以为会得到"一个哥哥""一个学长"或"一个朋友，男的"之类答案，结果廖茗觉说："老韩头！"

邓谆在地铁站里站定，忍不住回了个问号。

"你还记得那天我们推的三轮车吗？就是老韩的！他在那一带收废纸箱。"廖茗觉津津有味地打字道，"之前他跟我说他孙子想辍学，不参加高考了，我想着发点大学的东西给他。大学多好啊，不来太可惜了。"

邓谆编辑良久，最后只发了一串省略号。他又问："你现在在做什么？"

"搞班会！大家一起玩游戏呢！"

就连邓谆自己都惊讶于自己的耐心："好玩吗？"

"嗯嗯，"廖茗觉盯着手机笑嘻嘻的，"可有意思了！我头一次玩了狼人杀！"

肖屿崇抱着手臂冷冷地看过来，腹诽说，真是傻，傻透顶了，怎么会有人看着手机笑成这样。他按捺不住，终于还是走近，刚来到她跟前，还没开口，就见她仰起头。廖茗觉笑得眼睛弯弯的，连连招手说："哦！肖屿崇，你过来，快过来。"

肖屿崇感觉自己像个傻子，半信半疑地坐到她左边。

她又用手肘推搡右边看书的王良戊："来拍个照！"她举起手比"V"，王良戊和肖屿崇都入镜，"来，说茄子！"

事实上，虽然没什么人在意廖茗觉，但王良戊和肖屿崇可是班上大部分女生的关注点，外加在男生里人缘也好，他们刚凑拢，立刻就有人搭话："你们拍照啊？"

更有行动力的已经挤进镜头："我也来，我也来！"

"等等我！"

随即一发不可收。

廖茗觉的观点是人多热闹，人越多越好，所以来者不拒地答应。

另一旁的赵嘉嘉正在和朋友涂指甲，看到这一群人其乐融融的样子，尤其中心还是廖茗觉，实在忍不住耻笑，然而马上就被牵连——

"欸，赵嘉嘉你们不过来吧？那来帮忙拍照。"

大家都看着，赵嘉嘉气不打一处来，无话可说，直接夺门而出，留下一教室人面面相觑。

那一天晚上，邓谆在回宿舍途中收到意味不明的照片，点开来，能看到廖茗觉在人群中间，头发乌黑茂密，穿着绿色的短上衣，用力比剪刀手，笑得灿烂而明朗。

她发来的消息里，文字内容是："要是你也能一起玩就好了。下次我教你玩狼人杀。"

他脑海中闪过长头发、绿毛衣、地铁、她的笑。

列车飞驰，气压差异造成耳膜短暂地不适，公共屏幕里是宣传动画片。耳机里正在播放 The White Stripes 的歌，却不再是 *We're Going to Be Friends*，而是 *Fell In Love With a Girl*（《爱上一个女孩》）。他确实已经很久没像现在这样笑过。

这座城市的常住人口超过 2000 万，两个人相遇，再见，他记起她来。

邓谆坐过了站。

4 没有人是不会伤心的

一直愿意倾听朋友的烦恼，永远希望帮朋友解决问题，这对她来说是理所应当的事。

大学英语的随堂测验结束后，胡姗拿着奶茶咬着吸管过来，就看到廖茗觉一脸掉了身份证的沮丧表情，整个人瘫倒在桌面上，还时不时发出欲哭无泪的呜咽声。

"怎么了？"胡姗疑惑地伸出手，从她桌上掀起盖住的考卷，随意查看，紧接着停止喝奶茶，不由得发出惊呼声："全对？这合理吗？虽然这考的就是高中内容，但这么多题……"

廖茗觉继续趴着哼哼唧唧，漫不经心地回复："我高考英语是满分。"

"……"胡姗边保持震惊的状态边掏出手机搜索，内容是廖茗觉的大名以及她老家所在的省，很快就出来了标题为"省内唯一一名高考英语满分的考生"的新闻，虽然没有廖茗觉本人的照片，但有她学校英语老师的采访。胡姗道："那你为什么一脸不高兴的样子？不知道的还以为你便秘呢。"

廖茗觉委屈地吸了吸鼻子，不高兴地回答："我不便秘，我只是觉得自己很傻。"

"怎么了？"

廖茗觉看了看周围，向胡姗招了招手。胡姗倾身，把耳朵贴过去，就听到廖茗觉嘀嘀咕咕说了句什么。胡姗一连问了好几次"什么"，甚至都有些不耐烦了。廖茗觉实在别无他法，然后才坦白："……我竟然以为海底捞是做水疗的。"

说起来情况还挺尴尬的，她听到同学在聊天就冲过去，想搭个腔，看有没有可能拓宽交际圈，却因对关键词的理解误差导致整个对话如下：

"等下去海底捞吗？"

"不会还要排队吧？周末人都好多。"

"刚好也要做指甲了——"

然后廖茗觉就加入话题，道："真的吗？海底捞生意那么好吗？那么多人去做水疗啊？"

得知全部经过，胡姗根本没放在心上，毕竟廖茗觉像这样没常识已经不是一两天了。她搅拌着奶茶问:"今天给你点的乐乐茶好喝吗?和上次比怎么样?"

"喝不出区别。"廖茗觉支撑着起身,和她一起去上下一节课的教室。

负责教"植物保护学科概论"的老师是个总是板着脸的老头,名字叫王绍伟,很敬业。

下课以后,大家一哄而散。胡姗收拾得比较慢,廖茗觉在讲台边等她,顺手帮忙擦了黑板,结果被王老师看到。老师推了一下老花镜,手翻花名册,突然厉声喝道:"你是廖茗觉是吧?"

廖茗觉回过头,做梦一样点了点头,差点以为自己要被骂,正反省自己干了些什么,就看到老师变脸堪比老川剧表演艺术家。

"你是个懂事的好孩子!"他笑眯眯地冲她伸出手,"来!这个送给你当奖励!"

竟然是夸她!而且还有奖励!

廖茗觉喜出望外,美滋滋地伸出手。王老师的笑容显得那样亲切:"你拿着。"她体会到一股奇妙的触感。

廖茗觉看到自己手上落下一只虫。

那是一只巨大的飞蛾,有着浅绿色的翅膀,末端长长地垂落。她目瞪口呆,短时间内甚至忘记要做什么,嘴巴也张大了,却良久没能发出声音。

王绍伟则扬扬得意地摸着胡须:"今天提前去备课,就在露天楼梯间看见它的尸体。寿终正寝的长尾天蚕蛾竟然能被我碰上,看来最近运气不错……"

延缓了十几秒,廖茗觉才猛地抽手,大叫一声往后退。胡姗也被吓到了,但还是有些意外,嘀咕"你应该不怕虫吧",马上得到"我是不怕,但这太突然了"的回答。

看到廖茗觉这副样子,反倒是王绍伟很受伤,他长得本来就有点像《快乐星球》里的老顽童爷爷,情绪激动时皱纹堆积,看起来就更像了。"老顽童"愤怒地谴责:"这种卷尾巴的多少见你知道吗?多漂亮啊!这颜色!这后翅斑纹的形状!"

廖茗觉哀号:"可是吓死我了。"

王绍伟无奈,捡起飞蛾,扬长而去。

回到宿舍,赵嘉嘉她们外出了,气氛缓和许多,廖茗觉甚至哼起了歌。就在这时,隔壁宿舍的女生过来,手里拿着大包装的巧克力,直接就朝廖茗觉走来:"我生日,没买蛋糕,但叫了比萨。等会儿过去吃呀。"

女生说完就走了,廖茗觉受宠若惊,缓过神来追出去,在走廊上说:"生日快乐。"

女生正将巧克力分给别的同学,扭头朝她一笑,过来特意抓着她的手走了几步路才开口:"之前赵嘉嘉说了些话,大家一下都信了,所以搞得气氛有点怪。但真的一起上课了就知道,你挺好的。尤其跟胡姗及王良戊一起,简直就是'火箭队'。"说到最后,她自己都笑了。

"火箭队?"

"就是那个动画片里的呀,"女生止不住笑,"武藏、小次郎……"

"哦哦哦。"廖茗觉回想起火箭队里的女性,武藏梳着奇怪的发型,却是火箭队三人组的领头者,跟她还是有许多共通之处的——

然而,女生却满脸笑容地说了下去:"你太像喵喵了!"

无法接受自己被说像一个连人都不是的卡通角色,廖茗觉认真反省,觉得自己太闹腾了,一点都不矜持,完全没有知性女性的魅力。

她决定改变。

首先要有仪式感。廖茗觉找到胡姗,麻烦她把自己拾掇得精致一点。

胡姗抠着耳朵,很嫌弃地叫她坐下。

这一天去上课,廖茗觉梳了两个低的马尾,发尾用胡姗的卷发夹烫过。刚好有王绍伟的课,他看到她后脱口而出就是一句:"长尾天蚕蛾!"差点没把廖茗觉气晕。

同是姓王的,也同是男的,不过是年龄有一定差距,王良戊就好多了,笑着称赞:"很可爱。你还化了妆?"

"嗯!"廖茗觉颇有一种"灰姑娘大改造"的自信,"胡姗帮我化的!"

而作为主执行人的胡姗功成名就,在一旁给自己补睫毛膏。

得到了好朋友的夸奖,廖茗觉很是骄傲,立刻跑去同班另一个称得上熟的人跟前嘚瑟。肖屿崇最近正为转专业的事心烦,竟然沦落到临时补作业,心里极度无奈,也极度谴责自己,正低着头唰唰唰地写,就听到旁边同学跟来人打招呼。

他抬起头,先是看到廖茗觉那件穿得起球的绿色毛衣,都已经开始咂嘴了,准备冷冰冰地说"有何贵干",再往上,就看到她眉眼分明、刷了睫毛膏又涂了唇彩的脸。

肖屿崇定住了。

廖茗觉晃悠着催促道:"怎么样啊?问你呢!"

他仍然没表情,只是伸出手,拽了下她一侧的辫子。"蠢死了。"他说。

廖茗觉也不生气，自讨没趣地说了声"好吧"，然后就回到座位，坐下的同一时间才抱怨道："本来还想借作业给他抄呢。"

"男人不值得。"刚涂过口红，胡姗正对着镜子抿嘴唇。

王良戊轻轻笑起来："肖屿崇同学迟早要栽跟头啊。"

"栽跟头？"胡姗看过来，"什么跟头？"

课程进行中，有人从教室后门进来，径自走进连排的座椅中，来到他们正后方。陆灿笑着，手指轻轻扣住廖茗觉的座位靠背："嘿。"

廖茗觉猝不及防地回过头："……陆学长！"

"传媒部的终面，你已经参加了吧？"陆灿说，"假如有什么内部消息，我一定第一时间告诉你。放心，你成绩不是很好吗？像你这样的，只要是个正常人，都会让过的。"

三名低年级生对视一眼，表情都意味深长。

胡姗作为代表人发言："可惜就是不太正常。"

恰好下课铃响，陆灿邀廖茗觉到教室外面去，说要给她看看传媒部去年总结大会的录像，留下胡姗和王良戊坐在位置上。

看到前排座位上的肖屿崇明显留意到这边，"火箭队的小次郎"终于补充完刚才的话："就是栽我这种跟头啊。"

陆灿和廖茗觉越走越远，走到教学楼下相对冷清的空地。廖茗觉专心致志看着他手机里的视频，陆灿则一心一意注视着她。似乎想问什么，廖茗觉回过头，陆灿却忽然问："你化妆了？"

"嗯！"廖茗觉一怔，随即微笑，伸手去蹭涂过BB霜的脸，"看起来很奇怪吗？"

他下意识抓住了她的手，阻止她再擦："不，挺好看的。"

这个姿势在正当的异性交往中并不那么常见，暗流涌动，廖茗觉没什么反应，反倒陆灿蓦地窒息。他发出近似干哕的声音。

脖子被衣领勒住，陆灿被人从后面拽住，整个人向后仰。他看到一张俯视着他的脸。

邓谆没有任何表情，整张脸像刚脱模的雕塑，考究得具有艺术感，肃穆到凶神恶煞。片刻间，陆灿无缘无故回忆起自己读过的一本漫画，内容大致是学校石膏像复活，提着刀，杀人不眨眼。

伊藤润二的恐怖故事在主人公遇害之际戛然而止，而现实则中止在一个声音响起时。

"邓谆！"廖茗觉脸上绽放出笑容，"你来学校了！"

一切都停顿了一下。

陆灿感觉自己被扶着背站稳，然后他看到男生的微笑。邓谆笑着说："嗯，来办手续。你们刚才在干吗呢？"

用"甜蜜"来形容男生的笑容或许有些奇怪，但邓谆确实就像某些类似的事物，比如涂满糖浆的藤网，又比如刷上蜂蜜的砧板。邓谆朝陆灿笑了笑，脸上除了友好和关切以外找不到其他情绪，简直令人以为刚刚那种状态是错觉。

"不好意思。我本来想拍拍你肩来着，一不小心，"嘘寒问暖也好，内疚自责也罢，邓谆的反应丝毫找不出破绽，全都是那样自然，"你没事吧？"

应该是错觉。陆灿想着，也笑起来："嗯，没事。你是……"

几分钟前，被留在座位上的胡姗如坐针毡，本来是想抽空背单词，结果根本专心不了，终于还是愤而起身，从后门追出去。与此同时，另一个人也从前门走出来。肖屿崇环顾一周，终于在楼下空地看到他们，转头就走向楼梯间。

当胡姗他们俩抵达现场时，就看到陆灿握着廖茗觉的手。胡姗一个"我"字才出来，肖屿崇已经忍不住骂了一声。两名女方"家属"争先恐后地就要上前，却看到第三者登场。

肖屿崇和邓谆有过一面之缘，此时此刻认出他来。

眼看着廖茗觉眼睛里冒着星星，跟自己不认识的人相谈甚欢，又想起之前在停车场偷听到的恶作剧密谋，胡姗心急如焚，回头拽住肖屿崇衣领，既有"万一有谁欺负采蘑菇的小姑娘怎么办"的不安，也有"作为朋友，我什么都不知道"的恼怒。她质问："他是谁？"

肖屿崇平时看着挺跩，其实本性还是个好孩子，猛然被"坏女人"逼问，脑袋一时也空了。肖屿崇真不知道他叫啥，只隐隐约约记得初次见面时，廖茗觉那令人印象深刻的两拳。

他想起她当时说的话。

这时胡姗说："他是廖茗觉的什么人？"

肖屿崇很没面子地支吾道："老……老公？"

◇　　◇　　◇

远处失焦的模糊背景是胡姗去勒肖屿崇脖子逼问"你说什么"，肖屿崇拧着胡姗的手臂回击"我真的不认识他"，以及王良戊姗姗来迟伸出双手说"不要吵了，大家一样烂"打圆场的画面。

近景中的几个人浑然不觉，至少廖茗觉是这样。

头一次看到邓谆出现在校园里,她感到十分新鲜。倒是陆灿多看了几眼,忽然认出他来:"你是……邓卓恩吧?"

"不不不,"廖茗觉先跳出来介绍,"他叫邓谆,是两个字。"

邓谆却默认了。

"我们之前一个班,才军训完你就休学了。不过我记得你好像比同届大部分人小一岁。"陆灿说,"这是打算复学了吗?"

邓谆笑起来:"是打算复学,要从大一读起了。"

"现在还没来上课?"

"还有一些别的事,学校今天批了假。到时候再见啊。"邓谆笑着朝他颔首,"一起打球。"

"哦!那太好了,我们正缺人呢。"陆灿惊喜地给出答复。

对话看似该告一段落,但三个人谁也没先挪开步子。

其实陆灿是在等邓谆走,毕竟他是后来的,但邓谆只笑眯眯地望着陆灿,看样子是不打算退出现场了。于是,陆灿自认没什么问题地说:"茗觉,那我们回教室吧。"

邓谆问:"你还在上课?"

廖茗觉回答:"对,刚上完,大家约了自习。"

"……"邓谆思索了一阵,看着她化过妆的脸,视线多停留了几秒。他好像心血来潮,脸上浮现起清爽的笑容:"你打工是不是又轮到夜班了?要是没课,就一起先过去?我今天骑了刚改装完的车来,机会难得,要坐坐看吗?"

同一时间,充当背景板的胡姗和肖屿崇剑拔弩张,无论王良戊怎么劝说都没用。

"回去,还是不回去?"眼前两个人正揪着对方头发,只见王良戊面向他们,后脑勺倒是依旧如常,从背后根本猜不到表情。

一直笑眯眯的人终于不耐烦,刚刚还一触即发的两人一扭头,瞬间都僵化,齐刷刷流着冷汗乖乖地回教室。

刚落座,他们就看到廖茗觉急匆匆冲进来,火速收拾了一下包,向大家道歉说自习要缺席,随即又急匆匆冲了出去。

等她折返,邓谆已经将座驾挪到教学楼前允许交通工具通行的范围内。廖茗觉毫不顾及跑来时被风吹乱的刘海,只一个劲好奇他的车:"我还没见过改装的车呢!"

"你还真是,"毫不掩饰嫌弃的表情和之前比简直是天差地别,邓谆扔头盔给她,"什么没见过的都八卦啊。"

"有好奇心不是坏事,我爷爷说的。"廖茗觉露齿笑,"没想到你和陆学长也认识。"

"谁?"他也在戴头盔,两个人像同时在上手工课的小学生。

"陆灿啊!你以前的同学!刚刚你还说要跟他打球的!"

邓谆的长相其实谈不上亲切,但凡没有表情,便是一副冷漠到极点的样子。而眼下,他彻头彻尾就是那副嘴脸:"不认识,就算认识也不记得了。看他穿了篮球鞋,所以乱说的。"

那是一辆暗黑系摩托车,有着短尾牌照架、半热熔轮胎、禁欲的前脸和粗壮的前腿。

虽然廖茗觉完全不懂行,却还是捧场地两眼放光:"帅欸!有点像那个什么,蝙蝠侠!"

"没那么夸张。"邓谆已经戴好头盔,这才没让他那难得一见的得意扬扬不慎泄露。

外面真的和老家很不一样。环住邓谆腰的时候,廖茗觉认真地想。东西是,人也是。

抵达便利店附近的十字路口,等待红绿灯期间,邓谆说:"你现在直接去店里?会不会有点早?不然还是先回家。"

"没关系,就到店里吧。我正好学习。"廖茗觉倾斜头部,从他背后探出身,习惯性交谈时看对方的脸,但碍于头盔,所以根本看不到,"你计划去哪儿啊?"

邓谆握着把手,很享受坐在爱车上的感觉:"我要搬家,还有些东西没拿。刚好看中了一套还挺喜欢又离地铁站近的公寓,正好从宿舍搬出去。"

廖茗觉突然激动起来:"哦哦哦!东西多吗?你早说嘛!"

邓谆很困惑:"什么?"

"我也去!你早说我就叫我朋友也一起来了,"她义正词严,仿佛自己说的是什么每个人都必须知道的规章法则,"搬家这种麻烦事,就是要叫朋友帮忙啊!"

"不,不用。"

"那怎么行!"

廖茗觉毫无自知的是,当她迫切想让别人答应什么时,身体就会无意识地做出相应情感的动作。比如这一刻,她正抱紧了他的腰。说实话,刚坐上来时她这么做,邓谆没有什么特别的感觉,毕竟同乘交通工具的人都多少有些迫不得已，他又不是发情的猴子。但她这么卖力，身体贴住背的程度就有些过了，尤其他还知道，她肯定不是故意的。

他没能拗过她。当时的境况不允许他继续婆婆妈妈是一个原因，更主要的是——回到练习生宿舍，总会有那么一些人刚好没有兼职和课程。曾经从这里离开的人很多，但邓谆，或者说邓卓恩又不一样。

毋庸置疑，他的练习时长久得太罕见了，公司刚创立时他就进入了，勤勤恳恳、努力工作直到今日。营业一套、私生活一套的个性不算讨喜，身为练习生却能拿到资源，引来争议和嫉恨。事到如今，他的下场几乎昭告所有同事一个事实——努力是没有用的。

他第一次得到出道机会是在 14 岁，本来也有其他公司在推行青少年组合，甚至获得了成功，但政策的风声来得突然，说是有违《未成年人保护法》，因而告吹。

第二次是 18 岁，他已经成年，也做好了准备。结果策划人离职，新任 PD（制作人）来自国外，资历深，成绩好，很有话语权，看了半天，觉得组合 Ace 更适合给另一名成员，想把他塞去和别人同做舞担。他主动请辞。

公司里的人都看着他一路走来。事关盈利，会看淡感情。说得上话的有，闹过矛盾的也有。他们从不亲近他，只远远看着，就像旁观一件瓷器从练泥、制坯、削面、刻花到上釉，却走不到烧窑那一步。他们热衷于看他。

邓谆用膝盖想也能想到，估计每个练习生的小团体都议论过他。

上楼的时候，他让廖茗觉在楼下等："我们约定过了，不能让异性进去。这边只有练习生住，应该没什么人盯着。"

廖茗觉点点头，但还是就自己纳闷的一点开口问道："盯什么？"

邓谆这才想起，廖茗觉还搞不清他是干什么的。

他舒了一口气，没有回答，径自上楼。走在昏暗的楼梯间里，有那么短暂的半秒钟，他意识到自己大概只是不想一个人回宿舍。

宿舍门敞开着，他们不走出来，只坐在床上看他。邓谆径自穿越目光，该干吗干吗。正在收拾床铺时，手机提示音响起，打开来，他看到社交账号的好友申请。偶尔也有这样的人，谈不上是他的私生饭，可能只是追其他明星的同时顺便关注到他。

不知道是谁的女性粉丝借好友申请发来信息："你离开 J3 了？"

之前她还会以同样的方式发来"吃了饭没有""看到你进公司了""不加个好友吗"之类的信息。说不清是怎么想的，或许也算是为练习生生涯划清界限，邓谆动动手指，通过了申请。

他回复："对。"

对方说："之后去哪个公司？做做自媒体也不错啊。需要帮忙的话，我有认识的经纪人。熬了这么多年，你得越挫越勇，继续努力啊。反正你有那么好的条件垫底，没必要退。"

他站在收拾好的旅行包旁，停顿片刻，发送给她这样的消息："我不干这行了。"

只说明放弃，却不谈将来，这就是他告一段落的方式。邓谆把对方拉入黑名单，将打包好的东西拎出去。

一开始到底是为了什么踏上这条路的？妈妈已经收到了消息，气得当时就来公司对质，但不知制作人说了什么，最后她又回去了。她好不容易来一次，跟儿子一面都没见。

邓谆走在昏暗狭窄的楼道里。继续在这条路上追求梦想的孩子们都在他背后目送他。

他往前走，把邓卓恩这个名字留在这栋建筑中。

廖茗觉在楼下等待，纠结到底要不要脱头盔，戴上时有点费力，但现在一直顶着又觉得很重。主要是她不知道等的人什么时候回来，所以不敢轻举妄动。

只听门里有说话声，门打开后却不是邓谆，而是之前她送外卖时碰过面的其他男生。看到她，他们也是一愣。有人率先调笑道："你不会是邓卓恩傍的富婆吧？你很有钱？"

"今天化了妆啊。"

"邓卓恩真的不做练习生了吗？听说他家里条件很好，也是钱多任性吧。"

"他考了大学啊！"

"练习生"这个词在国内选秀综艺泛滥前并未普及，廖茗觉终于忍不住提问："你们到底在说什么啊？邓卓恩就是邓谆吗？"

这回反倒是他们愕然，难以置信地反问："你不知道'邓卓恩'这个名字吗？"

J3公司的官网有专门为未出道艺人设置的界面，有希望出道的练习生能得到公开的资格，个人资料和筛选过的表演视频都会经此发布。

廖茗觉等了好久，邓谆下来时，她还在走神。他敲了一下她的头盔，继而嘲笑："热不热啊？怎么不摘了？"

他们一起到邓谆现在租住的地方去，坐电梯上楼，打开门进去，房间还没来得及收拾，一股灰尘味儿，室内乱得不像样。邓谆把东西放下，松了一口气，先领她到阳台换换气,然后才去冰箱拿喝的:"你喝什么?"

廖茗觉没说话,他就随便拿了瓶水,走过去时,看到她正吹着风,手臂搭在围栏上,用只有本人才觉得舒服的姿势倾身。他走过去,把矿泉水递给她。

楼层视野很好,又是黄昏。

邓谆是多么细心的人,转眼就猜到了状况。他也不绕弯子,开门见山地问:"……是不是有人跟你说什么了?"

"嗯!"廖茗觉惊讶地回过头,一副敬佩他料事如神的模样,"原来你是明星啊?"

心像吸足了水的海绵,沉重得无以复加,邓谆低着头道:"不是。"

"练习生是干吗的?"

"就是唱歌跳舞的。"

"你怎么之前不告诉我呀?"

"为什么要告诉你?"

他们看着彼此,大眼瞪小眼,谁都不吭声了。

然后邓谆说:"你应该也知道,我已经被开了,之后会回去上学。"

"为什么——"

他用眼神示意她别再问,到此为止。晚霞是暖融融的暖黄色,以及渲染般的紫色,单薄而朦胧的一层,凝固在男生消瘦的面颊上。他说:"有很多理由。我8岁就开始做这个,因为是家人希望的。其实我之前也有察觉,可能最后等待我的只有失败,所以发奋学习,认真念了大半年书。反正……"

他没能说完,就被抓住了手。

那是会让人想起流星的温度,燃烧着的星体坠落,深夜里看见时会揣测,大概很温暖,应该是有点烫的。一天到现在,廖茗觉的妆容已渐渐褪去,露出小麦色的皮肤、微不可察的雀斑和更为明晰清澈的双眼。她握着他的手向上,引他抓到她垂落的发辫。

"拽的时候,我的脑袋会像不倒翁一样晃哦。"她看着他,神情出乎意料地郑重,"看起来会很搞笑。"

他跟不上她的思路:"啊?"

廖茗觉垂下眼,近距离看时,每根睫毛都很分明。她倏然向上看,与他的目光正面相撞。她的声音很沉稳,宛如钝器用力地凿下去,她说:"没关系,别伤心。"

"不,不。你误会了。"邓谆不适应这种氛围,忙不迭地解释,"反正还有退路,能去上大学,家里也不缺钱,没必要跟人诉苦。"

"真的？"说实在话，他这么说，廖茗觉也如释重负。她刚才为怎么安慰他苦思冥想了好久，也只想出那么个不像样的馊主意来。

他懒散地笑了："真的啊，我是不会伤心的。"

她冲他傻笑。

廖茗觉去拆辫子，细碎的念叨被风吹乱："今天摘那头盔，头发都乱了——"

风袭来时，长发如同漆黑的瀑布滚滚涌动，掠过那张寂静而坚决的面孔。廖茗觉是忽然开口的："没有人是不会伤心的。就算能吃饱饭，就算上了好的学校，就算赚到很多钱，就算生存得很好，人也会受伤。我在《读者》上看到一个叫'巴克斯特效应'的说法，研究植物是否有情感。结果是伪科学。"她侧过脸，很难分辨拂动发丝的是夕阳还是晚风，总而言之，都很宁静，"就算身体上没有不舒服，人还是会寂寞、紧张、害怕……就是因为有情感吧。"

他看着她，心脏干涸，却在被注入其他的什么东西，燃烧的，坠落的，沉重的，有力量的。

一天的末尾，斑驳的日光将他们涂抹得模糊不清。

最终，她朝他笑起来："不管怎么样，只要你愿意向我倾诉，我就会一直和你感同身受。

"我想知道你的感受。"

◇　　◇　　◇

日头西坠，晚风缥缈，他们站在露台上。在这之前的很长一段时间，邓卓恩都没有像这样不紧不慢、无所事事地追究过什么。公司最看重的是盈利，偶像和练习生只是商品和未打包的产品，在无法赚到钱的情况下淘汰他也无可厚非；同为练习生的同事都是竞争对手，没有刻意拉近过距离；妈妈的想法，大概没有人清楚。他的感受并不重要，至少没有那么重要。

他问："为什么？"

"什么为什么？"廖茗觉微微前倾，侧着头，露出微微上挑的双眼，"因为我们是朋友啊。"

一直愿意倾听朋友的烦恼，永远希望帮朋友解决问题，这对她来说是理所应当的事，因为是朋友。

邓谆沉默，良久才抬起手，他忽然向她伸出手，以至廖茗觉一怔。然而他还没做什么，就听到客厅里手机响了。

廖茗觉匆匆忙忙赶出去，接通电话后开始对话："喂？是我。不是的，现在不是我的班。嗯嗯，晚上九点到十二点是吗？等一下哦。"她把手伸进包里，摸索了半天，最后还是邓谆递笔给她。

在这一点上，或许廖茗觉的确做得不算尽善尽美，她着急写字，所以忽略了是别人的笔，直接用嘴咬开了笔帽。

等她结束通话期间，邓谆去收拾纸箱里的唱片。等他一回头，她也打完了电话，正站在门口穿靴子，顺便道歉说："对不起啊，我不小心咬了你的笔。下次送支新的给你。"

邓谆走到门边："要走？"

"嗯，店里突然缺人。"她朝他笑了笑，"我就先冲刺过去啦。"

他却从她手中抽回那支笔，不以为意地说："那路上小心。"

那一天，廖茗觉走后，邓谆独自一人叫了份外卖，收拾了一阵，吃了东西，又把剩下的东西整理完。站在秩序井然的新家里，他的心情很好，真的很好，也不知道为什么。

今天的大学食堂依然像跳蚤市场般热闹非凡，胡姗买了一份不放辣和味精的麻辣烫，又名"白水涮青菜"。王良戌点了套餐，结果在拆附送的甜品酸奶时拧烂了盖子，泼在了对面的教职工家属身上。对方愤而离席，他拼命道歉，胡姗则暗暗嘀咕了一句："总算腾出位子来了。"

廖茗觉从校外赶来，手里抄着一把扫帚，乍一看还以为她是坐霍格沃茨的常见交通工具赶来的，她跌跌撞撞奔到后先被胡姗喂了一口火腿肠。胡姗问："你刚刚干吗去了？"

廖茗觉边咀嚼边说："刚好路过传媒部活动室，被叫去打扫了一下卫生。等下还要去还清扫工具。"

"真会指挥人，"王良戌夹了一块红烧肉，送到她嘴里，"你在网上说的大喜事是什么？"

廖茗觉咽下红烧肉才继续道："陆学长约我出去玩欸！"

肖屿崇把装皮蛋瘦肉粥的碗往桌上一放："什么？"

"你是谁啊你？"胡姗已经皱着眉头开始反问。

"一副跟我们很熟的派头啊——"王良戌眯着眼微笑。

"别自说自话就坐过来！"胡姗伸手去推肖屿崇肩膀。

"那边跟你一起来的同学不要紧吗？"王良戌敲餐盘。

"就是要约我出去玩啊，"廖茗觉用拇指和食指比出一个"cool"的手势，抵住下巴，露出自满的笑容，"最近同学们都说，他可能是在追我呢……"

肖屿崇嗤笑一声，冰山似的嘲讽道："看不出来，你还挺自信的。"

廖茗觉根本没把他的嘲讽放在心上，听多了早就免疫了，反倒从胡姗那儿取了一把勺子，直接舀肖屿崇买的粥喝。

"不太好啊。"胡姗有些迟疑，"之前觉得他是学长，就没太放在心上，但现在这样看，确实有点可疑。"

"什么可疑啊？"

事已至此，胡姗也就没再隐瞒："其实那天，我在停车场碰巧遇到了赵嘉嘉。她们好像说想整整你。虽然我觉得她们现在都把这事忘了，但小心点总没错。"

王良戌侧过头询问："你的意思是，陆灿学长可能是为了讨好赵嘉嘉，所以才来亲近廖茗觉的吗？"

胡姗点头："而且我找高年级的打听过了，陆灿学长好像本来不是这么外向的性格……反正，就挺蹊跷的。"

肖屿崇面色迟疑，一声不吭地坐着走神。廖茗觉快把他那碗粥喝见底了："但现在还不确定对吧？"

"那倒是。"

"没关系，"廖茗觉吃饱喝足，坐下来，像手持魔仙权杖的魔仙女王一样坐正，再次模仿短视频中的美有姬老师，伸出一只手，浮夸而爽朗地咧嘴笑，"一有不对劲，我会立刻撤退的！"

另外三个人已经习惯了她动辄用力过猛的动作，王良戌边收餐盘边问："不过你为什么非要去？不去不是更省事？"

然后，他就看到廖茗觉堂而皇之地做出回答："因为我想谈恋爱啊。"

肖屿崇差点把刚喝的一口粥喷出来。

胡姗十指相交，运筹帷幄般地追问："为什么？"

廖茗觉兴致勃勃："以前没有谈过，但暑假的时候，我看了王良戌微博里推过的一些书……"

就在廖茗觉报这些书名的同时，胡姗和肖屿崇齐刷刷向王良戌投去激光般的视线，恨不得用眼神让他灰飞烟灭。

"茗觉，这些书吧……"王良戌也打算弥补一下。

"放心放心，都是假的，我知道。把言情小说当现实，那得多天真啊！"廖茗觉笑着说，"我是喜欢那个啦。男女主角对彼此来说是唯一，不觉得很棒吗？"

看过上千本言情小说的王良戌陷入思索。

不看言情小说的肖屿崇陷入沉默。

胡姗毅然开口,给予肯定:"我懂。"

从大山来到大城市,廖茗觉处处展现出自己的不适应,她就像一张纯白的纸,突然掉进这大染缸里。三个人俨然把她当成了重点保护对象。

等廖茗觉去还扫帚,王良戊才低头看着手机开口道:"虽然纯情不是坏事,但她这样没关系吗?"

胡姗叹了一口气:"廖茗觉其实很聪明,心里一定有数。"

到了约会当天,尽管有一百个不情愿,但胡姗还是给廖茗觉挑了衣服,烫了头发。

这是廖茗觉第一次和男生出去玩,以前在老家,小时候小伙伴几乎都没什么性别观念,男孩女孩一起玩,进入高中,有同学偷偷摸摸恋爱,廖茗觉不是不好奇,只是总觉得这离自己很远。

陆灿学长穿着潮牌的棒球服外套和显高的裤子,还是之前那双球鞋,用发胶喷了头发,显然认真打扮过。

廖茗觉穿着绿色毛衣和格子百褶裙,刚见面就不吝啬赞美:"陆灿学长,今天你看起来好精神啊!而且很时髦!真不错!"

陆灿还没跟她打过那么多交道,面对她想也不想就开夸的劲头,一时脸都红了:"谢谢。"

他们走在路上,迎面走来的人若有若无会扫他们一眼。陆灿知道,这都是因为廖茗觉。她身材很像模特,外加头发留这么长的也少见。廖茗觉本人却一无所知,只顾着看地铁线路图。

他们去茶餐厅吃饭。

廖茗觉头一次吃爆浆漏奶华。陆灿用刀叉切开,炼奶和黄油就倾泻而出,香浓厚重。她眼睛发亮,他递了一块到她盘子里。她尝了一口,又香又甜,外面有微微焦了的面包壳,里面是软的,装满了奶油。

"好吃!"廖茗觉惊喜地抬头,一侧腮帮子鼓起。

陆灿微笑着递出纸巾,擦了擦她嘴角:"好吃就好。"

吃饱喝足,两个人都变得更暖和了。陆灿一直在看手机,廖茗觉留意到,微微偏过头,发现他在看附近的KTV介绍。

被发现了,陆灿有点不好意思,笑着问:"我们去唱歌吧?"

进KTV后,陆灿去上了个洗手间,廖茗觉已经点了《爱情买卖》、《寂寞放了火》、《爱情的骗子我问你》和斯琴高丽的《犯错》等大货车司机"夜再深也不困"金曲,而眼下她正热唱的是一首陈小春的经典老歌:"神啊!救救我吧！一把年纪了！一个爱人都没有——"

唱完后，廖茗觉又继续跑到点歌机旁。

"还想点什么歌呢？"陆灿走到她背后。

廖茗觉忽然顿了顿，像想起什么似的自言自语一句。慕容晓晓歌曲的伴奏声太吵了，他没听清，她重新说了一遍："其实他们要我别跟你来KTV来着。"

陆灿问："为什么？"

好一会儿，廖茗觉都没吭声，她点了一首《姐就是女王》，回过头时微笑："因为胡姗说了，有的男生觉得，女生答应单独相处的话，就是允许他动手动脚。"

她的答复太晚了。陆灿已经倾身，将脸贴过来。廖茗觉倒是很镇定，刚刚吃的乳鸽有点塞牙，让她有点不舒服。面对突如其来的亲密接触，她条件反射地将手甩了过去。

陆灿被猛地推了出去，脚绊到玻璃茶几，整个人跌倒在地，头还磕到了墙。

但他没有晕过去。

事实上，平时的陆灿性格相当内敛，这次对学妹主动出击完全是豁出去了，其间还无数次经受内心的煎熬，每天睡前都会暗暗跟廖茗觉道歉，甚至在学生会入部上积极跟她分享情报，假追求搞得跟真喜欢一样。结果今天一听她这一通爱情谴责主题金曲，他一下慌了神，咬咬牙决定按原计划攻略，没想到这位学妹根本不按套路出牌，直接一巴掌把他掀飞了。

他本来只想躺一会儿缓一下再起来，没想到，廖茗觉慌了神："学长！学长？你没事吧？"

廖茗觉掏出手机，惊慌失措地打了电话："喂？胡姗，怎么办？出事了……"

陆灿很想立刻爬起来，揉着头说"其实我没事"，但万万没想到，电话挂断不到半分钟，包间门就被推开了。三个地狱使者，哦，不，是同大学的大一生走了进来。敢情他们从一开始就蹲守着呢。

王良戌环顾一周，做的第一件事是一本正经地走到点歌机边切了歌，一直切到最后一首，好像才勉为其难地接受。

胡姗则皱着眉嘟囔："订了一下午，我们还能唱三个小时。"

于是，在"收起你的那些小小花花肠"的歌声中，肖屿崇蹲下身去，把陆灿学长扶了起来。陆灿也就坡下驴，难为情地假装刚清醒，坐到了沙发上。他试着解释："那个，胡学妹，都是大人了，男女交往，你们只是朋友，不至于……"

"不要叫我学妹，你不配。"胡姗抱住手臂，又将一只手向王良戌那侧伸，"介绍一下，茗觉她爸。"

王良戌很配合地微笑颔首："很高兴认识你。"

胡姗转移方向，示意另一侧的肖屿崇："茗觉她妈。"

肖屿崇露出女黑人问号的表情："你又在瞎扯什么？"

胡姗对于其中一位角色扮演者的抗议置之不理，将手放到自己胸前，郑重地声明："茗觉的姑姑。"

三个人找碴似的把陆灿学长围住。

"家长都在这儿，给个说法吧。"最终，肖屿崇还是不得已妥协，"陆灿。"

5 喜欢就是喜欢

你一天就只知道吃？

大二时，高中老师给陆灿介绍了个兼职，是给一位高中复读生——赵嘉嘉补习。初次见面，他对赵嘉嘉印象很差，但不得不说，她是他平时绝对接触不到的类型，假如在同一个班级，他们绝对会是顶层和最底层。她化妆，穿高跟鞋，穿很多个耳洞，喷香水去学校，和篮球队的男生恋爱；他则是成天闷头看漫画、跟女生说两句话就脸红的类型。

因为补习这种意外的情况，他们产生了交流。陆灿喜欢上了她。

一开始他承认自己确实犯傻了。

陆灿就是很典型的男生，以往看都不看他一眼的女生，长相优越，性格开朗，竟然一反常态主动和他说话——尽管他们的交流就是再正常不过的异性间的交流，但陆灿仍然产生了自己也有机会的错觉。

于是他告白了，而且下一秒就被拒绝了。

可经验少、不受异性欢迎的他在与赵嘉嘉相处时很偏激，总而言之，陆灿产生了继"我也有机会"之后第二个愚蠢的念头，那就是"我可以持之以恒打动她的心"。

老天保佑，她考上了他所在的学校，而且男朋友也换了一个。

有一天，她给了他一个特殊的任务。只要他能完成，她就愿意考虑一下他。

以上就是陆灿又臭又长的自我辩护。

其间胡姗唱了 Nicki Minaj（妮琪·米娜）的金曲串烧，王良戊和肖屿崇在胡姗的强制要求下合唱了一首中国娃娃的《单眼皮女生》和 SHE 的 *Ring Ring Ring*。倒是廖茗觉坐在旁边，一边用肖屿崇带过来的 iPad 玩音游一边听完了全部经过。

在郑秀文《眉飞色舞》的动感前奏中，胡姗拿着麦克风发表观点："你知道她不会选你吧。"

"话也不能这么说！"陆灿像古代即将被推出午门斩首的死刑犯，坚持要有自尊地扬起头来，据理力争道，"她都联系我了！"

"你怎么这么自信啊？"就连廖茗觉都忍不住从游戏中抬起头，皱着眉抱怨,"跟我老家隔壁卖鸡的老哥一样。"

王良戌正拍着手铃摇晃身体,笑眯眯地接话道:"男生都这样啊。你说是不是,孩子他妈?"说到句尾还推搡了肖屿崇一下。

肖屿崇瞪了他一眼,继而态度丝毫谈不上友善地上前,走到陆灿身边问:"我没有冒犯任何一个女大学生的意思。但她有过早上起床就给你发消息吗?"

陆灿摇头。

"那中午吃饭的时候呢?"

陆灿又摇头。

"晚上睡觉呢?"

陆灿还是摇头。

"你清醒一点吧。"肖屿崇不顾学长学弟的上下级别,直接揉了揉他的头,"以那个人的个性,对谁有好感,肯定会主动。她也许都不记得跟你说过这话了,像她那样'日理万机',兴头过去,现在都懒得理廖茗觉了。"

陆灿的意志力剧烈地动摇了,却还在垂死挣扎:"那,这种的,不是养鱼吗?"

"嗯,"王良戌看着手机说,"但你连鱼都不是。"

四个人唱够了,最后拉了个微信群分摊费用,好在人多又是小包,人均相当地便宜。

走出包间,廖茗觉正用手机 App 记账,却若有所思地放下手机,说道:"这么说,我倒是很像对他有意思。"

"谁?!"胡姗夸张地喊出声来。

只见廖茗觉的目光移向肖屿崇,另外两人都吓得差点跳起来,就连身为当事人的肖屿崇都诧异,皱着眉反驳"你脑子有问题吧"。

"不是,不是对他有意思。"廖茗觉解释,"是邓谆。"

胡姗又尖着嗓子大呼小叫起来:"那又是谁?"

肖屿崇沉默了。

王良戌却轻笑:"就是之前在教学楼碰到的那个吧。"

"嗯嗯,肖屿崇不是说了嘛,有意思的话就会一直发消息。"廖茗觉举着手机,有点为难地审视聊天界面,"我会不会让他误会啊……"

"一大家子"围在一起看。

只见整个聊天记录里,廖茗觉的内容占了"大片江山"。早饭吃什么,午饭吃什么,晚饭吃什么,点心吃什么,廖茗觉几乎都要拍照发过去,文字内容也都是:"今天和室友来吃甜品,这个刨冰好好吃!胡姗说是绵绵冰,但我觉得像泡泡糖。""我在北食堂跟王良戌一起吃酸菜鱼!""同学一起叫了麻辣小龙虾的外卖!"

胡姗郑重地评价:"你怎么不用个滤镜?"

肖屿崇迫切地质疑道:"你跟男生也经常单独去吃东西?"

王良戌干脆地表示:"确实发得挺勤。"

"因为跟你们每天都会见面嘛!没什么好发的!"廖茗觉说,"所以就给他发了!"

"没戏,他对你没意思,回复都是隔一段时间回一次。"胡姗伸出做了美甲的手指,敲着屏幕示意。而且邓谆回复的内容还是——"你一天就只知道吃?"

他们在地铁分道扬镳,肖屿崇和胡姗回学校,廖茗觉和王良戌去奶茶店打工。

两个人喊口号喊哑了嗓子,新来的年轻女生还记不住配方,从头到尾都需要提醒,挨店长骂时还把责任推卸到另外一位女同事身上,冠冕堂皇地声称她教得不好。店长当然不想纵容这种风气,但也不能让无辜的正式工一直受委屈,所以叫王良戌去带。

试用期的女生估计心里松了一口气,毕竟王良戌看起来总笑眯眯的,又是帅哥。然而,王良戌除刚开始就给了个下马威,扔了一沓操作手册之外,根本不再管。老是犯错的人肯定也会歉疚,到最后,还是廖茗觉提醒她煮抹布,提醒她打包、点单、备料,还主动帮忙分担扛货加料、刷地板和擦台面的工作。

到最后,王良戌不得不重新捡起带新人的工作。

回去的路上,两人都在店里做了杯奶茶。

刚来大城市时,廖茗觉所接受的第一个文化冲击就是奶茶。老家的奶茶都是小店出品,香精味比十年前的香飘飘还重。

王良戌忍不住问:"茗觉,你到底为什么对别人这么好啊?"

"很好吗?"廖茗觉仰着头,活动着站一天下来酸痛的肩颈,"因为没有必要对人坏啊。"

和廖茗觉在一起的时候,偶尔会让人怀疑,世界真的有这么简单吗?或者说,她只是单纯还没碰过什么壁,没有遭受过社会的毒打?

如愿以偿,廖茗觉进入了学生会的传媒部。

作为植保唯一一名进入传媒部的成员,破冰会,她是一个人去参加的。原本就不是社交障碍的个性,外加入学这么久,廖茗觉对这种社交活动早已习惯。学姐专程把大家拉到群里,发送了地点和时间,并且特别提醒,可以带一个好朋友去。聚会地点是校外的四川火锅店。

一听廖茗觉要去参加部门破冰会，胡姗顿时脸垮了半截。社团招新时，她目的明确，直奔舞蹈社而去，一舞作罢，成功入社。然而才聚餐一次，她就光荣退社，创下了入社退社间隔时间最短的纪录。

原因也很简单。

当时社团在日料店聚餐，坐的座位是榻榻米。胡姗坐在最靠近门口的位置，其实也是为了方便走，但没想到，舞蹈社竟然背着新社员安排了一个惊喜。那就是学长进来，突然把人托起，像球赛获胜时把功臣往天上抛的迷惑活动。

学长他们是突然破门而入的，而胡姗刚好坐在门口，身材苗条，外貌出挑。之后发生的事也就可想而知了。

按胡姗的原话说，那天的她就是"一具已经死了很久、发臭了的木乃伊"。她一开始还挣扎，但害怕受伤，所以最后索性双手交叉，护在胸前，安详地合上了嘴。

最后下来时，她很慈祥安宁地笑着，向身边的各位问候了一句"去你的"。

有了前车之鉴，传媒部破冰会那一天，廖茗觉没有坐靠门的位置。

万幸他们也没搞什么惊喜派送。然而，很不巧，学习部就在隔壁，于是两个部门干脆合到一起。陆灿坐下时有些尴尬，一次都没有看过廖茗觉，却反倒显得生硬。几位学长、学姐意味不明地交换眼神。

破冰、迎新之类的活动，玩游戏似乎是固定环节。好在廖茗觉已经学会了不少游戏，狼人杀、三国杀都不在话下。不过他们这次玩的是技术含量更低的"真心话大冒险"。

廖茗觉紧急搜索了一下，发现规则不复杂，以防万一，又发消息问了问胡姗，结果得到的只有一串省略号。胡姗说："这游戏，能不玩最好别玩。"

游戏开始。

一位学长被大告白刁难得面红耳赤，自曝喜欢某女助教；一位学妹去隔壁桌找男客人搭讪；一位男同学一口气灌了一整瓶啤酒。大家笑着闹着，气氛热烈而闹腾。

这游戏可真够没劲的。说她不开窍也行，廖茗觉对这类起哄毫无兴趣，咂巴着嘴，只想着等会儿可不可以去吃个烤冷面。

口袋里的手机提示音响起，她翻出来，看到来自邓谆的消息。

他问她："饿不饿？"

廖茗觉惊讶地打字："你怎么知道我饿？"

"你这几天没发吃饭的照片来。"

她想了想，还是直白地回复："最近跟你发的消息有点多，我怕你误会我对你有好感。"

她看到那边正在输入中，却迟迟没发来新消息。

就在这一轮游戏中，抽中鬼牌的是陆灿："我……我选大冒险吧。"

真是个老倒霉蛋。廖茗觉心想，随意地往嘴里塞薯条。然而，下一秒，她就看到众人视线朝自己投来。

不知道该说学姐是坏心眼还是热心肠，居然提出要陆灿亲左侧第一个异性的离谱要求。当然，这个异性就是廖茗觉。误会没澄清，所以才有这种灾难。都是陆灿的错。她不由得挑眉。

又是那一套起哄说辞："亲一个！亲一个！"

"别害羞嘛！"

"陆灿！你是不是男人！"

廖茗觉迟疑地看向陆灿。陆灿也惶恐地看着她。两个人都尴尬到了极点。

在震耳欲聋的"亲一个"的呼声中，杯子里的饮料泛起涟漪，就连为其他桌上菜的服务生都看过来。门口风铃响起，有人在脱外套。

邓谆在廖茗觉身边坐下。

骗子、锡箔、彩绘玻璃，最先看到邓谆的时候，很容易让人想起这些事物。他们无一不拥有同样的特征，那就是光鲜靓丽、吸引人眼球的外表。

"不用管我，继续啊。"邓谆的笑质地虚假，但出乎意料，不会令人不快，"我叫邓谆，今年大一，是跟廖茗觉过来的。"

◇　　◇　　◇

邓谆去教职工食堂蹭了饭，然后和年迈的教授王绍伟去操场散步。两个人并排走着，不知为何，王绍伟每次与他对话的开场白都几乎一致，通通是"当初的同级生都……"，而后必须接"你真的要怎么样吗"的疑问句式。

"回来了？"

"嗯。"

"全都办好了？"

"托您的福。"

"住校吗？或者要租房子的话，我帮你留意……"

"已经在外面安顿好了。"

琐碎的对话中是生活不起眼的一角。

"休学感觉如何？"说来蹊跷，时至今日，王绍伟竟然才有机会询问，"当初你妈妈来找我，她要不是老朋友的女儿，我就当场冲她喷虫螨净了。"

邓谆低低地发笑，对"老顽童"的怨念并不多做评价："挺无聊的。"

见他一副云淡风轻的态度，王绍伟反过来安慰他："也算一段人生体验吧。以后好好学习。"

不知不觉，两个人已经走到校门口。邓谆说："知道了。"然后往外走。

他穿得有些单薄，双手插在口袋里。秋日夜晚的空气里有股清凉的香味。大学城周围聚集的面孔清一色很年轻。他一路漫无目的地走着，直到偶然被女生认出来，才觉察自己没有戴口罩和帽子，而且，以后也不再需要戴了。

他本来就要步行去车站，穿过琳琅满目的街道，却纯粹偶然地在火锅店玻璃窗外看到了廖茗觉。

她和一堆差不多年纪的人坐在一起，大概率是学校里的活动。邓谆站在对面草坪的台阶边缘，掏出手机，先试探性地发了条消息："饿不饿？"

她回复得很迅速，应该是在嫌聚餐无聊："你怎么知道我饿？"

"你这几天没发吃饭的照片来。"

廖茗觉停顿了一会儿，输入中的时间也拉长。他耐心地等待，而她发来一串这样的文字，坦诚、笨拙，也令他有些意外。

邓谆看了一会儿，不慌不忙地编辑文字回复。

"为什么会这么想？""什么好感？""具体是什么意思？"他尝试了好几种，却都在写完后删除，删删改改，还是没做好决定。抬起头，又在模糊的灯光中观察了一阵，他发现一件事，虽然除廖茗觉外的其他人他都不认识，但有一张脸，他还是有印象的。

陆灿，他怎么在这里？

因沉重而垂落的树枝下，邓谆远远地盯着他。自从小学进娱乐公司起，对邓谆来说，被评价外貌就是家常便饭。但凡长得好看的人，或许都有当蛇蝎美人的潜质。偶像是需要亲和力、能够治愈人心的工作，他时常被教育"不要板着脸"，因为会给人刻薄、危险和阴冷的观感。

略微踌躇了一下，他穿过马路，推开门进去。

那一刻，他们的起哄声震耳欲聋。

"不用管我，继续啊。"坐下时，邓谆露出在直播时与粉丝互动才会有的笑容，"我叫邓谆，今年大一，是跟廖茗觉过来的。"

廖茗觉说："邓谆。"

其他人有过短暂的沉寂，但很快，注意力就大幅倾斜，从刚才刻意营造的游戏氛围中脱离，附着到邓谆身上。

"你是那个名人对吧！"

"以前我们是不是一起军训过，然后你就休学了？"

"邓谆！好久不见！"

发言的差不多都是学长、学姐，尤其是学姐。而同年级生则都默默地投来目光。

学习部部长是一名大三的男生，不论在班级还是学生会都颇有威信，唯一美中不足的是异性缘不太好，始终没交到女朋友，而且还有一段追求女生反被将聊天记录截图发到学校告白墙上的糟糕经历。其中他媲美"头像是我，不满意""好了好了，不逗你了"的说话方式成为女生的笑柄，当然也引来一批男同学好兄弟帮忙维护。要不是为了减轻影响，学校老师出面，还不知道会闹到什么程度。

邓谆突然出现，没有刻意装扮，只是打理得井井有条，眼角略微下垂，脸很小，纤细却没有柔软感。一言以蔽之，就是长相惊为天人，外加言谈举止受过特训，脊背挺得笔直，仪态好不说，耳濡目染的家教也出挑，是女生们喜欢的典型。

女生们激动的比较多，其中一个显然是资深追星族，还主动换了座位，展示自己手机里很久以前发过的微博给邓谆看："几年前我就喜欢你哦！"

值得一提的是，她的微博内容是："新公开的练习生里就邓卓恩一个能看，J3就只有丑人了吗？邓卓恩，爱你爱你，亲爱的，亲亲你哟。"第二条微博隔了几年，显然也没多关注他，这次内容是"看邓卓恩跳999的舞我真的激动死了。亲爱的，你太棒了！"

而下面有网友评论"大家都看得见"，羞耻度爆表，但她本人还愿意光明正大地拿给当事人看，可谓是心理素质一流。邓谆也泰然处之，镇定地说"谢谢"，某种意义上，真的很强悍。

学习部部长突然拍桌，打断他们的嬉皮笑脸，倒了一杯酒，很阔气地向邓谆递了过来："你也是新部员？"

邓谆接过酒，和他碰了碰就喝下，没有任何情绪波动地回答："算是……新部员家属？"

廖茗觉也连忙搭腔，笑嘻嘻地说："他是我的朋友！"

"原来是茗觉的朋友啊！"部长的目光意味深长地流连在他们中间。

廖茗觉浑然不觉，还沉浸在"邓谆正式复学了"的快乐当中。已经有其他学姐提议继续游戏："正好多了个人，继续玩吧！"而刚刚陆灿那尴尬的亲吻大冒险，也就干脆利落地被带过了。说起来，还真多亏了他是不太能融入众人、人气相对低的那类型。

游戏还是真心话大冒险。

廖茗觉偷偷用手肘推邓谆，难掩雀跃地说："你真的回学校啦？"

"嗯，"邓谆抽牌，若无其事地压下去，"周一就上课了。"

"太好啦！化学和高数课我都可以帮你占座位！"要不是正在活动中，廖茗觉真想直接跳起来，撞到天花板也无所谓。

邓谆倒是很冷淡："是吗？谢谢。"

其实一开始，邓谆有点担心廖茗觉牌打得不好。他时不时去瞄一眼她的牌，想着至少垫个牌什么的，别让她当输家。毕竟就她这个直来直去的性格，万一别人开玩笑要她当场找个人交往三个月，搞不好她都会直接照办。

然而，廖茗觉的牌技惊人地好。

要知道以前，在村里，山区小学有很多不好，而其中一项肯定还是跟作风有关。缺少耳濡目染的良好教育，孩子们课余时间几乎都在打牌。廖茗觉更是打遍天下无敌手，就连午休时间老师打牌，都时不时会把去请教习题的她留住请求指点。

发现邓谆在看自己的牌，她也不遮拦，直接展示给他看，还笑着做口型说："等轮到我出，就把他们打到破产！"

看到她得意扬扬的样子，邓谆嘴上谴责"藏好点"，别过头时，嘴角却按捺不住地上扬。

这一幕被对面传媒部的学姐看到，学姐还大声警告了一通："那边的小伙子小姑娘，不许打夫妻牌哈！"

仿佛为了自证清白似的，这一轮，邓谆输了。

他无疑是在场各位最希望看到接受惩罚的人。邓谆清了清嗓，爽朗地选择了真心话。

学姐飞速敲定提问，显然是早就想好的："能不能从这里挑出一个你最有好感的对象？女生最好，当然，要是你的性取向……男生也行。"

该说没想到这么简单吗？邓谆觉得这根本不是事，但表现得太轻松会徒添麻烦，于是他假装出为难的样子，微笑的眼睛扫过四周。有人跃跃欲试，也有人身体紧绷，到最后，他理所当然地打了自认为的安全牌——

邓谆侧过头，望着恰好也看向他的廖茗觉。

廖茗觉也在看热闹，猝不及防和他对上视线。

大家对煽动气氛还是一如既往地上心，不顾对象是谁，觉得好玩就行了："认真一点行不行？"

"爱的真情大告白！"

"不说出来我们不懂啊!"

杯盘狼藉中，桌面已被水与玩具卡牌占据主要位置，店里的灯光调节得刚刚好，不会太明亮，却也足够照明。那是一种足够暧昧的昏黄，夹杂着青春荷尔蒙躁动的余韵，所有人都笑着，等待着，不醉不归，不欢不散。

"廖茗觉，"邓谆都快忘记自己有多久没参加过这种同龄人纯玩乐的聚会了，他花了太多时间在正事上，清晨也好，半夜也罢，春夏秋冬，他一直都在为出道努力，却竹篮打水一场空，而前段时间，他头一次意识到自己的人生或许一无所有，"在我最需要的时候，你出现了，说了我最需要的话，告诉了我我最需要知道的事。谢谢你。"

他的措辞很单调，语调有点生硬。

"原来爱豆预备军喜欢这种类型。"有人顺理成章当作玩笑，啼笑皆非。但在细碎的议论声中，邓谆盯着廖茗觉的眼睛。聆听的同时，廖茗觉也看着他。

叫人大跌眼镜向来是廖茗觉的专长。就在大部分人不以为然要带过的时候，只见她笑起来，落落大方、字句清晰地回应说："我也喜欢你!"

邓谆正在喝水，杯沿抵住嘴唇。他没有像电视剧里那样戏剧性地喷出来，只是纹丝不动地注视她。

对她来说，喜欢是什么?

在廖茗觉的世界里，假如要区分好坏，那"喜欢"一定是好的。没有虚与委蛇，无须百转千回，喜欢就是喜欢。

良久，他徐徐喝了一口白开水，把玻璃杯放回原处。

打安全牌现场风云突变。恰好轮到陆灿被推到主持人位置，哪儿能想到一上岗就面临如此大的危机，他拿着扑克，整个人都呆了。他要怎么做?难道把这场学生会部门破冰直接引向婚礼现场，祝福这对情投意合、互通心意的眷侣百年好合?

但还没等他想出对策，廖茗觉已经伸出手来，摆出想跟邓谆击掌的姿势。

"我们真是天造地设的好朋友欸!"她笑着，"耶!"

这一下，即便是围观的校友也觉察到微妙。然而，邓谆几乎没有犹豫就回应，抽出离她近的那只手，草草击掌应付了事，没什么灵魂地敷衍："耶。"

◇　　◇　　◇

"你知道你们班有个女生也喜欢你吗?"之前展示过自己喊"老婆"的学姐靠过来，拿着酒杯跟邓谆碰杯。

邓谆一口饮尽，面不改色："不知道。"

"是赵嘉嘉吧?是赵嘉嘉吗?"廖茗觉顿时反应过来。

"对对对，就是她！她要是知道邓卓恩成了她同学，肯定会开心死的！"学姐掏出手机，主动提出要给邓谆拍个照，当场发给赵嘉嘉看看反应，"来，说茄子。"

大学生只需混吃等死等毕业的时代已经过去了，就算高中时被老师灌输"进大学就能玩"，但等亲临大学，就会明白自己的天真。

课表密密麻麻，功课多如牛毛。更不用提廖茗觉还要打工。

有好几次约在食堂，廖茗觉直接边吃边睡，看得朋友们胆战心惊，劝她辞掉几个兼职。她也擦着口水回复"已经跟便利店那边在谈了"。

眼下正是圆初心的好机会，她也钻进镜头，试图比个剪刀手，没想到学姐亲自挥手驱赶："先过去一点。等会儿拍你哈，茗觉。"

廖茗觉猝不及防被点名，吃了一惊，然后才委屈巴巴地挪开。邓谆原本盯着镜头，这下也倾斜目光。他略微侧过脸，默默看着她。这一幕也被相机捕捉下来，分明背后是乱糟糟的餐厅，却弄得好像在拍什么日系画报，随手抓拍也能当壁纸。

学姐不易察觉地吞咽口水："邓卓恩，看这边。"

他终于看过来，脸上是微笑，却提出别的要求："还是跟廖茗觉一起拍吧。"

既然邓谆都开口了，"摄影师"自然也不好再推辞。廖茗觉终于如愿，兴高采烈坐到邓谆身边，两只手都比着"Yeah"，向邓谆那侧歪头。他也笑了。

照片拍出来，学姐直接发给了赵嘉嘉。赵嘉嘉大概在哪里玩，一时半会儿没回复。倒是邓谆和廖茗觉靠过来看照片。

"哇！"廖茗觉指着屏幕，惊喜地看向邓谆，"你好上镜啊！"

邓谆皮笑肉不笑地应了一声，看的时间太长，甚至廖茗觉都被同级生叫走了，他还在来回翻着那几张照片看。

学姐在邀功："怎么样？我拍得挺好吧！"

他笑着，垂下眼，慢条斯理地回答："挺好的。"

"要发给你吗？我最满意的是这张——"学姐把照片切到最初拍的那张单人照上。

"好，发我吧。"邓谆主动提供了添加好友的二维码，顺便补充道，"后两张就行。"

"欸？单人那张呢？"

他看着她，停顿了一阵，如同听到什么笑话，嗤笑出声道："我要我自己的照片干吗？"

学姐也迟疑地道："……发朋友圈？"

"哈哈哈，为什么啊？"邓谆就好像听到梦话似的，收到合影心满意足地走了。

他们吃过饭，游戏也玩完了。陆灿跟同部门的人交流了几句，回头看到廖茗觉要走，于是主动抽开身。

廖茗觉站在店门外，一下又一下轻轻用后背撞着瓷砖墙。路灯下有蝙蝠飞舞。陆灿走过去，苦笑着道歉："这次又害你尴尬了。对不起。"

"哦！"她回过头，自从上次后，她连带着她身边那帮怪小孩就都对他省略了"学长"的称呼，"陆灿！"

"今天玩得开心吗？"陆灿关心道。

廖茗觉用力点头，像幼年比格犬一样激动："嗯嗯！很开心！"

"那就——"陆灿的"好"字还没说出口，就有一只手臂猛然从眼前穿过，用力按在另一侧的墙壁上，阻拦在他和廖茗觉中间。

邓谆以和动作完全不符的友好笑容打招呼："晚上好。"

又是一个没来得及说出"好"的句子："晚……晚上……"

"怎么跑这儿来了？"邓谆直接看向廖茗觉，笑着问她道，"我送你回去吧。"

"哦！"廖茗觉毫不犹豫就答应了，回头跟陆灿挥手，"拜拜啦！陆灿！加油啊！虽然我觉得你追不到赵嘉嘉！"

陆灿一边挥手道别一边回复："最后那句就不用说了。"

大学与中学不同，就算多了新同学，也不会有任何人有体系地组织大家认识。有时候到了期末才发现班上原来有这个人的情况也不少见，大家的关联并不像中学时那样紧密，除非有自己的小圈子。

就像现在，胡姗和邓谆面对面坐在座位两侧。胡姗虎视眈眈，尽可能摆出凶恶的眼神。只可惜对面这位绝非泛泛之辈，可与电影里的超级反派相媲美，就算受到全球通缉成为公敌，也能堂而皇之地上街买咖啡。

他放任她打量，甚至还有闲心举手问饮料能不能替换："有白开水吗？"

"我不会承认你的。"胡姗义正词严地警告道。

邓谆笑了笑，径自喝饮料。

与此同时，廖茗觉系着围裙，扎起头发，戴着防止唾沫飞溅的透明口罩，左手拿着烤肉夹，右手抄着烤肉剪说道："不要这样嘛，邓谆也是我的好朋友啊。"

而王良戍以同样的打扮登场，拎着炭火和烤盘，来给他们这一桌更换烤肉网："胡姗好像以前就有点厌男。"

"我厌男怎么了？"被戳中死穴，胡姗冷冰冰地鄙夷道，"你有意见吗？"

王良戊立刻用公事公办的口吻没有感情地回答："没有。祝您用餐愉快。"

廖茗觉负责给他们烤肉，趁转身的空隙搭话："这里的员工餐挺好的，每天下班还可以装剩下的东西回去吃。"

邓谆问："你们很缺钱？"

"还好。怎么说呢？反正不算富吧。"廖茗觉把五花肉烤得微微泛焦，外壳酥脆，内里柔软多汁，就这么夹到胡姗和邓谆的盘子里，"多吃点。可以包生菜，放点辣白菜会很香。"

王良戊又趁机过来给他们添小菜，拎着盛小菜的竹篮，熟练地使用镊子把小菜夹出来："我是因为家教家规。除了学费，我爸妈一分钱都不肯出，说是要培养我的独立意识。"

他向邓谆表示友好："我叫王良戊。"

邓谆也很领情："我知道，你和廖茗觉是在微博上认识的。"

"她介绍得这么详细？"

"偶然提到的。我还知道她宿舍每个人的名字。"

这次轮到胡姗嫌恶地评价："你好变态啊！"

"嘿嘿，是因为我有介绍啦。"廖茗觉不好意思地挠头，"无聊的时候，我还挺喜欢给邓谆发消息的。"

那边店长在召唤："小廖！"

他们这桌肉还没吃完，廖茗觉就被差使到另一桌去点单。等她再回来时，脸上粘着两张小小的贴纸，分别是粉色的菱形和金色的心形。

胡姗问："这是什么啊？"

廖茗觉把要烤的鸡翅夹进烤盘，回答："是表示店员工作受到好评。月底可能会有奖金。"

邓谆忽然问洗手间位置，廖茗觉领他过去。他只在公共区域洗了手，用烘干机烘干，在嗡嗡的风声中问她："贴纸粘在脸上不痛？"

"有一点。"她伸出手去撕。

看着她笨手笨脚的样子，他不由得打断。邓谆托住她手肘，示意她暂停。廖茗觉轻轻放下手，他却伸出手靠近，她顺势贴住他手臂。两个人肢体接触，像一座有体温的跨江大桥。

廖茗觉正在学化妆，技术拙劣，因而没化太多。她和他一样，假如要以浓淡区分，那一定是淡颜。邓谆端详她的脸颊，一心一意解决起问题，指腹轻轻蹭起贴纸边缘，随即一鼓作气撕下。"好了。"他说着，把闪亮亮的彩色贴纸放到她手心，再抬头，却发现她正盯着自己。

明明早该被形形色色的人看惯了，但这一刻，他却无缘无故地感到慌张。他问："怎么了？"

"你眼皮好薄啊。"廖茗觉又在说他听不懂的话，"你要小心，你这样的面相会经常搬家，居无定所，没有房子住！"

邓谆狐疑道："这是什么理论？"

"老家的算命先生说的，眼皮这里是家庭宫。你看，像我这样的眼皮，就人缘比较好，也更容易有幸福的家庭。"廖茗觉扬扬得意地贴近，用手支起自己的上眼皮，好像在做鬼脸，语气却无比认真，"所以啊……"

他憋笑，重复她的话："'所以啊'？"

"所以你要多跟我在一起，蹭一蹭我的好运才行！"廖茗觉郑重其事地交代，笑容让人想到太阳的温度。

她说得煞有介事，可惜他一点也不信面相。他不相信命运，虽然他运气大概很差，否则也不至于在其他条件都不差的前提下练习这么多年却屡屡受阻。他一点也不信这些，但是，廖茗觉都这么说了，他也就顺着她的话说道："行。"他似笑非笑地看着她，仿佛只要看着她，心情就会变好，"我会的。"

他们回到餐桌边，四个人手机都在响，不用打工那两位掏出查看，原来是校运会的通知。

"哦哦哦哦！"廖茗觉调整了一下抽油烟机管道，自信满满地宣布，"终于到我一展身手的时候了！"

邓谆说："你很擅长体育？"

"嗯！我跑得很快！高中时跳远也破过校纪录！"廖茗觉表现得跃跃欲试。

然而，胡姗及时泼了她一盆凉水："传媒部会很忙的。"

"什么？"

"不然你以为学生会是干吗的？大二出去实习的时候，其他人爬山、采花、扎标本，传媒部代表还要扛相机。不过好像最后一天会闲一点。那天也有项目。"胡姗在翻看其他群的通知，"喏，这个。今年新设的，男女混合4×100米。我们一家四口参加吧。"

"好耶！"廖茗觉看了眼，刚刚还表情失落，转瞬笑起来。

然后她就被店长批了："小廖！别老聊天！"

吃过饭后，胡姗和邓谆就与要在店里继续工作到三四点的廖茗觉和王良戊道别了。走出烧烤店，只见人行道另一端是一排被碰倒的自行车，胡姗就要走，却看到邓谆优哉游哉地上前，弯下腰去，帮忙一辆接一辆地扶起。说不清是什么心情，她站在原地，直到看着他将自行车全部扶起都没走。

邓谆直起身，看见她时也有些意外，但并没有慌，那张脸上反倒浮现出笑容。他问："有什么事吗，胡姗同学？"

胡姗摇了摇头，卷过的短发发尾轻轻摇曳。她的声音笃定得不容置疑："其实我并不是不能接纳新朋友，对肖屿崇也没什么意见，但你就不行。"

他没有搭腔。

"你知道为什么吗？"胡姗一字一顿地道，透着抵触与戒备，"就刚才，你说的话每一句都跟廖茗觉有关，从头到尾也只想听廖茗觉说话，你态度装得挺好的，但其实根本不想跟廖茗觉以外的我们做朋友。"

邓谆仍然笑着，好一会儿，突然感觉疲倦。他现在只是普通的大学生，无须再过度关照形象。他想到这一点时，友善才像梦境褪色般消失，转眼间，他的态度已与刚才大相径庭，丝毫没有隐藏不耐烦。性质不同的笑容轻飘飘地舒展，透着尖锐而扎手的脆弱感。

"啧，"漂亮的人就连恶毒也令人赏心悦目，他冷笑，"所以呢？"

6 营业都是假的

彼此能成为朋友，真是一件奇妙的事。

在别人面前看起来人模狗样的大众情人，原来私底下是这种刻薄的真面目，真让人讨厌，这越发坐实了胡姗心中的鄙夷。不过，话说回来，一码归一码，她也不觉得邓谆没有可取之处："至少你能看到廖茗觉身上的闪光点，这一点，还行吧。"

她掉头走掉。

回学校的巴士上，胡姗握着把手出神。

在她面前的男生和她差不多大，极有可能也是大学城某一所高等院校的学生，此时此刻正在热火朝天地聊着琐事。

胡姗不否认，自己对现在所能接触到的大多数异性都感到不满。

以前，她交过的男友数量要用两只手才能数清。然而，男人好像就那样，要面子，无能，意气用事，拿下半身当大脑。高二时，她专心备战考试，引起职高男友的不满，分手后竟然还被堵在街口，她表面装酷，实际后怕了好几天。

从那时起她就想，等到了大学再谈恋爱。大学时大家都是成年人了，男生理应成熟一些。

可惜现实是，男生似乎永远都长不大，还是那样喜欢装，还是那么讨人厌。

军训还没结束时，就有同专业的男生屡屡买水给她。她本来是拒绝的，但对方太执着，她才不得已接了一次，转头就让廖茗觉喝了。就这一次，对方就像接收到她开绿灯的指令般，当晚拉歌后就把她叫出去表白。

胡姗的拒绝一点都没客气："麻烦你以后别跟我说话。"

她回到座位坐下，自己都没觉察自己在生气，还是廖茗觉问："你怎么怒气冲冲的？他敲诈你了？"

胡姗控制不住咬牙切齿地道："我最讨厌这种人。"

"什么？"

"才认识多久？知道我是个怎样的人吗？课都还没开始上，我和他话都没说过两句。表白都只知道盯着我的脸和胸看……"胡姗越说越气，恨不得折回去给他再补上一个断子绝孙脚，"真是恶心。"

廖茗觉偷偷摸摸伸手去拿胡姗买的饼干条，鬼鬼祟祟塞进嘴里："嗯，有你觉得不恶心的吗？"

"我发小。"胡姗随口给了个答案，再回头，立刻就发现她偷吃，"廖茗觉！那是我的！"

除了男的，其实胡姗也不怎么喜欢女的，因为那群男的在她眼里那么糟，却还是有一些女生会眼巴巴地凑上去。说直白点，她确实有点愤世嫉俗。

这也是为什么，开学时她就一副睥睨众生的样子。

平时，胡姗还是把这种念头藏得挺好的，只不过大家每天一起上课、一起吃饭，还一起回宿舍，难免会暴露。有时候王良戌还在场，她就骂起来了，毫无顾忌地扫射全部男性："男人都是垃圾！"但王良戌根本不在乎，自顾自吃着鱼块，好像根本没把自己算进男性一列。

胡姗回到宿舍，洗漱后学习一会儿，上床刷了刷单词，准备睡觉时，廖茗觉才回来。餐厅的工作有多累，真正做过的人才知道。

廖茗觉草草洗了澡，爬上床倒头就睡。

胡姗蹑手蹑脚来到她床边，踮起脚轻声问："廖茗觉，廖茗觉，你喜欢那个邓谆吗？"

"啊？"廖茗觉困得要命，根本没精力听她说什么。胡姗重复提问，她傻乎乎地"啊"了几次，就这么进入了梦乡。

胡姗下定了决心，这辈子都不会结婚，廖茗觉却是上大学时堂堂正正提出"我想谈恋爱"的女生。

之前，胡姗觉得王良戌是最适合的人选，相处下来，她发现他对廖茗觉没这方面的想法，于是只能转移目标。下一个是肖屿崇，她对他不是那么满意，他在其他同学面前还跟廖茗觉装不熟。陆灿就更别提了，简直是罪人！而邓谆就是这时候出现的。

她觉得有必要为朋友把把关。

概率论课上课前，肖屿崇正坐在关系好的男生中间打瞌睡。转专业的事有些麻烦，他甚至已经开始考虑要不要入伍两年再说。

廖茗觉来得有点晚，好在胡姗和王良戌帮忙占了座位。她放下书，又想起运动会报名的事，所以绕道去找肖屿崇。

"嘿！"廖茗觉像森林之子毛克利一样出现，拽着藤蔓就横冲直撞而来，"校运会你报了项目吗？"

"没。"肖屿崇抬起头，没什么精神地回答道。其实倒是有不少人拉他参加,男生女生都有,都被他拒绝了而已。

廖茗觉并没觉察出肖屿崇的排斥,兴高采烈地提议:"一起参加男女混合4×100米吧!"

"啥?"肖屿崇直接皱起了眉,"还有谁?……你、王良戊,还有胡姗?算了吧。"

"为什么?"廖茗觉大为震惊,本来觉得他肯定会答应的。

其实之前也有别的女生来邀请过他参加这个项目,但他很有帅哥包袱,外加也不想跟不熟的人一起参加,就拒绝了。他道:"不想出汗。"

"你这样可不行!大学生要有青春的活力!"

"……快上课了,你还不回去?"

"一起参加吧!"

他默不作声地看着她。

后门被推开,大学生去上课从来没有最晚,只有更晚。邓谆走进来,恰好廖茗觉面向教室后方,一下与他对上了眼神。

"哦!"她高兴了一下,朝肖屿崇撇撇嘴,"那我叫别人!你这个懒虫!"

想不到快二十岁了还会被人骂"懒虫",肖屿崇回过头,看到邓谆时,眉头皱得更深了,并且,与他反应相近的还不止他一个人。

和之前从事过偶像行业的人成了同班同学,这件事说大不大,说小不小。不大是因为他并没有正式出道,知名度也一般般;不小则是因为被以上镜为目的筛选过的孩子,外貌上和一般人终究会有区别。

女生们找邓谆说话,他都会回应,但一周过后,大家搭话的对象就变成了廖茗觉。因为只要跟廖茗觉说话,邓谆就一定会主动参与话题。

举个例子。同班女同学掐着嗓子问:"廖茗觉,你为什么学这个啊?是因为老家有地要种吗?"

廖茗觉想了想,回答:"学植保的话,不就能经常跟农作物打交道了吗?我想种水稻。"

邓谆支着下颌,漫不经心地插嘴问她:"小麦不行吗?"

其他人也顺势将问题递给他:"邓谆你呢?"

面对她们,他的笑容总要更灿烂一点,但也更有距离感一点:"因为我讨厌害虫。"

大家暗暗都在讨论,复学生该不会喜欢那个乡下妹吧?而且仔细观察,那两个人真的始终同进同出,上课坐一起,一起去食堂,甚至有次一个女生上厕所出来遇见他,他都摘下耳机回答提问:"我在等廖茗觉。"——尽管廖茗觉解释说，那是因为在去图书馆的路上她突然肚子疼，但大家还是一传十、十传百，直接猜测起他俩是不是在偷偷谈恋爱。

明明也同行，却被直接忽略的胡姗和王良戍都无语了。

托各种各样光环的福，其他院系也有对邓卓恩感兴趣的人在，因此就有了私底下的情报交流。

在学校内部的BBS里，标题为"dze喜欢乡下妹吗"的帖子被顶到第一。不少人纷纷在里面看热闹不嫌事大地发表评论。值得一提的是，廖茗觉被人提醒看到帖子时第一个问题是"dze是什么"，她对缩写文化实在是一窍不通。

另外，热门的第二个帖子是"植保帅哥是不是都这么重口味"，并且连带王良戍一起提名。照片是王良戍和廖茗觉在校门口的麦当劳买冰激凌，廖茗觉拿着甜筒找零钱，回头时撞到冰激凌，弄得满脸都是。

信息时代，每个人都有智能手机、移动数据和一颗爱八卦的心。

他们四个人在食堂吃饭都被拍过。或许是廖茗觉打工太累疏于打扮的缘故，比起她，胡姗看起来更像是绯闻中心，于是又多了一个被牵扯的人。甚至有其他专业的人在公共课打交道时称呼胡姗为"廖同学"。

了解情况后，廖茗觉非常不解："我有那么差吗？在老家，我也是有名的美女啊！"

邓谆点头表示认同："有道理。"

"你们俩别一唱一和了，受影响的是我好吧？"胡姗很不爽，斜睨着邓谆，故意试探道，"廖茗觉，你不觉得被传这种话不好吗？"

"你不是想谈恋爱吗？这样就没有男生会打你的主意了。"胡姗有理有据地道，"而且邓谆也会觉得困扰的。"

然而邓谆最先关心的却是："你想谈恋爱？"

"嗯！"廖茗觉再一次阐述了自己的宏大理想，"我想找个男朋友！虽然我最近有点忙，估计没什么时间。"

邓谆思索了片刻，却没再说什么。

反倒是廖茗觉幡然醒悟道："我有办法了！"

"你说。"

"学校在QQ空间不是有表白墙吗？还有广播站。我可以去投稿！让全校的人都知道！内容就是——"廖茗觉站起身来，抑扬顿挫地道，"'号外！号外！本人郑重声明！我跟邓谆不是一对！不是一对！真的不是一对！'"

◇　　◇　　◇

"……你就别此地无银三百两了。"胡姗冷冰冰扫兴地道。

差不多到点了，她要去退社申请还没批下来的舞蹈社，王良戌则到了打工时间。廖茗觉和邓谆两个人去图书馆，里面位置基本坐满了，廖茗觉好不容易占到一个，却主动让给了邓谆："我坐窗台那边就行。"

说着她就要走，却被邓谆揪着后衣领拽了回来。他不容分说，把她按到椅子上，掉头就去了其他区域。

大一还基本都是公共课，说实话，学好并不难，重要的是学精。廖茗觉想要奖学金，理所当然要用功些。今天该复习的内容完成了，她又额外借了本专业课的教材，想着预习一下，至少看看自己读不读得懂。

廖茗觉一看就忘了时间，身边其他人要么带了午饭来，要么叫了外卖，还有的直接离开。她一直研读到晚饭时间，直到身前落下一道影子，挡住了光。她抬头，就看到邓谆来到她面前，手里拿着跟她一样的《作物栽培学》。

"你也在看这个？"她笑起来，翻到封面给他看。

"嗯，"他却没当回事，径自问，"去不去吃饭？"

廖茗觉是很容易饿的体质，只不过沉迷学习，这时才反应过来确实饿了，她一跃而起，跟他去吃饭。

邓谆说："出去吃吧。我请客。"

他们去乘地铁，廖茗觉还向邓谆炫耀了自己贴了水晶贴纸的交通卡。她说是打工的烤肉店剩的，问邓谆可不可爱。邓谆敷衍地点头。没一会儿，进了地铁，她就从包里翻出剩下没用的部分，撕下来要给他贴。

"不用了吧——"嘴上这么说，心里却觉得好笑，他伸手去抓她手腕，以防她直接粘上来。

"来嘛！"她却只觉得好玩。

恰逢地铁开动，她只顾着打闹，一个没站稳，就这么扑到他怀里。邓谆伸出手臂，却没有直接环住她，反倒悬在两侧，只确保她不会栽下去。廖茗觉磕在他胸口，揉着额头站直，难为情地笑出声："对不起对不起，不过你骨头好硬啊！"

说着她还把摸额头的手放过去，在他胸口轻轻拂过："没被我撞骨折吧？"

廖茗觉还没来过这边的商场，也是头一次到餐吧吃饭。邓谆观察着她，她一旦答应了对方请客，就真的不看菜单，也不关心价目表，单纯得像一张纯白的纸。邓谆点单，直接要了套餐，还跟服务生交代："量大一点，谢谢。"

"哇！"服务生刚离开，廖茗觉就为这种小事向邓谆致谢，"你还记得我吃得多！谢谢！"

"没事，我也饿了。"邓谆忽然说，"你好像一直挺忙的。"

廖茗觉不明所以，只愣愣地说实话："嗯……算是吧。"

"我看你都没怎么休息过。"他不紧不慢道。

廖茗觉停顿了一下，蓦地笑起来，又一次在不自觉的情况下吐出能让人情绪波动的发言："但我现在不就是在休息吗？因为跟你一起。"

杧果和大虾组合的沙拉清爽美味，墨西哥牛肉饼中的奶酪香味浓郁，核桃仁布朗尼的口感不错，吃了好吃的，廖茗觉的笑容像冰激凌一样甜，她幸福得手舞足蹈："好好吃哦。"

邓谆飞快地埋了单，两个人往回走。相处的时间有些短，即便如此，他还是什么也没有说。廖茗觉走到扶梯旁，却突然被什么东西吸引了注意力。

她望着远处巨大的招牌喃喃道："'密室逃脱'？是电影院吗？"

邓谆放慢脚步，折返回到她身旁，淡淡地解释："就类似鬼屋，不过要解谜题。"

"鬼屋？！解题？密室！福尔摩斯那种吗？哇！"廖茗觉一下来了兴趣。

邓谆对这种活动没兴趣，扭头就要走，廖茗觉却有些迈不开步子。她冲上前，一下拦住了他的去路："刚刚你请我吃饭！我请你玩这个吧！"

他看着她，脸上没什么表情，不问"你不怕吗"，却问："你知道怎么买票？"

廖茗觉用力点头。

她是真的觉得很新奇，只能在外国电影里看到的场景居然能在现实中复原，让人亲身经历，想想就觉得激动。

说实话，邓谆没玩过，也不想玩。可他一个人在外面等她，又难免太不像话，于是就跟着进去了。

一见廖茗觉进来，店员就热情地走过来，听她说是新手，于是推荐了比较适合他们的游戏项目。他们和另外三个人拼成一组，其中两个是热恋中的情侣，签协议时都恨不得抱在一起。剩下一名，刚见面就指着他俩捂住了嘴："你们怎么——"

礼嵩是J3的员工，没有负责过练习生，所以和邓谆算不上熟。巧合的是，他跟廖茗觉有过一面之缘，虽然对彼此印象都不怎么样。

"邓卓恩，你！"礼嵩刚喊出邓谆的名字，就突然卡住。他已经不是邓卓恩了，想到这一点，礼嵩迟疑了一阵，然后才问："你们怎么在这儿？"

"该我们问你吧。"廖茗觉简直是缓解尴尬的利器，一下就让气氛变成了寒暄，"我们刚自习完，吃了饭，所以过来逛逛。你也来玩？怎么只有你一个人啊！"

礼嵩刚想夸耀自己是资深密室逃脱迷，连续加班一星期也挡不住他来玩新密室的热情，然而她最后一句话却像生活的铁锤重重给了他一击："你这小孩懂什么！社会人交朋友，可没有你们学生那么容易。趁着还在读书，尽情嘚瑟吧。"

廖茗觉还很阳光地回应了："嗯！我会的！"

密室的主题类似恐怖电影《昆池岩》。他们的角色是作死地去废弃精神病医院探险的大学生，但其中有一名主角还有支线，那就是去寻找在其小时候就失踪的爸爸的线索。

经过随机抽签，廖茗觉很幸运地抽中了这一角色，可她丝毫没有去闯鬼屋该有的反应："哇！小蝌蚪找爸爸！出动！"

礼嵩口气很尖酸地提醒："小心点吧你！"他最见不得头一次玩密室逃脱还大呼小叫的菜鸟，比如刚摘下眼罩就兴高采烈地大喊"爸爸你在吗"的廖茗觉。

而他第二见不得的，就是明明对密室逃脱没兴趣还偏要来的，比如正像饭后遛狗散步般悠闲地说着"什么也看不清啊"的邓谆。

当然，只知道你侬我侬的小情侣也不怎么样就是了。

礼嵩心中愤愤的，一回头就被扮演鬼的NPC（非玩家角色）吓了一跳，尖叫着夺路而逃，其间还撞到隔板，直接把墙撞塌了，反而把工作人员吓了一跳。

廖茗觉也被鬼吓到，惊呼一声，掉头就跑。邓谆正在另一个房间，按照对讲机说的慢条斯理地摆弄着机关。

他后背被狠狠撞了一下，转过身，他其实想把她掰开的，但廖茗觉抱着他不松手，整个人也转着圈挪到后面，死都不肯抬起头来。邓谆没办法，只能把刚拿到的道具递给面前的"恶鬼"，甚至礼貌地说了声："辛苦了。"

扮演鬼的工作人员收到剧情里的信物，本来是要直接退下的，不知为何，还条件反射彬彬有礼地回了句："不会不会。"

就在这之后，剩余的游戏部分，廖茗觉都是躲在邓谆背后度过的。明明主动提出要玩的是她，起初邓谆还骂她，质问"你不玩了吗""浪费钱来一趟"，到后来索性不管了，只考虑快出去。

NPC命令把手伸到停尸柜里去，邓谆一秒都没犹豫，直接就伸进手去，被扮鬼的工作人员握住还跟人家握了握手。

NPC现场给出逻辑题，邓谆强行把廖茗觉从背后拽出来，一人一半两个人一块儿答了。

NPC让他们出个人献祭，邓谆比荆轲赴死还果断，直接就往祭坛上走。就连中控都忍不住拿着对讲机吐槽了一句："兄弟你这是来参加闯关节目的吧——"

最后NPC让廖茗觉扮演的主角单独完成任务，这才终于有了凭邓谆都无法解决的难题。廖茗觉抓着邓谆，哭哭唧唧，死活不撒手："一定要我一个人去吗？邓谆不能去吗？"

"你快去！"礼嵩像拔萝卜似的，抓着她就要往那边带。

"不行！没有邓谆我会死的！"她像一只树袋熊，牢牢禁锢住邓谆，"邓谆就是我的电！我的光！我唯一的神话！"

邓谆无可奈何，也只好开口劝她："快去吧，早点去了早点结束。"

"就是就是！就差你了！"礼嵩上蹿下跳，恨不得抽中那个丧父孤女角色的是自己。

廖茗觉把脸埋入邓谆的肩膀，头发散落下来，整个人瑟瑟发抖，看来是真的很怕灵异事件。邓谆沉默了一阵，在幽暗的手电光下看着她的发旋，末了，伸出手摸了摸她的头。她还是闹着不肯去，只听他轻轻地舒了一口气，说的话却是："不想去就算了。"

一听这话，礼嵩就震惊得张大了嘴。

"真的？"廖茗觉抬起头，毫无理由地笑得很开心。

看到她重新笑起来，邓谆的心情也随之变好，再一次揉她的头。头发被弄得乱糟糟的，她也不生气，只抱怨"长头发洗起来很麻烦啊"，跳起来把他的头发也弄乱。

游戏到这里就结束了。出去的时候，礼嵩全程盯着邓谆。不会吧？不是吧？不可能吧？他没有负责过练习生，但也没少听讲师们聊过的八卦。都知道公司有个十年的练习生，练习肯下苦功，还从不参与那些同龄人无一不嗜好的违规活动，跟女练习生也保持距离，好说话，乖脾气，优等得令人咋舌，以至有同事夸口："他要哪天学坏，铁树都得开花。"

但现在他看到的是什么？邓谆看那个高个子女生的眼神是怎么回事？那种"好好好，行行行，你想怎样就怎样"的态度是怎么回事？不做偶像之后，铁树就像喷了催化剂，一夜之间开花了是吗？

然而一到了外面，廖茗觉就立刻松开邓谆呼吸新鲜空气，还感慨"拥抱生命的感觉真好"。邓谆也毫不在意，好像什么都没发生一样看着手机，时不时回头批评一句"别靠在栏杆上"。两个人的距离感实在不像情侣，至多只是普通朋友。

礼嵩怀疑自己刚刚出现了幻觉。

但下一秒，廖茗觉又凑到邓谆身后去看他的手机，他也不介意，就直接把手机递给她。两个人相视发笑，关系好得不太对劲。

一场游戏下来，衣服都被她拽出了褶皱，邓谆也没说什么。

礼嵩觉得自己可能精神分裂了。

他回去复盘，却意外撞见刚才同组的情侣。明明全程靠划水来表现甜甜蜜蜜，不知为何，两人现在却在抱怨：“原来结局那么好玩的吗？”“居然没看到，好可惜啊。”

女方更是露骨：“要是刚才那个主角别畏畏缩缩就好了。都是出来玩的，干吗那样啊？真是的！”

她没注意到，廖茗觉也跟着进来复盘，而且恰好站在她身后。

廖茗觉没生气，只是忍不住问："你是在说我吗？"

女生猛地回头，看到她时，气氛一下变得相当尴尬。说人坏话被本人听到，简直排得进生活中最难堪的情形前三。虽然廖茗觉真的只是提问，但在对方那里就变成了话里有话、刻意找碴。

女生脸色一青，男友立刻会意地上前帮忙："对。我们没通到支线剧情，不就是因为你嘛。"

廖茗觉不明白，玩个游戏为什么突然就演变成了吵架。不过被说终归还是要还嘴，她也不是憋着的个性："你们当时不是可以留下继续吗？为什么怪我？"

两边一触即发，当即争执起来。

礼嵩吃了一惊，连忙去拉外面的邓谆。在他印象中，邓谆可是众所周知的好孩子，明事理又善解人意，这种时候自然该搬出来劝架："跟你一起的那个女生跟他们要吵起来了，你快去拦着啊！"

邓谆满脸困惑，却已经被推回店内，来到三个人中间。

礼嵩的情报的确可靠。过去，邓谆惯常微笑，营业滴水不漏，是粉丝眼中绝不会说任何重话，也不会背叛的天使。

但礼嵩的情报也有缺失，又或者说，他对偶像的理解还不够到位。他忽略了一个很重要的事实，那就是营业都是假的。

邓谆被塞了个调停者的角色，来到争吵一触即发的三个人中间。

廖茗觉刚据理力争过，肾上腺素分泌，脸颊微微泛红，她看向邓谆，小狗似的眼睛盛满委屈。

只花了半秒钟，邓谆就决定了要说的话。他看向站在廖茗觉对立面的人，道:"你们嘴贱是吧?"

◇ ◇ ◇

当和事佬打圆场又道歉的时候,礼嵩一直在想为什么。

他为公司艺人当爹操心也就算了,廖茗觉一个从没踏进过他们公司门的小丫头片子(其实踏进过,只是为了送外卖),邓谆一个已经出了公司门的臭小子,他凭什么替他们收拾烂摊子啊?

他们三个往回走,一路上礼嵩心情很沉重。廖茗觉却还想吃甜品店的三球蛋卷冰激凌。她跑去飞速买来,双手各拿一个,冰激凌垒得高高的,看起来傻得惊人,但她自己却不觉得。

廖茗觉递了一个给礼嵩,又把另一个给邓谆。

礼嵩还在生气,身体倒是很诚实,一点不客气地开始吃:"你怎么就买了俩?你自己的呢?"

只见廖茗觉脸上忽然浮现起微笑:"看你们心情不好,"她认真地解释道,"吃甜食会让心情愉悦!你们吃就好。"

礼嵩嘴都合不拢了:"你可真够傻的!"

"我哪儿傻啦!"廖茗觉大叫。

两个人凑一块儿跟好姐妹似的。

邓谆倒是没说傻,反而问她:"你喜欢冰激凌吗?"

廖茗觉笑嘻嘻地说了实话:"也不是喜欢啦,只是没吃过这种而已。"

他递给她说:"那你自己吃。"

"你不会为了让我吃,故意装不喜欢吧?"廖茗觉露出了期盼的眼神。

然而邓谆根本没留情:"才不会,想得美。"

"就是!"礼嵩连忙火上浇油,"想得美!"与此同时,心里还疑惑了一下,以前邓卓恩是会说这种话的人吗?

他清楚地记得,大概就是一年前J3公司的家族周年演唱会上,参加过限定组合的公开练习生参与了伴舞和群众演员的工作。就是当时,一名受邀上台参与互动的歌迷突然鼻血直流,相当夸张,直接四处飞溅。大家都吓了一跳,而第一个拿纸巾上前帮忙擦拭的人就是邓卓恩。

他哄对方举起一只手时的温柔口吻,笑着平定人心不安的亲切态度,给在场所有人留下了深刻的印象。那名女粉丝回去后更是发社交动态大赞,引发了一番人性美的称赞,大家又扒出他做练习生时期零违纪,高考分数还相当高的经历,都说他绝对是新一代的完美偶像。

然而,眼下的邓谆却无所顾忌地与人吵架,和不修边幅的女生平平无奇地相处，除却长相出挑些，看起来就只是个再普通不过的男大学生。

走到商场门口，他们才要分头走。

想到了什么，礼嵩忽然把邓谆单独叫过去，压低声音告知："你妈妈最近又来公司了。"

邓谆的反应明显对此一无所知，却也没有太惊讶："影响制作人工作了吗？对不起。"

"那也不至于啦。"礼嵩不知道说什么好，勉强宽慰道，"她没跟你说吗？她这样，搞得公司立场很尴尬。"

至多只有二十岁的男生却笑了，他回道："我妈妈想做什么，我向来干涉不了。"

廖茗觉等了一会儿，最终凑上来问："你们在聊什么啊？"

校运会终于召开。

就像之前胡姗说的那样，传媒部就是个女生当男生用，男生当畜生用的地方，不仅要搬运器材，还要拍照、录像、做视频。廖茗觉对电脑一窍不通，于是做的都是前期工作。她临时学了拍照、录像，学姐人很好，还把自己淘汰的相机借给她练习用。

运动会开幕式时，廖茗觉整个人像灵魂出窍似的。王良戌问她怎么了，就见她像天要塌了一样，唉声叹气地道："完了，一次都没练习，一点默契都没有——"

"怎么会？"王良戌说，"这种运动会不用练习啦。"

廖茗觉握紧了拳头，痛心疾首地说："那怎么行？！既然报名参加了，就要做到最好才行！我实在太不靠谱啦！"

然而实际上，她做得最不靠谱的事并非没有练习，而是校运会当天早晨才想起要通知邓谆。

好在邓谆这人向来在该脾气好的时候脾气差，该发飙的时候脾气又异常地好，他回了个"好的"就过去了。

值得一提的是，廖茗觉不是系里唯一一个报男女混合 4×100 米的。赵嘉嘉也报名了。

比赛开始，入场时，廖茗觉在负责担任裁判的体育部成员间看到了肖屿崇。她挥着手臂，离老远就大声喊："肖屿崇，加油啊！"

肖屿崇果断别过头，假装不认识她。

要去起跑线上了，廖茗觉这才开始紧张，正觉头皮发麻，就感到有一只手贴住了额头。邓谆望着她说:"没发烧啊。"

"嗯。"廖茗觉一字一顿地回道,"我好紧张。"

"……"

她像打开了话匣子,一鼓作气说下去:"我刚才看了一下,我连像样的运动鞋都没有,感觉一点都不认真。他们好像都跑得很快,我好怕啊。要是掉棒了怎么办?我会很惭愧的——"

邓谆望着她,良久,他说:"我因为紧张尿过裤子。"

她顿时像打开了什么雷达,精神百倍地追问:"什么?"

"不过那是很小的时候了。"仅仅一句话就轻易地改变了气氛,邓谆顺势询问,"你没有过吗?很紧张的时候?"

"哦哦!好像也有吧!有一次跟爷爷去爬山,结果捅到了蜜蜂窝。噗!"廖茗觉是再好哄不过的性格,当即就傻乎乎地笑起来,自顾自地继续道,"吓死我了,结果啊……"

邓谆耐心地听着,时不时引她说下去。

比赛开始,廖茗觉和赵嘉嘉都被安排到了最后一棒。

哨声响起,作为第一棒选手,邓谆表现得太轻松了。他运动神经原本就发达,加上比赛也没有体育特长生,他不费吹灰之力就把棒交给了胡姗,随即放松着肩膀离场。

廖茗觉刚想说"帅",其他人就代替她说了。赵嘉嘉感慨了一句:"真帅啊。"

她和廖茗觉对视。两个女生就此较起了劲。

接过王良戌递来的接力棒,廖茗觉像火箭发射一般冲了出去,一下把本来相去无几的赵嘉嘉落下好远。

在老家,上小学、初中的时候,她可是每天都要走两小时山路才能到校,天还没亮就出门。后来国家帮扶,修了新的学校,那也要走几公里的路。几年前生态环境还好的时候,她跟着爷爷放羊,甚至还在山里碰到过熊,面对熊任谁都能一秒变身亚洲飞人。

廖茗觉跑得更快了。

她加速时,就连广播站负责解说的同学都惊呆了。站在领奖台上,她忍不住一直在笑,嘴都快咧到天上了。胡姗一个劲从背后掐她,提醒她:"谦虚,谦虚。"

传媒部的学姐来采访,主要采访对象是邓谆。

摄像机对准他时,他的笑容就像切割完美的钻石表面般闪闪发光:"多亏大家的努力，非常感谢我的同学。"

摄像机一挪开，邓谆立刻臭着脸问身边的人："运动会都不发矿泉水的吗？抠死算了。"

负责颁奖的是体育部成员，而这个任务很巧地落到了肖屿崇身上。

作为第一队伍登台，廖茗觉刚走上台阶，脚腕处就传来一阵疼痛："哎哟。"

廖茗觉抬起眼皮，就看到王良戊、胡姗和肖屿崇把她团团围住，比看到大熊猫摔跟头还紧张。

"怎么了？很痛吗？"王良戊满脸关心，说着就准备查看伤口。

胡姗低着头唠叨："我就说你别跑那么快了！"

肖屿崇倒是一句废话都没说，只默默盯着廖茗觉。

然后，他在众目睽睽之下抱着她离开。医务室在哪个方向来着？他正思索着，恰好经过邓谆身旁。廖茗觉眼明手快，拽住邓谆袖口，惊慌失措地抬起双眼，用眼神拼命传达"救我"的信号。邓谆完全没读懂，反而伸出手，替她轻轻别过耳边的碎发："那么痛？要我也去吗？"

离开之前，她听到广播员在用播音腔播报："我们植物保护系这位英勇的运动员为了胜利献出了自己宝贵的健康——"

廖茗觉嘀咕："干吗说得跟我死了一样啊……"

到了医务室，医生却不在，廖茗觉这时才觉察到受伤倒不是因为参加运动会，估计是早晨打工回来，在地铁里玩手机，没站稳，扭到了脚腕。

"你是表演型人格吗？"刚坐到病床上，她就忍不住质问肖屿崇。

肖屿崇抱起手臂，板着脸，刻意挑衅道："谁叫你在那么多人面前那么大声喊我？大不了一起社死。"

廖茗觉刚要回嘴时，邓谆跟进来，她刚好脱掉鞋，把打了补丁的袜子给他们看。

邓谆边玩手机边在另一张病床上坐下，对女生抬起脚来的举动不予置评，反而问："那是什么？"

"打了很多补丁的袜子就叫'雷锋袜'，我爷爷说的。"廖茗觉元气满满地笑起来，"是学习雷锋节俭的精神。"

"嗯，挺好的。随你。"邓谆说，"我想请穿雷锋袜的人喝汽水，有人符合条件吗？"

廖茗觉贴了张膏药一跃而起："GO!GO!GO!"

临走前，她又抓着医务室门把手回头，笑嘻嘻地叫肖屿崇："一起去啦！"

胡姗和王良戌正在走廊尽头等他们。

性格截然不同，人生经历也千差万别，有着天壤之别，却对彼此的个性放任自流，互不干涉。彼此能成为朋友，真是一件奇妙的事。

肖屿崇跟上他们。有些事不会止步不前，比如关系，比如友情。他望向廖茗觉的侧脸。

7 廖茗觉绝不退让

他本来就不想出道，不想做艺人，想跟我们一起上大学。

　　肖屿崇跟大多数男生都是朋友，同班有人暗地里评价过他："还真是牛啊，连跟那儿个怪胎都玩得来。"
　　他只犹豫了片刻，就意识到他们言下之意指的是谁，虽然好说话但整天笑眯眯不知道在想什么的帅哥、趾高气扬的美女，以及朴素到仿佛在录制《变形记》的怪女孩。
　　非要说的话，他并没有刻意维持和他们的关系。
　　只要看到他，廖茗觉隔老远就开始打招呼。她总是笑着，挥手的话会尽全力变身雨刮器，时不时横冲直撞在校园里跑来跑去，给人以很有精神的印象。
　　从超市出来，肖屿崇尚且不确定自己的心情。对成年人来说，有好感就可以开始相互了解，他也没打算上了大学还单身。就算这还不算喜欢，找机会独处总没错，于是他道："廖茗觉，我有话要跟你说。"
　　当时，王良戌正拿着手机在玩抽卡游戏，廖茗觉钻到他手臂中间看，胡姗则趴到他肩头。三个人齐刷刷地回过头。邓谆拿着汽水出来，不知道这诡异气氛的源头是什么，只把刚买的汽水分给大家。
　　"什么话啊？"廖茗觉拧开汽水，没想到喷射而出，弄脏了手，她邋里邋遢地甩着手说，"现在说呗。"
　　明明只需问她周末要不要一起回家，可当着大家的面，肖屿崇却自己灭了威风："等一下吧。"
　　"好啊，现在我要去图书馆复习，一起吗？"廖茗觉问。
　　胡姗皱起眉："现在就复习？"
　　廖茗觉郑重其事地点头："期末考我要考第一，打工也挺忙的，要早做准备了。"
　　"那我去。"胡姗当即做出决定。
　　邓谆也搭话："我也去。"
　　如此一来，肖屿崇又失去了和廖茗觉单独相处的机会。他正头疼怎么能多跟廖茗觉自然地接触，就有人猛地打断思绪。

突如其来，当着在场所有人的面，胡姗坦荡地吐出了与刚才肖屿崇所说相差无几的话："邓谆，我有事要跟你说。过来一下。"

作为另一名当事人，邓谆显然也不清楚情况，张望四周，对上大家茫然又好奇的眼神，几人面面相觑。之后他还是跟着胡姗走了出去。

胡姗和邓谆在远处交谈。

胡姗居然破天荒地放低了姿态，似乎在请求什么。邓谆倒还是和往常一样不卑不亢，大概率是没拒绝。

肖屿崇的心情很微妙。说实话，他有点怀疑他们下一秒就会手牵手地过来宣布："我俩在一起了。"然而，再回来，胡姗却拍着胸口感慨道："总算能退社了。"

大家一问才知道，胡姗的退社申请还被舞蹈社卡着。明年校庆是整数年份，策划要大办一场，舞蹈社准备出个节目，创意是大一到大四每个年级都跳一部分舞。按他们的意思是希望胡姗能负责大一的环节，只要能圆满完成，就好聚好散，还会在社团评奖时算上她，对胡姗来说可以说是相当划算。

胡姗答是答应了，但没想到大一其他社员底子那么差，扒个舞都要她亲力亲为，还得把动作改简单。她手忙脚乱，但她很快想到了一个好办法。身边不就有能派上用场的工具人吗？

邓谆学习舞蹈的年份足以媲美专业舞者，虽然他并不把这当成爱好，但经验是不可否认的。

一听这情况，廖茗觉立刻毫不坚定地放弃了学习："等会儿再自习吧！我想先看跳舞欸！"

胡姗没有钥匙，就随便找了一间空闲的开放舞蹈室。廖茗觉还是第一次来舞蹈室，兴奋得难以自抑，马上拍照发给她妈妈。胡姗用手机连线投影仪，播放定下来的舞蹈视频。

廖茗觉不懂什么叫 Urban Dance（创意编舞），只知道看起来又复杂又美观。

邓谆盘腿坐着，挽起袖口，默默看了一遍。中途他麻烦胡姗调回一分钟处，把关键部分重复了一次。

他干脆利落地起身，说着"差不多这样"就开始模仿。他不愧是曾经的从业者，明明只看了两遍，就能和视频里跳得一模一样。

廖茗觉佩服得五体投地，整个人都看呆了。

突然，门被猛地推开。靠在门上装酷的肖屿崇一个趔趄，难以置信地回过头。只见赵嘉嘉像黑寡妇驾到似的，气势汹汹地站在门口，不友好地打招呼："你们怎么在这儿？"

赵嘉嘉是来找空教室听听歌、看看电视剧的，这也算她平时不回宿舍的日常，但好巧不巧，今天竟然撞上他们几个正在使用舞蹈室。

狭路相逢，赵女侠先发制人，攻击的却是他们意想不到的对象："邓卓恩，你还知道练舞啊？以前我就说了，你真能急死你的一帮事业粉知不知道？"

气氛僵硬，追星领域是在场几个人都无法插入的话题。

廖茗觉说："我知道你不喜欢我，但我的好朋友也没干什么吧？"

赵嘉嘉毫不怯场，傲视群雄，眼神像尖尖的匕首，将每个人都刺一刀。

她索性一口气说下去："邓卓恩，最让我无语的就是你。练习生曝光本来就少，给你直播机会，大家都踊跃表现，就你不说话，当背景板。平时公司不安排活动，就头都不冒。现在被开除了，就灰溜溜跑回来上大学，还学这样一个专业。你上什么啊？那么多公司你能进，你却来读书？你是这块料吗？你生来就该当爱豆，我们都是为你好——"

她的声音不自然地中断，因为邓谆忽然越过其他人朝她走去。

赵嘉嘉抬起头，映入眼帘的是极其精美的笑脸。邓谆笑着握住她的手，盯着她的眼睛，皮囊与神态都把吸引人这一点发挥到极致。

她感到体温上升，心律紊乱，无法将目光从他脸上移开。

"谢谢你这么关心我和我的工作。我会继续努力的……"这两句含情脉脉，可惜，就像光碟卡带、声音嘶哑、花朵枯萎，转瞬间，那具有迷惑性的神情便烟消云散，仍然是笑，却无法通达到眼睛里，仅靠嘴角上扬来支撑，那是彻头彻尾的冷笑，邓谆讥讽地说，"你只是想听我这么说吧？"

直到体验了大吃一惊、恼羞成怒、无语凝噎的心路历程，赵嘉嘉脸色难堪到极点地夺门而出，却还不明白自己究竟做错了什么。

她从中学起就追星，相当懂圈子里那一套规则，嫌追顶流太乏味，所以进了养成圈。然而她没想到，初次接触的墙头就是这样的白眼狼、负心汉、极端的双面人。

这边教学楼人流并不多，她撑着洗手间外的洗手台，不知出于愤怒还是其他什么情绪，身体一直微微发抖。

她没想到会有人跟进来。

刚开学时第一个让她看不顺眼的女生站在洗手间门外，懵懵懂懂地解释了一下："呃，我来上个厕所……"

廖茗觉进了隔间，冲水声响后才出来，又尴尬地麻烦她让开洗了个手。

廖茗觉偷偷用眼睛余光观察赵嘉嘉，结果被她逮个正着。赵嘉嘉瞪了她一眼,猛吸了一口气说:"你是不是觉得我很搞笑?"

"没……没有啊。"实在罕见,廖茗觉竟然也有被吓到支吾的时候。

赵嘉嘉怒喝:"说实话!"

"不搞笑,"廖茗觉坦白,"跟我没关系的事,我为什么要觉得你很搞笑?我只是不太能理解而已。"

"什么意思?"

廖茗觉说:"我也是最近才了解到一些偶像啊,追星族啊的事。你刚才说,你们是为了他好,你也为他规划了那么多……但我觉得你是在自我感动。"

"你就这么想帮他说话?"赵嘉嘉本能地抵触,"你刚刚也看到了吧?他就是那种人,想装的时候能装得很好。可能他现在对你很亲切,但搞不好哪天也会翻脸不认人。你根本就不懂他——"

廖茗觉骤然打断她:"我懂他!"

赵嘉嘉看着廖茗觉,像是头一次听到这种话,脸上写满了茫然和狐疑。廖茗觉因激动而不断逼近,牢牢盯着她的眼睛说:"邓谆是会时冷时热!但他绝对是个好人!他会帮我摆饮料,还会因为我安慰了他而说谢谢。他是一个很关照别人感受的人!

"他本来就不想出道,不想做艺人,想跟我们一起上大学,你却对他说那种话,他生气不是理所当然吗?他也有他自己想过的生活啊!"

赵嘉嘉从未想过自己有一天竟然会被别人的气势喝住,虽然自尊心不允许她认错,骄傲也不允许她低头,但是,廖茗觉也绝不会退让。光是看着她的眼睛,赵嘉嘉就能清晰地认清这一点。

邓谆借口要休息出去了。走廊尽头传来的争执太大声,所以他才往那边走。

他本来是想直接打断她们的,却在末了听到让矛盾恢复平静的一席话,脚步像灌了铅,再也迈不动哪怕一步。尽管没有对任何人说过,但他对自己的定位是角逐梦想中被淘汰的败犬。就算和其他人就读一样的学校,学习一样的专业,但他其实是知道的,他是失败者。虽然是这样。即便是这样。

他舒了一口气,静静等着廖茗觉。

看到他的一瞬间,赵嘉嘉的表情五味杂陈,其中最突出的是厌恶。邓谆任由视线掠过她,径自落在廖茗觉身上。

好像任何时候,看到他,廖茗觉都是这副表情,先微微睁大眼睛,继而惊喜地绽放出笑容。她喊他的名字:"邓谆!"

她从来没叫过他"邓卓恩"。

他想说"你脑袋里全是花吧",也想问"你一直观察我吗",但兜兜转转、徘徊不前,就像污浊不堪的雪人会在太阳下融化,自惭形秽的心情使人抬不起头。到最后,他只是艰难地开口道:"你误会我了。"

他补充道:"我没那么好。"

◇　◇　◇

模糊不清的过去里,邓谆也曾经牵扯过谁的衣角,哀求似的说着:"我想回家。"但那个人蹲下来,掰开他的手,牢牢抓住他的肩膀。直到很多年后,邓谆都记得她身上祖·玛珑香水的味道,以及红宝石般涂着指甲油的手指。

这样想来,成长过程中,他也不是没有过反抗期,只不过,几乎只是昆虫被踩死时那样可有可无的挣扎。

短暂的花期里,对练习生而言,邓谆创造的话题并不少。教科书式的"露脸即出圈",论坛讨论绝美舞台时必祭出的几个舞台直拍,"顶尖金花"和"绝世美男"并驾齐驱的人设,他的确令人感到前途无量。

然而,出道路上经历过的那么多次挫折似乎并未让他真的多么痛苦过。邓谆想出道吗?应该算是想吧。但别人想出道吗?非常想,十分想,想到失败就会辗转反侧、食难下咽的程度。

出道是理想,但不出道也就那样。

或许,公司也正是看穿了这一点,所以才任由阻挠接踵而至。

于资本方而言,怎样的艺人称得上棘手呢?一种是家境好的,太有底气,所以难摆布,强捧他们多半容易变卦;另一种则是不一定能干下去,偶尔会产生"怎样都无所谓"这种想法的,他们怎样都无所谓。

"我没那么好。"说后半句时,邓谆已经恢复了微笑,不疾不徐朝惊讶于"你怎么来了"的廖茗觉伸出手。

他搭住她肩膀,臂弯绕过她后颈,从她漆黑的头顶抬起眼。邓谆望着赵嘉嘉,西下的日光越过玻璃窗不偏不倚直射到他脸上,使他瞳孔瞬间收缩。他的笑容极为缓慢地加深,仿佛能令人听到刀叉切割时发出的细细密密的金属响声。

廖茗觉对肢体接触原本就迟钝,根本不在意勾肩搭背,此时此刻垂着脸找借口,想把她们刚才谈论的话题带过去,因而对眼下男性好友的表情如何一无所知。

"还有朋友在等,那我们先回去了。"邓谆朝赵嘉嘉颔首,拽着廖茗觉离开现场。

事实是,胡姗已经被舞蹈社的学姐叫走了,王良戊也和肖屿崇回了宿舍。邓谆捡起外套,和廖茗觉一起走。

廖茗觉在看花坛里种植的八宝景天。

邓谆说:"你不担心我翻脸不认人吗?"

廖茗觉吓了一跳,像被踩到爪子的狗,紧张兮兮地问:"你都听到啦?"

"你们那么大声。"他抱起手臂,没有责备的意思,却用了揶揄的语气。

"啊,"她仿佛感到头痛,双手敲了敲太阳穴,边走边说,"本来不想让你听到的啊。"

"为什么?因为怕我不舒服吗?"

"不是啦,"廖茗觉笑着说,"因为我说了一些自作多情的话啊!被你听到,会很不好意思的!"

邓谆打量她,说实在话,虽然抱着想找找看她到底哪里不好意思的心情,但还是竹篮打水一场空:"能大大方方这样说,就证明你不会不好意思了。"

"哪儿有!我有不好意思啊!"她大呼小叫,"我脸都发烫了!"

她没想到他会转过身。那时候,邓谆已经走在前面许多,突然回头,朝她走过去。廖茗觉不知所措,只能本能地后退,看他气势汹汹,她下意识地抬起双手,挡在额头闭上眼防卫。

他抓住她手腕,用手背贴住她的脸,没有戏弄的意思,甚至没有停留太久,就像真的只是测查体温。

廖茗觉睁开眼,不由自主地眨巴眨巴。

"没有很烫啊。"邓谆说。

他直起身,不经意间觉察她盯着自己的眼神。

邓谆疑惑地挑眉,廖茗觉却飞快地用笑容搪塞:"又……又不是发烧!"她跳着往前跑了。

廖茗觉走出好远,仍然感到奇怪,可抬手按住胸口,那里的异样已经消失了。

最近,廖茗觉的生活发生了一个变化。在跨年前,她成功从肖屿崇家附近的便利店调到了离学校近的总店。

廖茗觉发消息给妈妈,妈妈告诉她不要太辛苦,还是要好好享受大学生活。

听到这个,廖茗觉当即挽起袖子,就要洋洋洒洒写上几千字来述说自己的校园生活,然而,妈妈马上就要去工作了,聊天也不得已中止了。

天气冷了,妈妈还特地寄了钱过来,要她添置厚实的衣服和被褥。

廖茗觉把一部分钱打给爷爷,让爷爷补贴家用,然后麻烦爷爷把她的军大衣寄过来。晚上冷的话军大衣可以当被子盖,白天可以穿,实在是一举两得。

但廖茗觉这样坚持了没一周,还是买了被子。一开始她觉得城市怎么着也不会比山上冷,但万万没想到,城里植被没山上好,气温调节也差很多,天气实在折磨人。王良戊告诉廖茗觉可以网购,她在网上一搜,物美价廉的还挺多。

学校要举办元旦晚会,传媒部没轮到廖茗觉值班。体育部有节目,胡姗听说后嘲笑肖屿崇:"怎么,难道要你们部门的男的都脱了衣服上去秀肌肉?啰了啰了。"

肖屿崇徒手捏扁了芬达易拉罐:"是颠足球。"

王良戊问廖茗觉:"大一都强制要去。那天晚上要帮你占座位吗?这种活动你应该很感兴趣吧。"

他没有想到的是,廖茗觉竟然回答说"不用",她说:"我那天晚上,还有放假那三天都排了班。"

她家不在本地,回去一趟不实际,留下来是必然的。晚会那天晚上店里没人值班,店长开出了相当具有诱惑力的加班酬劳,廖茗觉想都没想就答应了。

肖屿崇是本地人,放假这三天会回家。王良戊居然也要回去,因为他爸爸有个重要的应酬,一家人都要参加。胡姗的青梅竹马会来看她。

廖茗觉说:"那就只有我和邓谆一起过这个假期了!"

跨年前一天晚上,也就是学校的元旦晚会,她去签了个到,随即骑上共享电动车直奔便利店。夜班往往会有很多事可做,但今天,不知道算不算特殊照顾,她只需要负责进一批冷藏食品就行了。

"关东煮和煮蛋机怎么办?"廖茗觉问临交班的阿姨。

阿姨很是自由奔放地挥挥手:"管他呢,不卖就是了。"

廖茗觉索性把休息室的躺椅搬出来,坐在收银台外面用手机背政治考试的主观题。

自动门响了,廖茗觉起身,就看到邓谆摘下毛茸茸的连衣帽,穿着橄榄色的外套走进来。

"晚会结束了?"她问。

"不知道,我也没去。"他从货架上拿了热拿铁,又要了香烟,干脆利落地结账。

"可以扫码了。"廖茗觉抬着头,不自觉笑眯眯地看着他。

邓谆留下那瓶热饮,只把香烟装进口袋,说:"那个给你喝。"他也没急着走,就在便利店的座位上坐下来。

住在附近的员工宿舍、加班后时不时结伴来买东西的保险店男职员们鱼贯而入。不针对任何工作、任何岗位,说句心里话,廖茗觉对他们没有好印象。

在便利店兼职,廖茗觉每天遇到的人三教九流,但像这群常客一样具备多项讨人厌特质的也是少数。

　　就廖茗觉转来的这几个月，作为白天要上课的大学生，她经常值晚班，遇到这批人也是常事。而她已经被他们要求过赠送打火机、卫生纸、牙线等商品有三五次了，就因为他们多买了几包烟或几个冰激凌。不仅如此，他们吃完熟食，也总是弄得桌上到处都是汤汁和残渣，也不收拾包装袋，最绝的一次，是问她保险套价格。

　　廖茗觉带着笑容把价格报了一遍。结果他们轰然大笑。

　　廖茗觉的笑容纹丝不动，内心想的却是——笑什么？

　　然后他们就当着她的面大聊特聊，说三盒晚上够不够用、尺寸够不够大之类的。

　　廖茗觉面不改色地旁听了全过程，可能是她没有任何反应而让人有点扫兴的缘故，他们也渐渐冷场。这时候，她顶着龇牙笑来了一句："你们几个到底买不买啊？"

　　而这次，他们则是在她帮忙泡面的时候问她要微信。他们清一色穿着黑西装，其中一个人说："小姐姐加个微信呗。"

　　廖茗觉这个人不仅有一次性泡六七碗康师傅方便面的实力，还有关键时刻关心的点与别人都不同的特质："'小姐姐'是什么意思？"

　　"就是说你是美女的意思。"另一个人嬉皮笑脸地和她说笑。

　　廖茗觉把桶装方便面放到台子上："你的面好了。"

　　邓谆就坐在橱窗边的座位上，静静地抽空抬起头，和廖茗觉短暂地对上目光。他用眼神问她是否需要帮忙，但廖茗觉只是笑了笑。

　　果不其然，那几位不文明顾客只是口嗨，碰壁后就悻悻地离开，吃面的吃面，蹭 Wi-Fi 玩游戏的玩游戏，其间也还是有人吹着口哨跟廖茗觉搭话，但廖茗觉回复得牛头不对马嘴，假如没有幼儿园老师那种级别的耐心，实在很难跟她聊下去。

　　邓谆起身，又买了一包薯片和饮料，还是留给廖茗觉，然后道："你被欺负了啊。"

　　"没事啦，"她在扫条形码，"上班都难免的。谢谢你来陪我，邓谆，你真是个好朋友！"隔着收银台，她朝他笑了笑。

　　他对她这句称赞没设防，像是蓦地被希望上膛的枪击中。他没有笑容，却点头回应她："明天见。"

　　邓谆走出便利店。

　　外面是萧瑟寒冷的夜风。邓谆没有离开，反而在对面路灯下等待了一阵。

果不其然，那组人从便利店出来，也往这边行进。邓谆哈着气，手插在口袋里，一言不发地朝与他们相对的方向走去。

肩膀碰撞时，邓谆没有率先回头。对方气急败坏地呵斥，仿佛在等待他们积攒怒气似的，邓谆这才慢吞吞地看过去。

"你故意的吧？想惹麻烦是不是？"男人们仗着人多，没什么好怕的。

邓谆半张脸在灯光下，另外半张湮没在阴影里。他刻意摆出纯真的笑脸："嗯。"

为了讨论跨年夜的活动，廖茗觉他们建了一个微信群。廖茗觉第一次当群主，难以压抑兴奋的心情，在群里征集群名："以后这里就是我们几个好朋友的家了！"

"就叫'美丽又迷人的反派'好了，"胡姗正在陪高中同学逛旅游景点，趁着上厕所的间隙回消息，"上次没听赵嘉嘉说嘛，咱们在她眼里就是一窝妖怪。"

肖屿崇说："为什么我也要被拉进群？"

王良戊正在爸爸的车上，笑眯眯地编辑文字："我觉得可以添加一些茗觉你喜欢的东西，比如吃的，或者动物之类的。"

肖屿崇又说："为什么我也要被拉进群？"

廖茗觉刚背完英语作文范文，夹着书说："我想想吧……今天晚上你们真的都不来吗？那我就一个人去了！嘿嘿，其实我已经想到了一个很好的活动！"

肖屿崇说："别无视我！为什么要拉我进群啊？我跟你们平时不算一起的吧？"

这次发言的是邓谆，他问："是什么？"

廖茗觉意气风发地宣布："我要去蹦迪！"

一瞬间，群里陷入死寂。

◇　　◇　　◇

廖茗觉说话的方式像是卖净水器的推销员："'可以喝酒，还可以跳舞，还可以认识新朋友''多好的地方啊，成年后一定要去一次''就算不喜欢，去见见世面，体验体验也好呀'……这些都是王良戊告诉我的。听他说了以后，我就下决心，大学期间一定要去蹦一次迪。"

这一席话说完，群里就像刚爆炸了颗原子弹，安静得不像话。

肖屿崇最先发言，一改只顾着追问为什么拉他进群的迷惑状态，严肃地说："你一个女孩子，又人生地不熟的，不要一个人去夜店和酒吧。"

胡姗立刻跳出来回应："什么意思？女孩子不能去，男孩子就能去了？女的是没钱还是没有腿啊？怎么就不能去夜店和酒吧了？"

"我不是那个意思……"肖屿崇说，"只是怕她不安全。"

"那就好好说话。你关心人就直接说'我担心你'，不要一口一个'你不要做这个''你不该做那个'。"胡姗评论。

眼看着他们俩把话题扯远，作为始作俑者的王良戊终于发表观点："但你还没去蹦过迪，第一次就一个人去，感觉各方面体验会打折扣啊。不然等放假结束我们回去，大家一起去吧。"

没想到胡姗又搅浑水："跨年夜的活动会很好玩吧？等我们回去就晚了。不过，去蹦迪肯定还是要打扮一下，我不在学校，你总不能素颜去夜店吧。"

"没事没事，"廖茗觉信心满满地发了一个玫瑰花开放，上面悬浮着"知足常乐"的中老年表情包，"我自己也会化一些了。"

"你别傻了。你会化的那点撑死也就是日常妆，去夜店要化的可是浓妆！不然在那灯光下能看出来就有鬼了。"胡姗说得头头是道。

廖茗觉却乐观到非比寻常，甚至抛出了别人想都不敢想的名字："没事的，我可以去请赵嘉嘉帮忙啊。我刚刚才在宿舍碰到她。"

胡姗有点头疼，直接打了个视频电话过去："不不不！停一下！暂停一下！你哪儿来的自信觉得她会帮你啊？"

"嗯……"视频里，廖茗觉摆出思考的表情，不知想了些什么，下一秒，她说，"那我现在去问一下！"

"不要啊！"

胡姗的呐喊根本没起到任何作用。

胡姗内心像擂鼓一般焦急，又只好安慰自己，假如碰上赵嘉嘉心情好，或许她让廖茗觉滚的时候能文明点。

就像综艺节目街头访问似的，只见手机镜头一阵急促地抖动，廖茗觉已经在走廊尽头的洗衣房找到了披头散发、穿着吊带拖鞋、浓妆下眼线没卸干净的赵嘉嘉。

看到视频里低气压散发到极点的赵嘉嘉，胡姗已经开始为廖茗觉默哀了。

廖茗觉说明了来意。

赵嘉嘉刚把一桶衣服扔进洗衣机，正准备出去，廖茗觉却把洗衣房的门挡了个严严实实，颇有一番"你不听我说，我就不让你走"的无赖意味。

廖茗觉笑着说："我今天晚上想去蹦迪，你可以教我化妆吗？"

赵嘉嘉眉头紧锁，瞪了她好久，然后像赶苍蝇一样挥了挥手。

"可以吗？"廖茗觉笑着追问。

"你拿化妆品过来吧。"赵嘉嘉用宿醉呕吐过后沙哑的嗓子回答。

廖茗觉重新回到视频里，冲胡姗比了个剪刀手："耶！她答应了！那我现在就去化妆了！"说完她就挂断了视频。

胡姗的感想只有一个，那就是真是撞了邪。

她试图从廖茗觉嘴里撬出答案，然而廖茗觉却像无忧无虑的乐天派一样回复："赵嘉嘉本来就很喜欢当别人的大姐，多跟她说好话就行了。"

赵嘉嘉仿佛一个考官，把廖茗觉要去哪儿蹦迪、打算穿什么去、对蹦迪了解多少全盘问了一遍。

"你会跳舞吗？"赵嘉嘉打着哈欠问。

廖茗觉摇头："没跳过。"

"那你跟着瞎晃就行了。"赵嘉嘉说，"那你喝酒还行吗？"

廖茗觉点头："还可以。"

赵嘉嘉说："买一瓶兑饮料喝就行了。你那么穷，没必要冲低消开台，省得被酒托坑。"

"开台是什么意思啊？"廖茗觉提问。

"赵嘉嘉老师"开课了："就是卡座之类的。连这都不知道？你不翻车就怪了。真是不知者无畏，傻子胆最大。酒吧过节的话，一般会有活动，这种时候要注意需不需要买门票。进去之后，你就随便拿点东西喝喝。等零点过了，气氛上来了，可以进去跳舞。经别人手的饮料别喝。有点上头就停，醉了回不来。需要帮助的话可以找保安。"

"哇！"廖茗觉马上发挥狗腿精神，"你懂得好多啊！谢谢你！"

果不其然，赵嘉嘉很吃这套，用鼻子哼笑了一声，别过脸说："得了吧。土鳖就是土鳖，迪都没蹦过。"

廖茗觉给他们几个朋友的微信群起了名，但这个名字让人感觉十分无语。

有人提出质疑时，她就理直气壮地回复，说了一堆"廖氏理论。"

无人反驳。

到最后，王良戌突然想起什么，在群里瞎撞掇道："嗯……说起来，还有一个人在学校吧。你们怎么不一起去蹦迪呢？"

上一次发言时间在数小时前的邓谆被强行@出来。

邓谆言简意赅，直奔主题："几点钟？在哪里？"

邓谆骑之前那辆漂亮的黑骑士座驾去接廖茗觉，在街头找了好一会儿，他们俩才相认。过程如此艰难的原因是双重的，一是邓谆脸上贴了敷料和创可贴，二是廖茗觉脸上的阴影和高光打得太重了。

看到邓谆，廖茗觉说的第一句话是："你这造型真特别！"

虽然他还是随意的打扮，但就像脸朝地摔了一跤一样，敷料没能遮到的地方甚至还透着青紫。

邓谆同样回敬她："你也是。"

廖茗觉妆容浓得五官突出，和平时的她大相径庭，任谁看都知道是要去享受夜生活的。然而，她身上却是一整套十分标致的便利店制服。

就是这样诡异的两个人，转眼来到了酒吧门口。

寄存东西的时候，邓谆直接脱了外套，就剩下短袖T恤和牛仔裤，尺寸的缘故，看起来松松垮垮，很随意。他转身，恰好对上廖茗觉打量自己的目光。他问："怎么了？"

"你经常来蹦迪吗？"廖茗觉就他这副熟门熟路的做派提问。

"我没来过。"邓谆实话实说，不自觉伸出手，替她翻了一下身后的衣领，"你成年了吧？"

"废话！"她笑嘻嘻地用肩膀撞了他一下。

布满整个走廊的彩灯下，廖茗觉问起邓谆脸上的伤："到底怎么搞的？你跑去少林寺了啊？"

"嗯。"邓谆一本正经地回答，"方丈不收我，我下山的时候只顾着哭，没看路，结果摔了一跤。"

她被他逗得哈哈大笑。

酒吧里是另一个世界。这里热闹非凡，人头攒动，区分音乐和噪声的界限也模糊不清。邓谆只拿了软饮，廖茗觉喝威士忌兑橙汁。酒吧里请了有名的DJ来跨年，大家都陶醉在音乐和酒精中。廖茗觉进入舞池，不是为了跳舞，纯粹是凑热闹。每隔一段时间，她又会折返到帮她看酒杯的邓谆那里，兴冲冲地告诉他自己的所见所闻。

廖茗觉凑到邓谆耳边大声问："为什么那么多人都拿着扇子啊？"

邓谆也凑到她耳边："不知道。"

廖茗觉又贴过来："饮料好喝吗？"

邓谆低下头，侧脸几乎覆住她的前发："不知道。"

"你怎么什么都不知道啊？"这一次，她自顾自地笑着说了。但他一直看着她的嘴唇，所以还是读懂了她的话。

廖茗觉不会跳舞，只是跟着音乐略微摇摆，偶尔回过头去，看到邓谆还在原地,就会觉得很安心。

或许是托那身奇怪打扮的福,并没有预想中被人搭讪的情况发生。其间倒是有个女生跟廖茗觉打招呼,大概观察她有一阵了,主动提问说:"那个是你朋友吗?"

"嗯。"廖茗觉用力点了点头。

"虽然这么说很俗,但是,真的,"女生调笑似的说道,"他盯你盯得像是要把你生吞了。"

廖茗觉一怔,懵懵懂懂地回过头。邓谆戴着鸭舌帽,手肘撑在桌面上,维持着坐姿,自始至终都望着她。觉察到她看过来,他也不吭声,略微抬起帽檐,像是不等顾客开口就在询问"需要我做什么吗"的男侍者,从额角到下颌,整张脸连带年轻的身体都完美无缺。

有人向他搭话,他第一个盖住的也是廖茗觉的酒杯。他朝对方微笑,无差别地谢绝任何人的好意恶意。

耳朵被吵聋之前,他们逃出了酒吧。

"我在小红书上看到他们说,蹦完迪都是要去吃海底捞的。但是为了省钱,"廖茗觉在便利店门口义正词严地说,"我们随便吃点东西就回去吧!宿舍有门禁,我就回肖屿崇家住了。"

邓谆坐在摩托车上等她,廖茗觉拿着零食出来时,他忍不住问了一句:"蹦迪开心吗?"

"嗯?"廖茗觉正在拆包装袋,抬头看了他一眼,想了想说,"一般般……不过那个时候还是很开心的,你凑近我跟我说话的时候。"

邓谆说:"你想谈恋爱是认真的吗?"

"嗯,"廖茗觉吃得嘴角都是薯片屑,"是啊。"

邓谆可能是真的好奇:"有什么原因吗?"

"这很难形容啊。"难以置信,廖茗觉竟然在认真思考如何回答,就好像这是什么考试论述题,"说实话,我也不太懂。打个比方,你以前对粉丝是有特殊待遇的吧?"

即便是邓卓恩本人,也不觉得有否认的必要。

绿灯亮了,他发动车子,加快速度,驶上空荡荡的立交桥。

廖茗觉说:"我想被特殊对待。"

深更半夜,她忽然在摩托车后座上激情昂扬,像飞鼠一样张开双臂,迎着风大喊:"我想被当成最特别的人!"

肖屿崇最吃激将法

天亮后，廖茗觉就要回家了。

学期末最后一段时间，不少同学都被迫开启复习夜班车，因为担心考试挂科，而且短时记忆的效果的确惊人。学长、学姐向学弟、学妹传授自己的经验，其中从不复习，临考熬通宵高呼六十分万岁的更是大有人在。

考试周前夕，老师一直拖着不肯给重点。胡姗是踊跃去找老师的那类人，她长得漂亮，嘴巴又甜，向来擅长这种事，大半天泡在老师的活动轨迹上，等要到重点后立刻转发到班级群，造福大众，迎来一片"跪谢"的呼声。

王良戌也混在一群跪谢的表情包中间，即便他明明不需要那些重点。平时除了廖茗觉，最用功的就是他。

肖屿崇则私聊胡姗，很酷地发了句"谢谢"。

直到这时，他们才发现邓谆不在班级群里，随即拉他进去。

到了考试周，廖茗觉辞掉了兼职（反正那些岗位都是常年缺人，随时能再找），专心致志地迎战考试。

她的迎接方式却是每天十点就睡觉。大家都还在复习，甚至才翻开提纲，她就要上床睡觉了。

好在她睡眠质量极其好，室友开个灯、敲个键盘根本不算什么，大家挑灯夜读，她呼呼大睡，倒也相安无事。

第二天，廖茗觉五点就起来看书。她习惯在走廊上念书，和高三时那些优等生一模一样。

值得一提的是，廖茗觉和王良戌会互通笔记，胡姗也借去复印了一份，但详尽程度不适合临时抱佛脚的人，内容多到根本没办法在短时间内记下来，她最终只能放弃。

等成绩出来，果不其然，廖茗觉稳居第一。

肖叔叔和肖阿姨来接肖屿崇和廖茗觉回家，一路上，廖茗觉和肖阿姨、肖叔叔其乐融融，肖屿崇抱着手臂默不作声，实在很难分辨到底谁才是这个家亲生的。

回到家，肖阿姨做了红烧狮子头，分配方式如下：肖阿姨一个，廖茗觉一个，肖叔叔一个，廖茗觉一个，肖娅卿一个，廖茗觉一个，肖屿崇一个，廖茗觉一个。刚好分完。

肖娅卿是直脾气，当场就发飙了，嚷嚷道："凭什么呀！"

肖阿姨也不生气，有理有据地娇嗔道："小觉是客人啊，当然应该多吃点。而且她考得这么好。"

提到考试，又精准踩雷，肖娅卿立刻扔了筷子不吃了。廖茗觉也不好意思，主动把自己盘子里的狮子头一个接一个夹给肖屿崇。肖屿崇自然地夹起来就吃，完全没注意到，肖叔叔和肖阿姨默默地对视了一眼，眼神古怪，又立刻都低下头去。

天亮后，廖茗觉就要回老家了。

天蒙蒙亮时，廖茗觉站在家门口核对自己的准备工作："身份证，带了！手机，带了！充满电的充电宝，带了！给爷爷带的两条烟，带了！灵光的脑子，带了！"

肖叔叔乐呵呵地模仿她："羽绒服，带了！现金，带了！相机，带了！等着吃廖爷爷做的腊肉的肚子，带了！"

肖屿崇打着哈欠出来，对他们的幼稚行径相当鄙视，但也没说什么。

肖叔叔去她家并没什么，但得知肖屿崇也去时，廖茗觉很震惊。

"为什么？"廖茗觉上下打量肖屿崇，围着他转了一圈又一圈，"你不是很讨厌乡下吗？"

肖屿崇别头过去，用没什么说服力的脸色回答："闲得没事干，去体验一下生活不行吗？"

只见廖茗觉一反往常乐观友好的姿态，点了点头，有些意味深长地回答："那好吧。"

"你不情愿吗？"肖屿崇不合时宜地开始摆大少爷架子。

好在廖茗觉也没太拂他的面子："没啊，只是有点担心你而已。"

"担心什么？有什么要担心的吗？"

打断他们对话的却是肖叔叔的手机铃声。

从肖叔叔看清来电人起，到连续"好""行""知道了"之后挂断，整个过程不到三分钟，他却经历了社畜的人生不幸之最——度假都准备好了的时候临时要加班。肖叔叔悲伤得像一只青蛙："我都不去了，屿崇你要是觉得去那边麻烦，就也回去吧。"

廖茗觉本来靠在行李箱上，忽然支起身："是啊，不然就回去吧。"

很不幸，肖屿崇这人最吃激将法，当即一激灵精神了："我一个人也行。"

就这样，廖茗觉和肖屿崇一起去了机场，回了廖茗觉的老家。

一开始，肖屿崇没想到会这么远。乘三个小时的飞机，再在一辆巴士上颠簸一个半小时，换乘另一辆巴士再颠簸三个小时，之后再坐二十分钟摩托车。他们出门时天刚亮，抵达时天已经黑了。

路上廖茗觉有拿出早晨蒸的鸡蛋，问肖屿崇要不要吃，那时候，肖屿崇已经不是嫌弃鸡蛋臭了，纯粹是在巴士上颠了太久，晕车，没胃口。

好不容易下车，肖屿崇只顾着反胃，廖茗觉却还生龙活虎，操着方言跟摩托车师傅讲价。最后他们坐上车，廖茗觉还安慰肖屿崇："没事，马上就到了。我爷爷做了糍粑，放了芝麻和红糖，可香了。"

所幸肖屿崇平时身体素质还算好，吹了会儿风就好了大半，他认真地感慨道："你能去上大学很不容易吧。"

"嘿嘿，也还行啦！"廖茗觉笑了笑，却没有否认。

这里的摩托车很普通，也不是城市里常见的电瓶车，廖茗觉特意让肖屿崇坐在中间，以防他不适应，等会儿不小心摔下去。

摩托车到了以后，还要走一段不平坦的上坡路。肖屿崇主动帮廖茗觉背了行李，两个人披星戴月，一起慢吞吞地往山上走。冷风呼啸，像刀子似的掠过面颊，可家家户户窗户里的光很明亮，看起来美得令人流连。

然而，比这更加璀璨夺目的是天上的星星。每一颗都显得格外大，仿佛鸽子蛋的钻石，珍贵到无可比拟。肖屿崇不由得停下了脚步。

廖茗觉已经见怪不怪，不清楚肖屿崇为何停下脚步，直到顺着他的目光看向夜空，才微笑起来。

趁他走神，她索性从他肩上拿下包，自己背上，轻轻松松地往上走，像松鼠似的敏捷。她转过身，突如其来地对他说："许个愿吧。"

"啊？"肖屿崇回过神，有些茫然地回复，"又不是流星。"

"世界上的星星那么多，你怎么知道现在没有流星？也许只是你没看到而已。心诚则灵，我先来。"廖茗觉回头，高声喊道，"我想要男朋友！能把我当成最特别的人的男朋友！"

肖屿崇一怔，当即皱眉，又开始发挥他死板的一面："除了谈恋爱，你就没别的愿望了？也太没出息了吧。"

她看向他，越过腰的长发被风吹起，宛如翅膀一般，从两侧将她笼罩。廖茗觉歪着头，观察他一阵，才从高处蹦下来。她道："你干吗这样！怎么就没出息了？想谈恋爱就是没出息吗？我就是想谈恋爱！"

想被爱，想变幸福，想爱人，想和自己喜欢也喜欢自己的人一起生活，这些愿望并不比"想让事业成功"或"想让学业进步"低级。

"……"肖屿崇望着她，女生脸上是天经地义般的孤勇无畏。恋爱的确是个隐私的话题，但是，他莫名其妙地想，他是什么时候开始觉得认真对待这件事会难为情的呢？

转过身，廖茗觉还低声地补充了一句："邓谆比你好多了。"

听到别人的名字，肖屿崇眯起眼询问："什么意思？"

跨年那一晚的立交桥上，廖茗觉坐在摩托车后座上，张开手臂放声呐喊，和这一刻一样。夜风迎面扑来，伴随着一道道急速掠过的黑影，仿佛竭尽全力阻拦他们前进的手。她说："我想被特殊对待。我想被当成最特别的人！"

邓谆驾驶着摩托车，握着把手，听到她的愿望后，无声无息地笑了。

他也卖力疾呼，像求救，像解脱，回应她的话。"我也是。"他这样说道。

◇　　◇　　◇

廖茗觉撇过脸，闷闷不乐地重复道："邓谆比你好多了。"

这种时候，这种场合，肖屿崇最不愿听到的就是其他人的名字，而且，那个人还是男的："什么意思？"

廖茗觉不回答，下巴一抬，高高在上地说："就是比你好多了。"

"到底是什么意思？"他一下来了精神，追着她上了石坡，"你们发生了什么吗？"

于是，两个人一前一后来到家门前时，廖爷爷看到的就是这样一幕——肖屿崇对着廖茗觉穷追猛打，廖茗觉独自拎着巨大的行李。

在此之前，肖屿崇对廖茗觉的爷爷并非没有了解。爸爸带回来的照片里有这位爷爷：抽的水烟袋、烹制的重口味下酒菜，以及爬山时远远把拍照者甩在后头的敏捷背影。

一路上，为了排遣无聊，也为了转移肖屿崇的注意力，廖茗觉也不止一次提到自己的爷爷。她说夏天爷爷带她去水稻田里抓鱼，冬天爷爷带她去湖边打鸟。她买到智能手机后，爷爷有用来玩泡泡龙，积分还玩得很高。在山上，廖茗觉照着微博里做饭的短视频做了给爷爷吃。"我爷爷是个很幽默的人。"这是廖茗觉的结语。

肖屿崇跟廖爷爷真正见面还是头一次。

肖屿崇自认个子不矮，就算比不上王良戌，在同龄人里也绝对是高个子。都说人老以后身高会缩水，然而，眼前的这位爷爷实在超过他的常规认知。廖茗觉的高挑基因绝不是无中生有，从她爷爷就能看出来。

廖爷爷很高大、很强壮，像一座山一样立在眼前，沉默寡言，留着浓密的胡子,令人想起《海蒂与爷爷》里独居在阿尔卑斯山的老头。

说实话,廖茗觉笑嘻嘻地介绍说"这是我爷爷"时,因为两人画风的不符,肖屿崇产生了一种十分跳脱的困惑感。

天色已晚,也顾不上其他,肖屿崇被推进了屋子,迷迷糊糊、懵懵懂懂就开始吃廖茗觉她爷爷做的饭了。灯光很暗,只看到碗里堆满菜,味道不错,当然,也可能是他一天没吃饭太饿了。吃过饭后,廖茗觉带他去洗澡。

穿过院子,到单独隔出来的厕所时,廖茗觉坏笑着提醒:"对不起啰,我家可没有你家那么豪华。"

厕所和浴室在一起,跟县级市的公共厕所差不多大,但说句失礼的话,地板和墙壁下方贴了瓷砖,他已经很惊喜了。

廖茗觉问:"需要我在外面等着你吗?"

凭肖屿崇的脾气,怎么可能洗澡时让女孩子在外面等?就是洗个澡而已,他理所当然地挥手,皱着眉说:"不用!"

廖茗觉若有所思地点点头,带着谜一样的微笑回去和爷爷看电视了。她和爷爷一边看《星光大道》一边哈哈大笑,顺便告诉爷爷自己四个月经历的趣事,又展示了第一名的成绩单。她正说到"我平均分可高了,等大二就申请奖学金"时,门被猛地撞开,肖屿崇光着上身,只穿着裤子闯入,身后传来剧烈的鹅叫声。

刚洗完澡出来,就被一群鹅追着啄,他几乎已经带哭腔了:"廖茗觉!"

廖茗觉和爷爷不约而同地站起,该赶鹅的赶鹅,该拉他进来的拉他进来。

这一夜,在廖茗觉家的卧室里,肖屿崇久久未能成眠。

可第二天一大早,廖茗觉就把他喊醒了,廖爷爷已经发动了三轮车,等俩孩子上车直接就开走。

肖屿崇睡眼蒙眬,还什么都没搞懂,就被塞了水桶和扁担。廖茗觉发号施令说:"到那边把水桶装满!"

人在没睡醒的状态下几乎是没有思考能力的。肖屿崇拿着桶过去了。

他以为的把水桶装满——把水桶放在水龙头下,拧开水龙头,等满了的时候关上水龙头。实际的把水桶装满——蹲下身从水流过的沟里舀水,站起身倒到桶里,反复几次,直到桶满。

肖屿崇越干越觉得不对劲,越觉得不对劲越一肚子气。

他酝酿了一堆诘难的话要说,凭什么差使他干这干那?然而廖茗觉跑过来时,脸上洋溢的笑容却叫他瞬间住嘴。"哇!"她音色明亮,唱歌和说话都很好听,"你真的干啦!一开始我以为你是来吃白饭的,所以还特意劝你别来呢。没想到你这么棒!"

廖茗觉的称赞是驱散一切不满的万能魔法，转瞬间他就忘了要说的话，反而不好意思起来："这是什么话！什么叫吃白饭——"话没说完，剩下半截不自然地中断，不是因为被阻拦，而是廖茗觉云淡风轻地挑起那两桶水，直接转身走了。

那两桶水是他装的，绝对不会太轻。这一刻，他忽然有点明白她那非比寻常的手劲是从哪儿来的了。

他们就这么忙碌了一早上。

廖茗觉和她爷爷始终埋头苦干，肖屿崇则是廖茗觉要他做什么就做什么。

回去的路上，肖屿崇和廖茗觉坐在车后堆物的位置。瞭望着这片风光，他忍不住问："我爸爸来的时候也要做这些吗？"

"嗯。"廖茗觉点头，"想住在我家的话就要做。干活儿的人才有饭吃。"

明明大城市里有舒服的家，为什么偏要来这里吃苦呢？过去，肖屿崇只觉得爸爸啰唆、自私，过分阳光，根本不关心别人在想什么，现在他却发现，他们父子从未好好沟通过，一次都没有。

眼下是白天，肖屿崇总算看清了村庄的景色。视野之内大半是土砖的灰橘色，房屋延绵在一起，屋顶能看到砖瓦或热水器。石板铺成的小路穿梭其中，到处暖洋洋的。身材娇小的老人利用梯子灵活地爬上爬下，大约生面孔很少见，孩子们都在路边好奇地看着肖屿崇。

经过某户人家时，廖茗觉忽然让爷爷停下了。

肖屿崇有些好奇："是熟人家？"

只见廖茗觉摇了摇头，爽朗地回答："我早上起床忘洗脸了！我去他家洗个脸！"

"你认识人家吗？"

"不认识！"说着，廖茗觉已经拔腿冲进去了。

这一刻，肖屿崇的心情十分微妙，一方面震惊于他们这儿民风竟然淳朴到这地步，她能不假思索直接蹿别人家里去；另一方面则是无语。中学也好，大学也罢，他在哪儿人气不旺？单说高三毕业那个暑假，他收到的情书数量就达两位数，可竟然有女生跟他在一起连脸都不洗，实在令人费解，到底是有多不把他放眼里，才能无所顾忌到这地步。

不过，很快，他就觉察到了更重要的事——只剩他和廖茗觉她爷爷在一起了。这位爷爷，说真的，来这儿也有一晚上了，肖屿崇就没清晰地听他说过一句话。

肖屿崇试图缓解气氛："那个什么……廖茗觉的爸爸妈妈都在外地上班吗？"

廖爷爷一声不吭。

肖屿崇咽了口唾沫："呃……爷爷一个人住在这里吗？"

廖爷爷默默不语。

肖屿崇背后发凉："嗯……我姥爷姥姥也喜欢老房子，接他们去城里住他们都不肯呢，哈哈……"

干巴巴的笑声简直是破坏气氛的最大利器，正当肖屿崇以为自己不可能听到答复时，廖爷爷却突然开了口。他说："我不喜欢。"

肖屿崇感觉自己的血都凝固了："啊？"

廖爷爷对他说："我不喜欢老房子。要是有钱，我也住城里去。"

廖茗觉回来的时候，肖屿崇已经窒息了长达一刻钟。她脸上沾着水，拎起刚刚搁在地上的化肥和杀虫剂，精神满满地发表宣言："GO!GO!GO!回家涂爽肤水！"

比起高中生，大学生最爽的一件事就是没有作业。至少，他们现在没有。

廖茗觉很大方、很贴心，怕肖屿崇第一次来乡下无聊，特意把肖屿崇带到有电脑的邻居家，叫邻居家跟她上同一所小学、同一所初中的小伙伴把电脑让给肖屿崇玩。面对开机时间长达 10 分 21 秒的大屁股电脑，肖屿崇非常客气地推辞了，说自己在她家待着就行。

回到家，廖茗觉对着手机咯咯笑，肖屿崇碰巧从她身后经过，竟然看到她正在发他刚刚在田里帮忙围灌溉带的照片。

肖屿崇愤怒地劈手夺过，却扑了个空："你发给谁？"

"不就给邓谆看看嘛，又不是别人！"

肖屿崇关心的重点立刻偏移："你在跟他聊天？"

廖茗觉点了点头。他提出想看看他们聊的是什么，她也没介意，直接给他看了。

肖屿崇面无表情地浏览了一遍。

廖茗觉吃了什么好吃的，一定会拍照发给邓谆看。邓谆回复频率不高，但会主动和她聊别的事，比如选修课的教室，比如打工结束的时间，比如穿着打扮。

肖屿崇问："所以你才每次上选修课都给他占座位？"

廖茗觉回答："反正我们四个不是都坐一起嘛。""我们四个"指的是"火箭队"三人加"小智"邓谆。

肖屿崇问："你打工之后还跟他见面吗？"

廖茗觉回答："偶尔吧。奶茶店店员每天可以免费喝两杯奶茶，他送我回学校的话，我会做两杯一起喝。"

肖屿崇问:"为什么还问衣服牌子?"

廖茗觉回答:"有一次他穿的衣服上有个史努比,我觉得很可爱,也想买一件。但是太贵了,他就把他那件送给我了!我还穿去上课了,你要看吗?"

肖屿崇怒喝:"看个鬼啊!"

肖屿崇实在没能说出口,她和邓谆的互动已经快超出普通朋友的范围了好吗?不仅如此,还有一次,廖茗觉在超市发现微信上零钱不够,给邓谆发了句"转我五十块钱",邓谆什么都没说就转了,之后她还给他现金。

一问一答全程,肖屿崇都忧心忡忡,廖茗觉却天真烂漫。他们两个人关系的进展,肖屿崇一点都不知道。

说不清肖屿崇之后的时间是怎么度过的。他坚持让廖茗觉把他之后的照片发到群里,而不是单独发给邓谆。廖茗觉欣然同意。胡姗幸灾乐祸,要不是王良戍拦着,她马上就要截图公开到朋友圈。邓谆倒是一个字都没在群里说。

肖屿崇点开邓谆的账号界面。邓谆的头像是黑色的,什么也没有,就像他本人一样,根本没给他们这些同班同学留下过任何印象。

他也喜欢廖茗觉吗?肖屿崇无法确认。

第二天,他们去参加同村一对年轻男女的婚礼。坐摩托车到了之后,廖茗觉对肖屿崇说:"现在我们就要分头行动啦!"

肖屿崇跟着廖茗觉的爷爷一起去宰羊。家里有电脑的那个小伙伴也在,跟另外几个人挤眉弄眼,随即笑着对他说:"你是不是鸡都没杀过啊?"

肖屿崇没打算说谎,直白地就承认了。

有个叔叔辈的男人故意上前,操着不标准的普通话说:"你不干的话,就只能叫茗觉来了。她很喜欢羊,看到死羊估计要哭的。"

说实在话,肖屿崇是不想帮忙的。他甚至已经想好了推辞的借口,就说他晕血,他们总不能真的逼他干吧。然而,当他听到这话时,一瞬间,打退堂鼓的念头便消散了。总不能真的让廖茗觉来吧,他好歹是个男的。

好在他们年轻人也不用做太前期的事,只要帮着烫羊毛就行了。即便如此,羊身上的膻味还是让肖屿崇想吐。他咬了咬牙。

就快结束时,廖茗觉从远处奔来,惊呼一声,她的确喜欢羊,虽然不是那种喜欢:"哇!我想吃羊想了好久了!"

其他乡亲都在憋笑,肖屿崇不想自讨没趣,别过脸,索性假装没听到。

他不是很吃得惯当地的菜。回去的路上,廖茗觉像要为老家的美食挽尊似的,一直絮絮叨叨说着今天的菜太一般,杀猪菜会更好吃。但明明今天她吃得也很多。大概担心肖屿崇没吃饱,到了晚上,她还去找邻居要了土蜂蜜来,在家热了糍粑给他吃。

他们爬到树上去。坐在树干上,廖茗觉笑着从背篓里掏糍粑:"你比你爸强多了!"

肖屿崇边吃边问:"你爸爸妈妈会回来过年吗?"

"不知道。"廖茗觉自己也吃,她消化得很快,总是没一会儿就饿了,"忙就不回。反正我跟爷爷一起过。"

"……"

"明天你就要回去了,办了婚礼的那家人会送你去县里,到时候你坐辆大巴,直接到机场去就好了。"

他们坐在树上,廖茗觉轻轻晃悠着脚,肖屿崇眺望着碧蓝的天际。

廖茗觉长舒一口气,慢慢地感叹道:"要是你多住几天就好了。"

肖屿崇说:"嗯。"

她望着远处,脸上洋溢着笑:"到时候我们去湖边,现在不准打鸟了,但可以看看。可漂亮了。"

他还是淡漠得很:"嗯。"

想起这个寒假里还能做的事,廖茗觉加深了笑容,忍不住扶着树枝站起身。"到时候我要多拍点照片,发到群里给大家看。"她说,目光坚定而辽远,"邓谆肯定羡慕死了。"

肖屿崇转过头,仰视那张与暖冬相衬的侧脸。初次见面时,她突然出现在他家,头发湿漉漉地垂落,仿佛丛林中的鹿,野生而有力量,神秘又难以预测。毋庸置疑,廖茗觉是顽强而坚忍的,就算误入繁华的都市,也能在不损伤皮毛与角的前提下行动自如。他想,令他着迷的或许不是其他什么,就是鹿跳跃时轻盈而自如的四肢。

肖屿崇喊了她的名字:"廖茗觉。"

廖茗觉看向他,风将她的长发卷起,那是与乌木相似的颜色,却使得她的双眼化作绿叶,越发澄澈无瑕。

他说:"我喜欢你。"

又一阵风吹过。

树影荡漾,日光短暂地夺去视力,再回过神,廖茗觉已经朝他笑起来。"我也很喜欢你呀。"她说。

◇　◇　◇

小学六年级的时候,肖屿崇偷偷在校舍后面哭了。

提前一个礼拜,他把自己要领奖的事告诉了爸爸。爸爸有过犹豫,却还是答应在百忙之中抽出时间来学校，说好了会用相机记录这一幕。然而，最后，爸爸还是爽了约，没有别的理由，就像以往一样，工作忙而已。

哭过之后，肖屿崇在水龙头下洗了泛红的鼻尖与双眼，强装镇定，故作冷漠，恢复以往他常有的脸色回队伍。

那个年纪的男生都还是孩子，身材发育比女生慢，性情也更顽劣，会在课间追逐打闹，会拽女生的辫子，会在课堂上高高举起手来说"我要撒尿"。幼稚大抵是男性一生都难以摆脱的标签，而这种时期更是幼稚到令人烦心的地步。

在那些人之中，肖屿崇太过显眼了，永远干净的头发与衣领，总是高高在上的冷漠态度，俊朗的面孔，优异的成绩。回到同学中，他明明心情沉痛得快要死掉，却只被人觉得在装模作样，平时会一起打篮球的男生更是靠近，不合时宜地问他，班上女生是不是一半以上都喜欢过他。

上高中的时候，肖屿崇已经不会再因父母的一点小事流眼泪，进化成了与如今相差无几的铁甲小宝完全体。他有着机器的外表、机器的心，进了国旗班，考试常年名列前茅，家里有钱，人缘也好，从邻班班花口中得知自己被女生背地里称为"晋江校园文男主"。

当时，他最好的朋友凑过来，指着自己的鼻子说了句："那我岂不是男主身边上蹿下跳的小丑炮灰？"

对方肯定只是随口一说，但不知为何，肖屿崇却记了很久很久。

就像其他正常升学的人一样，他身边从来没有什么固定的好友。小学时一起玩的是一拨人，初中是另一拨人，到了高中又更换。他习惯了被大家环绕在中央，没觉得有什么不对，直到高考结束，他栽了他人生中的第一个跟头。

他没能学习理想的专业，内心有很多抱怨想发泄，也想要得到一些发自肺腑的建议，但暑假和朋友们见面，看到他们的脸时，不知为何，所有话又咽了下去。

从没听说过狂踹酷炫的男主角会主动向身边连设定都没详细做过的炮灰配角展现脆弱的一面，他们没培养过倾听肖屿崇烦恼的信赖关系，他也不是能随意倾诉烦恼的设定，虽然他也不知道这种设定到底是谁给的。

树杈间的"鹿"对肖屿崇说："我也很喜欢你呀。"

肖屿崇恍了一下神，炫目的光转瞬即逝。身下忽然传来叫唤声。只见树下站着好几个孩子，无一不仰着头笑嘻嘻地看他们。

"你们在上面干吗啊？"

"羞死了！"

"小心廖茗觉操（云南方言）你！"

"啥？"听到最后一句，肖屿崇不由得狐疑起来。

"就是骂人的意思啦。"唯一的成年人，廖茗觉那个邻居家的小伙伴，因为家里卖鸡，外号叫"卖鸡小子"的男生乐呵呵地解释。

廖茗觉轻轻松松蹦了下去，道："怎么可能？他刚刚才说喜欢我！"

卖鸡小子对着肖屿崇阴阳怪气地道："哦，你喜欢这种女的啊？"

"怎么可能！"几乎是条件反射，肖屿崇已经以控诉的口吻表达反对意见。

廖茗觉愣了一下，虽然本来就没往那方面想，但听他这么斩钉截铁地否认，还是难免丧了一下："我也没那么差吧？！"

肖屿崇感觉自己被耍得团团转，十分有挫败感地走了。

第二天早上，廖茗觉打着哈欠到门口送他。肖屿崇想说什么，想上前重新解释一下前一天的话，刚走近，就看到猛犸象一般伫立在她身边的廖爷爷。

然后他就什么都不想说了。

到了机场，不怎么去外地的乡亲还把他送到了到达层。他没麻烦人家再送，径自道谢告别了。

留在机场，他长叹一口气。明明告白了，却又搬起石头砸自己的脚，实在不是男子汉该有的举动。

剩余的寒假都平平无奇。

距离开学还有十余天，廖茗觉就提前返校了。

廖茗觉在群里问："我回来啦！打工的地方结了工资，有没有人约着出去玩啊？"

王良戍回复得最快，其实是因为他们私底下刚刚才聊过，他负责到群里捧她的场："我还在家呢，怎么回得这么早？"

"店长叫我早点来，说缺人手。"

胡姗回复说："无。"

肖屿崇飞快地打出"我在"，但又对过于积极主动的态度有所迟疑，再说了，他们去哪里玩比较好呢？他是本地人，按理说要他来决定才对，做向导领她去逛逛博物馆、历史古迹或商场？

正当他思索的时候，已经有人回复说："我有空。"

黑头像的邓谆，万年潜水的邓谆，可恶的邓谆，邓谆说："去哪儿玩？"

他刚好从会员制的百货超市出来，买了新的台灯和足够吃一星期的速冻食品，还在休息区吃了一块巴斯克蛋糕。他摘下耳机，缓缓回复群里的消息。

"没办法，那就我们两个去玩吧！"廖茗觉直接盖棺论定，"我想去滑冰！"

她刚把宿舍钥匙还给后勤部,把寝室卫生做了一遍,出了汗,独自坐在座位上,准备等会儿找个地方用喝水的茶壶烧热水洗澡。

邓谆没反对,道:"你是说那个商场里的滑冰场吗?"

"嗯!我没滑过!想试一试!"

"那就去吧。"邓谆回复,"哪天比较合适?"

他们两个人用智能手机打字的速度竟然这么快,一来一去就把这次约会定下来了。

胡姗说:"大众点评可能有团购券,你可以搜搜看。不用下 App,走微信小程序就可以了。"

最终,廖茗觉说:"就这个星期五吧!我刚好去图书馆把书还了!"

王良戌插嘴:"茗觉,你还在图书馆办了证啊,不错嘛。"

邓谆回复:"好的。"

一想到马上就能出去玩,廖茗觉心情很好,哼着歌起身。

刚过完春节就回来了,邓谆还没有约朋友的安排。他小学时上过溜冰课,但也不知道还记得多少。

聊天结束,大家继续各干各的。

群里有过短暂的沉寂。

大约过去了半个小时,仿佛得到冥冥之中的启示,某些人觉察到了什么。首先是胡姗发了个问号,然后王良戌接了一个省略号。他们没在群里说,下一秒,胡姗直接私聊王良戌,先发了个火箭队武藏"既然你诚心诚意地问了"的表情包。

"星期五那天……"她问,"是情人节吧?"

王良戌回给她一个火箭队小次郎"那我就大发慈悲告诉你"的表情包,并且给出正确答案:"是。"

9 死要面子活受罪

他们还是得少数服从多数。

情人节当天,邓谆骑摩托车来接廖茗觉,打量了她几秒,却什么都没说。廖茗觉头一次尝试自己化妆,看到他没说什么,心里反而松了一口气。坐上车后环住他的腰,她还上下摸索一番,忍不住直起身来抱怨:"你怎么穿得这么少?"

"还好吧。"邓谆的回答平淡无奇。

他们的计划是先去停车场,然后坐地铁到滑冰场去。回来也是一样的路程。

"我今天是不是很漂亮啊?"车行驶到一半,廖茗觉还是忍不住了,十分得意地吹嘘道,"感觉过路的人好像都在看我呢。"

邓谆沉默了一会儿,没说出大家估计是在看他们这辆摩托车的真相,也没提醒她现在戴着头盔,别人看不见脸,笑了一声回答:"嗯,是吧。"

在地铁站接受安检的时候,廖茗觉忍不住说:"每次都感觉好紧张啊。"

"什么?"

"我们的包包不都要被那个仪器透视一遍吗?里面装了什么,工作人员都知道了。"她好像小孩子一样说,"总觉得挺害羞的。"

邓谆垂下眼睛问:"你有带什么奇怪的东西吗?"

只见廖茗觉偷偷看了眼周围,鬼鬼祟祟地点了点头,把他拉到一边给他看,包里居然装了一个《七龙珠》里的玩具。

邓谆蹙眉,伸手拿起来摆弄:"这是什么?"

廖茗觉叹了一口气:"我也不知道。好像是我走的时候,老家的小孩子放的。我没检查包就带过来了,结果出了门才发现。很奇怪,又特别占地方。"

邓谆转过身,把自己的背包朝向她,说:"你放我包里来。"

走上地铁,车厢里还很空,廖茗觉和邓谆坐在一起。但下一站就是换乘车站,一下进来了很多人。

邓谆看到一个带孩子的妈妈,于是站起身,把位置让给她。对着某些人,他总是能一下就收敛起那副满不在乎、无所顾忌的神情,好像变成另一个人似的。

廖茗觉索性也站起来,看到门口有位老人家,隔老远就招呼道:"老爷爷,过来坐吧。"

两个人都把座位让出去了，邓谆和廖茗觉挪到地铁门旁边。屏幕里在放卡通宣传片，廖茗觉盯着屏幕，扑哧一下笑出声来。

邓谆侧过脸看了她一眼，突然说："我第一次看到你就是在地铁站。"

"真的假的？"这下轮到廖茗觉惊讶了，她对此一点印象也没有，"我怎么不知道？"

虽然廖茗觉已经不记得，但那件绿色毛衣千真万确是铁证。她笑起来，难为情地解释说："那件毛衣是妈妈给我打的。我很喜欢，所以经常穿。"

到了滑冰场，上冰球课的孩子们刚休息，冷气沿着冰场地面往上冒。廖茗觉和邓谆各自穿上冰刀鞋，慢慢滑入场内。

因为都不算老手，他们还特地花钱租了一个辅助用的推车。邓谆还算能滑，廖茗觉却直接粘在了车上。

一开始她还想试着摆脱一下，争取进步，到后来索性就自暴自弃了。她坐在推车上说："我就这样滑算了。"

邓谆默默地盯了她一会儿，像是在思考这个问题，然后抱起手臂道："随便你。"然后就转身，一个人扬长而去了。

但看着他越滑越好，到最后，她还是控制不住，尽全力站起来。几个小男生逆行滑过，看到廖茗觉那战战兢兢的样子，嘲笑她："这么大人了还不会滑！"

"又要摔了！又要摔了！"

"哦！"

廖茗觉恶狠狠地瞪过去，但一分心，脚下就站不稳了，差点真的要摔，还是立刻扶住推车才重新站好。她尚未说什么，只见邓谆已经滑到这边来，确定她没事，才转身看向那群小鬼头。那些小孩也都是看风使舵的老手，一看到可怕的大哥哥气势汹汹地回头了，马上就作鸟兽散，能溜多远溜多远。

值得一提的是，就在两个小时前，肖屿崇纠结良久，连朋友叫他去玩游戏都没动，最后还是一个鲤鱼打挺，换上衣服洗漱准备出门。

托廖茗觉那大大咧咧不知道区分群和私聊的德行（有一次她在群里狂发传媒部的照片，当时肖屿崇在玩《王者荣耀》，差点没被下弹的提醒气死），他知道了他们的聚会地点，但时间还是不确定。

他想去碰一碰，准确来说是碰运气。没遇上很正常，万一遇上了，那也只能说是有缘。

肖屿崇刚到门口，就被躺在沙发上涂脚指甲油的妹妹肖娅卿盯上了。

肖娅卿从靠背上露出两只眼睛："哥哥，你去哪儿？"

肖屿崇的语气冰冷得像是他本人已经化身为冰场："滑冰场。"

"跟谁一起？朋友吗？有没有帅哥？有的吧？有的吧？有的吧？"肖娅卿立刻扑上来，从背后缠住哥哥，尖着嗓子撒娇道，"我也要去！"

肖屿崇面色沉重地往外挪，拼命想把背上像树袋熊一样的妹妹甩下去。他道："看你哥我不就行了——"肖屿崇有时自恋到让人无语，但正是这一点也让他显得可爱。

"看腻了啊！"肖娅卿毫不留情地道，"你不带我去，我就告诉妈妈！"

俗话说，仗势凌人的妹妹就是讨债的鬼。到最后，肖屿崇还是没能扔下她，兄妹俩一起出门了。

肖屿崇开了车，一路上肖娅卿都在副驾驶座上叽叽喳喳，吵得叫人头疼。停车后去往滑冰场，肖屿崇脚步飞快，肖娅卿追在后面，又发出一连串的尖叫声。

他突然转过身，凶巴巴地问："你就不能自己找个地方玩去？"

"你怎么对你妹妹这么凶啊！"肖娅卿也大叫起来。

"哪儿有人跟自己妹妹过情人节的啊？"

"那你倒是找个人一起过啊！"

肖娅卿早就看透了她哥哥。从小到大，肖屿崇没少被女生喜欢，但他就是个条件上的巨人，实际上的矮子，眼睛长在脑门上，谁都看不上，出口就伤人。要不是他长了副好皮囊，哪个女生受得了他这低情商。

眼看着兄妹吵架的战火马上就要烧起，肖屿崇满脑子都是"快把我妹带走"，他猛地一回头，却听到一个熟悉的声音。廖茗觉终于放开手，一个人滑行，双臂抬起，高兴得直叫："我会滑啦！我会滑啦！"

肖屿崇立刻走上前去，靠在围栏边张望，看到她那张纯粹洋溢着快乐的笑脸，一瞬间，任何烦恼都烟消云散。肖屿崇得出了结论，他们是有缘的。尽管她话尾呼唤的是别人："邓谆！邓谆，你快看啊！"

穿着黑色牛仔外套的男生已经滑过去，只有侧脸，隐隐约约看得到在笑。廖茗觉滑到邓谆身边，又想掉过头去，然而转弯还不熟练，以致整个人向后栽。邓谆条件反射地伸出手，本来是搭住了的，但地面太滑，两个人立刻摔成一团。

即便摔了跤，就算狼狈不堪，廖茗觉还是在笑，邓谆也笑了。两个人都笑得那么开心灿烂。

周围也有人滑过，甚至带着笑容看过来，以一种微妙的欣慰和喜悦窃窃私语，大概都在猜测他们是不是情侣吧。

"傻不傻！"肖屿崇轻声说。

肖娅卿完全没听到。她也走上前，看到的一瞬间低呼道："哦，是那个乡下妹。那是谁？她男朋友？卿卿我我，哼……看着还挺幸福的嘛。"

肖屿崇径自转身，漠不关心地说："我请客，去附近吃点东西吧。"

这一天，廖茗觉和邓谆都滑得很尽兴。

两个小时过后，刚好下午场结束，他们才出来。两个人恋恋不舍地聊着滑冰的诀窍和感悟，虽然主要都是廖茗觉在说，邓谆听着。

"肚子好饿。"说这话时，廖茗觉故意捧着肚子，挤出一个不开心的表情，随即恢复笑嘻嘻的样子提议道，"我们找个地方吃饭吧？"

邓谆没有异议，当即环顾四周。

说真的，肖屿崇真的没打算再跟这两个人碰面，谁能想到他们也会进来吃饭啊？！

这是一家泰国餐厅，好像在小红书之类的社交网站上很火爆。正好撞上饭点，所以还得拿了号等位置。兄妹俩坐在门口喝着茶水，吃着水果，总算听到服务生叫他们的号。肖娅卿比参加《最强大脑》抢答题目还激动，立刻跳起来答到。

结果，就是这堪比唱山歌般响亮的一嗓子，直接把背着包路过、两颗毛茸茸的脑袋凑到一起看同一个手机导航的邓谆和廖茗觉叫住了。

四个并非情侣关系的年轻人在情人节正面相遇。

最先打破僵局的是服务生，刚好空出来的是四人座，服务生疑惑地微笑道："请问你们……是一起的吗？"

肖娅卿第一个走上前，擦掉嘴边并不存在的口水，直勾勾地看着邓谆，嗓音也变得娇滴滴的："你好，你是我哥哥的朋友吗？"

那扭捏做作的声音几乎让亲哥肖屿崇反胃，他道："你装什么——"

肖娅卿一巴掌把他打开，继续看着邓谆说："我是肖娅卿！嘿嘿！"

邓谆只有不到一秒的迟疑。无声无息的精神空间里，仿佛有什么开关被扳了上去。霎时，他脸上浮现笑容，那是与方才在冰面上摔倒时截然不同的表情，更完美，更精致，也更难以辨别含意，他道："你好。"

在肖娅卿大力支持、廖茗觉围观、邓谆无感和肖屿崇抵死不从却也没办法的情况下，四个人一起坐下了。

"茗觉姐姐还没吃过泰式咖喱吧？"在帅哥面前，肖娅卿露出前所未有的乖巧姿态，"我推荐绿咖喱哦。茗觉姐姐想吃鱼饼吗？"

廖茗觉有点不适应，但还是很快点头："哦，吃！"

"好耶！那就点一份拼盘啦！"

肖屿崇没告诉妹妹，她有点用力过猛了。也许她想表演的是茜茜公主，但截至目前看来更像个小丑。

菜上来后，大家都开始大快朵颐。

肖娅卿尽全力睁大眼睛，希望能更靠近美颜后的自己："邓谆，你玩微博吗？抖音呢？我们可以合作拍个视频呀。"

邓谆朝她笑了，明明可以直接说"我不玩"，却采取了最为委婉、不会让人不舒服的说法："不好意思，我没玩过那些。你平时玩吗？"

肖屿崇要维护自己在同学面前的形象，也看不下去自己妹妹这德行，终于放下筷子，道："邓谆以前是做演艺方面的工作。你就别瞎打听了。"

"什么？网红孵化吗？还是演员？"肖娅卿今天格外嘴碎，"总不可能是练习生吧？"

廖茗觉伸出叉子去挑鱼饼。折叠的鱼饼没能切碎，有些太大了。她试图用叉子挑断，但不习惯这样的餐具，笨手笨脚弄不好。剩余三个人分明在对话，邓谆却立刻用勺子边沿抵住，帮她撕下一小块来。

完毕后，他也不吃什么，就这么放下勺子，继续聆听他们的交谈。

肖屿崇略有迟疑，瞥了眼邓谆，邓谆没有反应，可他也没再说下去，只是道："你别问了。"

他们吃完后走出去，肖屿崇去买单。肖娅卿一直盯着手机，突然举起手机，朝他们递过来。"我就知道！"她兴高采烈，难以掩饰内心的嘚瑟，"邓卓恩！是你吧！"那上面是邓谆某次眼睑发炎，一侧戴着眼罩跳舞的视频。

邓谆的笑容加深，仿佛模具朝橡皮泥质地的可塑性材料碾压下去。

他向来只对陌生人和自己人暴露本性，眼前人两者都不沾边，所以要忍耐。

肖娅卿没有恶意，只是还太小，雀跃得恨不得跳起来："真的是你啊？天啊！难怪这么帅！你为什么退啊？是因为违纪了吗？还是腰伤之类的？谈恋爱？被雪藏了吗？"

咄咄逼人的提问宛如飞镖密密麻麻直射而来，邓谆纹丝不动。他不需要足以喘息的缺口，他知道怎么应付别人，尤其是异性，年长的，年幼的，漂亮的，不那么漂亮的，性格好的，性格坏的。

但是，廖茗觉突然出现在他们中间。

肖娅卿往左边，廖茗觉也往左边，肖娅卿往右边，廖茗觉也往右边。肖娅卿踮起脚，廖茗觉本来就个子高，肖娅卿弯腰，廖茗觉跟着弯腰。她一拍手，一副"尽管来吧"的样子，简直像是足球比赛里的黄金守门员。

"你搁这儿拦我球呢？"和善的表情快要绷不住，肖娅卿忍无可忍，从牙缝中间挤出问句，"这是在干什么？"

廖茗觉有点犹豫，一咬牙，还是鼓起勇气大声说："不要欺负邓谆！"

◇　　◇　　◇

要说廖茗觉因为肖娅卿一个高中生犯怵，那当然是不可能的。主要还是刚吃完饭，肖屿崇主动提出请客，她现在马上就要反驳人家妹妹，难免有点不好意思。但是，一想到邓谆像动物园猴子被塞香蕉一样被狂问这些尴尬的问题，就算 AA 制，不，就算让她把吃进去的东西吐出来，她也得出这个头。

决定已经做了，她也就不怕了。

廖茗觉说："不许欺负邓谆，不然我就把你做完了的寒假作业全部烧掉！"

"嚯！"面对挑衅，肖娅卿一下也火冒三丈，"你敢！"

她还没作威作福，脑袋就被重重敲了一下，回过头，只见肖屿崇冷着脸瞪向她。迫于淫威，她这才强压怒火，撇撇嘴抱怨道："不问就不问嘛！我也没想欺负他啊！"

她转头走到前面。

廖茗觉想了想，还是主动跟了上去："我知道你没那个意思啦。"

肖娅卿根本就是小孩子闹脾气："那你还那么说！太过分了吧！"

"因为我觉得邓谆不喜欢别人问他那些事情啊。"廖茗觉傻乎乎地笑起来。

"那是你觉得！"肖娅卿死不认错，"万一他喜欢呢！"

绕着滑冰场上端的看台转了一圈，肖娅卿忍不住问廖茗觉："你们俩是一对吗？"

时至今日，廖茗觉已经不是刚入学时那个"一对""一队"傻傻分不清楚的菜鸟，她坦坦荡荡地回答："不是啊，就是好朋友。我现在没空谈恋爱。"

"你都干什么去了啊？大学不是只要玩吗？我们班主任说的。"还是高中生的肖娅卿言之凿凿。

廖茗觉强忍住"呸"的欲望："那都是大人骗你的！上大学事可多了。"

"好吧，"肖娅卿说，"不过，你肯定没谈过恋爱。"

廖茗觉大吃一惊："你怎么知道？"

肖娅卿说："你一看就是母胎 solo，没谈过恋爱才会说这种话。谈恋爱不需要有空，不开心了就分手，只要享受其中就行了。"

眼看着比自己小几岁的高中女生说出了情感导师才会发表的经典名言，廖茗觉感觉旁边逼来一道神圣的光，她说："哇！你怎么……'母胎 solo'是什么意思？"

肖娅卿才不解答这种低级问题，直接说："实践是检验真理的唯一标准，等你谈了恋爱，才能说谈恋爱怎么样，你这个牡丹花！"

"牡丹花"又是什么？廖茗觉被肖娅卿的气场震撼了，久久伫立在原地。

她问肖娅卿："你怎么懂这么多？"

肖娅卿哼了一声，一副"姐就是很懂"的样子。

廖茗觉忍不住摆出一副好学的姿态："那你觉得我该怎么做呢？"

肖娅卿果断地回答："先从周围找个合适的体验一下！"

自从来了大城市，廖茗觉感觉好像谁都能当她的老师。不过，这也不是什么坏事，孔子都说了，三人行必有我师。她环顾四周，和肖屿崇对上了视线，肖屿崇和邓谆正在聊喜欢的游戏和球队，男生在一起大概也就讨论这些。

肖娅卿也看到了，但她马上就抓住廖茗觉，把她的脸扳回来："不行！排除我哥！他自己都是个新手，还要带你这个新手！而且他随便说句话都能把人气死！你挑个好点的！"

"那就……"廖茗觉还没说完，就被打断了。肖娅卿越过她肩头，表情严峻地看向刚刚与他们共进晚餐的另一个人："那个前练习生也不行……感觉他怪怪的，嘴里没一句实话。"

"怎么会，邓谆他……"廖茗觉本来想反驳，但迟疑了一下，也喃喃自语道，"啊，有时候邓谆的性格是会变得很突然。"

说实话，有时候，只是有时候，她会突然觉得邓谆像她小时候遇到的一种动物。她过完七岁生日后，爸爸妈妈都出去打工了，她因此哭了好久。爷爷给她做了一把弹弓，这才转移了她的注意力。她拿着弹弓去树林里玩，然后捡到了一只野生的小动物，它黑色的皮毛很亮，毛茸茸的尾巴很长。爷爷说那叫"树狗"。她把它当成了自己的宝贝、朋友和孩子，每天给它治疗伤口、喂饭，陪着它玩。她以为他们会一直在一起，然而，伤才好，它就跑走了。

养不熟的东西，畜生成的精，什么也不说，自己想自己的。没有别的意思，有的时候，她会觉得邓谆是这样的性格。

肖家兄妹俩开车回去，邓谆和廖茗觉去坐地铁。一路上，邓谆总觉得有些异常，一回头，发现廖茗觉表现得若无其事，但等他不再看向她那边，这种感觉马上又冒出来。

开学了，廖茗觉继续观察邓谆，她的侦查技术实在不怎么样，所以很快就被发现了。邓谆背着包离开教室，廖茗觉立刻跟上去。眼看着他在走廊转角处拐弯，她也立刻跟上去，结果发现他正在那头等她。

"怎么了？"邓谆望着她问，乍一看，面无表情，还是挺吓人的。

不过，廖茗觉对这些向来很迟钝，照旧笑眯眯地说："因为想多了解你一点啊！"

邓谆狐疑不决，明显觉得这个理由不充分，试图用对视来让她现出原形，却敌不过廖茗觉那双通了电一样有活力的眼睛。片刻后，他也只得无奈地投降，翻着白眼转身，倒也没阻拦她继续跟着。

"你看，你平时也不住校，又没参加社团活动，上次连上课统一换了新教材你都不知道！"廖茗觉在他身旁跟着走，像是正在进行采访刷KPI的职业记者，"万一你突然又休学了，我连去哪儿找你都不知道，那我会哇哇大哭的！"

头一次听到谁光明正大地拿自己"会哇哇大哭"这种话来威胁人，邓谆却始终没停下脚步，边走边说："你不是知道我家在哪儿吗？"

她好像不知道"放弃"这两个字怎么写，坚持不懈地摇头晃脑，说得头头是道："那也是租的啊，你一退租就完了，而且等到你真的休学就晚了。我们还是要尽量避免那种情况……"

仿佛忍耐到了极限，邓谆突然停下，猛地转身，直截了当地问："你想知道什么？"

"嗯……"廖茗觉停止碎碎念，目光流转，"比如……你讨厌别人打听你以前做练习生时的事情吗？"

"随便。"

"你喜欢学校和自己学的专业吗？"

"一般。"

"跟我做朋友感觉怎么样？"

"还行。"

所有回答，邓谆都控制在两个字以内。廖茗觉抚摸着下巴，模仿名侦探的样子发表评论说："你对生活怨气不少啊。"

"……随你怎么说。"邓谆索性用转移话题来带过，"去食堂吗？我请客。"

果不其然，要收服饭桶，还是得靠食堂。廖茗觉马上回应："GO!GO!GO！"

就在那之后，邓谆连续请廖茗觉吃了半个月食堂。廖茗觉身材高挑，邓谆长相出众，两个人都是极其有特征的外貌，以至连食堂阿姨都认识他们俩了。阿姨一见到这两个人靠近就开始烹饪，顺便还要大嗓门地热情招呼道："酸辣米线和温州馄饨各一份是吧！"

廖茗觉后知后觉意识到自己被敷衍了。

除了邓谆，他们几个住校的在微信群里约定去操场跑步。学校要求下载App或带校园卡、用微信小程序去记录跑步速度和路程，不完成的话，就会扣学分。廖茗觉趁上大学后第一个双十一买了双打折后四十三块包邮的跑步鞋，系紧鞋带，跃跃欲试。

虽然看着不像，但胡姗是体育差的类型，高中三年学校运动会都是啦啦队成员。王良戌一会儿还要去培训机构兼职教英语，不能大出汗。所以这两个人选择慢跑。

廖茗觉本来就跑得快，加上换了新鞋，难免有点兴奋过头，跑得飞快。

肖屿崇喜欢运动，跑得也不慢，领先了两圈，从王良戌和胡姗中间经过后，逐渐放慢速度。他看着胡姗，从头指教到脚："你别左摇右晃地跑，慢又费劲。"

胡姗向来不喜欢他这样，嫌充满"爹味"，偶尔还故意说他是"爹味少年"，把他气到内伤，回敬她是"姨味少女"。她故意踩他痛脚："听说你情人节跟妹妹一起过的啊？不错啊你，妹控！"

肖屿崇用吃了苍蝇的表情瞥了她一眼："你就不能说点有建设性的话？"

王良戌开口，即刻接上："你是不是对廖茗觉有点意思啊？"

肖屿崇和胡姗都冷不防死寂，"罪魁祸首"还笑着问："怎么样？有建设性吧？"

"你……"胡姗支支吾吾，缓了一阵才说，"节哀顺变。不过我们会支持你的。"

王良戌也搭腔："是啊。我们会支持你，做忠实的少爷党。"

"……神经病！"肖屿崇的反应越激烈越显得不正常，"我用得着你们支持？管好自己吧，该干吗干吗去！"

他头也不回地加快脚步跑了。

胡姗和王良戌面面相觑，纷纷发出怨言。胡姗吐槽道："这人有毛病吧，我们是关心他欸。"王良戌也叹息："太不给面子了，性格好差。"

然后，超过他们一圈的廖茗觉从后面跑上来。她额角沾了亮晶晶的汗，喘着气问："胡姗，王良戌，问你们一个问题哦。你们说，邓谆是不是很擅长谈恋爱呀？"

"这个嘛……"王良戌不紧不慢地回答，"反正知道怎么跟女生相处。"

胡姗也思考起来："虽然对着你他态度很随便，但跟别人倒还挺会装样子的。"

廖茗觉突然凑过去跟胡姗和王良戌小声说："其实我是母胎 solo。"

"啊——"

"什么？！"

胡姗和王良戌面色惨白，不约而同露出了震惊的表情。

沉默良久，王良戌吐露出使他们如此讶异的内容："你竟然会用'母胎

solo'这个词！"

"废话！"廖茗觉得意起来，不过，还是要回到正题，"我是'牡丹花'，而且，也没有什么男生跟我特别亲近过。我都不知道谈恋爱给怎么了。"

胡姗和王良戍再一次陷入沉思。

胡姗问："'给怎么了'？"

和廖茗觉认识比较久的王良戍解释道："是方言，就是'怎么样'的意思。"

廖茗觉很正经、很严肃，认认真真地咨询："有个老师告诉我，要体验一下。我想着请教邓谆可不可以？"

胡姗和王良戍沉默地思考着。

"不然的话，"廖茗觉还有 Plan B，"肖屿崇也可以！"

这一次，胡姗和王良戍的反应都尤其坚定，并且迅速。

"不要吧，肖屿崇不太好。"王良戍人畜无害地笑着说，"他性格很差。"

"而且他有毛病，会骂骂咧咧地叫你'管好你自己'。"胡姗义正词严，"还是邓谆吧。"

◇　　◇　　◇

邓谆说："不行。"

他的脸像雪天里的月亮，冰冷地、明亮地挂在白茫茫的荒原上。他们在学院的试验田旁的树林里，他点燃了一根烟，时不时吸一口，但就像被她的奇思妙想震慑到般，没抽几口，还剩一大截，就匆匆地要熄灭在烟灰盒里。

廖茗觉气不过，就找他的碴儿，谴责道："还剩这么多呢！烟不要钱啊！"

邓谆没回应，仅仅深吸了一口气。

看着她气得通红的脸，他笑了，伸手拍了拍她的头。他掏出小瓶装的除臭喷雾，轻车熟路地喷向衣服。

还要上课，快到点了，他们走出去。

他们在教学楼门口遇到上同一节课的外系同学，对方冲他们（主要是邓谆）笑着打招呼，寒暄说"上课啊"。邓谆用挑不出错的微笑回应说"嗯"。和对方错开路线，他马上就回过头，顶着缺乏表情的脸警告一路上一直贴着他衣服闻气味的廖茗觉："上楼梯要看路。"

廖茗觉忍不住挥手拍了他一下："干吗这么丧啊！"

肩膀被重重拍了一下，恐怕就算脱臼也不过如此，邓谆说："你再打我一次，我就打回去。"

她还觉得无辜："我就拍了你一下！"

"要我现在脱给你看吗？肯定都青了。"

"知道了！"她撇撇嘴，"不拍就是了！你别转移话题。为什么不行？你能对别人那么好，怎么对我就这种态度啊？"

他自顾自往前走，头也不回地说："好态度在外人那里用完了，我对朋友就这样。"

廖茗觉噔噔噔追上去："你怎么能这样呢？你这就像那个故事里说的……"

"什么？"经过楼梯口转弯，邓谆走在前面问道。

"女孩和妈妈吵架后离家出走，进了一家面馆，面馆老板给她煮了碗面，她感动地说：'老板你对我真好。'"廖茗觉也经过同一个楼梯间，"然后老板说：'你妈妈给你煮了这么多年的面，你怎么不感谢她？'"

"什么意思？"他瞥都不瞥她。

她比他走得慢一点，还在下面那层楼梯上，她抬起头来，光落到她的面颊上。她说："比起别人，你更应该对我们这样的好朋友亲切啊。"

邓谆想了想，握住楼梯扶手，慢慢倾斜着身体。他说："我习惯了，那是营业。"

"那你对我也营业一下啊！"廖茗觉仰着脸。

他直接走了："没门。"

廖茗觉这次是真的生气了，三步并作两步，一次性跨三个台阶，夹紧包迈开长腿往上奔。她追上他，在他前面转过身，怒气冲冲地说："我上课再也不帮你占座了！"她掉头就跑，像颗按下爆炸键的导弹。

邓谆慢吞吞地进了教室，果不其然，她一头扎进已经坐满了其他人的位置，其间还要用眼睛余光狠狠瞪过来。他随便坐了一个位置，王良戊和胡姗姗来迟，没有看到其他座位，自然直接坐到他身旁。

胡姗还伸出做了新美甲的手，搭在眼睛上方充当遮阳伞，噘着嘴说："廖茗觉在干吗啊？自己坐那么远，想一个人孤立我们几个人啊？"

邓谆假装没听见，闷不作声低头掏出笔记本。上课期间，他屡次感觉到廖茗觉投来的视线。自动铅笔的铅被按出来又塞回去，他的焦虑很快引来旁边人的嫌弃。胡姗大声地咂嘴，起身强行要跟王良戊换座位，换他坐到中间去。王良戊倒是一直笑着，什么都没说。

等一下主动去找她搭话好了。邓谆想。

下课铃刚响，他就起身出去。大家都还在收拾东西，就因为他要通过，不得已要侧身，胡姗满肚子怨气，王良戊却打圆场。邓谆置若罔闻，走出去一看，廖茗觉已经不在座位上了。

他也没有懊恼，只是舒了一口气，刚离开教室，就撞见廖茗觉站在门口。

"去不去食堂？"她问，假如说金鱼只有七秒钟记忆，那她绝对无法记仇超过十分钟，"饿死了，好想吃米线。你刚刚抄了那个表格吗？我可是速记下来了哦，牛吧，嘿嘿！"

廖茗觉每次一饿就吃撑，虽然她消化能力很不错，但也无法逃脱胃胀走不动的魔掌。还要帮胡姗带饭，她蹲在食堂外，邓谆去打包了锅贴出来，低着头问她："好点没有？"

校庆将近，胡姗在演出厅和其他舞蹈社的成员一起排练。

经过走廊时，廖茗觉他们看到体育部的肖屿崇，但他在忙，也就没打招呼。胡姗正在舞台上向身为社长的学姐甩脸子。

胡姗扭头指着对方，像连珠炮一样流畅地甩出骂人的话。

周围人都看呆了。

廖茗觉拽了拽邓谆的衣角，把脸偏过去说："我一直很佩服胡姗这个特长，她说这叫'祖安'，虽然我不知道是什么意思。"

邓谆波澜不惊地回答："就是问你祖上是否安康的意思。"

胡姗和学姐一直吵到锅贴都变凉了，还意犹未尽，她吵完后下来吃廖茗觉他们给她带的饭，边吃边说："那个女的！知道的说她是高两个年级，不知道的还以为她是我姨奶奶。我呸！"

然而她才骂两句，学姐就主动挪了过来，虽然，是奔着另一个人来的。

"邓谆，"舞蹈社的学姐说，"一年级的镜面分解是你帮胡姗录的吧？送佛送到西，也来帮学姐一个小忙好不好？"

邓谆看向胡姗，胡姗摇头，但他还是客客气气地回答："你说。"

"我们正式节目的时候有个导入环节，想请个同学来唱歌。不用唱很多，几句就行，主要是做个吸引人的门面。本来是要找合唱团那边借人的，但是吧……"后面的话不用说了，说白了就是她盯上了更好的目标。

邓谆鲜少流露出难堪，只是淡淡地笑着，嘴上说着敷衍的话："嗯，我考虑一下。"

"那就别去好了。"廖茗觉实在是没有眼力见，当着学姐的面劝邓谆拒绝，当着胡姗的面吃她的锅贴，"你要是犹豫，肯定就是不想去了。"

气氛降到冰点。邓谆推着廖茗觉借口说"还要去图书馆"就离开了。

廖茗觉还不知道自己说错了什么："本来就是。你想去？肯定不想吧？为什么别人的要求你就糊弄，对我就直接说'不行'啊？太不公平啦！"

然后胡姗把微信群名称改成了"旺旺队立大功"。他们在群里聊起这件事，胡姗又在嘲讽学姐"脸皮比肖屿崇的增高鞋垫还厚"，肖屿崇气得大喊"我没垫增高垫"。不知道怎么的，话题就转移到了唱歌这件事上。

廖茗觉对唱 K 这件事有着无限的热情："再去一次 KTV 吧？就我们几个人一起。"

"可以啊，"王良戌第一个响应，"有家我之前打工的店，应该可以打折。"

整个过程只有她和王良戌一唱一和，胡姗还回了句"行吧"，另外两位男生根本没发言。但到了第二天，他们还是得少数服从多数。

下课铃响，有女生来邀请肖屿崇看电影，就快谈妥了，肖屿崇也被吹捧得有点飘飘然。胡姗突然出现，按上女同学的肩膀，说"借个人"，王良戌则直接拉住肖屿崇包带。两个人一人一边直接把他架起来带走。

而另一边，邓谆才起身，廖茗觉就牵着他袖子把他往外拽。

他们约在学校附近的 KTV。

进门时，店长跟王良戌亲热地聊了好久，送了果汁，还给他们打了七点八折，进到包间，廖茗觉和胡姗去点歌。肖屿崇像中弹的士兵，无精打采地坐到沙发上，揉着刚刚被"火箭队"掐疼的手臂问王良戌："你家是贫困家庭吗？怎么打工比廖茗觉还勤？"

被提问的人摇摇头，气定神闲地解答道："不是啊，就是普通的家庭。"

"欸，去你的！"胡姗回过头，"老王家能穷？有明星去他家吃过饭你知不知道？老王，拿照片给他看看！就你上次给我看的那张。"

"哈哈哈。"

肖屿崇狐疑地看向用笑容打马虎眼的王良戌："真的假的？"

王良戌说："真的就是挺普通的家庭，只是家里长辈工作特殊一点。"

肖屿崇和胡姗都眼巴巴地等他说下去，到底是个怎样的特殊法。

"就是从小到大一言一行，期末考了多少分，零花钱有多少都有人盯着的那种。"王良戌笑得不动声色，"要是买了双贵点的鞋，甚至有可能影响到自己爸妈的升迁。"

包间里的同龄人都沉默了。

然后，胡姗就把倒好的果汁递过来，坐到他左边，用温柔得叫人起鸡皮疙瘩的语气说："难为你了。"

肖屿崇则坐到他右边，给他递来麦克风，面色凝重地评价道："兄弟，看不出来，挺不容易啊。"

作为朋友圈里唯一一个知道王良戌家庭背景的人，廖茗觉一直闭麦，点好歌后才清了清嗓子，手持麦克风，一个炫酷亮丽的转身道："接下来，我要随机抽取一位幸运观众和我对唱这首情歌！"

此时此刻,拿着另一只麦克风的正是肖屿崇。人在家中坐,歌从天上来,他目瞪口呆地看着她。

环绕整个包间的音响传来富有节奏的曲调,屏幕上出现了一对中国人家喻户晓的男女。廖茗觉端了一杯桌上的果汁,高高举起:"为了我们的友情,干杯!请欣赏《郎的诱惑》!"

假如要问肖屿崇眼下有什么感觉,那一定是"死了算了"。

廖茗觉陶醉在凤凰传奇的歌声中,十分投入地唱响了第一句:"娘子!"

太土了,令人头皮发麻,尴尬得想死,肖屿崇哪儿做过这种羞耻的事!

其他朋友的笑声就在耳边回响。

"少爷,"胡姗朝他挤眉弄眼,"上啊。"

王良戊也微微笑着看过来。

没人对唱,廖茗觉倒也不介意,一边模仿着 swag(嘻哈)手势,一边用极其蹩脚的英语口语继续唱 rap 部分。但很快,马上又迎来新的对唱环节,她依旧重复了一遍:"娘子!"

一只手伸过来,握住麦克风,刚刚一直看手机的邓谆拿过麦克风,似笑非笑,仿佛觉得很有趣的样子,不带感情地附和:"啊哈。"

◇　◇　◇

肖屿崇去上厕所,低下头在洗手台洗脸,抬头时吓一跳,王良戊突然出现在他旁边,和颜悦色地跟镜子里的他对视。问他干吗,他也不说,就笑笑,看着肖屿崇,莫名其妙地摇头。

肖屿崇狐疑地低下头,先确认自己是不是拉链没拉,然后才问:"干吗?"

王良戊保持着笑容摇头,肖屿崇内心骂骂咧咧,一回头,这次吓得直接撞向王良戊,王良戊还像早预料到了似的,张开手臂扶住他。只见胡姗出现在了洗手台另一侧,一边固定耳垂上的耳环,一边朝他露出迷之微笑。

"这是男厕所好不好?"肖屿崇暴跳如雷,连忙握住她肩膀,左顾右盼,刚好遇到一个"地中海大叔"从厕所里走出来。他二话不说,动作迅猛,立刻把胡姗挡住。估计人家大叔还在纳闷,这年轻人是不是尿在裤子上了,干吗在厕所这么一惊一乍的。

胡姗却狠狠揍了肖屿崇一下,不留情面地提醒道:"洗手台是男厕所外面了!男女都能用的!"

回去的路上,肖屿崇走在前面,胡姗和王良戊走在后面,他们这对"火箭队"姐弟一直交头接耳,嘀嘀咕咕,不知道在说什么,隐约还能听到恶毒的窃笑。肖屿崇时不时回头,勉强从他们的议论中捕捉到"厌""死要面子活受罪""傻蛋他妈给傻蛋开门，傻蛋到家了"之类的关键性用语。

肖屿崇回过头，面色铁青地盯着他们，斩钉截铁地告知："我只是没听过那首歌，不会唱而已。"

"哦哦，是吗？"胡姗继续迷之微笑，和王良戊饱含深意地对视一眼。

回到教室，肖屿崇远离他们，直奔自己班上的那些朋友。远远能听到有朋友对他说："你知道周琦签约NBL凤凰队了吗？"结果他回应："从今天起不要跟我提'凤凰传奇'这四个字。"

"干吗啦，凤凰传奇招你惹你了啊？"前座有女生趁还没上课，转过身来与他攀谈。

另一个女生也问他："今天中午一起去外面吃串串火锅吗？"

男同学则挤眉弄眼，特意凑过来说："你小子别重色轻友哈，反正你也不能一次性跟她们两个好，带哥们儿一起吧。我们也想认识美女啊。"

仔细一想，肖屿崇知道自己很受欢迎。从开学起就有想要和他接触的女生，相貌清秀，是《王者荣耀》钻石段位，喜欢听蔡徐坤的歌，走在街上不会问"必胜客是卖衣服的吗"或"可不可以爬到安全线里去看看地铁是怎么修的"之类的怪问题，也不会突然问你要不要吃她腌的鸡爪，就算你拒绝也要用戴着手套的手拿到你嘴边。

实在很难解释，他为什么偏偏对廖茗觉萌生恋爱的念头。神啊，让他某天醒来幡然醒悟这种喜欢只是错觉吧。

寒假去了一趟她老家，他回来后，爸爸再跟他谈转专业的事，他的积极性就没那么高了。他想，学学看也不错，虽然是天坑专业，但总还是有地方需要农业的。

当初到底为什么想要转专业呢？

其实他和大多数高中生一样，对大学专业到底要学什么一无所知，顶多也就只是在搜索引擎上查找过"××专业就业前景"的程度。他只是觉得，他不适合学植物保护这种要上山下田的专业。或许他该学计算机、金融或者历史这类更符合校园文男主角的专业，虽然他也不知道这种设定到底是谁给他的。

胡姗和王良戊走进教室，拿着便利店打折的椰奶和果汁。男方身材高瘦，平易近人，温和得令人想起春日泛起涟漪的池水，而女方也是一样消瘦，气质高冷，与谁交谈都一副不冷不热的样子。就是这样的两个人，每当出现，就比较惹眼。

他们私下也聊过专业的问题。王良戊学农业的理由冠冕堂皇，说是觉得农学需要新鲜血液，中美粮食战争我国的应对怎样怎样，战略粮如何如何。胡姗则简单得多，她高中单恋的男生随口说了句"你不可能去学动物医学、园艺学之类的专业吧"，她表面微笑满分，实际逆反心理爆棚，当即修改高考志愿填了植保（好孩子千万不要效仿）。

他们的理由或正经或儿戏，都愿意大大方方承认。别人那样关注他们，猜测他们是不是情侣，评论他们为人处世的方式，他们知道，却不关心别人怎么想。

没有人给他们设定，又或者给了，但他们不在乎。肖屿崇远远看着他们，突然间模糊不清地想，或许他是羡慕的，他们这种性格。

复杂的是人，而不是人际交往

这更让他坚定了远离网络e时代的决心。

打工的便利店要迎接检查，廖茗觉被留下迎接总部人员，结果对方堵车，她不得已上学迟到了。她猫着腰从后门进教室时被老师抓个正着，老师看到是她，念及平时工整规范的作业和期末考试的分数，才宽宏大量地网开一面。

胡姗招手，要她过去。她刚坐下，另一位堂而皇之迟到的同学就在前门被抓住了。邓谆笑着说："不好意思，睡过头了。"老师对着那张刷过糖浆般的笑脸发不出脾气，最终只是唠叨："下个学期记得抢宿舍啊。"

邓谆本来要坐前面，廖茗觉一个劲用气声喊："邓谆！邓谆！"周围同学都纷纷回头，邓谆无可奈何，才重新拿起包换座位。

他坐到廖茗觉身边，廖茗觉笑眯眯地看向他，一点也不会为这种小事难为情。为了腾出桌面给他，她还收了资料，自动铅笔滚到桌沿，落下时被他接住了。他一言不发地放回她面前。

坐在两个人后座的胡姗看到这一幕，低头边用手机打开美剧边问："邓谆，你是不是答应了舞蹈社学姐出演校庆的节目啊？"

"对。"邓谆翻着课本道。

"为什么？"胡姗抬起眼。

"没有为什么。"邓谆不觉得有必要解释自己讨厌有人每天都在社交网络上托人联系自己。

胡姗不快，沉默了，她旁边的王良戊在问节目的事，所以她才多说了几句："所有人都被逼着天天去排练，就他不用。大三的跟伺候皇帝一样，生怕他有一星半点的不高兴。估计排练都不会麻烦他去。这双标，区别对待太明显，社团里的差不多都有意见了。"

廖茗觉也听到了，用手肘捅了捅邓谆，问："要不要去解释一下啊？根本不是你的错啊。"

王良戊突然说："我倒觉得没必要。"

她转过头，疑惑地看着他。他笑着："我觉得邓谆就该多习惯一下。"

"习惯什么？"

王良戊回答:"做会被人讨厌的事情。"

即便是邓谆,也难免流露出讶异的神色,他看向王良戊,王良戊却泰然自若地笑着。

课间十五分钟,下午还有课,四个人计划中午吃外卖。他们到教学楼外吹风。廖茗觉从没自己点过外卖,这次算是初尝试,王良戊正在手把手教她怎么用优惠券,就有同班同学来到了这"火箭队"加"小智"的组合面前。

上学期过生日分了巧克力给廖茗觉的女同学走过来,棕色的头发早晨特地卷过,睫毛大概也是新种的,有种刻意努力过的美。她先和另外三人打了个招呼,最后目光才落到邓谆身上。女生说:"邓谆,可以加个微信吗?"

其实不是没添加微信,同一年级,问到微信号是多么容易的事,只是他一直没通过。但想要发展关系,说话的艺术要注意。

邓谆抬起头,拿起手机,异常爽朗地回了句:"当然可以。"

女生心里高兴,加了好友,一下也不扭捏了,索性开门见山地问:"你有女朋友吗?"

他先看向她,然后才微笑:"没有呢,我上大学期间都不打算谈恋爱。"后半句分明是觉察到对方的意图才补充的。

然而,学生时代的恋爱胜在允许莽撞。其实她已经听别的前辈说过,优柔寡断不可取,闲聊之类邓谆不会理睬,他根本不会回消息。非要得到回复,最好打直球。女生本来要走,酝酿再三,还是说道:"其实我很喜欢你,假如你想要女朋友,可不可以考虑我一下?"

旁边的三个人完全呆了,虽然呆的含意不一样。廖茗觉呆住是觉得"这就是告白?!太厉害了";胡姗呆住是在暗骂"大姐,我们还在这儿呢,你也不嫌尴尬";王良戊呆住是因为"茗觉,你这外卖地址填错校区了啊"。

邓谆有所停顿,虽说只是片刻。他从容地说:"校运会的时候你扔了铅球?我印象很深,旁边同学扭到腰的时候,你最先过去帮了她。"

"……"女生一时间愣住了,"你那个时候看到了吗?"

"嗯。"不偏不倚,他们此时此刻驻留的地方是校园里的樱花树下,光照下来的时候,樱花的影子就映在了邓谆脸上,"我觉得你是很好的同学,但我没往那方面想。以后在班上见到,我们还能打招呼吧?"

虽然被拒绝了,但女生大概还沉浸在他关注过自己的巨大冲击中,以至没能感觉到伤心,反而笑起来:"能!"

然后,邓谆就笑了:"谢谢你。"

王良戊已经伸出手臂,揽着胡姗和廖茗觉的肩膀速速远离麻烦中心:"我们快逃。"

"哇,好感动啊,"廖茗觉有点想咬手帕,"邓谆人好好啊。"

"好个二胡卵子(南京话,意思是瞎搞)。他这样可不是拒绝人,是继续让对方迷着自己。"胡姗尖锐地点评。

"那要怎么说?"邓谆的声音在他们身后响起。他已经跟了上来,一下又一下用教材书脊敲着肩膀,彻头彻尾一副无所谓的样子,冷冰冰地侧眼道:"骂她?骗她我是gay?"

胡姗忍住了气而没起冲突,王良戊也没吭声。

只有廖茗觉陷入沉思。拒绝别人的告白,到底要怎样才不会让对方受伤?

回宿舍之后,廖茗觉去水房,在走廊上碰到了告白失败的女同学。

她们刚好一起过去,女生抱着衣服,笑着问:"白天我很丢脸吧?"

廖茗觉卖力地摇头,差点把脑袋甩出去:"我觉得你好勇敢!"

"唉,其实我也有点慌了神。"女生坚强地笑起来,"而且我平时观察发现邓谆人很好,经常是笑脸,人也很绅士,在教室门口碰到都会让女生先走。上次我上厕所出来裙子被夹住,他还挡在我背后提醒了我。我想着,他肯定不会让我丢脸的。"

头一次从别人口中了解邓谆,廖茗觉觉得很新鲜。她知道平日里邓谆在面对别人时才会笑,性格也外向许多,但从未想过还有这些详细的事迹。在她面前,邓谆总是没什么表情,说话不太照顾别人心情,偶尔会心血来潮,大部分时候都给人一种有点颓废的感觉。

廖茗觉问:"跟他谈恋爱的话,你想干些什么啊?"

"就做些情侣会做的事啊。"女生反而对她的提问感到困惑,"一起出去吃吃饭,每天聊聊天什么的。"

思考过后,廖茗觉还是问道:"韵韵,你谈过恋爱吗?"

"高中的时候谈过,我们一起出去玩,特地把手机关机。结果他爸妈找不到他,直接打电话给班主任,班主任又让班长帮忙……一下子,全班同学都知道我们俩谈恋爱了。"

"谈恋爱是不是很爽啊?"

女生笑了:"有的不爽,但有的还是挺爽的。男朋友是邓谆的话,应该会很爽吧。"

廖茗觉听得懵懵懂懂,实在有太多不解。

邓谆也对她营业一下的话,可能她就明白了吧。廖茗觉是这么想的。

校庆时期，为了跟其他院攀比，学生会都忙疯了。传媒部的事、打工、学习，廖茗觉连轴转，居然在上课时睡着了。

好在校庆晚会那一天很快就来了，邓谆和胡姗一同去排练，廖茗觉到时候要跟传媒部的学姐一起负责拍照。

听说一开始，舞蹈社的学姐是希望邓谆能够唱跳一下韩国偶像团体的歌曲，但邓谆以"一开始你没说要我跳舞"为由拒绝了。他只需要在他们换衣服的时候热一下场，唱的是绿洲乐队的 Don't Look Back In Anger（《不要为往事懊恼》）。

不知道怎么的，传媒部的学姐也得到了消息。

"你是不知道，他们舞蹈社早早就在公众号狂发消息，说是'重磅神秘嘉宾'。他们硬拉着没入社的学弟帮忙，还觍着脸宣传，也好意思！"学姐坐在摄像器材后面，交叉着腿，吃着汉堡包，"你饿不饿？是不是没吃晚饭？也去买点吃的吧。"

"不行！舞蹈社有我两个朋友的节目，我想等着看。"廖茗觉跳着解乏操说。

"还有好久呢。再说了，我们就固定在这儿拍，没什么人会注意到的，想干吗干吗。吃东西，玩手机，最好现在就把到时候校园网要的推送写了。"学姐作为过来人，很是老到地传授经验给她。

廖茗觉想了想，肚子的饥饿终于超过看节目的热情。

另一边，胡姗他们从上午排练到晚上，化了妆，换上衣服，和其他社员对着拍子。他们直接叫的食堂盒饭，分发的时候，她看到角落里邓谆被不知道从哪里来的同学簇拥着，像《音乐之声》里草原上的一幕似的聊着天。这透露出一个有些变态的事实，她其实留心记过，每一次邓谆的笑容露出的牙齿数量都一致，就算抿着嘴唇，弧度也千篇一律。可见他每次的笑容都是拿软尺量过、最为标准的善良表情，足以说是完完全全的假象。

在旁人看来，邓谆是在和人说话，但于邓谆本人而言，只是单纯在讨人喜欢而已。

不小心对上目光，胡姗想回头也来不及了，邓谆已经起身，喊着她的名字走过来。他的态度亲昵到极致，但她知道他只是需要一个借口逃离那群人。

"需要我提醒你吗？"胡姗抵触地盯着他，"我最讨厌虚伪的人了。"

在其他人远远看着的情况下，他用超伪善的微笑望着她，眼睛里满是温柔，嗓音毫无起伏地回答："哦，关我什么事。"

胡姗承认邓谆是个帅哥，但他的性格实在令人不敢恭维。要不是经过廖茗觉介绍认识，恐怕她也会被他完美无缺的演技欺骗。这世界上最该提防的不是小人，而是伪君子。虽然廖茗觉总是拍着胸脯打包票说"邓谆人很好的"，但她实在是不了解这位每天一起上课的同班同学。

她感觉廖茗觉就是在单方面对他好，而他可能是觉得廖茗觉有意思。胡姗把自己的猜想跟王良戌说了："廖茗觉太傻白甜了，人际交往可是很复杂的。"

"复杂的是人，而不是人际交往。你别想得太复杂。"王良戌回应她，"我觉得邓谆人确实还不错。"

到了正式演出时，他们的节目排得很靠前。胡姗出去跳舞，跳每一个动作都想着跳完就能退社，终于回来歇息，换衣服时，邓谆出去了。

邓谆几乎快忘记自己有多久没站在舞台上了。

过去他还在做练习生的时候，几乎每周都有考核和练习，舞台下只坐讲师和少数时候出席的制作人，同时也会有拍摄。他习惯了聚光灯，也擅长对着镜头演绎。他不讨厌挨骂，但毕竟是接受着"要努力被别人喜欢和爱"的培训长大的。假装关注别人，就能得到关注；表现得温柔，就能被追捧。

他其实没有特别关心的人。

唱歌的时候他会下意识去找镜头，熟练以后不会很难，只要捕捉到拍摄的光。不过，这次有些不同，尽管观众席很暗，他还是看到了摄影机后面的廖茗觉。

她站立着，皮肤是容易被淹没在灰暗中的小麦色。他发现她在哭。她的脸颊湿润，一把鼻涕一把泪，她攥着纸巾，抬起手不住地擦拭。他从未见过这么让人移不开眼的眼泪。

伴奏带还在放，反正已经到了最后一句，邓谆拿着麦克风回头，从后台好像无法直接去观众席。

台下的同学齐聚一堂，校领导也都在看。然而，舞台上的意外来得太突然。上一秒，大家都或多或少觉察到异样。邓谆带着困扰的神情，直接翻越了舞台。

带电线的麦克风在靛青色的天花板上牵扯出巨大的影子，他像突发奇想的摇滚歌手，跃入灯光以外的空间时，人群有过急遽而短暂的沸腾。

这大概是建校以来大学校庆晚会里只此一次表演人员临阵脱逃的状况，虽然后来他自认已经唱完了该唱的部分，甚至没忘记把麦克风放回音响老师身边。

英伦歌曲的歌声中，邓谆径自撞进没有聚光灯的黑暗里。好在肇事者的表现太过自然，以至观众都以为是晚会安排的一环，并没有太奇怪。舞蹈节目马上继续，也就不再有人担心。他跑到传媒部值班的位置，没看到廖茗觉，环顾一周，才在出口外橘黄色的灯光下发现她的背影。

她还在哭。

邓谆来到她身后，又把安全出口的门关上，将偌大的音乐声和灯光隔离在内:"怎么了?"

他连续问了两遍,伸手去撑她的脸,想检查她是不是受伤了:"怎么了?"

廖茗觉用力摇头,还是止不住地哭泣。邓谆手足无措,蹙眉的程度又加深。

"你到底怎么了?"他不是故意搞得好像责难的。

廖茗觉摇头,啜泣,擤鼻涕。在他如此焦虑的情境下,她说出令人哭笑不得的答案:"我吃了火鸡面……太辣了!太辣了!太辣了!"

邓谆整个人僵滞了。他感觉自己好像被戏弄了,但无力反抗,也不能怪任何人。

"那你也别哭啊,至少现在停下来,"这好像是他人生中第一次记忆如此清晰的恼怒,原谅他,他并不是个情感大起大落的小孩,也不是个太为别人而心绪不宁的大学生,"等会儿别人还以为是我弄哭你了。"

这里是后台人员出入的场合。马上表演结束后,恐怕就会有人来往。

"那是三倍辣!我一哭就想到好多事!想妈妈,想爷爷,好想回家……"廖茗觉重点声明,回家要坐那么久的飞机、那么久的巴士,走那么久的路,有时候都想着要是考了老家那个省的大学就好了。她因不适应的食物而涕泗横流,思乡之情也乘虚而入。

邓谆的手缓慢地拍了拍她的背,道:"别哭了。"

◇　　◇　　◇

那天回去之后,邓谆检查起脱下的衣服,泪水弄脏的部分晕染成团,看起来像一个丑兮兮的笑脸。

他还不知道,当晚他的名字冲进院内BBS,连带着与其他人格格不入素颜登台的面孔,成为大家津津乐道的话题。

从邓谆上个学期的成绩单,到邓卓恩公司移籍前的视频,用他们的话说就是信息起底。他长得帅,会唱歌跳舞,成绩也还不错,诸如此类的条件加起来,实在优越到有些不切实际。而没有微博或抖音账号,朋友圈也不发任何自拍这些加成,只会让他更有神秘感。

邓谆再去教学楼上公共课,教室里显而易见人数增加,都是来看邓谆的。

胡姗抱怨:"简直就跟在动物园看猴子一样。"

王良戌笑着回复:"你把自己也骂进去了啊。"

而远处的肖屿崇也被旁边同学拉着说:"你这兄弟人气也忒高了。"

肖屿崇则头也不回地说:"严格来说算不上兄弟。"

廖茗觉再次因打工迟到,她最近分期付款买了一台笔记本电脑,所以主动向店长提出增加工时。之前每次交线上作业,都要去电子阅览室或者用手机,实在是太烦了,加上传媒部学姐质疑"你毕业论文总不能用手机写吧",她一咬牙,一狠心,于是头一次尝试了淘宝的分期付款。

"你有用花呗吗?"赵嘉嘉在她拆快递的时候问。

"那是什么?"

听了一番介绍,廖茗觉连连摇头,果断地否决:"还是算了,我不喜欢欠钱。"

她冲进教室,看到反常态的人满为患,忍不住"哇"了一声。

王良戊给她占了位置,她在众目睽睽下坐了进去,边把包从背后抽出来边问:"这是什么情况啊?怎么这么多人?"

"都是来看明星的呗。"前排有同班同学听到她的提问,转过身来似笑非笑地说。

假如用这话去形容一个人气高的同学,那大概算不了什么,但当它是奔着出道失败的邓谆去的,就略有些意味深长了。

课间有其他年级的同学过来询问联系方式,老师大概也听到风声,这节课故意点邓谆回答了好几次问题。

邓谆坐下的时候,最先忍不住发牢骚的是胡姗:"老师也帮着起哄……有病吧?"

邓谆与她对上了视线。课还要继续,座位间正安静,廖茗觉突然别过脸,压低声音问他:"你喜欢这样吗?"

邓谆并不是没听清,只是起初没弄懂,所以才沉默。

"我说,"廖茗觉靠近了一些,几乎贴到他耳边,"你觉得遇到这种事情很高兴吗?"

邓谆冷着脸说:"怎么可能?"

"那就跟他们说一下吧。"廖茗觉好像做了决定似的,立刻就要站起转身,"你没必要忍着啊。"

邓谆有些诧异,当即抓住了她的手。她看过来。他还处在恍惚中,因此什么都没说。她与他对视,忽然间笑了。

下课后,因为要应付那些专程过来看他的女生,邓谆不得已掉队。胡姗本来还担心廖茗觉会不会想等他,没想到一下课她就往外冲,急匆匆,说是饿了。

上大学以来,廖茗觉打那么多工,连选修课都没有逃过,第一次请假是为了参加普通话考试。

"王良戊说了,"廖茗觉说得头头是道,"大学的时候就是要多考证!我都想好了!我还要考教师证、会计证、英语六级,最好再学个小语种!"

胡姗在吃燕麦片,抬头冷冷地看了她一眼,毫不留情地泼凉水道:"你不睡觉了?"

"不睡觉也要努力!我都跟妈妈说了,妈妈也支持我!说我可以少打点工!"廖茗觉笑嘻嘻的。

王良戊说:"我刚好想去看个艺术展,到时候开车载你去考点吧?"

"原来你有车啊?"廖茗觉惊讶地问。

"呵呵,"胡姗笑了笑,"肯定有吧。毕竟这年头早就明令禁止公车私用了。"

王良戊笑眯眯地看向她,温柔地说出与表情大相径庭的话:"有本事的话可以再开一次这种玩笑哦。"

被学姐河东狮吼时都能镇定自若地反驳一大堆脏话的胡姗居然直接低头认错:"下次不会了。"

实际上,王良戊的车并不怎么夸张,就是普通的实用小型车。廖茗觉上车时他还问了一句:"怎么样?"

"挺好的。"廖茗觉认真地点点头,系上安全带,突然意识到什么,王良戊不是那种在意时髦或奢侈的人,问及对身外之物的感想肯定有别的理由,于是她问道:"这是什么时候买的?"

王良戊笑着回答:"就最近。二手的,我用今年微博接商务推广的钱买了股票,然后一次性付清的。"

廖茗觉一激动,想起身,结果头撞到车顶,砰的一声,马上又坐下来鼓掌。她露出笑容庆贺:"太棒了!不愧是你!"

"也没那么了不起啦。"王良戊谦虚地道。

廖茗觉的敬佩发自肺腑:"真的太牛了!而且你还炒股!我也想炒!"

"还是不要吧。说实话,一开始我也只是想着试试看。你倒是可以看看基金,有的会比较稳定。"

关于普通话考试,廖茗觉事先下载了一个学习App,天天跟着读和背记。她对自己的普通话水平本来很没有自知之明,直到用App参加了几次测试,才清楚自己的水准。除此之外,她还在网上搜索各类资料,了解到了几条要遵守的规则。

第一,读错了也继续往下,不要停。

第二,最后一题演讲,宁可停下酝酿好再说,也不要支支吾吾。而且可以把演讲题目联系到现实问题,深化主题,或许可以加分。

考试倒是很快,廖茗觉出来后取了手机,打电话给王良戊。

两个人在路边摊买了章鱼小丸子,坐到路边的长椅上吃。

廖茗觉吃得满口生香,烫得含糊地开口:"这个里面根本没有章鱼吧?"

"估计是吧。"王良戌也被烫得吸气。

"拍个照片发给邓谆。"廖茗觉掏出手机。

王良戌看着她筛选几张看起来相差无几的照片,不由得笑着说:"你真的很喜欢邓谆啊。"

"嗯!"喜欢的概念,廖茗觉从未深究过,她光明磊落地回答,"他长得很帅。"

王良戌若无其事地说:"那肖屿崇呢?"

"肖屿崇啊,也很帅吧。刚见面他就把我看光了!"

"什么?!"

"骗你的,哈哈!我围了浴巾的。"恶作剧得逞的廖茗觉笑嘻嘻的,"那还是邓谆更帅吧!"

"也是……能当艺人,跟普通人还是不一样啊。"王良戌吃完倒数第二个章鱼小丸子,把最后一个给了廖茗觉。

"其实也不是。"廖茗觉却说,她低着头,专心致志吃着东西,"邓谆很可怜。"

"什么意思?"

廖茗觉把空掉的包装盒放进垃圾桶,仔细地咀嚼,缓慢地吞咽。她说:"我也不知道。有时候就是觉得他很可怜,想带他一起玩。"

她抬头,与坐在原地的王良戌对上视线。她笑了,嘴唇上还沾着一点点木鱼花屑。她说:"可以带他一起玩吗?"

他也笑了:"嗯。"

说来有点恐怖,邓谆是在住的公寓外遇到同校女生的。

他不是不想住宿舍,只是错过了预订的时间。小区物业对外来者管理比较严格,但也是托这个的福,他才会看到这梦回练习生时期的一幕。

是谁泄露出去的?知道他住址的人按理都不会这么做。不过这也不算什么秘密,班委的话只用看看学生档案就行,再不济跟着他回一次家,也就什么都知道了。

邓谆不确定自己是否要装傻。

他走过去,掏钥匙卡的同时打了声招呼。

不久前告白失败的女生走上前,主动递给他一瓶果汁,是他在学校最常喝的那种。他没收下,却还是道了谢:"我还要吃药,不能喝饮料。谢谢。"

他把门推开,独自进去,走上楼梯的脚步越来越沉重。楼道里一片死寂,他伸手扶住墙,无声无息地目视前方,眼睛什么都没看。

考试临近,他在家怎么也无法专心复习。所有社交账号都已经设置了不提醒消息。他戴上鸭舌帽,犹豫再三,没有骑那辆自己喜欢却拉风过头的摩托车,转而坐地铁去学校。

图书馆人满为患,90%的大学生也就考前上进。他兜兜转转寻找空教室无果,最终无可奈何地来到走廊尽头。

他看到廖茗觉。

她有一头又黑又亮的长发,未经烫染,垂落到腰间,皮肤与如今大部分女生追求的白皙不同,却还是坦然自若地展示着。

她的处境也差不多,没找到自习的地方,索性来到走廊外的桥上背诵提纲内容。邓谆叫了她一声,她当即回过头,看到是他,立刻笑起来:"你也来复习啊。"

他不回答,只是侧过头去看她手上的笔记。

"烦死了,"对于廖茗觉,对方的答复向来可有可无,反正她会自己说下去,"现在就这么难,等到了大二上专业课,我怎么办啊?"

"你不是已经考第一名了吗?"

"我怕下次考不了嘛。"她的笑脸像阳光下熠熠生辉的向日葵,"不过真的考不了,那也没办法,只要符合拿奖学金的标准就行。上大学,学习也不是全部嘛。"

她与大多数人都不一样。或许正因如此,她身边才会聚集着对她感兴趣的人。

邓谆问:"廖茗觉,你之前跟我说的那件事……你为什么想谈恋爱?"

"嗯……怎么说呢?"廖茗觉看着他,身体往下压,自然而然地趴到了桥的护栏上。她扭头,转而看向校园里人工湖的水面:"其实像我这样的在我老家很少见。"

"……"

"我表姐十六岁就在村里摆酒,嫁给了隔壁村一个三十多岁的男的,现在领了证,孩子都三个了。我家稍微好一点,妈妈和爸爸差不多大,有人做介绍,他们就结婚了。"水黾在湖面轻盈地弹跳,气温渐渐升高,廖茗觉额38沾了汗,她像讲故事一般娓娓道来,"我妈妈告诉我,要好好读书,去外面看看,过我想过的生活。"

在平均线上的家庭长大的邓谆没有听说过这种事,就算有,也会觉得是十几二十年前的情况,假如从其他地方得知,当成连续剧剧情也未可知。然而,世界之大,人们都难免渺小而狭隘。

廖茗觉说:"所以,好的事情,我都想体验一下。做不到的话,我也要努力争取。"

邓谆也靠在桥沿上,默不作声地往下看。桥下是灰黑的倒影,雾气似的包裹着他们。

廖茗觉笑起来,温柔而无害,爽朗又天真,对现在充满热爱,对未来充满期待。她说:"其实,我不是真的想谈小说里那样的恋爱。我只是想要有个人喜欢我,对我好,我也喜欢他,对他好。"

如果说这话的是别人,那该多奇怪啊!

仿佛清晨的林间,曙光穿越树木中间时,叶面的脉络也好,空气中的微尘也罢,一切都一览无余。廖茗觉有秘密,但没有什么不能告诉别人的。动荡与悲伤都会在春天来临时消散,即便是一己私欲,也徒添活泼可爱。

她有点难为情地歪着头,脸颊是红润健康的颜色:"不过,我也不知道谈恋爱的时候怎么样算好。"

邓谆看着她。他是突如其来开口的:"等考完试,暑假回去之前,我们出去玩吧。"原本只是一个淡漠的侧脸,邓谆侧过头,风徐徐揉皱了水面,他朝她露出混沌不清的笑容,"就我们两个。"

胡姗跑完步,脱下爆汗服,穿上灰色的连帽外套,笼住头,就只拿着从 Keep 退出的手机去买东西。

她先到商场瑞幸取一杯在线上下好单的冰美式,然后再进生活超市。牛奶要喝高钙低脂的,消减食欲的黑咖啡备好,稍微屯几包涪陵榨菜,然而她到了装冰激凌的冰柜外却犯了难,有点犹豫能不能买一盒八次方冰激凌回去,自己吃一块,其他的都分给廖茗觉。

十几年如一日,胡姗都坚持着保持身材,高中时还因节食三个月没来月经,晨跑晕倒。老师专程找她谈话,那时候的她是个讨人厌的中学生,连长辈的关心都要不留情地驳回,咄咄逼人地反问:"您非要关心我学习以外的事情吗?"后来她毕业的时候想起来,有点后悔,觉得非常难堪,老师自称根本不记得,笑着叮嘱她"往者不可谏,来者犹可追"。

往者是什么,来者又是什么呢?

她弯下腰去拿冰柜里的雪糕,也就这时候,头顶传来了一声似曾相识的惊呼。

有男大学生说:"胡姗?"

胡姗抬起头，耗费几秒钟也没认出他是谁。对方也根本没想得到她的回应，转过头招手，另一个女生已经急速冲过来抱住他的腰。胡姗还是没认出他们是谁。

"胡姗，还认识我吗？"女生笑嘻嘻地指着自己，"何萌君啊。"

谁？胡姗冷冷地想，但逐渐地，有回忆不受控制地涌入脑海，而旁边的男生也是。

去外地上大学后，不少人会在老乡里寻觅恋爱对象，毕竟同乡会算得上门槛较低、比较初级的交际圈。

眼前的女生是胡姗在老家实验中学时的高中同学。高中时，胡姗身边的小姐妹不少，毕业后胡姗虽然拒绝了一众团建，投身于健身房和西藏旅行中，但也还是在朋友圈听说过何萌君的下落。她貌似是去了名牌大学的二级学院，校区在郊外，倒也和胡姗在同一个城市。

而男生则是胡姗的小学同学，要不是碰上面，估计她都记不起来世界上还有这个人。

不知道他们是怎么认识的，不过也不蹊跷。毕竟去同一个城市上大学，家长认识的话，也会撺掇着留个联系方式，更不用提还有各种共同的熟人。

"真的太巧了吧，居然在这里遇到你。"何萌君笑起来，但很难从那种笑里捕捉到友善之类的东西。

胡姗简短地回应："挺巧的。"

胡姗冷淡地笑着，他们也没什么共同话题。就这么错开，胡姗去拿湿巾，准备买完直接就走。然而经过货架时，又看到他们，她听到他们在架子另一端的谈话。

"就像上次我跟你说的，"何萌君的声音里是藏不住的兴奋，她隐隐笑着说，"她那时候倒追我们班一个男生，那个男生宁死不从。结果来了个转学生，直接被偷家。人家蜜里调油，郎才女貌，天生一对。她倒好，叫我们去对付那个女生，还有职高的为了她去找那个女生麻烦。这不算校园暴力吗？这是霸凌吧？"

男生知道的情况更早，因此还帮忙补充道："那个男的是不是就是我们那个小学的啊？他们以前走得可近了。那个胡姗小学时是板寸头，衣服也总是臭的，她妈妈还动手打过班主任。想不到啊，她后来变得这么漂亮。"

胡姗站在货架后面，有很多话想说，却有很多话说不出口。尽管身体里像有什么东西驱使着她俯下身，但她没有那么做。她那纤细单薄的身体坚持站着，站在原地。

回去的时候，她什么也没有买，双手空空地回到宿舍，在座位上呆滞地坐着。

廖茗觉从烤肉店打工回来，虽然收拾时戴了塑胶手套，但总觉得手上有味道。她一直在闻手指，没敢开灯，蹑手蹑脚准备去洗澡，却发现胡姗还坐在床上。

"胡姗？"廖茗觉说，"怎么还不睡觉呀？"

胡姗回过头，没有笑容，但脸色柔和了些。她回答："就睡了。"

"考试加油啊！"廖茗觉笑了。

她回复："加油。"

一想到下学期能上专业课，廖茗觉心情就很好。考试分数还没公布，就有人发到了学校 BBS 里，以至廖茗觉还是从同学口中得知自己蝉联第一的。继上次"dze"事件后，她头一次自主登录 BBS，就是为了看成绩。

在肖屿崇家的客厅，廖茗觉用自己买了没多久的笔记本电脑连 Wi-Fi，登录校园论坛。她问："这个会不会是骗人的啊？"

"一般不会。"肖屿崇看着手机，漫不经心地回答。

肖阿姨过来叫他们吃饭，顺便提醒孩子们："明天中午一起下馆子哦。要先去接妹妹，所以要早点走。大家提前准备好。"

"有什么要庆祝的吗？"廖茗觉抬起头。他们要出去大吃，感觉是有特殊情况。

"为了庆祝屿崇不转专业了呀。"肖阿姨去摸肖屿崇的耳朵，结果被肖屿崇满脸嫌弃地躲开了。

肖屿崇说："这不用特别庆祝吧？"

"嗯……不想庆祝也可以啦，"肖阿姨偷偷瞥了一眼正聚精会神核对期末考试分数的廖茗觉，笑容暖洋洋地说，"要不你和你的同学一起出去玩玩吧，趁着茗觉还没有回家。"

是的，在妈妈这里，廖茗觉和同学就这么简单粗暴地画上了等号。

肖屿崇刚看向廖茗觉，还没来得及开口，她就大叫一声，怀抱歉意地回过头："对不起！明天不行！我跟同学有约了！我和邓谆早就说好了考完要出去玩！"

可惜，在廖茗觉这里，邓谆和同学才是等同关系。

早在期末考结束，廖茗觉走出考场时，就看到邓谆单肩背着包在走廊上等待。也不管他是在等谁，反正她已经蹦蹦跳跳过去，捧着笑脸说："到时候我来规划行程，你跟着就好了！"

离开考场的人群还在继续涌动，她总不能挡在这里堵塞交通。邓谆回头看了一眼，径自领着她一起走："真的？"

"嗯！"廖茗觉用手摆出手枪的姿势，抵住下颌，故作酷酷的表情说，"交给我，铁子！"

铁子？邓谆狐疑了一下，不过很快就抛到脑后。

约会那一天的清晨五点钟，邓谆准时接到了廖茗觉的电话。他睡前习惯拉上遮光帘，因此在黑暗里摸索了好一阵才翻到充电中的手机，还险些打翻床头柜上的马克杯，睡眼惺忪地接听。

廖茗觉正在邓谆家楼下外面的散步道，背景音乐是清晨刚准备去打太极的中老年人们的广播音，而她中气十足地跟邓谆打招呼："早上好呀！"

等到邓谆以最快的速度洗漱穿衣出门，来到散步道，她正在围观一群老大爷下象棋。不过，离她最近、正在执棋那位似乎称不上"大爷"，他年龄长些，表情很凶，正在毫不留情地追着一位耄耋老人的将军，可以说是相当凶猛。

被邓谆拉走时，廖茗觉还两眼放光，止不住地说着："刚刚那个叔叔好帅！他不是本地人，好像是沿海过来度假的，会下棋，太极也打得好好！还挺有魅力的。"

"……"邓谆拉着她的手腕，目不斜视地往远处走，轻轻叹了口气。

邓谆很纳闷，廖茗觉一大清早叫他起来究竟要干吗。

只见廖茗觉在晨练的人群边找到一片空地，唰的一下掏出了魔法棒……哦，不，是羽毛球拍。

她得意扬扬地挥舞着球拍："来打羽毛球吧！"

约会第一个环节，打羽毛球！

神经病。这大概是大多数人在这一刻会产生的想法。

邓谆迟疑了几秒钟，然后回道："这里地方太小了吧。"

"啊？真的吗？"廖茗觉低头，又看看周围。

"去那边一点吧。"到底是附近的住民，邓谆飞快地给出合理建议。

他们挪动了位置。

不出所料，廖茗觉运动神经挺发达的，邓谆虽然不怎么打羽毛球，但也算正常水准。两个人大概打到了六点钟。因为还是夏天，难免出汗，廖茗觉又像哆啦A梦掏道具一样拿出保温杯，咕咚咕咚补充水分，还问邓谆："要不要喝？我煮的三七茶！爷爷都说好喝！"

邓谆犹豫了一下，最后还是接过去了。

"下一个活动！跟我走！"

在廖茗觉活力满满地宣布以后,他们来到了散步道尽头的广场。

在街头公园的健身器材边,廖茗觉笑着看向邓谆,脸上散发出自信的光彩。

约会第二个环节,拉单杠!

作为女生,廖茗觉尽全力也就拉个曲臂悬垂。邓谆毕竟之前每天都训练,男生肌肉和脂肪的比例也不一样,只是引体向上的话没问题。看到旁边有健身的老大爷真人不露相,竟然面不改色直接来了个腹部绕杠,他也尝试了一下,没想到一次就成功了。

廖茗觉深感不服:"你那是怎么做的?"

"你应该也可以,"基于她揍他们时的核心力量,邓谆回答,"小心一点。"

他站在她旁边盯着看,以防她摔下来。她尝试着屈身,借用惯性支撑上去。

"哦哦哦哦哦哦!"廖茗觉激动得大叫,然后开始绕杠。但她做到一半就掉了下来。

"没事吧?"邓谆说。

"手红红的了!"廖茗觉笑嘻嘻地伸出手,手掌果然泛红了。

他下意识接过来,用拇指在她掌心摩挲了一遍,确认没有伤口才放心。

他们去附近的早餐店吃早点,因为时间太早了,所以客人还不多,他们轻易就占到了位置。廖茗觉点了小笼包和油条,邓谆点了粥和咸菜。开始吃饭了,邓谆才忍不住把自己先前强按下去的问题脱口而出,问她说:"你这安排都是自己想的?"

"是我学了网上的。"廖茗觉在狼吞虎咽,"怎么了?不好吗?"

"学了谁的?"他真的很想知道到底是谁能如此清流,规划这样的一些年轻人出行计划。

无法形容那一刻邓谆在想什么,看了廖茗觉递过来的短视频红人的 vlog 视频,他陷入了沉默。视频内容大致就是这个土味视频发布者和她的男友一起在情人节当天早晨五点打羽毛球、晨跑、街头健身的约会日常。

平日里,邓谆不怎么刷短视频,对任何平台的网络红人都知之甚少。但眼下,这更让他坚定了远离网络 e 时代的决心。

因为不知道接下来还会有什么更让人迷惑的环节,邓谆主动说:"接下来去个什么地方玩吧。你就要回去了,有什么想做又没做过的吗?"

廖茗觉思考起来。

旁边公交站站牌边的广告牌正替换上五彩缤纷的新广告,上面巨大的水花图案搭配着充满活力的文字——"夏天就是要去水上乐园"。

她说:"水上乐园?"

"那就去。"邓谆直接就起身。

"啊？啊？"廖茗觉仰起头看向他，"可是我没有泳衣——"

他已经用手机开始搜索相关信息了："可以买。"

"门票很贵吧！"

"我请你。"

"为什么……为什么突然对我这么好啊？"她只觉得像被一只装满彩带亮片的礼盒迎头砸中。

邓谆扫她一眼，压下手机，考虑片刻，忽然间又坐下了。

"你慢慢吃，我等你。"他无缘无故地盯着她的肩头，良久，才倏地伸出手，拈去布料上那细微的线头，随即仓促地一笑。用脸杀人不过如此。他看向她，对上她呆滞的目光，温暾的神情似水面荡漾的波纹，安静，却存在。

廖茗觉看着他，突然放下吃了一半的油条，握着筷子低下头。

他问："怎么了？"

"你是真的长得很好看。"她继续垂着头，连吃饭速度都变慢了。

邓谆想了一阵，没来由地回道："其实没有。"

"嗯？"廖茗觉抬起头。

"人总会知道自己怎样更讨人喜欢。"他慢条斯理地望向她，这句话说得一本正经，到后来，便不禁笑容上泛，他吐字像用陶瓷刀切割加热后的乳酪，无须什么力气，却又切实地分开了什么，"我当然是故意的。"

11　退一步不如直接跳崖

这就是帅哥的魔力！

笑起来像白砂糖晶体折射的光线般灿烂，不笑的时候就像飞鸟在半空中转身，直直地落入深渊，一头扎入水中，猛地被冰冷的溪涧吞没，邓谆是具有这种反差的男生。

邓谆与出租车司机交涉时，廖茗觉就抱着背包，目不转睛地盯着他看。

除了刚刚的那份早餐，廖茗觉还在去搭车的沿途吃了一份煎饼馃子，喝了豆浆，即便如此，在邓谆跟她说"我带了口香糖，要吃吗"的时候，她还是立刻就笑眯眯地点了头。

"门票钱我来出吧。放假休闲一下要用的零花钱，我还是有的。不过难得去一次水上乐园，就我们啊……"廖茗觉看向车窗外，有些寂寞地叹了一口气。

"在群里说一声吧。"邓谆笑着，随即才看过来，望着她的眼睛，"大家一起去好了。"

廖茗觉不顾出租车司机奇怪的眼神振臂高呼："好欸！"

消息刚在群里发出来，就得到了一众响应。

肖屿崇先不小心发了个"我却"，然后立刻撤回，就没消息了。

王良戌说："可以啊，刚好有空。"

然后肖屿崇才发消息说："我去。"

廖茗觉立刻说："那我们在大门集合！胡姗呢？"

隔了好久，胡姗才回复一句："我就不去了。"

廖茗觉和邓谆在门口买好套票，购买了泳装，等了大概一刻钟。王良戌是最先赶到的，骑着共享单车，没有带包。下来后他先高兴地跟廖茗觉会合，两个人像动画片里的卡通小动物，高兴地转了一圈。

王良戌说："这个学期又考得很好啊，廖茗觉！"

廖茗觉害羞地笑了："嘿嘿！你也去论坛上看了啊！"

"不是的，"王良戌人畜无害地笑着，"每个学期成绩一出来，教务部的老师都会专门发给我一份啦。"

他说得很自然，而邓谆和廖茗觉在匪夷所思的沉默中看着他。

肖屿崇是开车来的，但他比王良戌硬生生晚来了二十分钟。

肖屿崇在家光挑衣服就花了半小时，实际来的路上倒没有用多久。这还是他头一次被廖茗觉邀请出去（虽然同时被邀请的还有王良戌和邓谆，他算附带的），加上有另外两个小狗崽子在（指王良戌和邓谆），他总觉得自己不能落下风。

他用发胶抓了一下头发，戴了墨镜，试了两双鞋。他希望到场时能让廖茗觉眼前一亮。

然而——因为等了太久，加上眼看着排队的人从少变多，所以他到时，廖茗觉只蹲在地上，满脸不耐烦地抬起头说："你怎么这么慢啊？！"

肖屿崇感觉挫败感形成的砖头扔了过来。

四个人好歹排队进去了。男女生换衣间不在同一处，于是肖屿崇又想多叮嘱一下"记得把牌子挂到手上，手机要装防水袋，不要盯着别人没穿衣服的样子看"，结果再次被廖茗觉怒喝："我又不是白痴！"

挫败感这次从砖头变成了屠刀，直接劈中了脑门。

换衣服的时候，肖屿崇之前已经把泳裤穿在了里面，所以很快就准备好了，回头想用视线去找邓谆。一只手臂忽然搭上来，他尽全力没让自己一惊一乍，回头看到王良戌习惯笑着的脸庞。

王良戌说："走了，出去吧。怎么，想偷看邓谆吗？"

"……"肖屿崇竟然不置可否，意味不明地回答，"你有时候真的很让人怀疑是不是 gay。"

王良戌还是乐呵呵的，用那种人工智能似的笑容回道："哈哈哈，不是啊。"

"你知道你就是这个样子才吓人吗？"肖屿崇克制着面部表情说。

大概是故意要吓唬他，王良戌故意继续微笑，故意推搡："讨厌，真的不是啦。"

结果就在他们这样一来一去满嘴跑火车的空当里，邓谆已经到外面等着了。他外面还套了一件沙滩外套，面无表情，不耐烦地催他们快点。肖屿崇看到他，顿时火冒三丈，三步并作两步冲了过去。

"你这家伙！"肖屿崇怒气冲冲地直奔向他——手中的水枪，"这是哪里来的！"

邓谆用"你傻吗"的口吻回复："租的啊。"

王良戌已经掏钱去了。

廖茗觉换衣服换得很快。

买泳衣时，她本来兴致勃勃地在比基尼专区流连，邓谆直接过来一把把她拽走了。他直接跟柜台店员交代了一句，关键词大概是"学生"和"便于活动"。店员也很称职地挑选了一套连体泳衣。

水上乐园是允许带电子设备的。廖茗觉也用手机试着拍了一些自拍照，想要发给妈妈。她拍照的时候，有其他游玩的人经过，有长辈、有小孩，大概是一大家子，看到年轻女孩在对镜头比"耶"的手势，他们不由得会心地微笑。而廖茗觉也觉察到旁边人在看，头一次因这样的行为产生了难为情的情绪。她害羞地龇牙笑了笑，赶紧放下了手机，等他们过去，才继续自拍。

她拍完自己，也想拍拍水上乐园的样子，就调换了前置镜头。

就在这时候，她看到两名男性正拿着专业的手持摄像机，分别穿着夏威夷风格的泳裤和豹纹泳裤，在泳池处边做直播边搭讪路边的女游客。两个穿着吊带露背泳衣的女生刚好过去，被问能不能一起玩，吓得连忙闪开了。

廖茗觉有些疑惑地看着他们，倒是不太清楚是什么状况。

然后，她就看到那两个女生又折返。

她们换了一条路，从后面上来，绕过镜头，过去主动找那两个直播中的男人说："那个，我们不想入镜，你们可以把刚刚拍的我们删掉吗？"她们以为他们只是在拍 vlog 或者别的短视频，还可以进行剪辑。

谁知那两个男人吊儿郎当地回过头，直接又把摄像机伸了过来："哦，小姐姐又回来了！小姐姐好漂亮。你们刚刚说什么？"

"别拍了！"年轻女性说。

男人继续笑着说："拍了正好帮你们红呢！也是做推广，给你们涨粉丝啊！"

女生不由得叫骂起来，各种国骂色彩纷呈。男人没想到自己会被骂，毕竟在他们的观念里，少穿点被摄像机拍两下也不会掉块肉，大可不必这么激动。

"不就少穿了两件衣服吗，不想被看就别穿这么少啊！胸口多两块肉了不起啊？"男人也反唇相讥，"当婊子还要立牌坊！"

女人怒火涌上头顶，按捺不住，眼看着就想打人，但实力显然是受压制的。

就在这一刻，有人出现在了双方中间。

廖茗觉顶着澄澈的神情登场，用一尘不染的双眼看向他们，脸上带着纯真的笑容，像小孩背诵古诗《咏鹅》般烂漫似的，说出了这样的话："那你呢？不就下半身多点肉吗？"

因为他们专注于吵架，所以根本没注意到有人过来，廖茗觉像电影里的幽灵一样突然出现，把两边人都下了一跳。

廖茗觉单手拿着毛巾，歪着头继续看向拿着摄像机的男人们。摄像机还在拍，直播仍在继续。她一点也没发觉，不过就算知道也不在乎。在她不知道的地方，观众数量在刷新，正有大量评论涌上来，子弹一样覆盖到屏幕里的她的脸上："谁啊？""穿这么多？""好黑的女的。"

矛盾顿时转移，如今对峙的已经变成直播男二人组和廖茗觉。

看着她一个小姑娘，虽然个子跟他们差不多高，但终究是势单力薄，两个男人的气焰立即嚣张起来。

"要你多管闲事？"其中一个呵斥道。

另一个也凑上前："你这个小丫头片子——"

"你要干什么？"有人打断他。仿佛出现在通灵少女背后的魑魅魍魉，王良戊笑着说："怎么能跟女生说这种话呢？"

说实话，肖屿崇已经在拉水枪的枪栓了："毙了你哦。"

邓谆则默不作声，侧过身体，去看正回过头来的廖茗觉。他做口型问"没事吧"，廖茗觉笑了，朝他摇着头做口型回答"没事呀"。

眼看局面变成自己这方必定吃亏的状况，直播中的男性的声带也立刻像被剪刀剪过似的，一下就参差不齐起来："呃，这个……

"……我们就是有一点误会而已。"

廖茗觉丝毫不觉得发生了什么不得了的事，觉得根本不值得记住，马上就指向远处的滑梯设施说："走走走！别耽误时间了！我们快去排队！"

"你这个人真的很会找麻烦——"肖屿崇还没说完，廖茗觉就一个冲刺，像跳马一样冲过来，撞得他往前趔趄，两个人一起栽进泳池里。

"哈哈哈，这不是很好玩吗？"王良戊甩开琥珀色的泳镜，也直接跑了过去，纵身一跃。

三个人从水里冒出头来，除了肖屿崇勃然大怒，另外两个人都在哈哈大笑。邓谆慢吞吞地走上来，向爬上来的廖茗觉伸出手。她说："邓谆也要玩得开心啊。"

他却看着她的眼睛，一字一顿地回复说："跟你在一起就很开心。"

廖茗觉朝他笑起来。

他们去排队，肖屿崇问："这个项目是两个人一组，怎么安排座位？"王良戊揽着廖茗觉又直接把她推进泳池，温柔地笑着说："女儿当然是跟我一起。"

邓谆拉上防水外套的拉链，就这么跟上前。与此同时，刚刚的两名年轻女性忽然搭话，满脸都是发着光的笑，对他说："你好，你看着好眼熟，是模特吗？"

"不是。"邓谆说。

"刚刚谢谢你帮我们,就当谢谢你,我们请你吃顿饭吧?"女人之间有过意味深长的对视,紧接着期待的目光便在他脸上停留。

邓谆望着她们,他是这样说的:"我可没有帮你们,也不想帮你们。"

她们像是没料想到对方会如此不留情面,毕竟他之前在其他人面前分明是另一副面孔。

"帮你们的是那个女生吧?你们为什么不去跟她道谢?"临走时,他留下更过分的话,"有病。"

远处塑料泡沫制成的甲板上,大学的男生女生正在朝他招手,高声催促他过去。他加快脚步,小跑着跟上。

"太幸运了!没什么人,马上就到我们了!"廖茗觉笑着举起手臂。

"耶!"王良戊也模仿她的样子。

肖屿崇则无缘无故地闷闷不乐,把手里的水枪霍地塞给邓谆:"等下我们坐一艘船。"

"你们已经决定好了啊……"

◇　◇　◇

廖茗觉和王良戊排在前面,一前一后坐在同一艘充气艇中间。王良戊在后面,廖茗觉在前面。同玩这个项目的异性大多是情侣,他们进船时,王良戊顶着邓谆和肖屿崇从身后散发出的无形压力,笑着说:"茗觉,你要小心一点哦。"

"嗯?啊,好嘞。"廖茗觉抓住安全绳,"我会小心不飞出去的!"

先看着前面的游客玩这个设施,等待过程中,好像心血来潮似的,王良戊问:"廖茗觉,你觉得肖屿崇和邓谆怎么样啊?"

"什么怎么样啊?"廖茗觉问。

"就是印象,"王良戊靠着船舷,"你对朋友们印象如何?"

她要回过头才能看到他的脸,她想了想,然后说了两个字:"羊村。"

"啥?"

"羊村啊,"廖茗觉回答,"邓谆是喜羊羊,肖屿崇是沸羊羊,你是懒羊羊。我和胡姗是暖羊羊和美羊羊!"

王良戊想了好一阵才理解:"你是说那个动画片吗?《喜羊羊与灰太狼》。"

"嗯!"廖茗觉笑嘻嘻的。

轮到他们了,工作人员上来帮忙,握住船舷往下推。

"呀呼!"

"哦嚯!"

转着圈滑落下去的时候，两个人都笑着大叫起来。

船重重地砸进水里，水溅了一身，他们却都笑得很开心。

接着就是剩下的那两个人了。两个大男人一起玩还蛮尴尬的。

邓谆和肖屿崇不约而同地避开与对方的视线接触。倒是下面的王良戊和廖茗觉纷纷拿出手机拍照，还交头接耳地讨论着："这个一张在学校估计能卖个两百来块吧。"

"我感觉五百都卖得出去。"

船开始倾斜了。

邓谆眉头紧皱，倒不是恐惧，而是因为肖屿崇从后面用手臂整个箍住了他。

整个船滑下来的时候，肖屿崇的哀鸣都在场内回响。救生员们纷纷惊慌失措——那个姿势可是很危险的！而在底下观望着的廖茗觉和王良戊都被滑下来的船迎头溅了一脸水。

不同的滑梯，四个人几乎轮番坐了一次。

到了中午，舞台上还有舞蹈节目，顺便宣传晚上的烟火表演。但肖屿崇和廖茗觉答应了肖阿姨晚上回去吃饭，所以不能待到那时候。

玩了一上午，他们肚子都饿了。餐厅里聚集了不少游客。一整个餐厅都是穿泳衣的人，看起来还挺新鲜的。四个人玩石头剪刀布决定谁去取餐，第一个出局的就是王良戊，不过他也不沮丧，故意摆了个挽起袖子的姿势说："毕竟我是一家之主！"

第二个出局的是邓谆，他已经回头开始看柜台快餐店的菜单，在考虑等会儿吃什么。

最后就只剩下肖屿崇和廖茗觉了。

廖茗觉出了剪刀，肖屿崇出了石头。但在看到她手势的一瞬间，肖屿崇突然张开了手，石头变成了布。

廖茗觉还没来得及哀鸣，肖屿崇已经宣布："我输了。"

虽然廖茗觉不想输，但她更不能理解有人无缘无故放水，一时间激动地站起来："为什么？！你明明赢了！你是在让我吧？！"

肖屿崇直接把外套往身后一甩，干脆利落地离开座位，留下一个潇洒的背影："就你那笨手笨脚的样子，连自助点餐机都不会用。"

好好的一个人，怎么就长了张破嘴呢？王良戊苦笑着回头，廖茗觉反应比他更激烈，已经抢先一步拽住肖屿崇外套，害得肖屿崇一个趔趄，差点直接向后摔倒。两个人宛如拔河，一下转化为对决，双方都僵持不下。

廖茗觉说："你什么意思？谁说我不会用了！我不管，我去买。"

"都说了要你别去了。"肖屿崇咬定结局,死都不肯放她去。

两个人像两条金鱼,大眼瞪小眼,气鼓鼓地瞪着彼此。眼看他们就要吵起来,自始至终沉默的邓谆突然开口:"廖茗觉去吧。"

肖屿崇和廖茗觉齐刷刷看过来,邓谆收起手机,绕到廖茗觉身边,回头对王良戌说:"王良戌,我和廖茗觉两个人应该够了。你也坐下吧。要是拿不了,我再发微信给你。"

"嗯。"王良戌也粲然一笑,末了用眼睛余光打量肖屿崇。

直到去买饭的两个人离开,肖屿崇才不爽地看向王良戌,又凶又委屈地说:"我有做错什么吗?"

"嗯……没做错什么,不过,"王良戌笑着回答,"说错的倒不少。"

廖茗觉和邓谆没有直接去买饭。邓谆先到旁边的甜品窗口拿了根冰棍,递给对着自动点餐机发愁的廖茗觉,随后自然而然接过主动权,轻车熟路点好了餐。

廖茗觉也不客气,咬着冰棍,表情阴沉地抱怨:"……肖屿崇干吗非要这样啊?"

"不知道。"邓谆把票据伸到廖茗觉眼前,顺利地转移她的注意力,"只要在屏幕上选好要吃的,然后选择支付方式,用对应的二维码扫一下,就可以拿小票到前台等餐了。那边会叫这个号码。"

"那不就跟麦当劳一模一样吗!"发现是自己很清楚的流程,廖茗觉若有所思地道。

"是啊,就跟那个一样。你刚刚按不出来是因为屏幕感应不太灵敏。"和廖茗觉说话时,邓谆总会保持注视她的脸,以便她一抬眼就能与他对视。

廖茗觉笑着将小票在自己跟前展开,得意扬扬地说:"那就不是我的问题啦!"

"对,"邓谆点点头,笑得像午后叶面的露珠沿着叶尖滴落,"不是你的问题。"

他们点了餐,就近坐在店内落地窗边等待。廖茗觉站起身,朝坐在店外露天位置的王良戌挥了挥手,王良戌也笑着回应,然后她才坐下。

邓谆侧过身看外面的喷泉,廖茗觉则咬着冰棍。周遭有游客经过,一旦瞄到邓谆的脸,百分之八九十都会回头多看一遍。

廖茗觉突然叫了他的名字:"邓谆。"

邓谆回头,笑比话语先浮上来:"你今天了不起啊。"

"啊?"反倒是先开口的廖茗觉茫然了,"什么了不起?"

"那个,对着那两个男的说,'不就下半身多……'你说这种话还挺自然的。"手掌微微遮盖着脸，他加深笑意道。

"呃，哈哈哈，"就算是廖茗觉，也难免在这种时候脸红，"怎么说呢？这个……我们小时候下河游泳，都不管男的女的，直接脱光。"

邓谆问："你们那边的人经常游泳？"

她回答："对啊！去年我一个表舅喝醉了还下江游泳，结果直接从上游冲到下游，可吓人了——"

说不清为什么，放在平时，廖茗觉能一口气说上两三个钟头，根本不在意别人的脸色，然而，这一刻，对着邓谆专注的目光，她却有些语结，不由自主地想自己说的话到底是不是有趣。

焦灼的心情掺杂了愉快，尽管她说的话很无聊，但邓谆还是听得津津有味，时不时发出清清爽爽的笑声。

"你……你是不是在对我营业啊？"廖茗觉鼓起勇气，"你今天好像对我格外好。"

他也没否认，甚至把她手里的冰棍棍接过来，用餐巾纸仔细地包好："你不是希望这样吗？"

"怎么说呢？感觉有点新鲜。"她又笑了。

店员在高声呼喊号码，他们朝同一个方向转过头去。邓谆最先起身，按住她的肩膀，让她重新坐下去。她略微仰着头，最先看到的是他垂落的睫毛。邓谆的睫毛真长啊。这个念头不过在她脑海中稍纵即逝，他就已经离开。

走之前，他的声音像绿荫似的从她头顶落下，他说："今天有什么要求都可以提。"

肩膀有点烫烫的，空调的风凉凉的，夏日的阳光很晒，刚吃过冰棍的嘴巴里甜丝丝的，廖茗觉坐在原地愣住了。

这是什么？这不就是之前赵嘉嘉她朋友恶作剧给她买的网络一日男友现实版吗？！

当时赵嘉嘉截图发朋友圈说是纯尬聊，但能跟长成邓谆这样的人纯尬聊简直赚大发了好吗！

廖茗觉回过头，眼睁睁看着邓谆端着餐盘过来，头发湿漉漉地散落着，配上那张面孔，乍一看就像小动物似的毛茸茸的。有小孩子奔跑着撞过来，他也一点都不生气，单手拿着托盘蹲下身，听清小朋友的话后给其指明洗手间的方向。而在这一切的最后，他向她看过来，眼睛里只有她一个人，朝她绽开笑脸。

"走吧。"邓谆说着，又贴近她的脸，略有些困惑地问，"怎么在发呆？身体不舒服吗？"

廖茗觉痴痴地看着他，"当机"几秒钟后才像电动一样摇头："……没有。走吧！"

走回餐桌边，她止不住去摸两侧脸颊。一下就烧起来，真奇怪啊。这么想着，廖茗觉又忍不住激动起来——这就是帅哥的魔力！

火速吃完饭，大家都补充了体力，准备继续去玩。

王良戊笑着提议："我们去玩那边那个两个人面对面的蓝色滑梯吧？"

"可以啊！"廖茗觉故意对肖屿崇做起鬼脸，"你肯定不敢玩吧，咯咯咯！"

堂堂少爷，怎么可能在区区滑梯上忍受此等屈辱？风萧萧兮易水寒，肖屿崇毅然决然地走向了排队处："搞笑，怎么可能？"

在等待前面的一男一女组合亲亲热热坐上去时，肖屿崇突然看着前方，有些落寞地对王良戊提问："你说她有喜欢的人吗？"

王良戊转过头："谁有喜欢的人？邓谆？"

"……当然是廖茗觉。"肖屿崇对他的装傻表示抗议。

"嗯……"王良戊笑了，假装困扰的样子，"这我就不知道了。"

肖屿崇头一次感觉到如此挫败，在此之前，他做梦也想不到，自己居然会因为异性问题憋屈到这种地步。

事实上，就在几个钟头前，王良戊才和廖茗觉讨论过这个问题。他对此缄口不言，蒙混过关，并不是为了别的，只是要保守朋友的秘密。

不过，眼前为恋爱苦恼、笨拙得不知道要怎么办才好的男生也是朋友。犹豫片刻，王良戊还是拍了拍肖屿崇的肩膀："别那么在乎形象了，死要面子活受罪。不会说话还不如别说。"

"……"

王良戊说："廖茗觉是个善良的人。她不会真的责怪你，就算生气了，也很快就一个人消气了。但你不能太依赖她，感情的事是双向的。"

在校园文里，孤高、别扭的男主角不会向身边的朋友寻求帮助，他们的问题只会交由女主角来解决。狐朋狗友之类的配角绝不能多管闲事，至多也就是起到助攻的作用，诸如插科打诨，又或者向女主角揭露默默无闻的男主角这么多年有多爱她——

他要遵守人设。

"我……"肖屿崇听到声音。

他应该遵守人设。

肖屿崇听到自己的声音，断断续续，并不坚定："我感觉很丢面。"

视野中，王良戌看着他。

突然间，皮肤白、个子很高的男生笑了。王良戌撞了一下肖屿崇的背，口吻是调侃，态度却真挚，他说："哪儿有那么多人盯着你。搞不好大家根本就不关心你，干吗那么在意别人的想法？"

为什么要这么掏心掏肺地聊这种事呢？肖屿崇无论如何也想不明白，他只知道，这种感觉并不难受。所有的感觉都不让人讨厌，动辄刷屏乱改群名称的微信群，偶尔在食堂碰到换着品尝的饭菜，期末借阅的提纲，和朋友度过的暑假，一切都很好。

他突然笑了，像是嘲笑自己扭扭捏捏，又像是戏谑对方的回复。肖屿崇也抬手推了王良戌一下："去你的！大哥！你说得倒轻松！"

气氛没有变，却又好像有什么不同。工作人员在请他们准备。水上乐园的滑梯惊险刺激、乐趣无穷。

"别犯贱了，"王良戌笑着补充道，"想干吗干吗吧！"

另一边只剩下廖茗觉和邓谆。

她还傻乎乎看着肖屿崇的背影，就感觉耳边有点痒。邓谆正俯下身问她："去不去吃东西？"

"算啦。"廖茗觉捂着耳朵摇头，挤出露齿笑说，"想一想，穿着泳衣，肚子鼓起来的话会很丑。"

"不会啊——"他刚说到这儿，远处小孩打打闹闹掀起的水花就击中了两个人。

邓谆和廖茗觉都被溅了一身的水，虽然都穿着泳衣，也站在泳池旁，但难免还是狼狈不堪。廖茗觉擦掉嘴边的水，扑哧一声笑起来。邓谆也用手背擦拭脸颊，轻轻地发笑。

"太好笑了吧！"廖茗觉笑得前仰后合，却发觉邓谆背过身去，手在眼睑下方移动。

她问："怎么了？"

"水到眼睛里去了。"他的语气很平淡。

"啊？！"

廖茗觉尖着嗓子大叫，马上扶住他手臂，他低着头。情急之下，也顾不上其他，她伸出温暖的双手，热切地捧住他的脸。她小心翼翼，想去确认他到底是什么状况。泳池上波光粼粼，像百叶窗漏进的太阳光，一条一条曲折、发亮。

廖茗觉无限靠近邓谆的脸庞，聚精会神地凝视他。邓谆身体向廖茗觉倾斜，纯粹是为了迁就她的视线。

而他也就是在这一刻睁开眼。

宛如慢镜头下水珠滴落,肉眼不可见地反复弹跳才碎裂,一切都是那样迟缓、不慌不忙、梦幻。邓谆恶作剧式地微笑。

"逗你玩的。"他说着起身,随手撩动她被打湿后落下来的头发。

那声音模模糊糊,感觉像从水面以外传来,而不知不觉浸入水中、险些溺毙的某人这才探出头来,重新得以呼吸。廖茗觉眨了眨眼睛。

眼神天生深情,皮囊精美绝伦,这两种特质集中到一个人身上时,理应是在方圆百里都要设置警示牌的状况。视线就能伤人,猝不及防地对视,对心脏来说绝对是灾难。最惨的恐怕还是后遗症,假如不知晓任何前情,难免会误会自己被爱上。

"我知道了。"廖茗觉自言自语。

邓谆看过来:"嗯?"

上次胸口像这样急促地起伏是什么时候?坐过山车?看恐怖片?冲刺八百米?与这些都不同,明明心率过快,她却很想笑出来。真傻,真奇怪。原来如此,原来是这样,她已经完全搞懂了。

◇　　◇　　◇

玩了一整天,就算是十几二十岁的年轻人也筋疲力尽了。

四个人去坐从水上乐园直达市区的巴士,一上车就跌跌撞撞跑到最后一排。起初还吵吵闹闹说要"把照片传到群里""今天午饭的钱AA",等车驾驶得久了,到终点站时,四个人已经四仰八叉睡作一团——廖茗觉倒在王良戌肩膀上,邓谆靠着廖茗觉,肖屿崇压着王良戌。

万幸是直达车,没有其他站,否则他们肯定要坐过头。司机把他们叫醒,王良戌睡眼惺忪地推大家,他们相继醒来,廖茗觉和肖屿崇走一个方向去开车,大家各自道别。

和朋友在一起的暑假好像就这么结束了。

廖茗觉坐上肖屿崇的副驾驶座,距离第一次两个人保持这种距离已经将近一年。当时他们才刚认识,而眼下居然成为如此亲密的朋友。

已经睡了个饱,身体却还软绵绵的,廖茗觉仰着头感慨:"好开心啊。"

肖屿崇也不由自主地附和:"太开心了。"

"下次再一起出去玩吧?"她笑嘻嘻地对他说,"去旅游啥的。"

肖屿崇没说出口,他是想和她两个人一起去玩。

回老家的第二天早晨,廖茗觉跟妈妈视频了。

对着手机,廖茗觉一个劲地谈自己的校园生活,讲她学习如何如何用功,打工怎么怎么努力，身边的朋友就像金刚葫芦娃，个个身怀绝技，她都快把鼻子说长了。

老家的天很亮，手机屏幕反着光。妈妈温柔的声音从话筒中传来："茗觉，你爸爸说想见见你。都在一个城市，吃个饭还是可以的。你看等开学什么时候有空吧。"

廖茗觉灿烂的笑容渐渐收敛了少许，但还是笑着。她喊："……妈妈。"

"茗觉，去见一见吧。爸爸很想你。"那个嗓音说。

一家三口上次见面是什么时候来着？廖茗觉低着头嘟囔道："好吧。"

再开学就是九月，眼看着大一新生就要入学，学生会、社团联合会、校团委、广播站四大部门开始准备迎新活动。难以置信，总觉得昨天才第一次进校门，转眼他们就已经是学长、学姐了。

返校到宿舍时，廖茗觉人没看见，只看到每个人桌上都放着一提罐装酸角汁，就知道她来了。赵嘉嘉冷哼一声，拿起饮料，边打开边感叹："现在学乖了，知道送点不是手工的东西了——"结果她才刚喝一口，就全喷在了棉被上。

女生的怒骂声响彻整栋宿舍楼："这他妈什么东西！"

廖茗觉去参加学生会的会议了。

之前的大四生毕业，大三生放权给去年的大二生，而去年的大一生也迎来了步入管理阶层的时候。

从今天起，廖茗觉就是大二的学姐了，每当想起这件事，她就难免有些扬扬得意。

之前，她有远远见识过农学院的学生会主席，当时他还是学习部的部长。值得一提的是，陆灿学长也调到了秘书处，之后就能直接和主席团对接了。

刚看到廖茗觉，陆灿就朝她友好地挥了挥手。廖茗觉则趁人不注意，直接跑上去跟他打招呼："陆灿！你好牛啊！"

"嗯……"陆灿一时间居然有点惭愧，但还是说，"你也要加油啊！"

两个人没聊两句，门突然被打开了。

走进来的是一个廖茗觉不认识的男生，他身后还跟着一男一女两名高年级生。陆灿下意识起立，廖茗觉有点困惑，但还是跟着站了起来，懵懵懂懂地睁大眼睛，盯着走进来的那三个人看。

领头那个男生长得白白净净，戴着细边眼镜，穿着衬衫和西裤，还系了领带。在廖茗觉认识的人里，王良戊也是皮肤白的体质，但和他那种白得近似透明的肤色不同，眼前的学长更像是涂了一层粉底。

学长看都不看廖茗觉，走进来先环顾一周，看了看天花板，又看了看墙角说："这活动室打扫过没有啊？要是弄不干净，就花点钱找校工，让他们来干。"

他后面那对男女大学生一个立刻低头奋笔疾书，另一个拿起手机，按了几下，拨通电话，好像在通知谁马上过来，分贝很高，骂骂咧咧，把窗外的鸟都吓得飞走了。

到最后，学长像是嫌挑不出毛病来了似的，绕了一圈出去，看到廖茗觉，他忽然上下打量她一番。廖茗觉也看着他，以同样的方式上下打量。这一幕看起来挺奇怪的，两个人相互打量着对方，就好像在照镜子。最终，还是陆灿捅了捅廖茗觉，笑着示意她："学妹，你还不知道吧，这是本届学生会的副主席。"一句话既点名来人身份，又提示廖茗觉是低年级生，理应得到理解。

"哦！"廖茗觉恍然大悟，马上惊喜地看向对方，兴高采烈地说了一句，"副主席好！"

这气氛才稍微正常了一点。学生会副主席舒服地喘了口气，旁边两个人也放松下来。然后，学生会副主席对廖茗觉开了口："你去生活超市搬箱农夫山泉来，等会儿开会要发。"

"啊？"廖茗觉一怔，随即点头，"好。"

她跑到门口，又急刹车回来，伸出手说："钱！"

"你先去，"那个跟随的学姐指示她，"之后报销了转账给你。"

学生会副主席又叫住廖茗觉，打开支付扫码说："等等，你再去便利店帮我买包骆驼。"

廖茗觉迟缓地打开二维码，顺势问了一句："这也是开会要用的吗？"

"啊？"学长白了她一眼，言简意赅地道，"我要抽。废什么话？快去！"

廖茗觉好像沉思了一会儿，她说："你少给了两块钱。便利店的烟要贵一点，我在便利店打过工。"

一个女孩子搬一整箱水上楼并不容易。就算是廖茗觉，也还是花了十多分钟才到。她进去时会议已经开始了，同来开会的还有体育部的肖屿崇，刚刚没看到她就在纳闷，现在更是直截了当地支起上半身来。正好轮到学生会副主席发言，他瞥了她一眼，突如其来地板起脸教训："她是什么部门的？你们怎么教的？开会准点到都做不到？"说完他还痛心疾首地叹了口气。

传媒部的学姐嘀嘀咕咕问廖茗觉怎么来得这么晚。廖茗觉没有回答，反而昂首挺胸地扫视场内，对准担任学生会副主席职务的学长迈开步伐。

廖茗觉大刀阔斧地走到他身边，把一包香烟放在他面前的桌上。

"抽烟有害身体健康。"她直勾勾地看着他，"学长，我给你跑腿回来了。"

她走出去，只听到活动室里传来一阵沸腾般的议论声，氛围大致就与古代朝堂上有身居高位的人大喊"反了反了"差不多。她靠在走廊围栏上，慢慢地叹了一口气。会不会有点太冲动了呢？她这么想着，神思又飘到了九霄云外。

一想到那张人类高质量男性面孔，她就忍不住呸呸呸。

初次见面，他连自我介绍都不做一个，不说"请"也不说"谢谢"，凭什么要她给他跑腿买香烟啊？

她承认自己是一时冲动。也许，她应该更成熟一点。假如是其他人，遇到这种事都会忍耐的吧？退一步海阔天空，更何况以后还要在学生会见面。她想继续混下去的话，就应该多忍着，就算要她觍着脸去讨好他，就算她那么讨厌那种人——

退一步不如直接跳崖。她立刻否决此前的想法。

背后突然传来巨大的响声，好像是什么东西摔在地上，有谁跌倒了。廖茗觉吓了一跳。

她回过头，发现活动室的门开了，却没有人出来。肖屿崇说："会不会说话？你才没素质！我告诉你，廖茗觉比你有教养一千倍、一万倍！"

他走出来，脸上还维持着火冒三丈的表情，看到廖茗觉的一瞬，就像水从炭火上浇下去，一下就熄灭成袅袅白烟。他没想到她还在外面，刚才的话也不知道她听到了多少。

廖茗觉好像想说什么，结果被他打断了。

肖屿崇感觉头痛："完了。"

"安啦，"廖茗觉笑得很坦荡，"兵来将挡，水来土掩。笑口常开，不会有事的！"

"顶撞学生会副主席，估计要被体育部学长骂死了……"肖屿崇显得有点语无伦次，他也没想到事情会变成这样，"等会儿说不定就要拉我到操场练我。"

"那……"廖茗觉转动眼球，洒脱地笑起来，"我们快逃？"

"好。"他的声音随着人抵达廖茗觉身边。电光石火间，他已经抓住廖茗觉的手，两个人沿着楼梯冲下去，从教学楼逃之夭夭。那是太阳正耀眼的时候，西柚色的日光落到他们的脸颊上。

12 王良戊采访游戏

但他们还是才开始学当大人的孩子。

——来采访一下,得罪学生会副主席是什么感觉?

陆灿几次别过脸,表现出不想回答的样子,但采访者穷追不舍,导致他还是面向镜头,勉强挤出了三言两语:"害怕,硬要说,当时就是非常害怕。"

——能说具体一点吗?

"我老老实实,克己复礼了整整两年,终于熬到大四,没想到就遇上这么一茬。"陆灿头痛欲裂,"太难熬了。"

——很好,那请问,你又是什么感觉呢?

肖屿崇面色凝重,低着头复习专业课内容,看也不看地说:"无感!"

——回答一下嘛。

"无感就是无感,"被体育部学长抓去跑了十公里和两个yoyo跑,此时此刻,肖屿崇两条腿都还是痛的,前两天上宿舍床都被室友笑话,说他"纵欲过度""半身不遂","大不了退部,又不是非要进学生会。"

——哈哈哈,好洒脱啊。

肖屿崇嘀咕了一句:"不洒脱也没办法。"

——最后到你啦,这次得罪学生会副主席的罪魁祸首,廖茗觉小朋友!

廖茗觉正在吃沙县小吃的鸭腿,因为嫌用筷子麻烦,所以直接上手抓,啃得正起劲,此时抬起头来回答问题:"是那个学长做得不对吧!他又不给我发工资,凭什么私事也使唤我!就算综合评定能加学分,那也是学校给我加。奖学金也是学校发。"

她故意皱起整张脸:"就不帮他!"

"哈哈哈。"王良戊收回麦克风,结束假装记者的游戏,继续接着KTV正在播放的歌曲唱下去,"我真的还想再活五百年!"

事情经过是这样的,陆灿学长过来找他们。廖茗觉、王良戊和肖屿崇刚下专业课,正不知道去哪里玩,就看到学长走过来。陆灿倒也没别的事,就是单纯因为那天廖茗觉大闹天宫——大闹学生会感觉不安,所以过来想问问情况。没想到廖茗觉根本没把那件事放在心上,反正她还没被开除,每天照样该干吗干吗。

她还特别大声地在走廊上说:"哦!你也没被副主席踢出学生会啊!"

"嘘——"陆灿担心周围有学生会成员经过,万一他们打小报告就不好了,"别在这里说啊!"

廖茗觉便问:"那去哪儿啊?"

陆灿有气无力地道:"……你想去哪儿?"

然后,不知道为什么,情况就变成了陆灿请学弟、学妹去唱卡拉OK。

陆灿说:"你们知不知道,副主席还听说你们暑假在水上乐园跟人起冲突的事了,都被直播到网上了……然后他就想借题发挥,通报批评你们,让你们写检查……结果不知道怎么的,学校说不予处理,还把他骂了一顿。"

廖茗觉啃着鸭腿,和正在写笔记的肖屿崇一起摇头,两个人都说:"不知道。"

反而是意料之外的人做了肯定的答复。"嗯,我知道。"王良戌说,"教务处联系我了。"

陆灿用看外星人的眼神盯着王良戌:"……你?"

"那本来也算不上什么事吧,更何况廖茗觉还是见义勇为。"王良戌抽了几张纸巾,递给满嘴是油的廖茗觉,随即问他们,"需要帮忙吗?"

陆灿支支吾吾:"什……什么意思?"

王良戌笑着回答:"算不上特权。只是跟老师解释一下,而我比较有说服力,仅此而已。这本来就不是你们的错。"

肖屿崇也抚着下颌思索起来:"漂亮小呜呜出马的话,估计这件事确实就能翻篇了。"

"你为什么这样叫他?"陆灿满脸狐疑。

廖茗觉双手合拢做祈求状:"漂亮小呜呜,可以请你帮忙吗?"

陆灿摸不着头脑:"这是什么外号啊?!"

王良戌的笑容游刃有余,温柔到像小刀:"就交给漂亮小呜呜好了。"

陆灿对他们的迷之称呼已经无话可说了。

想了想,廖茗觉说:"还是算了。"

肖屿崇回头看着她。

廖茗觉坐在沙发前端,轻轻摇晃了一下肩膀。她看着王良戌,笑起来说:"你明明很讨厌老师他们对你特殊对待。"

王良戌回望她,良久,只是一言不发地加深笑容,伸手摸了摸她的头。

"没事,我会解决的。"廖茗觉站起身,把沙县小吃的外带盒收起来,举起伸出大拇指的左手,潇洒利落地回头,留下一个邪魅的笑容,"屁大点事!"

肖屿崇问:"你有什么方案?"

廖茗觉自信满满:"没有!以不变应万变!我的解决办法就是不解决!管他呢,只要我考试分数高,奖学金照样是我的!再说了,就算有人讨厌我,但你们总不会不跟我玩吧?"她先看向王良戌,王良戌朝她笑了,她又看向肖屿崇,肖屿崇也嘟囔着说"肯定不会啊"别过脸。

"所以我要更努力地学习!去打工了!今天奶茶店下午班!把上次气象学和微生物课上讲的知识点记了!"廖茗觉起身,直接往外冲,"GO!GO!GO!"

王良戌和肖屿崇面面相觑,末了也站起身。"那我们也走吧,"王良戌说,"陆灿拜拜。谢谢你请客。"

肖屿崇还弯腰捡了垃圾:"谢谢陆灿。"

这两个人也走了,就剩下陆灿满头问号。

刚出地铁站,王良戌和肖屿崇就分头走了。王良戌在烤肉店排了班,肖屿崇回学校。

他走进校门,视线一扫而过,原本只觉得有点眼熟,所以才回头重新确认,结果居然真的是胡姗。

胡姗半个身子被交通站牌挡住,正在与她交谈的男性穿着背心,露出手臂和脊背上的大片文身。从她面红耳赤和严肃的表情来看,两个人交谈得并不顺利。她一直环顾四周,似乎在害怕遇到熟人,其间想要掉头走开,却被抓住了手腕。她狠狠甩开他,又被他握住了肩膀。对方虽然没有施加暴力的意思,但态度的确很不客气。

肖屿崇是突然出现的。他猛地推开那个文了身的男生,挡在胡姗跟前,以充满敌意的眼神看过去:"你是谁?别动手动脚的!"

"嚯。"男生拍了拍被碰过的衣服,冷笑着扬起下巴,跟被护在肖屿崇身后的胡姗说,"这是你的新姘头?看着是个高富帅,不愧是交际花啊。"

胡姗怒不可遏,咬牙切齿地骂道:"滚!"

"欸,你是她现任?巧了,我是前任!哦,也可能是前前前前任。"讽刺到极致,男生竟然冲肖屿崇伸出手。

肖屿崇当然不可能跟他握手:"在你眼里,男的和女的就只有这种关系?"

文了身的男生看起来也不想跟他纠缠,径自伸长手臂,想去够被隔开的胡姗。胡姗被抓住了防晒外套,却尖叫出声,挣扎着不肯过去。肖屿崇抓住使他们展开拉锯战的布料,死死不肯让开。他硬生生从对方手里将那块衣角扯了回来,扶住胡姗的肩膀往后退,与此同时瞪着素昧平生的年轻男性。

"我朋友不想跟你说话。有什么想谈的,麻烦再约别的时间。"他转过头,双手并用,像是从身后拥抱,把胡姗保护在自己身边,他一字一顿地说,"叫上我一起。"

做错的事能够再挽回吗?假如不觉得自己做错的话,还可以被原谅吗?

像觉得无趣了似的,读了职校、早早就业的男生最终还是转身走了。肖屿崇也陪胡姗回去。

不知道是不是刚刚被攥衣服勒到了脖子,胡姗始终紧紧握着自己的衣领,借手背来遮挡自己的脸。肖屿崇目不斜视地往前走。

他说:"你不想说的话,我不会问,也不会跟别人说。"

眼泪一直想往下掉,胡姗忍住了。她默默地深吸一口气,问:"为什么要帮我?"

因为我们是朋友——这种做作的话,就算死,肖屿崇也说不出来。"有什么为什么,我们同班啊。"他回答。

原本忍住的泪水却像从泉眼往外喷的泉水一般源源不绝。胡姗不习惯哭泣,也讨厌被人看到哭的样子。她倏地转过身,就这样与护送自己的人背道而驰。肖屿崇回头看向她,久久沉默不语。最终,他还是加快脚步,轻而易举地追上去。

"那边人更多。"他说。

话音刚落,胡姗头顶就被渔夫帽盖住。他抓住帽檐,用力往下拉,直到遮住她的眼睛。他说:"需要帮忙就找我,跟廖茗觉和王良戌说也行啊。"

如小狗肚子一般暖融融的温度触手可及,她却说了违心的话:"凭什么?我又没把你们当朋友。"

趁着没有客人,廖茗觉在一目十行疯狂复习打印在纸上的知识点,就在此时,店门外落下影子,她刚一口气不喘地说出"欢迎光临,请问要点什么",就看到是王良戌和邓谆。

王良戌和邓谆选了同一节选修课,今天课程刚好是出去参观,两个人又在一个组,正讨论栽培作业交什么,不知不觉,就走到了廖茗觉打工的奶茶店。

邓谆在看手机,抬头随便看了眼菜单,语气毫无起伏地直接说道:"我要一杯QQNeiNei好喝到咩噗茶。"

王良戌苦笑着看向他,忍不住感叹:"说起来,邓谆你真的好像社交很厉害啊。"

"什么?"邓谆像做梦一样看过去。

廖茗觉好像也颇有同感，顺势补充论据："上次上院长的课，你睡觉被抓包了吧？"

邓谆漫不经心地玩手机："对，因为你们没叫我。"

"结果院长点你名要你回答问题，你还跟没事人一样反问他刚问了什么。"

邓谆继续漫不经心地玩手机："对，因为你们没叫我。"

"别这么记仇好吧！"廖茗觉咆哮，"不是我们没叫你，是因为我们都睡了！睡成一排！"

"QQNeiNei好喝到咩噗茶，念这个不丢脸吗？邓谆，你没有羞耻心吧？"王良戊看着他俩斗嘴，反倒开心地笑了。

"你们就是想说我脸皮厚？"邓谆一针见血地反问，边扫码付费边说，"不是的。假如是跟不熟的人，我会装装样子的。"

"比如？"

邓谆面无表情地停顿了一阵，霍然如川剧变脸，一边摆出狗狗眼一边说："嘤嘤嘤！爱你哦！"

廖茗觉第一个做出反应："呕。"

王良戊笑得停不下来："你是一比一比一调和油吧！"

不过下一秒，邓谆就恢复了原本那副什么都无所谓、谁都看不上的德行，态度恶劣地催促："快点做！"

廖茗觉也没有怨言，跑去做了奶茶，拿出来，顺便说："你们知道吗？'缘来是你'已经开始报名了。我已经上传了资料。"

他们都花了几秒钟才想起"缘来是你"是什么。

"为了保险一点，我多问一句，廖茗觉，"王良戊关心地说，"你知道那是干什么的吧？"

廖茗觉冷笑起来，用鼻子哼了一声："知道！不就是求偶吗！"

"……"某种意义上也对，"他们的活动一直都是模仿《非诚勿扰》那个综艺的模式，万一你上去了，第一轮就被灭灯，那参加了就跟没参加一样。"

她明显没想这么充分："啊？那怎么办？"

王良戊忽然回过头，对旁边的邓谆说："你过来一下，到我面前来。"邓谆正在喝奶茶，满腹狐疑地照办，就看到王良戊手穿过他手臂下方，像抱着一只大型犬一样把他架起来。他原地站着，只是抬起了手。

王良戊摆出把邓谆递过去的姿势，对廖茗觉说："一个人找对象太危险了，带上这个吧！"

◇　　◇　　◇

不约而同表达困惑的是被要求带上的人和被要求带着人的人："为啥？！"

王良戌提出了合乎逻辑的方案："邓谆去的话，肯定会有人为他留灯，他可以全程为你留灯，这样你就能待到最后了。"

听到这个堪称完美的计划，就连廖茗觉也陷入震惊之中，她恍然大悟地抚着下颔道："对哦！你这么一说……还有这一出！"

她立刻跑出柜台，把被送过来的邓谆接了过来。

邓谆比王良戌矮，但不可能比廖茗觉矮，因此直接伸手，一只手按住她的头，把她特地为打工盘起来的头发弄得一团糟，另一只手拽住王良戌领口，强制两个人的脑袋在自己面前聚拢，没好气地质问道："为什么不问我的意见啊？"

被衣服领子扼住了咽喉，王良戌仍然赔笑道："那你的意见呢？"

邓谆深思熟虑地道："参加这种活动有点羞耻……"

"原来你也会感到羞耻——"王良戌话说了一半，在邓谆沉默的注视中急刹车，改口说，"但是廖茗觉一个人去很可怜啊。"

他一回头，廖茗觉便很配合地摆出祈求的眼神，虽然说实话看起来更像模仿刚刚邓谆的川剧变脸："嘤嘤嘤！我好可怜！"

"……好吧。"邓谆很好搞定地松口和松手，"什么时候？"

廖茗觉说："不过要是邓谆也被灭灯了呢？"

邓谆一脸欠揍的嘲讽："怎么可能？"

"不，你不够了解女生。"妇女之友王良戌却意外地沉思起来，"确实是……邓谆太像王子了，这种人虽然受欢迎，但太有距离感了。万一大家要面子或者觉得没希望，搞不好就不留灯了。有没有更有可能性的帅哥啊？"

廖茗觉提出了一个人选："肖屿崇？"

"啊，他可以的。"

"要是他现在也在这儿就好了！那就能商量一下了！这个人怎么不选修作物栽培学啊！"廖茗觉头疼。

"没事的没事的，现在把他叫过来吧。"王良戌说，"把你手机借我一下。"

廖茗觉抱怨说："他怎么可能过来啊！没课的话他估计在宿舍光着膀子打游戏吧！"

"哈哈哈，拆穿得一点都不留情啊。"说着，王良戌已经接过她的手机，调出社交软件，找出肖屿崇，一边吐槽"你给他的备注居然是'植保肖屿崇'"一边若无其事地编辑消息，用她的账号发送："在吗？好想你，我需要你。请你马上到我打工的奶茶店来，以下是定位——"

他们原地等待了五分钟。

肖屿崇明显是跑过来的，当面看到王良戌把手机还给廖茗觉时，整张脸的表情变化很有特色。

王良戌把整件事情说了一下。

肖屿崇当然很坚决地拒绝了："我不会去的，没那个脸。你怎么不去呢？"

"哈哈哈，"王良戌回答，"没办法啊，那天我要打工。不然你去替我端盘子？"

"凭——"

肖屿崇还没说完，就被廖茗觉打断，她模仿他的口吻道："'凭什么啊'，就知道你会这么说。算了算了，还是邓谆去好了。我也会给他留灯的。"

"不行啦。"王良戌在笑，"你一直选他，他也选你的话，一不小心就会被判定你俩成一对。当场配对成功很尴尬的。大家都看着，要是是平时就有点话题度的人，论坛也会刷屏。"

肖屿崇插嘴说："知道了，我去。"

"哇！太好啦！大家一起去。"廖茗觉总算是心满意足了，美滋滋地总结说，"有'看起来很帅，实际连鹅都怕'的肖屿崇，还有'人前白马王子，人后街头赖子'的邓谆，我一定可以找到男朋友啦！"

肖屿崇强行将自己被鹅吓到的记忆抹消："不知道你在说什么……"

邓谆提出质疑："人后什么？"

针对大二的学生，大学里流传着这样一种说法，叫"大二效应"，指的是升到大学二年级的学生们分化成不同类别的一种状况。

简单来说，进入大二后，原本的学生就不再是大学新人，对于学校各方面也更加了解。假如说大学是个游戏，有的人会因熟悉了游戏规则而放松，学会了不被逮住的偷懒方法，上课找人签到，作业随便抄抄，期末临时抱佛脚，走些会被校规处罚的捷径更是家常便饭。也有人则更加积极地投身游戏，争取学习成绩和工作经验，为了毕业后走上社会做准备。

面对专业课的学习，赵嘉嘉有气无力直言不讳地道："本来以为这个专业是来种花种草当园丁的，怎么会……怎么会……怎么会变成整天操心种田的农民？我讨厌下地啊！"

"别这么说啊，农民伯伯也很伟大吧！"有室友在发笑，顺便发了条微信。

手机一响，廖茗觉掏出手机，看了眼，消息内容是——"你家里不是有地吗？会不会因为她的话不舒服？"

廖茗觉没有打字，直接面对面说："不会！"

"难怪你都不说她……"

"说了的话就会挑起矛盾！我也不是那么喜欢下田啦！因为很累！"廖茗觉笑嘻嘻的。

室友不由得感慨："怎么说呢……总觉得有的时候你有点天然黑的潜质欸。"

"嗯？"

上专业课的时候，王绍伟带着大家下田。

王绍伟津津有味地讲解农药施药前的准备过程，旁边有同学问邓谆要不要吹空调扇，被邓谆笑着婉拒了。

"老顽童爷爷"眼睛瞪得像铜铃，不知为什么，就瞄准这边问："你们那边，悄悄说什么呢？"

女生慌了一下，邓谆却坦然地笑着，抬高分贝道："对不起。"他的大大方方引发一阵笑声，化解了紧张的气氛。

"好好听课啊。"王绍伟走了过来，朝邓谆伸出手说，"来，这个给你，就当警示你以后不要再上甲课做乙事吧。"

此情此景似曾相识，廖茗觉本来在小鸡啄米似的记笔记，一激灵，马上就想挺身而出打算阻拦，却来不及了——邓谆伸出了手，王绍伟把手里的东西放在他掌心。

虫。那是一只山楂一样的颜色、长着黑色的斑点的虫。王绍伟扬扬得意地介绍道："茄二十八星瓢虫！害虫！有迁飞性和假死性，很可怕的哦！"

旁边的学生都退避三舍，廖茗觉也冷汗直流，邓谆却若无其事地徒手捏死，掏出纸巾擦手。触及其他同学的目光，他露出无懈可击的笑容，犹如微风拂面，引人驻足，假如与此同时他没有在处理虫子尸体就更好了："谢谢老师。"

课程是三节课连上，在烈日炎炎、没有防护的室外站了一会儿，有女生就不舒服地蹲下身了。旁边同学也关切地打了报告扶着她去医务室。而手持空调扇的女同学也把空调扇留给了邓谆。

邓谆打开又关闭。

旁边廖茗觉在奋笔疾书，整张脸严肃得像石狮子的脸。

他打开，递到廖茗觉脸旁边。廖茗觉回过头，对着出风口来回看了好一阵，傻笑着摆动脸说："好——舒——服！"

邓谆也笑了，却佯装低下头看手机。

"你也吹啊。"廖茗觉把他拿空调扇的手拿远,让两个人都进到凉爽的范围内,"这样就两个人都能吹了。哈哈。"

邓谆却偏要给她:"没关系,我不太出汗。"

"哇!不错嘛,好男人啊!"廖茗觉笑眯眯的,像小孩子似的拉长尾音道,"感觉回到之前营业的时候啦。"

邓谆冷笑,挖苦说:"人前白马王子,人后街头赖子?"

"嗯!"廖茗觉用力点头,没有收回话的意思,笑着说,"会营业的赖子!"

"……"

下课后,他们绕道去生活超市买东西,正在货架前挑选东西时,几个人的手机同时响了。

胡姗说:"'缘来是你'?"

"啊,"廖茗觉猛地吓到了,"对不起对不起!当时我报名是复制名字过去的,结果一不小心连你和王良戊也发了!不过你们报了名可以不参加的!别担心!不去就好了!"

王良戊也就笑了笑:"真马虎啊。我到时候不会去的哦。"

"嗯嗯嗯。"廖茗觉回答他,"我会认真看看有没有好男人的!"

胡姗却沉默不语地盯着手机。良久,她静静吐出了这样的话语:"我最烦你这样。"

王良戊也好,廖茗觉也罢,包括邓谆都看过来。

胡姗说:"廖茗觉,你为什么能这样呢?每天上学、打工,跟你这些朋友一起玩。你为什么每天都能这么嬉皮笑脸地傻乐?"

胡姗看着廖茗觉的眼睛。她并非没有表情,只是微妙地冷漠着,像是使用多大力气都击碎不了的冰层。

"胡姗?"廖茗觉有些迟疑。

"班排那么满,课那么多,但你每天都这么有精神。你害怕过吗?失望过吗?你有烦恼吗?会嫉妒别人吗?我看到你就不爽。"胡姗直直地望着她,以近似冷静的口吻说下去,"我早就对你不爽了。"

朋友突然发疯了。

王良戊挑眉看向他们几个人。邓谆皱着眉,大概率还在试图判断情况。胡姗照常一副冷冰冰的样子,廖茗觉则完全蒙了。

转身走掉前,胡姗的侧脸极为缓慢地消失。她垂着眼睛,嘴角向下,就这样对廖茗觉说出了最后一句话:"以后别跟我说话了。"

◇　◇　◇

气氛有点尴尬。

邓谆看着王良戌，王良戌看着廖茗觉，廖茗觉看着门。

气氛非常尴尬。

王良戌不知道该说什么，想笑又觉得有点突兀，这时候或许还是沉默着等廖茗觉反应会更好吧。然而，邓谆却开口了："我请你吃哈根达斯吧。"

仿佛从高处坠落的廖茗觉猛地看过来，一下就露出了笑脸："哇！不是开玩笑吧？好耶！"

"嗯，你要吃什么口味的？"他立刻就把话题带过去。

这是廖茗觉第一次吃哈根达斯，之前只在小说里看到过，听说很贵。后来在商场看到，虽然不是买不起，但她不会花那个钱特地去饱口福。

廖茗觉吃的是夏威夷果仁口味，她咂巴咂巴嘴说："嗯，甜甜的。"

邓谆吃的是曲奇香奶味，他才吃两口就给廖茗觉了："太甜了。"

王良戌吃的是青柠莫吉托雪泥味："怎么说呢？一股怪味。"

"是你挑的口味奇怪吧，乖乖吃比利时巧克力味会死啊！"邓谆玩着手机抱怨说。

他们坐在操场四周的座椅上吃冰激凌，廖茗觉吃到一半还把手机递给邓谆，让他给她拍照。而她则举着哈根达斯，像以前购物节目里的主持人推销产品一样突出冰激凌。

"是要发给妈妈？"邓谆帮她拍了好几张，又递给她手机，帮忙滑动着做选择。

"嗯。"廖茗觉笑嘻嘻地说，"你在心里笑我没见过世面吧！"

邓谆想了想，随即摇了摇头。他身体前倾，手肘搁在膝盖上撑住下颌说："这样也有好处。"

她故意用武侠的口吻问："此话怎讲？"

"不是你没见过世面，是你看待事物的心态比较积极吧？"他说，"遇到陌生的东西，有的人会觉得新鲜、想尝试，也有人会觉得不舒服。你这样更容易开心。"

"哇！"廖茗觉侧过脑袋，用头顶撞了一下他，眼睛笑成一条缝，"真不愧是赖子！夸到我心坎里啦！"

邓谆干巴巴地笑了两声，王良戌也搭腔："就是那个什么，'善于发现美的眼睛'吧。"

课都上完，大家也该解散了。

王良戌试探性地问了一下廖茗觉："胡姗那样，你没事吧？她可能就是心情不好，别往心里去。"

"当然没事！她应该缓缓就好了吧，"廖茗觉目视前方，阳光明媚，仿佛不曾有过阴霾。

看着她扬长而去，王良戌总觉得奇怪，接了个店里的电话，边说边走，就看到邓谆骑着那辆拉风到过分的摩托车驶来，围着他转圈。直到王良戌挂断电话，邓谆才把头盔扔过来："我送你？"

"帅哥的后座，爽啊。"王良戌也不客气，直接就坐上去了。

不远处有同系的学姐经过，看到他们时笑着窃窃私语。王良戌笑着打了个招呼，邓谆看到也点了点头，然后才扬长而去。

城市尽头的落日徐徐下坠，余晖是暖烘烘的橘色。柏油马路的热浪袭来，车辆堵塞，车窗紧闭，贴着各色防窥膜的窗户里坐着形形色色的大人。他们成年了，也该成为大人了，却又还没到那时候。

邓谆说："坐稳了。"

他们在车流间穿梭，摆脱形成僵局的交通状况，对面的风冲撞而来。

王良戌忍不住感慨："我们好像在演青春片一样。"

邓谆没吭声。

王良戌坏心眼地恶作剧道："哈哈哈，虽然是耽改那种。"

邓谆笑了："哈哈哈，我现在就把你扔下去。"

王良戌叹了口气："别啊，万一被交警抓到，我爸妈会气到脑出血吧。"

邓谆破天荒恶狠狠地道："管他们干吗！"

之后周五上课，他们在教室碰面。胡姗远远地一个人坐在前面。看样子，让她缓缓并没有奏效。

廖茗觉还是奋笔疾书做笔记，当天学的内容，她上课和课间必定消化，无论当天打工到多晚，睡前必须抽时间复习，每半个月还会抽空做一次总结复习，到了期末又复习。

坐在前座的男同学看到，也不由得和旁边的同学低声私语："真牛啊……"

说实话，虽然他已经压低声音，但真听不到是不可能的。邓谆不喜欢别人在背后议论廖茗觉的氛围，于是毫不留情地破坏了平衡，他笑着说："对，她一直很努力。"

"啊！"说悄悄话的人一般都不觉得会被发现，因此吓了一跳，脸也一下涨红了，"是啊，很厉害。"

"嘿嘿，谢谢。"听到自己被称赞，廖茗觉落落大方地接受了，"你们要借笔记的话可以找我。我每节课都记得蛮全的。"

这样一来，大家就更能融入谈话了："真的？谢谢你，那下课去文印室吧！我给你发个红包？"

他们聊得正热闹，趁着课间休息，有男同学把座位挪到邓谆旁边来，鬼鬼祟祟地问："邓卓恩，你还没去过宿舍吧？今天要不要一起去看片？"

"……"邓谆迟疑了一下，"看什么？"

男同学们很奇怪地相互挤眉弄眼："我们有些好看的！给你面包吃！玩累了就直接睡觉，我们最爱帮助俏佳人！"

"？"

"都几岁了！这么害羞！"

他们越说越奇怪了。

不等邓谆打110，对方又借补充说明来证明清白："不吓你了，是电视剧、电影啥的啦。我们买了个投影仪，可以在寝室投影看。上个月看的是外星人题材的，这个礼拜我们开始看海洋生态了。"

这样听起来还算正经。

到了大三，新校舍会启用，届时邓谆也打算住校，因此没有拒绝。

结束了一天的课程，他去了男生宿舍。

邓谆还是头一次来，学校设施不能说最好，但也不算差。进了宿舍，男生多半就会随便一点，光着上身的随处可见，打游戏时抱在一起也很常见。邓谆到来，同学们都很欢迎，专程搬了把椅子给他坐。

投到墙壁上的影视作品是一部出人意料的电视剧。

邓谆没有想到，当代男大学生竟然偷偷摸摸齐聚一堂，在宿舍里看韩剧《蓝色大海的传说》。

"这是海洋生态？"邓谆问。

旁边男同学带着期待主题曲结束的心情回答："对。"

"那外星人呢？"

"当然是《来自星星的你》了！"男同学们齐刷刷地探出头来，"全智贤万岁！"

邓谆用强忍着说脏话的表情回过头。

男主角和女主角目光交错，男大学生惊呼："哦！"

男主角和女主角搂搂抱抱，男大学生尖叫："啊！"

男主角和女主角深情拥吻，男大学生呜呜呜地缩成一团，其中还有人大喊："不行！你和都教授才是一对！"

邓谆第一次来男生宿舍参观的感想是:"神经病吧。"

他走出去,在走廊上环顾一周,询问了一下寝室号,然后去找王良戌。

说来有趣,王良戌人缘不差,但打工和学习太忙,难免缺席集体活动,以至有点像是男生版本的廖茗觉。

王良戌说:"我想让肖屿崇去找胡姗问问到底是什么情况。毕竟朋友一场,我感觉她不太对劲。肖屿崇当时不在场,应该没那么尴尬。"

邓谆还在适应男生宿舍的环境,跃跃欲试地问:"我去叫他?"

"嗯,不过他挺宅的,好像在宿舍要么就躺床上,要么就打游戏。没准叫不过来,"王良戌摩拳擦掌地起身,"还是我去吧。"

"不不,不麻烦你了。我来试试。"邓谆把他按回座位上。

他出去没几分钟,居然真的把肖屿崇搬了过来,虽然肖屿崇本人一直骂骂咧咧地抱怨"我队友会把我的头都喷掉"。

看到他们过来,就连王良戌都忍不住拍手赞叹:"贤婿啊真是!"

爸爸约好的饭局是在晚上,廖茗觉解开围裙,从储物箱取了包和手机。她走后门出去时,天空已经泛了青紫。

她把最近发生的事跟妈妈说了。

妈妈说,会不会请她吃个饭,送她些小点心更好呢?但是,廖茗觉其实知道,面对胡姗,做这些都是没有用的。她们之间发生的不是摩擦,而是一些追根溯源从起点就不同的东西。

她呆呆地站在街头,人来车往,只有她站在原地出神。手机忽然响了,她看到新消息提醒。黑色头像的人对她说:"你在干什么?"

邓谆居然主动找她聊天,廖茗觉实话实说:"想去买点喝的。"

下一条消息是:"你转过来,左边。"

心里一惊,廖茗觉向左转,环顾四周,没看到邓谆。她正惊慌失措时,邓谆穿过马路,朝她这边小跑过来。

最简约不过的款式,在他身上却服帖得令人心旷神怡。邓谆问:"去便利店?"

廖茗觉朝他笑起来,摇摇头说:"想喝粥。"

她在粥店挑了两种粥,邓谆要了粟米粥。廖茗觉埋的单,说是谢谢他请她吃冰激凌。她说:"麻烦给我用打包的杯子装,谢谢。"

拎着外带热粥离开时,廖茗觉才笑着说:"今天爸爸请我吃饭,所以也带一杯给他。你要一起去吗?"

邓谆有些犹豫:"……不太好吧?"

"不要紧不要紧,"廖茗觉把杯底的粥一口喝光,"我也不太想一个人去。"

他没再继续推辞,只是道:"不过以前都没听你说过你爸爸。"

"我也没听你说过你爸爸妈妈啊!"廖茗觉故意撑他。

廖茗觉爸爸约的饭店消费在平均线以上,订的包间。他已经提前到了。

他们乘坐电梯上楼,满鼻子都是酒菜的香味,电梯门合拢,一切喧嚣都被隔离在外。廖茗觉突然说:"其实我和我爸爸关系不好。"

电梯门扭曲的影子中,他默不作声地盯着她。

"因为我爸爸出去打工的时候,和别的人好了,谈了朋友,两个人像两口子一样在城里过日子,等他回到老家,又和我妈妈当夫妻。可结婚的时候,我爸爸明明说了喜欢我妈妈,会一直保护我妈妈。他求我妈妈不要离婚,我觉得不能原谅,但我妈妈说,大人都是忍着一起过的。所以他们没离婚。我就更讨厌他了。"说着,廖茗觉回过头,认真地问他,"你能理解吗?"

大人们选择结婚,却又在婚后找其他人排遣寂寞,或是为了别的什么,仿佛这就是无法违抗的人性,遵从后接受才是成熟。

比起看着她,邓谆更像凝视她,那是沉重的、附加了重量的眼神。

但他们还是才开始学当大人的孩子,可以充满浪漫的幻想,可以不接受背叛,可以相信爱与承诺的存在。

"嗯,"他一个字一个字地回答她,"我理解。"

他进到包间,见到了廖茗觉的爸爸。说实在话,他和廖茗觉长得真的很像,一样的小麦色皮肤,一样明亮的眼睛。

廖茗觉爸爸抬起头,看到他们时打招呼:"哦,小觉。"

"爸爸!"廖茗觉加快脚步走过去。

她走到餐桌边,拿起一杯水就要泼过去,这时一份粟米粥被递到手边,她抬头,对上邓谆冷静到淡漠的眼神。他脸上飞快地闪过微笑,她也冲他笑了。

邓谆点燃烟,边抽边在门边等她。

廖茗觉气势汹汹地冲出去,拉住他手腕。他匆匆忙忙要熄烟:"我不会再抽了。"

13 新的廖氏说法增加了

她的话像是子弹，毫无自觉地射进番茄状的某种事物里，溅起一片丰沛鲜甜的汁水。

走在夜晚热闹的街道上，廖茗觉问邓谆："你有没有什么上大学前想着上大学后一定要做的事情啊？"

邓谆想了想，回答她说："逃一次课？"

廖茗觉大惊小怪地倒吸一口凉气："你没逃过课吗？"

"你逃过？"单凭印象来说，廖茗觉绝对是让大人省心的优等生。邓谆真的没有违纪过，就算是练习生时期公司的课程，他也习惯一节不落地完成。

"那当然……没有！"廖茗觉故意大喘气，虽然根本没能卖出悬念，"我可是好学生呢！"

他冷冰冰地走到垃圾桶边站定："看得出来。"

站在十字路口等红绿灯交替，邓谆突然问："你这是……要去哪儿？"

"啊？"廖茗觉也蒙了，"我是跟着你走的啊。我以为你还要去哪儿呢。"

邓谆非常无语："我以为你要回肖屿崇家。"

"不不不，我还纳闷你这到底是想到哪儿去呢。"

两个人像傻子似的在街头面面相觑。

"要回宿舍吗？"邓谆问。

廖茗觉摇了摇头："现在回去都过门禁时间了，宿管阿姨骂人挺凶的。"

他抱起手臂："那就回肖屿崇家？"

"啊，也不怎么想去……"廖茗觉打了个哈欠，"算了，我去打过工的便利店好了。"

"你有夜班？"

"我辞掉了便利店的工作，不想熬夜了。"

他被搞得有些困惑："那为什么去？"

"因为便利店是24小时营业，用支付宝的券一块五买瓶果汁，"廖茗觉直白地回答，"可以趴在那儿睡一晚上。"

生活最不容易的时候，邓谆也只在作为伴舞出演时在电视台打过地铺。作为主角的前辈半夜才来,他们重复排练同样的内容,他又累又困导致低血糖,找个地方用毛巾蒙着头就睡。他还是未成年人,睡到一半甚至会被 staff(工作人员)叫起来。

邓谆沉默了半晌。

"那你去我家?"他终于还是问出了口。

"这不太好吧!"前一句廖茗觉在客气,后两句廖茗觉在说大实话,"我们晚上可以叫外卖吗?我想吃烤羊肉串。"

邓谆默默地看着她回答:"可以。"

这是廖茗觉第二次去邓谆家,头一回还是帮他搬家。

刚进家门,廖茗觉就一个助跑,冲刺,直接蹦到邓谆家的软体沙发上。邓谆则若无其事去冰箱拿冰好的冷泡茶,并不怎么认真地发牢骚:"好好坐,等下别摔了。"再回头,她已经开始看外卖软件,只买了一份烤羊肉串,就递给邓谆:"你吃什么?"

"你就吃这么点?"邓谆问。

"嗯!这个还挺贵的,我要省点钱。"廖茗觉拘谨地说。

谁知邓谆直接把手机还给她,掏出自己的手机,按了几下,就看到外卖界面。他推到她眼皮子前:"我买单。"

"可是你已经请我吃过很多东西了!"

邓谆根本没当回事:"我爸妈会给生活费,还有之前赚的一些钱,且花不完呢。"

"那……那你考试什么的需要帮忙都找我!"廖茗觉大叫。

"等会儿我睡床,你就把沙发拼起来睡。"邓谆做出安排,"公寓有中央空调,盖个外套也不至于感冒。"

她跑去洗澡,邓谆翻出之前去韩国工作时逛街买的一件 mahagrid 卫衣,和腰部可以调节松紧的运动裤一起,随手搁在门口的衣篮边缘,敲敲门说:"门口的衣服可以穿。"

廖茗觉洗了个舒服的热水澡,神清气爽,用了邓谆的爽肤水,穿着邓谆找的衣服出来。尽管他已经挑了尺码小些的服装,但难免还是松松垮垮。她没擦头发,直接用长头发本身绑了个结,水滴滴答答沿着后颈打湿衣领。

家里大面积铺了毛茸茸的地毯,扫地机器人和吸尘器也不止一两个。邓谆席地而坐,正在摆弄着手机。抬头看到她,他立即躺倒,伸手去够有点远的毛巾,继而直接扔到她头上。

廖茗觉也在他旁边坐下了。

"这是什么啊？"她看着某一台机器。

"加湿器。"邓谆抽空瞥了一眼，迅速地回答说。

"可以开吗？"廖茗觉觉得有点新奇，又低头看向地毯，"不会把地毯搞湿吧？"

"你开。多通风就没事。"邓谆起身，把手机扔到一边，"我也去洗澡。"

走向浴室的同时，他几乎是无意识地拽住卫衣下摆，直接往头顶掀。大约独居惯了的人都是如此。廖茗觉不偏不倚刚好在看他，邓谆的背部线条尤为漂亮，比例宽窄恰当，仅维持日常锻炼、称不上壮硕的身体充斥着少年感。

仿佛突然意识到今天的状况，邓谆顿了顿，猛地又拉下来，重新把卫衣套回去。

不知道是不是心虚，他还冷着脸回头看了眼这边。廖茗觉马上别过脸，假装一副在看手机的样子。他这才松了一口气似的，走进浴室关上门。

邓谆出来的时候，廖茗觉在背单词。他坐到地毯上，她回过头向他告状："你手机真的好吵！"

他拿来看了眼，随意滑动一番就扔开，直接躺倒。

"都是什么啊？我想看。"廖茗觉也顺势趴下，拿起他手机的同时看向他，征得他用闭眼表示的同意后才送到眼前。不看不要紧，一看吓一跳，她说："你加了学校这么多人的好友吗？不是，他们为什么都找你聊天……你人缘这么好啊？！"

"已经算少了。大部分都没通过。"邓谆翻了个身，把脸伸进抱枕里。

"可以看聊天记录吗？"嘴上还在问，手上已经打开了，当然邓谆也不会拒绝就是了。廖茗觉随便看了几条。说实话，那种聊天模式，她倒是不陌生。她时不时会发一些莫名其妙的照片给邓谆，大部分是饭，偶尔会有为冲王绍伟学分抓的虫子。而眼前的聊天框内情况大致也相似，学姐或学妹或同级女生发一大通消息给他，有的是说天气，有的是问学校的事，尽管邓谆没有每条都回复，但只要发消息过去，态度都绝对亲切到能打一百二十分。

廖茗觉有点像"地铁老人看手机"："你回她们跟回我是两种态度啊！"

"今天是天气挺好的，谢谢你，哈哈"和"你今天吃了六顿吧？是饭桶成精吗"，二者形成了鲜明的对比。

邓谆坐起身，走到门口去，谜一样地打开门又关上，抱着手臂自言自语地走回来："外卖还没来？不会是迷路了吧……"

廖茗觉直接把抱枕砸了过去："你转移个屁的话题啊！"

然而，巧合的是，这一刻，外卖员就像观音菩萨一样真的降临了。

他们去餐厅吃饭，虽然主要是廖茗觉吃，邓谆坐在旁边看着她。

"到底为什么啊？"廖茗觉边吃边说。

邓谆不吭声地盯着她。

换了别人，被长相有这种水平的男的这么盯着，恐怕不发春心也得有点发毛。可惜廖茗觉目前眼里只有吃的："算了，你不想说也没事。"

"为什么？"这回反而轮到邓谆提问。

"反正我知道，你实际上还是对我更好。"廖茗觉回答得很笃定，然后恶作剧地笑起来，指着他说，"你其实是喜欢我吧！"

她的话像是子弹，毫无自觉地射进番茄状的某种事物里，溅起一片丰沛鲜甜的汁水。

但是，邓谆却表现得无动于衷。他抽出纸巾，去擦她脸上沾到的油渍，平静地问："那你喜欢我吗？"

说不清缘由，就像八音盒骤然被拨动了开关。廖茗觉看着邓谆，他明明已经收回手，却依旧关注着她。她忽然按住自己的额头，又去摸胸口。

"怎么了？"邓谆看着她。

"不知道，"廖茗觉说，"刚刚一下子突然觉得有点怪怪的。"

"其实也没什么，"他说，"很正常吧，不想别人因为自己失望或者不高兴。"

廖茗觉完全无法理解："啊？"

看来是没有同感，邓谆及时闭嘴。

"你这是职业病。"廖茗觉说，"公众人物为了赚钱，会去讨好别人。但你现在只是普通人，没必要努力被别人喜欢。你想做什么就做什么好了。"

邓谆又一次被缄默覆压，坐在原地，眼神在刹那间漠然。

廖茗觉蓦地放下烤串，探头在他面前晃了晃，说："你又这样，一副要哭了的样子。"

他总算有了反应，蹙眉按住她贴近的脸，态度恶劣地说："我什么时候要哭了？"

廖茗觉挣脱开来，笑着在地板上挑衅地小跳："就是要哭了好吧！略略略！"

吃得肚子饱饱的，刷了个牙，廖茗觉重新躺到地板上。邓谆在走来走去收拾残局，她也不顾及，合着眼皮径自笑道："我跟你说，上大学之前，我就想大学时去朋友家过夜。最好是好几个人一起，不管男的女的。我看电视剧里都这样。但是妈妈说，那是以前了，现在的大学生都很成熟，男女有别，不能那么没有距离感。"

邓谆在刷餐具,刷到一半停下来,略微想了想,低下头问:"那你还来我家?"

"因为邓谆不是那种人啊。"她的声音从房间里传出来。

同龄人中,邓谆的确是对异性兴趣薄弱的那类人。练习生时期他还被说开窍晚,到后来直接被怀疑是同性恋。其实他挺喜欢琼·芳登的,甚至还做过关于她的梦。尽管只是他们两个人在巴黎铁塔下一起散步的梦,就连手都没有牵,可醒来后,他还是心情不错了很久。

廖茗觉仰面躺着,在旁边的茶几上看到一台 CD 机。她伸长手臂,随便按了两下。之前播放到一半的曲子继续,她又找了新的话题:"邓谆,你今天见了我爸爸,你爸爸是个怎样的人啊?"

"喜欢养狗的人?"邓谆用洗手液洗干净手,走回房间,也坐到地毯上,"他养了七只大型犬、六只小型犬。"

"哇,你妈妈也喜欢吗?"她转过头来问他。

他望着天花板,冥想一般回答:"不。但他们有钱,所以可以不一起住。而且我妈经常在外面,要和演艺界的人打交道。是她送我去选秀的,教我不能跷二郎腿,睡觉不能老向同一边侧着,说会影响仪态。不过我已经没希望了,她应该很失望。"

"嗯。"廖茗觉想了一会儿,随口问,"是你喜欢被一群人喜欢的感觉吗?"

短暂的寂静过去,邓谆转过头,同样意味不明地反问:"……什么?"

两人躺在同一张羊绒地毯上,地毯柔软而舒适,他们悠闲而惬意。The White Stripes 的 *I Just Don't Know What to Do With Myself*(《我只是不知道该拿自己怎么办》)的旋律在昏黄的灯光中回旋。他们侧过头,盯着对方的脸庞,宛如孤岛上仅有的同伴聊以慰藉。

"是你喜欢被一群人喜欢,"廖茗觉望着他,用一如既往天真而残忍的漫不经心说下去,"还是你妈妈喜欢你被一群人喜欢?"

邓谆来回打量她的眼睛。不知为何,他感到很难说谎:"不知道。"

"哈哈哈,"廖茗觉却笑起来,"连自己的事都不知道,你好笨啊。"

他们躺着。音乐的节奏声令人心神宁静,身下舒适的触感叫人放松,廖茗觉不知不觉睡着了。邓谆转过头,天花板空无一物。虽然愚蠢,但是很年轻,他还有很多很多的时间可以去了解自己,也了解身边的人。他也睡着了。

◇ ◇ ◇

早晨,邓谆醒来,看到廖茗觉在用他家的点播电视看电影《荒岛余生》。他去洗漱了一下,又打扫卫生,擦窗户,然后坐到床上和廖茗觉一起看。

邓谆发现廖茗觉关注的点很奇怪。其实之前他就察觉到了。

胡姗请大家吃面包的时候，廖茗觉会突然研究起面包下面的烘焙纸；肖屿崇不经意透露自己被女生追求的时候，廖茗觉会问他是不是用的电动剃须刀；王良戍找她借遗传学笔记的时候，她会无缘无故给他从图书馆借的小说《旋风少女2：心之萌》。

就像眼下，电影里流落荒岛的男主角悲惨得要命，在被割破的排球上画上脸，给它起名"威尔森"并当作说话对象时，廖茗觉竟然哈哈大笑。

"你这个人，"邓谆皱着眉看过去，"该说是没心没肺呢，还是真的坏——"

廖茗觉回过头，瘪着嘴反驳："什么话！我怎么可能坏！"

"刚刚那里好笑吗？"

"嗯，"廖茗觉回答，"很有意思啊。"

他们下楼去吃长春汤饭。

廖茗觉一开始说不吃，所以邓谆只点了一份。他显然来过好几次，店老板娘朝他笑了好几下，意味深长地说"带朋友来哦"。廖茗觉回过头，自来熟地挥挥手。邓谆取了汤勺，把饭压到底下去。她看着突然又馋了，于是两个人吃一锅，吃了汤饭，肚子热乎乎的。

下午有课，邓谆和廖茗觉坐地铁回学校，沿途人都不少，直到临近大学城，才陆陆续续下了许多乘客。找到座位，廖茗觉立刻叫邓谆过去。但他让她坐，自己站在她跟前。

偶然低下头，他看到她在给拍的汤饭照片加滤镜。"又要发给妈妈？"邓谆问。

"给胡姗，"廖茗觉仰起脸，"虽然没准她都把我删了。这个牛脾气呀。"她说着还摇了摇头。

她又低头继续玩手机，他则盯着播放广告的宣传屏。两个人都没注意到，邻座的女生正用奇怪的眼神来回打量他们。

"那个啥，你们是这所大学的吗？"素不相识的女生递出手机，屏幕上显示出他们学校的定位。

先回答的是廖茗觉，她想也没想就坦白："嗯，是啊。"

"你们刚刚说到胡姗，"何萌君笑着问，"是说那个很瘦的女生胡姗吗？"

"有什么问题吗？"邓谆看过来，不论是精心筛选过的口吻，还是那完全不带任何感情的笑容，都足以传递出"营业中"的信号。

大帅哥。何萌君内心暗暗惊呼，不过嘴上还是步入正题："你们和她是同学？同班吗？"

"我和她是一个寝室的。"朋友的朋友就可以做朋友，一直这么觉得的廖茗觉认真地作答。

何萌君来了兴趣："哦！那你们关系好吗？"

"挺好的，我们俩、这个人，"廖茗觉指了下邓谆，"还有另外两个男生是学校的F5！"

新的廖氏说法增加了！

"哦……"何萌君忽然换了个腔调，慢悠悠地说，"那你们应该不知道吧，她高中时是个什么样的人。"

她是想卖关子的，就像网络言情小说作者在每一章结尾都要让女主角陷入危机、男主角闪亮登场一样。

然而她没想到，收到的反应实在叫人大跌眼镜，廖茗觉大咧咧地回答："那不是废话吗？我们是大学同学，又不是高中同学！"说完后她也不问，好像对八卦一点也不感兴趣似的。

没办法，何萌君只能主动挑起话题，仿佛卖不出去的瓜眼看着要烂了只好送给别人吃："胡姗以前霸凌过同校同学哦。"

又是一个人流量巨大的站点。乘客离开，座位宛如浪潮退却后的沙滩，转眼裸露出来。

突然间，邓谆紧紧盯着廖茗觉开口道："我们坐到那边去吧。"

从不认识的人那里听说朋友的事并不明智，他是这样判断的。廖茗觉看着何萌君，久久没有回应。邓谆索性去拿她的包，却在中途被廖茗觉按住了。她继续盯着何萌君，笑容渐渐攀上嘴角。

"可以跟我说说吗？"廖茗觉指着自己，笑脸叫人想起瓜果成熟后裂开露出的红色瓜瓤，"我有点想知道。"

大学的校门并没有官网或录取通知书上拍得那么宏伟，如果你进去，迎面还能撞见穿着拖鞋来拿外卖的、骑着小电动车的、赶毕业论文快疯了的人。

邓谆去开果汁易拉罐，但可能是指甲不够长，又或者没抓到诀窍，所以半天都没成功："你为什么会听她说？"

廖茗觉把易拉罐拿过来，轻轻松松替他打开还回去："就是想知道到底是怎么一回事啊。"

"还以为你会像那种会自言自语'加油！廖茗觉！'的人，捂着耳朵说'我相信我朋友，有什么都要听她告诉我'。"邓谆喝了口果汁。

"都听一听嘛，毕竟也不知道是不是真的。"廖茗觉自顾自地笑着，"况且胡姗都要和我绝交了……我不想点办法，没准我们真的就渐行渐远了。"

他没想到她会想这么多。

"缘来是你"脱单大会在元旦前拉开了序幕。

整个活动规则大致参照《非诚勿扰》《百里挑一》之类的生活服务类婚恋节目，男嘉宾和女嘉宾分别坐在两边座位上，抽签后依次开始介绍单个嘉宾。一开始所有人都没有灯，由异性嘉宾选择亮灯或者灭灯。没有灯亮或灯灭完就能领个安慰奖回宿舍去了。假如留灯有相互的，会在几轮问答和游戏后进行一次选择。假如是一对一，那就只需表态是否愿意发展一下；假如一对多，则还会有个很做作的选择对象的环节。

恐怕是倒了八辈子的霉，陆灿被迫来担任这一次脱单大会的主持人。

看不出来，平时经常被耍得团团转，但拿了话筒，他还挺会说的，甚至一开场就拿自己被学妹当鱼做梗，惹得满座哄堂大笑，气氛良好。

来参加前，廖茗觉用尽毕生所学给自己化了个妆，又穿了之前很流行的短上衣和格子百褶裙，在镜子前转了几圈，拍了个照片发给妈妈和王良戌。

妈妈夸得很夸张："我们小觉这是要当大明星了呀！"

王良戌在打工，抽空回了个"赞"的表情。

展示顺序是抽签决定的。

第一位男生登台，首先自信地展示了自以为非常帅气、还在自己的b站账号发过的顶胯舞。在他跳舞期间，女同学们已经开始做出判断，几乎没人亮灯。只有廖茗觉当机立断，兴致勃勃地拍下了灯。

跳完舞，他显然有些累，凑近陆灿的话筒喘着气道："我呢，要求也不高，个子比我矮一点就行了。"

廖茗觉只好沮丧地灭了灯。

什么人啊！真扫兴！

"呸！"她不小心呸出了声。

踌躇满志，却遭遇灯全灭的结果，即便如此，男生还是十分乐观，抑扬顿挫地说了句"公主殿下，臣退下了，这一退就是一辈子"，然后转身从活动室潇洒地离去。

为了履行MC（主持人）的职责，陆灿主动提问为前一名男生灭灯的女同学："请问他什么地方让你们感觉不太合适呢？"

一位很酷的学姐直言不讳地道："所有地方。"

第二位女生上场，娇滴滴的，忍不住笑，抬手遮住脸，又勉强放下来，露出素净白皙的一张脸。她用所有同性的品茶雷达都会响的姿态做自我介绍，最后说："之前家里管得严，我还是母胎solo。我不太看脸，主要还是想找个愿意陪我、对我好的男生。"

听到她的要求，廖茗觉倒是眼前一亮，低声感慨："真是英雄所见略同！"

旁边学姐听到她窃窃私语，虽然没说出来，但内心还是忍不住吐槽道——废话！那当然是说出来骗那群男的的鬼话啊！

男同学们装酷的不装酷的，大都还是亮了灯，不过也有少数灭了灯的。

陆灿照例想采访一下，拿着话筒先看向邓谆，邓谆带着和煦的微笑，与其他男生一并坐在活动室的树脂桌后，但着实格格不入，就他一个人像来进行偶像签售的，旁边都是助理，画风完全不同。他笑着与陆灿对上目光，那笑容很亲切，很友善，却让陆灿很不安。

陆灿转向下一个对象。

肖屿崇一边用手机玩《使命召唤》一边参加这场活动，说他没参与，他又报了名，说他参与了，看样子又不像。觉察到视线，他还抬头看了陆灿一眼，没好气地问："怎么了？"

最后，陆灿询问了另一位没按灯的学弟。学弟回答："不是我喜欢的类型吧。"转眼间，这位男同学便收获了不少女同学的好感。

差不多了解了流程，气氛也热络起来了，终于轮到了主角登场。廖茗觉给自己鼓了一下劲，勇敢地走了上去。

廖茗觉深吸一口气，挤出最灿烂的笑容，立刻开始自我介绍："大家好！我叫廖茗——"

"觉"还没说出口，亮灯声就非常突兀地响起。

连名字都没听见就选择，这无疑是直白的偏爱行径。可惜规则并没有禁止这样做。邓谆没有再笑，仅仅像鼓励她说下去一般，耐人寻味地望着她。

她也冲他笑了，继而说下去："我叫廖茗觉！我是植保——"

廖茗觉想要介绍专业和年级，可是另一声亮灯声再次打断她。肖屿崇聚精会神地看向她。

廖茗觉继续说下去，台词疑似套用相亲节目的固定话术，然而却是真的发自肺腑："我的目标是找到一个懂我、爱我、珍惜我的人！我们互帮互助，一起收获幸福！"

陆灿感觉自己遇到了三个来砸场子的。

◇　　◇　　◇

陆灿的手颤抖不止，递出麦克风说："你还有什么想展示的吗？"

"有！"廖茗觉说，"我特地从网上学了个魔术！"

台下有不怎么耐得住性子的学长抱怨了一句："这是哪个村的春节晚会吗……"话音未落，就被肖屿崇瞪过去。

这一轮就这么仓促而匪夷所思地过去了。之后大家一起玩猜歌曲的游戏。

理所当然，廖茗觉不了解大多数现在流行的歌曲。李荣浩、周深、火箭少女101，这些对她来说都是陌生的存在，也就是在打工的店里听过几句他们的歌，但不会唱。

即便如此，其间肖屿崇和邓谆还是为她亮着灯。到最后，也就只剩下他们俩还亮着灯。

活动前王良戌千算万算，连万一她和邓谆不慎被配对都预想到了，却没算到最后是她在邓谆、肖屿崇之间二选一。

陆灿已经不想看他们几个了，低着头看着地板说："哇！真是没有想到啊！大二的邓谆和肖屿崇两位同学都对廖茗觉同学情有独钟呢！请问两位有没有可能改变主意呢？"

其实肖屿崇有点踌躇。

他确实对廖茗觉有那层意思，但没想过要在这种大庭广众、众目睽睽之下表态，正考虑着要么糊弄一下结束这场闹剧，却见旁边的邓谆毫不犹豫就接过麦克风说："不可能。"

少爷绝不认输。他当然也一把夺过麦克风，毅然决然、潇洒地做出答复："我也不可能。"

陆灿已经没有台可以再被拆，艰难地爽朗地道："那就请廖茗觉同学从他们两个中选一个吧！"

廖茗觉被邀请站到台中央，邓谆和肖屿崇坐在各自的座位上，而他们的位置恰好在左右两侧，仿佛 AB 选项一般，成为这位自大一以来就始终霸占年级第一名宝座的优等生必须经历的一道选择题。

她看看左边，又看看右边——

"嗯……"廖茗觉一副很难抉择的样子，"肖屿崇是个好人，而且他爸爸妈妈也很照顾我……但是邓谆会请我吃饭，带我出去玩，关键时刻也对我很好……"

肖屿崇要疯了。

不是说好只走个过场帮忙留个灯吗？怎么她真的开始选了啊？！要是没选他，那他不就很尴尬吗？

而且邓谆还一脸若无其事的样子，真搞不懂他在想什么。

廖茗觉纠结好久，像终于下定了决心，鼓起勇气开口说："不好意思，但我想借这个机会跟我喜欢的人胡姗说几句话。"

在场所有人都不约而同地沉默了，但很快，有认识胡姗的人窃窃私语起来。被怀疑是同性恋的廖茗觉挺胸抬头，坦坦荡荡地说："我喜欢胡姗！"

与此同时，她刚好看到有人偷偷拿手机在拍。与她对上视线，对方连忙想收回视线，却看到她反而加深笑容。廖茗觉抬起手，示意他把手机举高些："没关系，可以拍的。麻烦你直接发到一些群聊里去吧。传播得越广越好，一定要让她本人看到！"

来参加脱单大会的同学都是异性恋，但二十一世纪了，在年轻人当中，LGBT（非异性恋）已经被广泛认知，接受和支持者也数不胜数，加上人那种热爱八卦和热闹的天性，一时间，大家都掏出手机来。

廖茗觉向陆灿伸出手："借我用一下麦克风。"

陆灿很为难，但还是把麦克风递了过去。

廖茗觉说："胡姗，假如我傻乐让你不爽了，我道歉。但我道歉不是因为我的性格，而是因为我想和你一起玩，我喜欢你。假如和你做朋友要少傻乐一点，我也愿意！"

令人意外的是，走廊上竟然聚拢了人。原因是有人直接用了微信视频，实时拍摄，加上短视频也被发了出去，所以离得近的同学都过来看热闹了。

"别人不关心你是怎么想的，只会从你的行为里挑刺来攻击你！可是我们是好朋友，所以告诉我吧！有什么过不去的事，跟我们说说啊！要是你没做错，我们会安慰你的！"

这段视频在一下午传遍了本校的朋友圈及BBS。到最后，所有人甚至已经忘记一开始的噱头。

胡姗在操场上跑步，手机提醒突然像爆米花膨胀般爆满。也就是这时候，她点开，看到了每个人都在努力转发给她的内容。

小学的时候，胡姗的衣服是用汽油洗的，味道很刺鼻，班长让她把座位搬到了最后一排。

后来，她在课堂上没憋住小便，同学们捂住了鼻子，齐刷刷看着她自己去铲煤灰，把秽物处理掉。

再后来，她的头上有没有头发的地方，邻座的男同学用笔戳她，她哭了。老师叫了家长。回到家，妈妈左右开弓把她揍得两眼直冒金星。到了晚上，爸爸喝了酒，打着嗝，招手叫她过去。她忘记自己有没有挣扎。好像有。

爸爸把她的头发全剃掉了。

所谓尊严，作为小学生的她并不知道。虽然她会背九九乘法表，已经开始学怎么用英语说"你好"，虽然已经作为人活了十年有余，却不知道什么是爱，什么是死亡，什么是尊严。而且，小学、初中乃至高中都没有人教她。

没有人教过，所以她没觉得失去了什么。

裤子打湿止不住战栗的时候，体育课孤零零站在人群外的时候，椅子被涂胶水的时候，光秃秃的脑袋被纸团砸的时候，被抢走书包怎么追也追不上的时候，在这灰暗到没有任何光亮的时候，有个男生出现了。他替她抢回了书包，告诉她那些欺负她的人没什么了不起——所有人都没什么了不起。

她像憧憬英雄一样喜欢他。

后来的胡姗长得更漂亮了，四肢也修长，她成了大家都喜欢的人。但是，这个故事并没有谁对谁错，只是，刚好她喜欢的人不喜欢她。

她和他认识了十年以上，他却喜欢上了一个在他们生命里出现不到三年的人。她恨得发狂，嫉妒得要命，恨不得一头撞死。她从来没有想要伤害什么人，而她从自己的人生经历里得到的经验是，要让一个人退出就应该这么做。

恐吓，就像小时候他们拽着她的头发怒喝她一样。

教训，就像小时候他们反复告诉她她是丑八怪一样。

求那个人把他还给她——这一点是她自己加的。这是唯一一件她凭自己意志真正想做的事。她当初想要退出的是这个自己活着的世界，而高中时，她只希望情敌退出他们的生活。

就像祥林嫂不断地说"我光知道冬天有狼"，非要她辩解，她只有那一句话可说。她说："……对不起。"

被王良戌和邓谆派去沟通的肖屿崇苦思冥想，一时半会儿也不知道说什么好。他抱着手臂，简要地做了总结："你实际没造成什么后果，这是最好的一点了。但你怎么就想到像小混混一样去堵人家了呢？"

"我听到一些消息，说那个女生也是小太妹，而且很厉害。我一个人怕被打趴下，到最后太害怕了，所以没敢去。"胡姗像是僵尸，冰冷麻木，有问必答，"况且，我也不知道要怎么办。"

时间回到现在。

听完廖茗觉的"表白"，周遭人一片喧哗。

突然廖茗觉听到手机响了。

嘈杂与混乱中，她按了接听后放到耳边。距离最近的陆灿看到来电人，都忍不住凑过来想听。听筒那头有过短暂的寂静。然后胡姗的声音刚传出，便隐没在风里："我没有讨厌你的性格。是我的问题。

"我一直想，要是我跟你一样不会害怕、不会失望、没有烦恼、不会嫉妒别人就好了。那我可能就不会伤害别人了——"

贴住手机的耳朵微微发麻，廖茗觉推开陆灿，慢慢地说："人活着怎么可能不害怕、不失望、不伤害别人呢……"

晚上的时候，邓谆给王良戌打电话说了这件事。王良戌当时在打烊，没那么忙，所以有一搭没一搭地回复："这下更难找男朋友了啊，廖茗觉。"

"但是结局还行吧，"邓谆站在自家阳台上，远远能看到有眼熟的女生在和小区物业沟通些什么，"还约好今年跨年都去肖屿崇家。"

王良戌用侧脸和肩膀夹着手机，边忙碌边说："你怎么看胡姗那件事？"

邓谆回答："她也一直在经受内心的煎熬。"

"人的阴暗面啊……"王良戌在自言自语，"说起来，我跟廖茗觉第一次见面就是因为我在网上骂了她。"

"你？骂人？"

王良戌笑着说："嗯，破口大骂呢。不是说键盘侠都是生活不顺利，所以才去网络上找存在感吗？我虽然没有当喷子，不过当时也真的用私信骂了廖茗觉很多次。"

那个高考完后的暑假究竟做了什么，他差不多都忘了，只有那一天除外。不管过去多久，王良戌都清晰地记得阅读她的私信时屏幕冰冷的荧光，以及自己怒不可遏编织脏话时颤抖的双手。

听到这话，邓谆难以置信，甚至忍不住拿开手机，确认与自己通话的是漂亮小呜呜本人："真的假的？"

他实在很难想象总是笑眯眯的王良戌对谁破口大骂的样子。

14 是你

我也一直在问你为什么乌鸦像写字台这类没有答案的问题。

假如说这群朋友是乐高积木,那王良戊和廖茗觉绝对是最早拼在一起的那两块。而且王良戊脾气好得令人震惊,曾经胡姗拉邓谆一起恶作剧,假装把王良戊的蛋挞吃掉,他也一点没发火。而在朋友中,他对廖茗觉也是最好、最耐心、最体贴的。

这样的王良戊竟然会骂廖茗觉?而且还是夹杂脏话的破口大骂?

说实话,连王良戊说脏话是什么样子,邓谆都很难想象。

这时门铃突然响了。

他暂且道别:"有人来了,下次聊。"挂断电话,走到门边,他直接打开门。

女生猛地按住门,力气大得惊人,他定睛一看,正是之前在学校见过的同校生。他下意识地反方向用力,顺势问:"请问有什么事吗?"

"邓谆,"女生梳着女团风靡过的哪吒头,化了妆,言辞恳切,问的内容却没头没尾,"邓谆,可以让我进去吗?"

邓谆可以关上门,但极有可能会伤害到对方。他只能重复那个问题:"请问有什么事吗?"

"我听学妹说你曾带同班的女生回来,我也可以吧?我们做朋友吧!"乍一听像在胡言乱语,可惜女生是认真的。

"不需要,谢谢。"邓谆这次是真的想不管三七二十一把门关上了。

"那……那个女生为什么就可以?我和她比差在哪里?她身材好吗?"女生死死推着门不放,一只脚踏进来,"你不告诉我我就去问她!"

他突然停止了动作。

邓谆握着门把手,静静地看着她。

他对所有人都和蔼可亲,会搞怪地打趣,也会温柔地回应,即便被惹毛,也就只是开玩笑抱怨几句,一笑而过。他是突如其来动手的。

邓谆攥住她的衣领,用力拽着她靠近自己。他说:"把所有蹲在我家楼下的人的名字给我,年级、专业和班级也写上。"他又猛地松手,女生一下失去力气支撑，瘫软在地上，抬起头，她泪眼汪汪，震惊地望向他。

"快点啊。怎么，"邓谆居高临下，随手拂落玄关的活页纸，轻蔑到极点地冷笑，与往常所展示的形象天差地别，"要哭了？"

女生艰难地吞咽，眼睛死死盯着他。邓谆不耐烦地舒了一口气，伸手去拉她肩膀上的包。女生似乎还想反抗，却被他握住手腕，轻而易举拿了过来。他先翻到学生证，飞快地拍了张照片，然后取出手机，趁她不备就面部解锁。

局面滑往自己未曾预想过的方向，女生抽噎着问："你要干什么？"

"留一下你监护人的电话。"邓谆说。

女生奋起，猛然扑向他。只可惜邓谆并不迟钝，敏捷地后退，反而她自己跌倒在地。

"帮我给楼下那些人带个话，物业监控很好调。再来的话，我会帮你们退学。"他高高在上地打量她，暧昧不清地嗤笑，越冷漠越令人羞耻，"你这德行真让人恶心。"

女生愤慨地怒吼："没想到你是这种人！我要曝光你！去死吧！"

她支撑着地面爬起身，恼羞成怒地瞪着他，扬起手就要扇过来。

说实话，那一刻，邓谆打算让她打这一下。

一只手却从背后抓住了她。

女生猝不及防地回头，映入眼帘的是提拉、玻尿酸、瘦脸针等医美也挡不住自身条件优越的一张脸。女人上了年纪，却仍然美丽不可方物，透出岁月积累的不怒自威。她讥讽地笑了一下，随即不留情面地说下去："未经允许跑到别人家里来，诋毁别人的名誉，还想打人？"

"你……你是谁？"女大学生想要逃，但根本挣脱不开女人的桎梏。

"当着别人的面要打人家儿子，还什么后果都不承担地逃跑？"女人怒喝，"天底下没有这么好的事！"

女生这次完全吓呆了。

"……谁？"她支吾。

"妈妈，"邓谆已经吐出对女人的称呼，"放过她算了。"

邓谆的妈妈大叫："这没教养的都跑到你家里来了！"

女生夺路而逃，留下邓谆靠在墙边，不打算迎接妈妈进去，妈妈也没准备进去。他们就站在门口聊天。妈妈说："邓卓恩，转眼你也上了这么久学了，在学校还习惯吗？"

邓谆点点头。

妈妈说："放心好了，邓卓恩。我在韩国联系了熟人，要了一个选秀综艺的位置，凭你的资质，又是中国人，就算没有内定，拿到出道位的概率也很大。"

邓谆说："我不想出道了。"

妈妈看着他，慢慢地叹了口气："我再联系一下吧，尽力而为，不能放弃啊，邓卓恩。"

邓谆说："我已经放弃了。"

说来好笑，假如说之前的人生都是对父母唯命是从的幼儿状态，那如今一朝长大，他完全出自本意想做的却是不做某件事——不想再为出道努力了。

"你不提意见吗？我对别人那种态度。"他问。

"啊，是该注意点，"她说，"但是刚刚看她要打你，妈妈一下也冒火了。你是要出道的人。"

"我没有那个天赋，也不想干这行。"

"怎么了？"妈妈抚摸他的脸，"怎么突然这样？以前不都很坚决的吗？怎么突然叛逆了？是不是累了？"

他近似冷漠地说："没有，头一次认真想了想而已。"

"那你之后想做什么？"妈妈问。

"先考个研，然后看能不能去植物保护的研究所吧。"

妈妈悲伤地看着他，末了往外跨了一步，站到门框外。"你再考虑一下，卓恩，"她说，"妈妈一直希望你能完成妈妈的心愿。"

邓谆的妈妈像是十二点到了的灰姑娘，拎着华丽的裙摆，带着美丽的皮囊，匆匆忙忙就离开了，与灰姑娘唯一的区别只是没有留下水晶鞋。

好朋友一起度过的第一个跨年夜即将到来，地点定在肖屿崇家，由王良戌提议，他们决定玩匿名送礼物的游戏。

大家抽签选出自己要送礼物的人，不许让任何人知道，认真挑选对方应该喜欢的礼物，并且附上一张写有祝福语的贺卡，等到了跨年那天晚上再送。

廖茗觉抽中了肖屿崇。

她偷偷瞄了肖屿崇好几眼，心里想着他到底喜欢什么。仔细一想，平时在家，肖屿崇也就打打游戏什么的，廖茗觉想着买个键盘，上网一搜，什么轴、什么静容，看得她眼睛都花了，而且贵得要命。于是，她决定先放一放。

廖茗觉专心学习去了。一直到她在背杂草识别理论知识时目睹胡姗用推车推着巨大的礼盒进来，她才想起还有送礼物这回事。

喜欢的东西是送不了了，廖茗觉想送肖屿崇需要的东西。可是他需要什么呢？

但是，很快，廖茗觉发现了一个细节。

肖屿崇坐下的时候，裤脚下偶尔会露出一点皮肤。没错！他——不穿秋裤！

于是，廖茗觉很实在地为他买了一条秋裤。

廖茗觉没想到他们几个朋友一起去某一个朋友家过夜的愿望竟然真的要实现了。

肖阿姨早就知道了这件事，很乐意地提前给他们准备好了零食、被褥和Wi-Fi密码。到了当天，肖屿崇开车载着大家一起回家。

因为朋友中表演人格占了五分之二，而且这五分之二还都是男性，所以他们像公孔雀开屏一般对肖阿姨释放了令人安心的人格魅力："阿姨好。"

肖娅卿偷偷从卧室探出头，拿着手机就想拍，结果被胡姗抓了个现行。胡姗也没说什么，转头假装没看到，笑着和阿姨说话，背后手一推，直接把小女生推回了房间："少爷，你家好大啊，哈哈哈。"

"还行吧。"肖屿崇做出安排，"今天男生睡我房间，女生住廖茗觉那边。现在可以去我二楼的游戏室玩。"

"你还有游戏室？"邓谆难得露出狰狞的表情。

"我可以杀了你然后取代你做这家的儿子吗？"王良戌表情也同样狰狞。

胡姗龇着牙嫌弃道："不是吧？廖茗觉居然带提纲过来了，你这也太恶心了……"

"嘻嘻嘻，"廖茗觉扬扬得意，"明天早点起来背书啊。"

他们坐下，先吃提前叫好的达美乐比萨、薯条，喝奶茶，然后再进行礼物交换。

王良戌用力地拍了拍手，宣布道："那我们现在开始交换礼物啦，当当当当！"

他说着，先选择了礼物中最大的那个。因为住同一个宿舍，所以廖茗觉知道那个包着粉色塑料纸的是胡姗的礼物。不过她并不知道里面是什么。

"来，我先看下对应的贺卡。"王良戌抽出卡片，惊讶地说："啊，第一个就是送给我的。"

他开始念道："'给王良戌。你是个好人，'……哈哈，开场就被发好人卡了，'每个人的细节，你都看在眼里。谁有一点不舒服，你马上就会去关心。其实你好得让我有点害怕，但是，我更想回报你，想对你说声谢谢。'哇，我关心别人的细节，你不是也看在眼里吗！"

胡姗笑了，主动自曝，催促说："废话少说，后面还有。有送这个礼物的原因。"

"是你啊！谢谢！"王良戌笑着低下头，继续说，"'但好脾气总要有个发泄的出口，不然你看邓谆那个赖子，都扭曲成什么样了。'"

邓谆很不爽："关我屁事？"

"'所以送这个不倒翁气球给你，希望你能揍它来发泄。'"念完之后，王良戌打开包装，露出皮卡丘造型的不倒翁气球。

胡姗突然说："武藏！"

王良戌立刻接下去："小次郎！"

肖屿崇好笑地补充道："好了好了，知道你们是穿梭在银河的火箭队了！"

"下一个是什么啊？"作为对比，王良戌拿起一个小盒子，"我们真的事先完全没沟通吧……"

他抽出贺卡，盯着纸面，有过疑惑。

王良戌艰难地念道："……'这个戒指代表了我对你的感情'？"

几乎所有人都面面相觑，视线交错，每一个人脸上都写着同一句话——我们之中出了个叛徒！

◇　◇　◇

肖屿崇勃然大怒，窘得整张脸都红了："'感谢'！是'感谢'！"

"哦哦，'这个戒指代表了我对你的感谢'，你这字写得真让人不敢恭维啊……"王良戌笑着读下去，"'在水上乐园玩的时候我有点恐高，都是你坐前面。之前在滑冰场外面，我们聊了很久的天。你说我的戒指好看，我就想着送你一个。新年快乐……邓谆。'"

邓谆起立，在大家的注目礼中懒洋洋地发笑，索性像表演完社交舞后的舞者般鞠躬致谢。

"谢了，我可以现在就戴上吗？"邓谆问。

肖屿崇点点头，伸出手，拍了一下他的手臂："客气。"

"哦！"另外三个人在起哄。胡姗和王良戌跟亲姐弟似的，两个人齐刷刷拿出手机拍摄。邓谆简直是教科书式的营业员，本来就是正常戴戒指，看到他俩在拍，故意先像美妆博主一样展示了一下戒指，然后才戴到手上，浮夸地显摆一圈。

那并不是他们一开始误会的那种情侣对戒，而是更男性化、有点重金属风格的雕刻戒指。

王良戌继续翻贺卡和礼物："哦！这个是我写的。"

他笑着端详那张贺卡，像是把自己写的话先默读了一遍，然后才念起来："'廖茗觉，自从上了大学，我们就很少像以前一样两个人私底下聊天了。不过我没有什么意见,多了很多朋友,每天都很开心。

"'跟你认识以后,我的生活改变了很多。以前聊天你说过,大城市就像魔法里的仙境,你从兔子洞滑进来,什么都不懂,但是,我一直觉得你像我的救星。'"

嘴巴旁边还沾着食物残渣的廖茗觉惊呼一声:"怎么会!"

"'我知道你肯定会说怎么会,'"王良戌笑着抬头看她一眼,接着念道,"'看起来我教了你很多,但其实都是些没用的,比如怎么买飞机票,比如怎么用百度搜图,又比如忘记电脑登录密码的时候怎么办。而且,我也一直在问你为什么乌鸦像写字台这类没有答案的问题。

"'要上学还要打工,两者兼顾肯定很累。我买了这个安睡枕给你。'"

他抽出礼盒。

胡姗捂住脸狐疑地对廖茗觉道:"你这是想哭吗?"

"肯定啊!"倒是没有哭,廖茗觉接过礼物和贺卡,"超级感动的!"

邓谆来回打量他们,看着王良戌若无其事的样子以及专心致志抱着枕头的廖茗觉,不由得想起那天晚上听到的话。

不过马上,流程就往后推。胡姗收到了邓谆送的发绳,本来没当回事,上网搜了一下价位后铁青着脸问:"之后我回什么礼给你才好?"邓谆云淡风轻地回答:"请我吃顿麻辣烫吧。"而另一边,收到秋裤的肖屿崇用脸骂人,被王良戌和邓谆两个人架起来,由胡姗拍了张照。

肖屿崇的妈妈刚好过来送水果,大概也想趁机探听一下儿子和儿子的同学们在干吗,结果就看到儿子被强迫拎着秋裤拍照的一幕。

大家都说"谢谢阿姨",然后麻烦肖阿姨给他们拍了张合照。之后的流程就是一起用电视看跨年晚会的同时玩大富翁的游戏。游戏里光凭投骰子就能上大学、开公司、赚几百万,实在太轻松了。不过,投个骰子也能锒铛入狱。

看到电视上偶像表演的节目时,廖茗觉偷偷去看邓谆的侧脸。他笑着,照常抽着大富翁的卡牌。胡姗抬眼,趁着暂停一回合的空当伸出手,压低声音,用只有她和廖茗觉两个人听得到的分贝问:"你为什么这么关心邓谆?"

廖茗觉眨了眨眼,回答说:"什么为什么?"

"没有为什么吗?"胡姗眯起眼睛。

廖茗觉根本不明白事情的重要性,还一脸笑嘻嘻的:"没有啊。"

胡姗打量她一会儿,末了气定神闲地笑了一声,随口道:"那好吧。等你知道为什么就笑不出来了。"

她们并没有注意到,肖屿崇坐在另一端,正若有若无地看向这边。

胡姗和王良戌联合偷偷算计从肖屿崇那儿敲诈了高额租金（棋盘上），两个人兴高采烈地击掌欢呼，邓谆突然笑着去按他们的肩膀，示意他们看旁边的廖茗觉。

玩着游戏，看着电视，室内温暖，又吃得饱饱的，不知不觉就犯困，廖茗觉躺在地板上已经睡着了，身上盖着邓谆的外套，整个人睡得正香。

"期末了又要复习，还要打工，很累吧。"胡姗也躺下，伸手替她把遮着眼睛的刘海掀开。

邓谆本来就躺在廖茗觉另一侧，原本在玩手机，这时候也闭目养神。

王良戌打了个哈欠，被胡姗拽着手臂，垫在脑袋底下。他说："别睡久了，等会儿过零点要起来发祝福短信。"她回答："当然。我写了模板，等下发给你。"

肖屿崇起来去冲澡，回来时看到他们已经完全违背刚才的约定，呼呼大睡成一排，打扮风格不尽相同，看起来像五颜六色的儿童八音琴。他切换电视频道，调成网络电视，随便从热门里选了一部电影来打发时间。

黄色的花海中，男主人公出现在窗户底下。电视荧幕的光打在脸上，肖屿崇听到身后传来窸窣声，他回过头，发现不知什么时候廖茗觉已经醒了。她站起来，越过睡着的朋友，踩着大家身体中间的空隙出去。

她坐到他旁边，拿桌上的零食吃："这是什么片啊？"

"《大鱼》，"廖茗觉坐下时，肖屿崇的心跳漏了一拍，但之后便恢复稳定，"听说过吗？"他看着她的面庞。她今天没化妆，透露着未加修饰、生机勃勃的野生感。出乎意料，与她在一起时，他并不会有那么多自乱阵脚的悸动，更多的还是安心感。

廖茗觉笑着说："没有！但看起来很浪漫！"

她又看着屏幕说："要是有人这样来告白，谁会不答应啊！"

肖屿崇问："你喜欢这样的？"

"女孩子都喜欢吧？"廖茗觉不负责任地代表全体女生发表观点。

他回过头，有过片刻的静默，但只是在酝酿话语。"假如是我呢？"他问。

"哈哈哈，你肯定也算在人的范畴里啊。"

看着她对自己的心情一无所知的样子，肖屿崇突如其来有种找不到源头的怒气。他说："你是假装不懂还是真的不懂？我喜欢你。"

廖茗觉头都没转，继续盯着电视说："嗯嗯，我知道啊。我也喜欢你。"

一年结束的尾声，朋友们安睡的梦境以外，温暖的房间里，他抓住她的手腕,强迫她看向自己这边。她不明所以地望着他,满脸都是错愕与茫然。

"我再说一遍,我喜欢你,我在跟你告白。我在问你要不要跟我谈恋爱。"肖屿崇坚定地开口,仿佛被怒气与不甘心驱使着说下去,"廖茗觉,你现在听懂了吗?"

她愣住了。

这是肖屿崇认识廖茗觉以来头一次看到她这种表情。毫不夸张,就像烧开了水的水壶一样,她整张脸都在一瞬间变红,她张开了嘴,但除了表达诧异的单音节"呃"以外什么都没说,然后眨眼,错开视线,接下来发出的声音是"欸"。

害羞这才后知后觉涌上来,肖屿崇拼尽全力按捺,却还是挡不住沮丧。什么啊,这都是什么啊!错了,全错了,真是乱套了。他应该像电影里那样在种满黄水仙的花园里向她告白的。但或许这就是青春,他们尚且不成熟,因此总是犯错,永远有缺憾。

"我……"廖茗觉终于要做像样的答复了。

"你?"肖屿崇无意中透露出自己的急切。

"我不知道……"说不清为什么,廖茗觉突然回想起旁观过无数次的情形——邓谆拒绝别人的时候总是会说一句这样的话——"我没往那方面想过。"

不过,肖屿崇自然不会觉察到她的引用。他说:"那你再想想吧。"

廖茗觉战战兢兢地看向他。

肖屿崇怎么会喜欢上她呢?廖茗觉百思不得其解。他到底喜欢她哪里?喜欢她皮肤黑?喜欢她莽莽撞撞?他明明很少拿正眼瞧他们,平时的活动,也不是每次都参加。除了他们,他在大学还有很多别的好朋友,而且,假如说"火箭队"三人和"小智"算怪人,那肖屿崇的那些朋友就是常规意义上的"正常人"。

他对所有人都凶巴巴的,不苟言笑,还喜欢跟她吵架,竟然会喜欢她?

肖屿崇说:"你要认真地考虑,然后给我回复。知道吗?"

廖茗觉木讷地点头,呆呆地说:"哦……知道了。"

现在,电影里的任何信息都进入不了大脑了,如坐针毡,廖茗觉猛地起身,说要去外面凉快一下。

门关上,肖屿崇松了一口气。突然间,仿佛电闪雷鸣,他猛地感觉到了什么。

肖屿崇转动脖子。

王良戌、胡姗正探出头来,都在用震惊到无语的表情看着他。邓谆则平躺着拽他们俩，心想，别盯着人家看啊！多尴尬！

王良戌坐起身，一把握住胡姗的手腕，把她拉过来，模仿《恶作剧之吻》里的江直树，很酷很深情地说：“你要认真考虑，知道吗？”

胡姗也瞬间变脸，假装《恶作剧之吻》里的袁湘琴，两眼放空，颤抖着嘴唇回答："哦！知道了！"

"你觉得尴尬吗？"小剧场结束，王良戌笑着问。

肖屿崇言简意赅："嗯。"

"那我们睡了，没起来。"胡姗翻了个白眼，立即倒下假装尸体。

"晚了好吗？！现在搞什么亡羊补牢啊！一开始就躺着会死吗？"肖屿崇怒骂。

"你这太强人所难了。我们都睡着，你在这儿搞什么啊？"胡姗真的很无语，回头又迁怒邓谆："你别抖腿了，我们盖的是同一条毯子，晃什么晃啊！尿急就快去洗手间！"

邓谆被赶出去，困得不行，路上遇到肖叔叔，还问了下洗手间的位置。上完出来，他看到晾衣间亮着灯。透过玻璃门，他看到廖茗觉在和她妈妈打视频电话。

他也给爸爸妈妈发了条"新年快乐"。

等了几分钟，邓谆才敲了敲门。廖茗觉看过来，又兴冲冲地把手机递到他跟前："来！邓谆！跟我妈妈打招呼！"

邓谆立刻切换状态，笑着挥手："阿姨好，我叫邓谆。"

"哇！好帅的小伙子哦！你好呀。"廖茗觉的妈妈看起来格外年轻，笑着应答。

"早点回去吧。"邓谆小声提醒廖茗觉，"他们在等你。"万一她在外面待得太久，说不定那几个自封的廖茗觉家属会直接打起来。

廖茗觉会意，和妈妈简单地道了个别，正要走，肖娅卿突然出现，她好像还是想跟邓谆拍条短视频。廖茗觉回去，刚要开门，却顿住了。

她听到了他们正在说的话。

邓谆追上来时，只看到廖茗觉停在门口。他问："怎么了？"她立刻笑起来，开门进去。

熬过零点，庆祝了跨年，大家各自回房间睡觉。看到他们出来，肖叔叔和肖阿姨还感慨了一下："以前我们年轻的时候也这样啊。仗着年轻，一群人就不分男女，挤一块儿睡。"

"那时候爸妈都不担心的，如今时代不一样了——"

就要分开，胡姗突然叫住他们："我带了盒面膜来，刚刚给忘了。来，今晚都敷一下，做个精致的大学生，OK？"她像个微商，不容分说分发Mediheal的黑色面膜。

三个男生敷着面膜回房间。

邓谆还好，一看到王良戊那总是笑眯眯不知道在想什么的样子，肖屿崇就感到迷之不安。他强行拉住邓谆，要求邓谆睡中间。邓谆报怨"热死了，我不要"，却还是被强行按到了中间。三个人并排躺着，虽然敷着面膜，但还是有人管不住嘴要说话。

肖屿崇含糊地说："其实感觉你们俩有些地方挺像的。"

"长得帅吗？"王良戊说。

"把脸收好，别再随地乱丢。"肖屿崇说，"你俩都挺习惯维护形象的。"

王良戊乐呵呵地回道："大家多少都会吧？你难道会直接在大家面前抠鼻子吗？"

"这……"肖屿崇激动地支起身，对他怒目而视，"有什么关系吗？"

"我们都希望别人觉得我们帅、酷，"王良戊说，"很正常啦。你也要面子。"

肖屿崇深吸一口气，转移话题："赖子，怎么一直不说话？"

邓谆仍然一声不吭。他拿起手机看了眼时间，然后才撕掉面膜。作为曾做过需要护肤的工作的当代男性，他说："敷面膜的时候少说话。我打算不营业了。"

"你终于要做坏男人了吗？"王良戊也撕掉面膜。

"对。"邓谆说。

肖屿崇不屑，转身就要睡："神经病。"

邓谆抓住他的后衣领："去把面膜液洗了。"

另一边的房间，两个女生同样贴着面膜，胡姗在疯狂做着空中踩单车，廖茗觉在背考试提纲。

廖茗觉突然问："胡姗，你会跟邓谆谈恋爱吗？"

胡姗差点一口气没上来，狐疑地反问："我干吗要跟邓谆谈恋爱？"

"那王良戊呢？肖屿崇呢？我们不是每天一起玩，你不喜欢他们吗？"

"那不一样。"胡姗说，"虽然现在诞生了很多新的生活方式，比如跟朋友搭伙过一辈子，但大部分人还是会选择爱人。朋友是会散的，我们不可能永远这样每天在一起。"

廖茗觉陷入沉思。

胡姗继续道:"到时候我们都会有各自的生活,假如建立家庭,下班回家,面对的也是配偶和孩子。"

廖茗觉突然有点伤感。

胡姗安慰她:"但我是不婚主义者,应该会更自由点。你可以来找我玩。"

廖茗觉聚精会神地看过来:"你不是说朋友是会散的吗?"

"散是会散的,可我们还是可以联系的啊。"胡姗解释道,"不过,要谈恋爱的话,就要两人单独在一起,就不能三四个人,不能叫上我,只有你们俩。懂了吗?"

期末考试周开始,廖茗觉的状态却很不对劲。

隔壁专业的同学正在食堂挨个盘问谁偷吃了他们专业有放射性标记元素的农作物,胡姗和邓谆在聊交虫期的事,廖茗觉却连筷子都拿不稳了,整个人神志恍惚,困得把菜送到了自己耳朵里。"你怎么回事啊?平时都不这样,"胡姗皱着眉问,"是缺少微量元素吗?"

王良戌打工结束才赶到,邓谆才打了声招呼,廖茗觉就猛地醒来,一跃而起,朝王良戌冲过去。

有同学路过,凑近来问邓谆"下午要不要一起去看电影",他笑着侧过头,看着对方回答:"你们又要把我照片发到其他院,骗别人说我在找对象吧?"

"啊哈哈,别这么小气嘛。"男同学倒是皮糙肉厚,直接打起了哈哈。

万幸邓谆也笑了,笑得令人松了一口气,误以为能够蒙混过关。他平易近人地招手,示意对方靠近,然后面无表情地贴在对方耳边说:"不行。"

男同学一脸难堪地起身,邓谆已经恢复往常那副善良的样子,再次像煞有介事地微笑,越是波澜不惊,警告效果越好。

等到对方离开,胡姗和王良戌齐齐鼓掌:"坏男人,坏男人!"

邓谆用手机打开二维码,请他们扫他:"要删的人太多了,我索性换了个微信号。"

三个人像领救济粮似的伸出手来扫码。

胡姗说:"你要痛改前非啊?"

邓谆看着手机冷笑:"我现在觉得活出自我的精髓就是把无所谓的人得罪光。"

王良戌也发笑:"哈哈哈,还是不要这么放飞啦。"

"你们看这个。"邓谆把手机递给他们看,只见微信界面不断刷新,新的朋友那一栏红色的数字在持续增加。他似笑非笑,淡淡地说着:"我才注册不到一天,也就加了你们和老师,关注了学校的公众号,但是就是一直有新的人在加我——"

王良戌苦笑:"不愧是吃个饭都会被偷拍上抖音热门的人,心理素质就是不一般。"

胡姗"啧"了一声,嫌弃地控诉:"你不要用这么平静的态度说这么恐怖的事啊!"

邓谆的新账号头像是自己的照片。廖茗觉点开大图,发现那张照片是她拍的,他举着老师的竹节虫标本,冲镜头露出标准的笑容。

"我去复习了。"廖茗觉起身说。

她才走到外面,邓谆就追了过来:"我们一起吧。"

想到下学期的暑假就要去实习,廖茗觉长长地叹了一口气。

邓谆说:"感觉你最近有点奇怪。"

廖茗觉藏不住秘密,被戳穿后立刻两眼放光:"呜呜呜,你发现了吗?"

应该是因为肖屿崇的表白吧。邓谆合情合理地想。廖茗觉对男女交往一窍不通,却突然被认定是朋友的人提出恋爱邀约,一下子乱了套也情有可原。不过,这种事还是自己抉择比较好。他尽可能有分寸地问:"有什么我能做的吗?"

"嗯!"廖茗觉急切地望着他,"你说我要怎么办啊?"

要怎么办呢?邓谆想。她喜欢肖屿崇吗?

廖茗觉说:"王良戌要转校了!"

◇ ◇ ◇

那是跨年夜发生的事,廖茗觉和妈妈打完视频电话,回去房间时,偶然在门外听到了里面人的对话。

王良戌说:"我爸爸希望我别学现在的专业了。"

"学农确实是天坑。你要转专业?"胡姗说,"有些人很有发言权啊。"

尝试过转专业的肖屿崇不满地回复:"闭嘴。"

然后王良戌继续说:"估计要转校。"

"出国吗?"

"因为我爸爸的工作,出国会比较麻烦。所以在国内。"

听到后,廖茗觉久久迈不开步子。她把这一切告诉了邓谆。

邓谆思考了一阵提议道:"问问他吧。"说着就掏出手机。

廖茗觉制止了:"可是他不是特地趁着我出去的时候说的吗?"

"我当时也在外面,"他回答,"王良戌不是那种要走了会藏着掖着的人吧。"

"我不知道。很快就要考试了，我很害怕。"廖茗觉戴上痛苦面具，焦虑得原地小跑，"万一呢？要是呢？"

邓谆伸手按住她不安分的身体，主动要帮忙解决问题："我去问。"

"不行！"只听廖茗觉一声大叫，抓住他的手，不允许他拿手机。

邓谆试图挣脱，把手背到身后，廖茗觉继续握着他的手，两个人像在跳舞似的，远远看起来又像强行抱纯情男的女流氓和抵抗女流氓的纯情男。

"假如是坏消息，我不会说的。"

"那我要是没听到回音，不就知道是坏消息了吗？！"

"哦……那倒是。"邓谆放下手机。

廖茗觉表情凝重，言之凿凿："所以你现在也别去问。等考完试我自己去问。"

最后一场考试结束当天，大部分同学直接回家，廖茗觉也匆匆忙忙赶到机场，又在巴士和摩托车上颠簸了好长时间才回到家。晚上空闲下来，她酝酿了好久，睡前才发消息给王良戊。

王良戊的回应是："啊？你听到了啊？"

"嗯……"廖茗觉可怜巴巴地道，"你真的要走吗？"

"不是啦！"结果王良戊轻飘飘地回答，"你当时肯定没听完！"

当时廖茗觉听到王良戊说"估计要转校"时，就彻底陷入了震惊，加上邓谆又从后面走了上来，导致她没把对话的结尾收入耳内。

而当时王良戊马上就接着说了："不过我拒绝了。现在转校多麻烦啊，而且我也喜欢待在这儿。"

"是因为我们吗？"胡姗冷笑着打趣道。

他笑眯眯地回答："算一部分原因。"

"拒绝了？真的吗？"廖茗觉反复确认，"你爸爸不会像周朴园一样吗？"

"哈哈哈，怎么会？也就是唠叨了我一阵子而已。"王良戊说。

"呜呜呜！太好了！"

得知王良戊不会转校，廖茗觉感觉比过年还高兴，连喂鹅、种地的时候心情都好了许多。臭烘烘的又暴晒，她还有闲心哼歌，然后被爷爷用烟斗敲了头。

吃晚饭的时候，爷爷问廖茗觉钱够不够用。廖茗觉知道爷爷有存钱，但那是养老本，她才不花呢。她说："没事的，我已经想好办法了。"

爷爷看着她。

廖茗觉回答："我要去找爸爸要。"

这次开学，廖茗觉又提前去了大学，并且在一大清早上班族出门上班的时间点堵在爸爸的家门口，顺便还抽空和爸爸后面做家庭主妇的女性打了个招呼。最后她如愿以偿地在门口点了钱，又拿到了余款的银行卡才走。

开学后老远见到王良戊，廖茗觉就冲了上去。"呜呜呜呜呜呜！"她欲哭无泪，"我还以为你要走了呢！"

"哈哈哈，说了不会走啊。"王良戊不经意地避开她一如往常树袋熊般的拥抱。

拿到了爸爸给的钱，申请到了奖学金，最近经济条件变得尤其好，加上刚开学没有考试，廖茗觉前所未有地积极："这回清明节放假，我们去吃好吃的吧！我请客！"

虽然这个假是为悼念先人而放，但对短短三天不能回家的大学生来说，更多还是纯粹休息。

胡姗比平常还没食欲，简直到了令人担心瘦到消失的地步："我前段时间报名了一个 Urban Dance 教室，练得腰酸背痛，就不去了。"

"我也有点事，你们一起去吧。"王良戊微笑着说。

"那就只有我和邓谆吗？"廖茗觉看向邓谆。

邓谆反而问她："你要请客？"

"嗯，"廖茗觉凑近他耳朵，伸手遮住嘴巴，"这是因为是你我才说的哦，我现在真的很有钱——"

虽然钱其实也不是很多，但于廖茗觉而言的确是巨款。邓谆也就答应了。

肖屿崇是在放假前一天才从群消息里得知的。他那天答应了帮老师整理资料，但一听到消息，就果断决定放老师的鸽子。廖茗觉倒是没意见，大大咧咧就答应了。

新学期有两个新变动。

廖茗觉被踢出了传媒部。她本来也觉得有点腻了，很多同年级生也都在走流程，她索性就和他们一起了。倒是那位她得罪过的学生会副主席继续嚣张，之前结业典礼还作为他们年级的学生代表发了言。

而另一个变动就是邓谆住进了男生宿舍。

他搬去的寝室混杂了几个专业。据王良戊一线的报道，第一天就有缺德的室友偷拍他，邓谆向辅导员打了报告，事情还闹得不小，"犯人"差点退学。换了几个比较明事理的，大家才相安无事。

听说以后，廖茗觉马上冲到了男生宿舍楼下，恨不得马上把那家伙抓去以酷刑对待。

男同学们都围在走廊上看热闹。肖屿崇头皮发麻，替人尴尬的毛病又犯了，一抬头，才发现当事人就在自己身旁。邓谆也靠在窗边，忽然喊了廖茗觉的名字，他甚至挥了挥手。

廖茗觉也挥起手来，笑着喊话："不要紧吗？"

"没事了！"邓谆回应她。

真是一群坦荡得不怕丢脸的人。肖屿崇发自内心地想。

关于肖屿崇也要一起吃饭这件事，邓谆在走廊尽头的桥上问廖茗觉："这样好吗？"

"什么？"廖茗觉没听懂。

邓谆有所迟疑。按理说，他也好，胡姗和王良戍也罢，到现在都应该装作不知道肖屿崇告白这件事，但他转念一想，廖茗觉估计不会在意这些细节，于是直截了当地说："他跟你告白，你还没回复他吧？"

廖茗觉"当机"。她用力吸气，发出"嚄"的声音。

她欲哭无泪："天啊，我都给忘了。"

竭力忍住了马上就脱口而出的"我就知道"，邓谆说："要不然我找个借口不去，你趁这次吃饭回复他？"

廖茗觉陷入巨大的负罪感当中："可是我真的没想好……不，我根本就没想，他还叫我认真考虑的……我完全忘了！"

邓谆已经麻木地玩起手机。

"邓谆！"廖茗觉哭丧着脸，习惯性向人求助，"怎么办啊？"

他们两个人你看看我，我看看你。最终，邓谆说："我帮你拒绝吧。"

"会不会不好啊？我感觉不太好，"廖茗觉有过短暂的松懈，但很快，又颓靡地低下头，"我还是认真想一想吧……"

"但你不喜欢他吧？"邓谆淡淡地说，"不是那种喜欢，不然就不至于忘记了。"

廖茗觉回答："可是我听说也有谈了才喜欢上的恋爱。"

"话是这么说，"邓谆想了想，"那你要答应吗？"

"我不知道啊啊啊啊！"她身体后仰，整个人倒在桥沿上。

时间很快就到了一起去吃饭那天。

廖茗觉选了一家日料店，三个人坐出租车过去。刚听说店名时，肖屿崇心里就一凉。凭廖茗觉的经验，保不准根本就不知道有的网站能看人均消费。这家店出了名地贵，就算她最近有点小钱，可哪里经得起饮食上这么大的消耗。

等到了店门口，廖茗觉还在那儿初生牛犊不怕虎地感慨："哇，看着还挺豪华的。"殊不知肖屿崇已经在内心大喊了成千上万遍："不是看着豪华，本来就很豪华啊！"

果不其然，等坐下看到菜单，肖屿崇偷偷瞄对面，总算在廖茗觉脸上看到了眼皮狂跳的反应。他心想，没吃过这么贵的东西吧？在怀疑寿司是不是捏的金子吧？面对无论装潢还是服务都这么高格调的地方就连野人都懂得看气氛了吧？

"好贵啊。"只听一个泰然而平缓的声音响起。就在廖茗觉除瞳孔地震外做不出其他反应的时候，邓谆云淡风轻地合上了菜单，抬头询问服务员："有没有平价一点的推荐？"

服务员与他对视大约超过五秒钟，反倒有些落了下风，末了还是翻到后面几页，边看他眼色边问："这个轻食套餐您看看合不合适呢——"

"那就要这个吧，"他抬头看向另外两个人，在肖屿崇和廖茗觉齐刷刷惊讶、疑惑加惊慌的注视中，邓谆反而不懂他们为什么这样，"你们觉得呢？"

肖屿崇回答："挺好的。"

"嗯嗯嗯嗯嗯！"廖茗觉连连点头。

等到服务员收好菜单离开，肖屿崇才压低声音碎碎念："你怎么……你是不是……你好勇敢啊！要是没有这个套餐怎么办？"

廖茗觉也附和："真的好贵，但是那个服务员也好吓人！"

"那能怎么办？只能走了，"邓谆又在玩手机，不可理喻地回答，"又不能吃霸王餐。"

他抬起眼，对提出这个问题的肖屿崇笑了一下。那笑容转瞬即逝，有点嘲弄，更多的却是对同伴无可奈何的体贴。

怎么说呢？那一瞬间，肖屿崇产生了被同性撩到的感觉。

"啊，"廖茗觉仰起头，突然皱了皱鼻子，"空调漏水吗？这里也没那么好嘛！"

"是啊。"邓谆突如其来地起身，用纸巾去擦她鼻尖上的水。说不清缘由，肖屿崇第一反应竟然是向后缩。他狐疑地看着他们，恰好与擦完后折叠纸巾的邓谆对上视线。邓谆解释说："我看她化了妆，怕她把粉底擦了。"

廖茗觉咯咯咯地笑了："邓谆现在就跟在营业一样。"

"嗯，"邓谆拍了拍自己旁边的位置，示意廖茗觉坐过去，"我觉得你之前说得对，我应该对熟人好一点。"

买单的时候，肖屿崇提出要帮忙买单，结果被廖茗觉拒绝了。付完账后，他们往回走，却看到邓谆站在旁边，正在看柜台一侧饲养的仓鼠。大概发现没有食物了，他从旁边找到干果盒，打开仓鼠笼补充进去。

走出店门，廖茗觉没忍住感慨道："真是破费了啊！"

"就当体验一下了。"外面有些晒，邓谆收起手机，侧身回过头，迎着光的正面仿佛被镀了一层金色，他笑道，"要是吃不起饭，我请你去吃食堂。准备吃一个月米线吧。"

廖茗觉把眼睛笑成一条缝："我吃一年米线都不会腻！"

邓谆又说："我要去一趟我妈公司，就先走了。拜拜。"

直到他走进地下通道，她还久久站在原地，满脸做了梦似的余韵。肖屿崇在她眼前挥了挥手，她才回过神，匆匆忙忙笑着问："那我们回学校？"

肖屿崇边走边问："你跟邓谆……是怎么认识的啊？"

"就在我一开始打工的便利店认识的。"廖茗觉笑嘻嘻地回答，"他还凶我呢，说'看什么看'。"

看着她兴致勃勃模仿邓谆的样子，肖屿崇接着说："但他其实性格挺好的。"

"对啊，你也这么觉得吗？"廖茗觉一下激动起来，小跳到他前面，脸上被惊喜填满，情愿往后退着走也要说，"长得很帅，但是又没有架子。刚刚是帮我解围才那样的吧？而且还点了那么好吃的菜！他拿筷子的姿势——"

眼看着廖茗觉开始滔滔不绝，肖屿崇摸着良心确认，她的评价里大半都具有强烈的个人揣测色彩以及滤镜加成。

"停！停停停！"肖屿崇像是十字路口的交通警察，及时为她也为自己叫停，"可以了！我知道了！"

廖茗觉下定决心，郑重地对他说："那个，之前那个事我想好了！我现在就告诉你——"

答复来得猝不及防，肖屿崇却突然抬手道："不用了，我不想知道了。"

她目瞪口呆："啊？"

"我说不想知道了，"肖屿崇尽量控制自己不去看她的眼睛，他说，"就当我没说。我收回我的告白。"

廖茗觉还是茫然："为什么……"

"那我也先走了。"肖屿崇努力轻松地道别。他走的时候脚步僵硬，却死撑着不希望被看出异样。

廖茗觉目送肖屿崇离开，整个人呆滞在原地。

心动，尝试，退缩。犹豫，观望，想放下，再试一次。放弃。失败。肖屿崇有点讨厌被挫败感的浪潮冲击到自暴自弃的自己。

手机振动着，廖茗觉站在原地，什么都不知道，也什么都没有明白。她抬手去抵住鼻尖，想要借此来抑制住扩散的酸涩。她举起手机，点开消息，邓谆在问她"怎么样"。她断断续续地回复："我可能……被拒绝了。"

她看到他那边正在输入中。

邓谆删删改改，最后发来长度与输入时间不匹配的消息："你在哪儿？"

廖茗觉没有回复，放下手机，说不上痛苦，也不是悲伤，可能更近似于失望、内疚与后悔。悔意吞没了那颗什么都不懂的心，她觉得自己很笨，太笨了，什么都不懂。是只有她一个人这么笨，还是所有这个年纪的人都这么笨？

廖茗觉往前走，背后传来脚步声。

另一个被她说过"笨"的人气喘吁吁地出场，邓谆说："廖茗觉！"

廖茗觉回过头。他走过来，先去扶她肩膀。说实话，她有点紧张，虽然她也不知道到底紧张什么，或许是怕被谴责，又或者心底根本不愿谈论这件事。

然而，邓谆率先提议的却是："我们找地方吃点东西吧？"

她没来得及想出回答的话。像在传递"不说话也可以"的意思一般，他又说："刚吃了饭，就想吃点甜的。"

"你想吃蛋糕吗？我知道一家店的蒙布朗很好吃，我先预约……"邓谆直接说下去，他没有看她的脸，带着不关心刚才发生了什么，也不会追问她的表情。他想掏手机，却突然想起什么，安抚且仓促地微笑："我刚把手机忘在充电站了，等等我，我去拿一下。"

邓谆怎么会粗心成这样呢？廖茗觉看着他离去的背影，突然也笑了，笑着笑着，还是抬起头。

他们都太笨了。

假期结束后的第一节课，肖屿崇照旧坐在朋友中间。身旁突然落下一道黑影，原本交头接耳的同学不约而同地噤声，通通看过去。

邓谆久违地对无关人士挤出好脸色，把教材抛到桌上，直接道："腾个座吧。"

显而易见来者不善，肖屿崇没有动弹，旁边却有其他同学没义气地腾了座。

邓谆坐下，边翻书边问："上次讲到哪里了？"

"没听。"肖屿崇惜字如金。

"不太好吧，"邓谆的笑感染力很强，他的笑脸属于那种盯着看的话会让人也不由自主笑起来的类型，"课还是要听的。"

肖屿崇沉默片刻，随即扭头道："你到底想怎样？"

"不怎么样，"邓谆仿佛在故作深情，"觉得很好奇而已。到底为什么说告白就告白，说收回就收回，跟闹着玩一样？"

笑着的人与面无表情的人对峙着。

周遭大部分人并不知道是什么事，纷纷交换眼神。

还没开始上课，老师也不知道躲哪儿去了。邓谆说："解释一下吧。"

在同学面前被曝光秘密，肖屿崇难以掩饰不快："你就是来找麻烦的，不是吗？"

邓谆不合时宜地失笑："我还没找麻烦呢。"

"那你倒是找啊！"肖屿崇抬高了声音。

战争一触即发。影响课堂秩序视情况严重程度将给予通报批评到记过不等的处罚，本学期评奖评优一律不考虑，是否记入档案还要从长计议。

同一时间，邓谆和肖屿崇都感觉后颈一凉。

他们的衣领被攥住了，整个人被拉着站起来，和蔼的嗓音在他们背后响起，王良戌亲切地笑着："出去解决吧？"

他们是被拽出去的。

把肖屿崇和邓谆拽出教室后，王良戌还从门外探出头来，笑眯眯地说了句："麻烦大家就别跟来看热闹了哈。"他措辞礼貌，语气温柔，但无缘无故，真就没人敢跟出去。

谁也不知道他们发生了什么，只知道回来时，邓谆和肖屿崇一个一瘸一拐，一个按着肚子，两个人以被绑架了的气势手挽着手。王良戌毫发无伤地坐下，低头继续该干吗干吗。

胡姗和廖茗觉睡过了头，踩着铃声赶到教室，坐下就问周围的人"老师呢"。老师姗姗来迟，比她们到得还晚，而且一进来就说课程顺延，自己临时要出差。两个人都松了一口气，在走廊上等大家出来。

王良戌走过来，等到肖屿崇和邓谆到场，他才开口："我有件事要跟你们说。"

他们都看向他。

王良戌笑着宣布："我有女朋友啦。"

有过短暂的安静。

"恭喜。"邓谆说。肖屿崇也点头。

"不是转校就行。这是好事啊，"廖茗觉拍着胸口，扭头看旁边，"以后咱们还能一起玩就行——"然而，她看到胡姗意味深长地挑眉。

"祝贺你，"胡姗说，"是我们学校的？"

王良戌回答："嗯，别的院的。"

"懂了，挺好的。"胡姗笑了。

一瞬间，廖茗觉突然明白了。她说："以后……你就不能像现在这样经常陪我们玩了，是不是？"

"不止是这样吧。"胡姗笑着侧过头，她在看楼下铁树泛着光泽的树叶。

"对，"王良戌看着廖茗觉的眼睛，他回答她，坦然地、明了地，仿佛在教她什么一般，"不能再想抱就抱了，也不能每时每刻都聊天了，晚上也不能单独出来见面了。"

廖茗觉看着他。她感觉自己就快从什么当中醒来。

头像是自家牵牛花的账号私信"漂亮小呜呜"，问他怎么设置密码。他才高考完，或许是太闲了，所以回复了她。然后她又问他怎么发微博，他再一次解答了。

"漂亮小呜呜"问："你是第一次玩微博？"她说："是的。"连带着把他并不想知道的事——比如怎么买的手机，自己是哪里人，刚刚高考完一股脑都说了。那之后，她时不时会主动发消息给他。他没有关注她，也不怎么回复，满心只想着如何突破 39 万粉丝的大关。

当时流行一本网络小说，不知道是不是作者中途中了彩票，虎头蛇尾，最后草草为主角派发便当了事。所有推文号都在测评中进行抨击，明明什么都有了，前途一片坦荡，却选择自杀，那样的角色只是为了恶心读者。所有人都这么觉得。

"漂亮小呜呜"也写了文评。具体内容是什么，他已经忘记了，大约也与别人的大同小异。

"自杀选择割腕成功率多低啊""他不会以为自己很痛苦吧""到底自我意识过剩到什么地步才会去炫耀自己惨"。他没想到那些与别人不同的地方会被关注，牵牛花头像的人发私信给他。她问他是不是过得不好，不是挑衅的口吻，却丝毫没减轻冒犯他的效果。

他在傍晚读到消息，水果刀掉落在地，旧伤新伤重叠。手腕的血沿着手指滴落，弄脏了屏幕。被窥探般的不安从天灵盖迸发，他只觉得恐惧，畏惧被人知道，害怕被人揭露，他是理想家庭里光鲜亮丽的儿子。等回过神来时，他已经在辱骂了，歇斯底里，疯了似的。他用最恶毒的话诅咒她，即便想诅咒的是别的东西。

她却像没有心肝一般回复他："我说中了吧。"

她说:"你敢骂我!有本事打一架!你家在哪儿?不去是狗!"

他不知道自己做了什么,整个人都在发抖,痉挛到呕吐。家里一直没有人,一直都没有。他独自醒了又睡着,不记得是什么时候的早晨,牵牛花的头像又出现在了屏幕顶端。他在楼上看到廖茗觉。

爱丽丝第一次见疯帽子时那样小,小到就像莴苣公主从高塔上低头看到的王子。疯帽子说:"是你,爱丽丝。我们一直在等你。"

王良戍在睡衣外面套了外套,带廖茗觉到附近的便利店吃东西。她毫不客气,边吃边回头看柜台,滔滔不绝地说着话:"没想到你和我居然同城,我刚好来找我妈。本来只是说着吓唬吓唬你……你是男的啊,我还以为你是女的……这里招工吗?好时髦啊,好有都市人的感觉。"

王良戍握着便利店自助的热红茶,有一搭没一搭地回复:"……一般会招兼职。"

原来茶这样好喝。

在此之前,他不相信幻想一样的人和事。扭曲的仙境使人变成疯子,他一直在等那个会留在记忆花园的朋友。

廖茗觉笑了。"嗯!"她说,"你们要长长久久!下次叫你女朋友一起吃饭呀。"

不要不情愿,不要不开心,不要说"你不在,我会很孤单",就算担心会渐行渐远,她无处不在的朋友。

15 巴扎帅

> 廖茗觉也在心里定下了短期目标。等开学她就表白。

廖茗觉在床上用被子罩住头，趴着发呆。

突然间，被子被掀开，满身酒气的赵嘉嘉滚上来，在廖茗觉又好气又好笑的推搡中躺下。廖茗觉说："你上错床了啦！你们谁来帮忙挪她一下啊！"然而下铺刚浪完回来的女生都在假装耳聋，纷纷无视。

廖茗觉只能有气无力地挪了个窝，分出一半位置给她，继续盯着手机看。

"怎么了？"赵嘉嘉伸出老虎钳似的手臂，直接把她脖子夹住了，"发了消息在等别人回呢？"

廖茗觉点点头："嗯。"

"谁啊？男的？"赵嘉嘉打了个酒精超标的哈欠。

"不是，是王良戊的女朋友。我们上次吃了个饭，气氛挺好的。回来我给她发消息，她本来每条都会回，这几天突然不回了。但她把朋友圈都删了。"廖茗觉说，"我在想她是不是太忙了。"

赵嘉嘉沉默了几秒钟，随即口无遮拦地道："你被屏蔽了吧？"

"什么？"廖茗觉诧异。

"你把她的号给我。"赵嘉嘉搜索了一下，以社团联合会的名义添加对方，一下就通过了。她把对方根本没有删除的朋友圈界面展示给廖茗觉。她打着哈欠，一边嘲笑廖茗觉一边准备爬到隔壁床。

"这是为什么啊？我做错什么了吗？"这次轮到廖茗觉抓住赵嘉嘉，死都不肯放她走，"帮我分析一下吧！姐！"

赵嘉嘉拗不过，坐在她床上问："那天吃饭你们都聊什么了？"

"就很平常的事啊，"廖茗觉也坐起身，认真地罗列道，"考试、我和王良戊一起打工的店、我们上次去的水上乐园、王良戊送我的枕头……"

赵嘉嘉扑哧一声笑出来："吃完饭你是不是还只跟王良戊说了拜拜？"

"没有！我对他俩都说了拜拜！"廖茗觉引以为豪。

"有没有多跟王良戊说什么？"

"……邓谆叫王良戊植物病理学记得跟他拼报告而已，我就多说了句'回头联系,我们三个人拼'……这也有关系吗?"

赵嘉嘉冷冷地摊开手:"我看看聊天记录。"

廖茗觉把手机递过去。

女王单手翻着聊天记录,廖茗觉立刻化身侍女,先从隔壁床把香薰油拿过来,然后乖巧地给她捏肩捶背。做过美甲的长指甲敲打屏幕,赵嘉嘉发表评论:"你提了很多次王良戌啊。"

廖茗觉沮丧:"因为我担心没什么共同话题。"

赵嘉嘉恨铁不成钢地闭上眼,将她的手机抛开,语重心长地道:"胡姗是怎么做的?"

"胡姗不理她,微信都没加。她说那个女生跟我们合不来,玩笑都开不了。我觉得她太无情了……"廖茗觉说得头头是道。

"傻吧你!"赵嘉嘉厉声打断,"你就应该学胡姗。"

"啊?"

"吃饭时净聊你们专业的事,还提到你们以前出去玩,你以为是拉近关系,人家女生只觉得你是在炫耀你们关系好。"

"嗯,"胡姗不知道是什么时候回来的,面无表情地站在床下插嘴,"更别说他女朋友还是那种性格。"

赵嘉嘉来了兴趣,低头往下看:"哈哈,什么性格?"

胡姗冷冰冰地思考了几秒钟,最终找到了最恰当的对标角色:"《好想告诉你》里的女主角爽子。"

廖茗觉沉默。

"她肯定是受不了了,"深思熟虑后的赵嘉嘉拍了拍廖茗觉,醉醺醺地爬到自己床上去了,"不想跟你朋友绝交的话就别发信息了。"

廖茗觉很郁闷。在被现实的恫吓和女性朋友的忠告下,包括道歉,她意识到自己什么都别做为好。

得知胡姗、肖屿崇和王良戌偶尔会在《王者荣耀》上开黑后,廖茗觉毅然决定开启自己的游戏生涯。

但是,显而易见,她完全没有游戏天赋,在五对五的对局中不仅会输,还会被对面玩家嘲笑得体无完肤。就因为她,大家游戏体验感都降低了。

不过不幸中的万幸是,积分垫底的不只她一个人,邓谆也是初学者,对游戏一窍不通,还动辄找借口不上线。

到最后,为了不拖累朋友,廖茗觉还是放弃了。她对邓谆说:"我们为什么这么没用啊?"

无端被拉进"没用"阵容的邓谆正在看书,头也不抬地说:"因为玩得太少了。"

"可是胡姗也不经常玩啊。"

"胡姗以前玩过《英雄联盟》。"

廖茗觉趴到桌边,露出两只眼睛来,盯着邓谆翻书的手问:"你为什么不多玩玩啊?"

他终于看过来,慢条斯理地问:"那你呢?"

"我就是……我觉得有点累,看得眼睛都花了。"廖茗觉支支吾吾,像承认错误似的说,"而且我记不住那些技能,也不知道怎么走,连自己是怎么死的都不知道。"

邓谆若有所思地回道:"游戏本身是用来放松的。端游太麻烦了,所以我不太玩。"

廖茗觉说:"我现在不用打工了,可以多练。"

邓谆没有否决,只是思索了片刻,最终提议说:"要是不喜欢打游戏,还是换个事做吧。"

廖茗觉想去学一门乐器,但从吉他试到架子鼓,没有她感兴趣的。

廖茗觉想去写小说,但描述干巴巴的,她也不知道写什么。

廖茗觉想谈恋爱,她在赵嘉嘉的安利下下载了交友软件,却根本没人与她匹配。

"我不会其实是个什么都做不好的书呆子吧?"廖茗觉仰天长啸。

胡姗凑过来看了一眼,把廖茗觉的手机拿过去道:"你这个照片选得不行。"廖茗觉的资料照是在老家让那些小孩给她拍的,照片里,她站在一束花旁边做出闻花的样子,要多土有多土。胡姗点开相册,挑到一张还不错的,问:"这是谁给你拍的?"

廖茗觉说:"邓谆。"

胡姗一笑了之:"技术还不错,帮你换上这个吧。"

廖茗觉却说:"算了,我不想谈恋爱了。"

胡姗很惊讶:"为什么?看到王良戌谈了恋爱,你不应该更着急脱单吗?"

廖茗觉也说不出个所以然来:"反正我就是没那么想找对象了。"不知道为什么,不是那么想被人当成最特别的人了。

邓谆说:"挺好的。"

廖茗觉眨了眨眼,歪着头问:"为什么呀?"

邓谆蹙眉，抱起手臂想了一阵："我也说不清……就感觉挺好的，本来也没必要花心思在这种事情上。"

她叹了一口气："都大二了，这么大个学校，除了微商，竟然都没有向我要微信号的。"

看到她愁眉苦脸的样子，他不由得笑了。

廖茗觉继续抱怨："我是不是太奇怪了啊……"

倏忽间，邓谆笃定地反驳道："不用怀疑你自己。你很好，是别人的问题。"

沮丧的廖茗觉是世界上最容易哄好的小狗，一下就精神起来，笑嘻嘻地推搡他："也没有那么夸张吧！"

廖茗觉知道，她最近没精打采的频率太高了，总有些令人晕晕乎乎的想法萦绕在心头。她一度觉得自己大概永远都无法回到以前无忧无虑的样子了，但下一秒，她看到邓谆发来的消息——"周末要去电玩厅吗？"

刚刚还情绪低迷的廖茗觉振臂高呼："要去！"

廖茗觉在胡姗背后像影分身的忍者一样漂移，胡姗嫌烦了，猛地抓住她领口，把她扯到跟前来问："干吗？"

"嘿嘿嘿！"廖茗觉笑得像是费玉清，"那个哦，其实，邓谆约我去电玩厅！我不知道穿什么衣服！"

"随便穿就行了吧？又不是别人……"胡姗有过片刻的迟疑。邓谆约廖茗觉出去玩，应该是叫大家一起去的意思吧？肖屿崇前段时间才和廖茗觉出过那种事，还差点和邓谆打起来，当面碰头难免尴尬。凭邓谆的情商，肯定不会去问他。

果不其然，到了晚上，胡姗也收到了私聊，她没答应就是了。

到了没有课那天，邓谆和廖茗觉约在校门口碰头。廖茗觉借用了胡姗的卷发棒，折腾半天，差点把自己弄成狮子狗，匆匆忙忙跑过去，发现邓谆已经在那儿等着了。

平白无故多等了五六分钟，回过头来时，邓谆本来是有不满的，但看到她那头明显刻意折腾过的头发，又迟疑了刹那，随即转化为简短的称赞："很好看。"

他这种善解人意的时候真好！

——听完廖茗觉趁上洗手间发来的三十六秒长语音，胡姗不耐烦地打字回复："是你脑补太多了吧。"

他们坐地铁出去，车厢里人满为患。廖茗觉被挤了一下，手指也从扶手里滑了出去。她想抓更高的地方，却又够不到。邓谆握住她手腕，默不作声，把她的手按到自己肩膀上。

他们没有直接去电玩厅。

邓谆先进了一家咖啡厅，和柜台里的人低声说了些什么，随即收到一个盒子。他拎着出去，放到廖茗觉面前的桌子上。

"这是什么？"廖茗觉眼睛里有星星，"礼物？"

"嗯。"邓谆说。

她拆开。里面是一块蛋糕，表面用黑糖写着"廖茗觉天天开心"。

"你生日在寒假，所以我们都没庆祝过。"邓谆坐下说，"今天就当是过生日。"

◇　◇　◇

电玩厅外的咖啡厅处，在这里等待朋友的游客几乎无一不被这对年轻学生吸引，通通将注意力放到他们身上。原因无他，显眼而已。女生小麦色的皮肤健康十足，身材高挑，随意穿着T恤和热裤，乍一看像模特；男生也有出众的头身比，就算是最简单的牛仔裤、帆布鞋搭配，在他身上也格外美观。这样的两人组合，难免叫人想环顾四周，寻找取材中的摄像机。

加上又是大学生，廖茗觉在假哭着说"我现在开心得要起飞了"，邓谆笑着说"没到那地步吧"，虽然评价"秀恩爱死得快"是惯例，但谁看着能不感慨一句"年轻真好"呢？

进电玩厅时，廖茗觉觉得新鲜地四处张望。邓谆换了游戏币过来，两个人决定把全场的项目都玩一遍。

廖茗觉说："我只玩过老虎机，现在是不是都被禁了……"

邓谆干巴巴地冷笑："我一个都没玩过。"

"为什么？"廖茗觉扭过头问。

"一直都在练习，连朋友都没交过几个。"邓谆回答，"哪里有空到处玩？"

杀僵尸，投篮，格斗，廖茗觉和邓谆坐在并排的位置上玩飞车游戏，屏幕里的道路蜿蜒起伏，他们也一齐打方向盘。两个人都笑得很开心。

出来后，他们又站在娃娃机前表情严肃。

廖茗觉指着一只布丁狗的玩偶："去吧！小智！决定是你了！"

"好嘞。"邓谆"庄严地宣誓"。结果三次全落空。

廖茗觉推开邓谆："让我来！"还是失败。

两个人只能灰溜溜地离去，然后在旁边的连锁店里看到联名款的布丁狗毛绒包，立刻毫不犹豫地掏钱买下。

回去的路上，廖茗觉一直在碎碎念："这家连锁店或成最大赢家，搞不好这就是他们的阴谋。"

"这世界上的阴谋那么多，追究起来多麻烦。"邓谆最近在熬夜学习，今天玩了一天，累得把头往后仰。

"看不出来，"廖茗觉看过来，"邓谆你还挺逆来顺受的嘛。"

他困得头晕，不感兴趣地笑了几声。

暑假的实训有七天，带队老师把安全问题强调了一遍又一遍，然后才是实训作业。面对老师布置的梦幻KPI，同学们纷纷发出哀号。只有廖茗觉踌躇满志，在一片"太多了吧""老师饶命啊"的哀号求救中大喊"噢耶"。

同学们搬运行李，坐上巴士。廖茗觉跟胡姗坐在一起，邓谆和王良戌坐她们后面。四个人分享零食吃，胡姗还带了拍立得，拿出来拍照。

按下快门说"茄子"的瞬间，四个人都看到了前排不远处肖屿崇投来的眼神。

"那个人到底在别扭什么啊？"胡姗用力咂嘴，全然不掩饰自己的不耐烦。

邓谆鄙夷地蹙眉："想过来的话来不就行了。"

王良戌爽朗地发笑："哈哈哈，还假装没看到我们呢。"

"明明是他自己拒绝我的！"廖茗觉非常无语。

作为朋友中的同性，胡姗已经在寝室女生闺密夜话中听说过详细过程，邓谆算半个当事人，只有王良戌还不知道具体经过，现在才听说。

听完以后，王良戌脸上仍保持着笑容，手却已经去掏做标本的大号昆虫针。邓谆和胡姗连忙分别从前后把他架住："戌哥，算了算了！"

一路颠簸，抵达基地时已经是下午。

男生和女生混住，男生住楼下，女生住楼上。跟队的女辅导员特意跑到楼下警告那群臭小子："不许脱了衣服在走廊跑！不然都给我睡马棚去！"

没有想到插座那么少，村里动植物多，蚊虫也防不胜防，大家带的电蚊香根本派不上用场。廖茗觉三两下铺好床，马上跑到楼下，恭恭敬敬地向王良戌乞讨："蚊香！"

王良戌笑着翻出一片："省着点用哦。"

不知道何时紧跟其后而来的胡姗伸出两只手："老弟。"

王良戌也给她一片。

正在上铺的邓谆伸出手："爸爸。"

"有好处就要当儿子是吧？"王良戌笑着抓他后颈，"我们一个屋，瞎凑什么热闹。"

搞完大扫除已经到饭点了，大家集合去吃了晚饭。在灯光昏暗的食堂，才吃了两口，廖茗觉整张脸就皱起来："难吃！"

让她试毒的胡姗直接吓得不敢动筷子了："你都说难吃，这得是有多难吃？"

"就当忆苦思甜了。"作为无神论者的王良戌差点无意识地祈祷。

还好还有热水。回去之后，王良戌就泡了方便面给邓谆和廖茗觉吃。三个人在院子里站着吃面的情形拉满了仇恨，万幸老师立刻说会去反映，这才缓解了大家的忧虑之心。

然而，人是铁饭是钢，饿肚子还是不能忍。

澡堂不在住的地方，大家要走路过去，而且还是按照女生先男生后的顺序在同一处进行，条件有点艰苦。廖茗觉洗得快，完事后直接回去，就看到男生集体在宿舍前面挨骂。她有点好奇，趁班导不注意加快脚步，偷偷站到最后一排。

虽然廖茗觉个子高，但男生人不少，外加班导专注于训人，竟然真的没发现。

旁边是邓谆，前面是王良戌，廖茗觉悄悄问："这是干吗呀？"

邓谆神情冷漠，言简意赅："连坐。"

廖茗觉疑惑："什么？"

王良戌把身体向后仰，小声地回答："班长拉着他们屋的人去偷村民的菜。"

王八蛋！放他们村里直接被打死！"被抓了吗？"她惊异地问。

"没，"这次回答的是邓谆，还是一样地冷漠和镇定，"天太黑，他摔到村民挖在田里发酵的粪坑里了。"

大家本来就在憋笑，不说不要紧，一说都忍不住了，窸窸窣窣，强忍住的也身体抽搐，憋得非常辛苦。班导终于发现这边的骚动，踮起脚来呵斥："廖茗觉！你跑这儿来干吗！"

廖茗觉一本正经："来看热闹！"

她耿直的答案又引发一阵更强烈的偷笑，连班导都气笑了。

"你留下！还有王良戌跟邓谆！肖屿崇，你也给我留下！其他人散了！"

离最后一排十万八千里的肖屿崇："我？"

"就是你！"事实证明，交际圈绝对能影响别人对一个人的印象，对学生有刻板印象的班导怒喝，"等着挨骂！"

四个人留在基地院子里。一开始他们还认真站着，到后来索性指着围着灯转悠的虫子聊它们的目的。

肖屿崇自言自语："不会罚我们去地里拔草吧。"

廖茗觉生无可恋："我更不想去除叶螨。"

邓谆目视前方："之前对不起，我确实想跟你打架。"

安静了一会儿。王良戍打破沉寂："要跟我女朋友视频吗？"

他掏出手机，另外三个人都聚过来围在他周围。就在这时候，班导猛地打开门出来，带着虽然用水管冲过、换了衣服但还是浑身恶臭的班长："哦，你们还在这里啊，我都忘了……回去吧。"

大家捂着鼻子一哄而散。

第二天要进山里，廖茗觉戴上了鸭舌帽，涂了防晒霜，拿起捕虫网，自觉很完备。

一回头，她看到包括胡姗在内的其他女生都穿防晒外套，套冰袖，涂防晒霜，喷防晒喷雾，就差穿一套养蜂服了。

大家前一天开了组会，准备今天去抓虫。虽然廖茗觉老家也有山，但和这么多同学一起来，还是挺新鲜的。她正站在树边仰头看，突然听到脚步声，一回头，发现邓谆正拿着手机走近，显而易见是在拍摄。

廖茗觉立即比了个耶。

邓谆举着手机靠近。

廖茗觉把东西夹在腋下，双手比耶。

邓谆举着手机再靠近。

廖茗觉把剪刀手放到眼睛旁边。

邓谆走到她旁边蹲下了。

"哈哈，"邓谆将镜头对准地面上的落叶，全神贯注地盯着说，"看这褐边绿刺蛾幼虫。"

廖茗觉猛地一跳，大吃一惊："原来你也会发出这种字正腔圆的笑声啊？"

她定睛一看，带刺毛的绿色毛虫身体短胖，脑袋缩进前胸。她也笑起来："刺蛾科绿刺蛾属的，城里也有欸。虽然是害虫，但是长得好治愈啊。"

邓谆可没有同感："被刺到会很痛的。"

廖茗觉突然想到什么，伸手捡起那片叶子，偷偷掩嘴笑着说："我去吓唬一下肖屿崇。"

双肩包的包带勒紧肩膀，她拿着那片带虫的叶子一路狂奔，撞到正鬼鬼祟祟凑在一起狂吃桃金娘的王良戍和胡姗，压低声音问他们："肖屿崇在哪儿？"等被指明了方向，她又马上出动，直奔目标。

廖茗觉兜兜转转，终于找到了肖屿崇。邓谆也追上来，两个人朝他逼近。

"肖屿崇，"廖茗觉笑得像个阴险的小丑，"来来来，给你看个宝贝！"

肖屿崇满脸狐疑："啥？"

廖茗觉突然把叶子递过去，肖屿崇猛地挥开，气得掉头就走。

"他生气了？"廖茗觉问邓谆。

"他生气了。"邓谆回复。

肖屿崇越走越生气，没注意地上泥泞潮湿，脚下一滑，整个人摔得四仰八叉。

"啧。"邓谆根本没隐藏幸灾乐祸，小心翼翼地走近，伸出手去拉他。才刚一用力，他就膝盖着地，弄脏了裤子。

"你们就不能小心点吗？！"廖茗觉笑得前仰后合，直接跑过来，本来是想美人救英雄，结果一不小心向后摔倒，还撞到了邓谆。

胡姗、王良戌和大部队刚好经过，困惑地看过来。

"别过来！别过来！别过来！"倒在泥泞里的三个人都在大喊，胡姗还是纳闷着"你们这是在干吗"走近，然后猛地滑倒。

王良戌扶着树哈哈大笑起来："疯了吧你们！"

回去的时候，五个人里四个人都是脏兮兮的。

吃了饭晚上还要准备灯诱，灯诱需要灯诱布、灯和架子。廖茗觉跑到院子里，偶然看到邓谆在翻树叶看，于是蹑手蹑脚地靠近，猛地冲过去，从后面挡住他眼睛，没来得及说"猜猜我是谁"，邓谆就故意往后仰。她抱不住，他则捉住她手臂，立刻挣脱开来。

邓谆坐到台阶上，廖茗觉坐到他旁边。台阶距离地面有一段距离，廖茗觉荡着腿，故意用膝盖撞邓谆。

他却毫无反应，只是忽然伸手，抓住什么递给她："飞蛾。"

"看看看看！"廖茗觉满脸雀跃地低下头。

然后邓谆就张开手掌，对准她脑门敲了一下："别撞我！"

◇　　◇　　◇

山里信号不好，也玩不了手机游戏，大家就在室内聊天、吃消夜，然后每过一段时间出去用捕虫网捞一次虫子。

他们莫名其妙开始轮番讲鬼故事。

胡姗出人意料很擅长讲鬼故事，就算是听过的那种，从她嘴里说出来，也会把大家吓得哇哇大叫，惹得老师过来敲窗户骂人。

肖屿崇吓得抱住王良戌，王良戌乐呵呵地说"要做坚定的唯物主义者啊"，邓谆低下头玩手机，廖茗觉面色铁青。

胡姗说："廖茗觉，轮到你了。"

廖茗觉艰难地吞咽，壮志凌云地回答："好。我的故事是我们村子里真实的故事……

"小时候,大家都会看到村外的桥上亮起一阵光,但定睛一看,又没有人。大人就说,那是鬼魂在走动。"

听到这里,同学们的表情都凝重起来。

一个男同学更是哆嗦着问:"湘西赶尸?"

肖屿崇吐槽:"那也赶得太远了。"

廖茗觉继续叙述:"有一次,有胆子大的好奇,想要去桥上蹲守,一探究竟,结果吓得魂不附体地回来,再也不敢从那桥上过,也不提自己那天到底看到了什么。直到……"

"直到什么啊?"赵嘉嘉这暴脾气,最受不了别人卖关子。

"直到国家缉毒大队开着车进了我们村子,"廖茗觉带着积极的正能量说下去,"从那以后,毒贩子就再也不敢从我们村子里过了!"

所有人都一脸蒙。

"就这?就这?就这?"赵嘉嘉恨不得去揪她的衣领,"廖茗觉!你在这种时候宣扬什么主旋律啊,我去!"

下一个讲鬼故事的是邓谆。

邓谆接过手电筒,打开又关上,慢条斯理地说:"我也讲一个真实的,以前我练习的公司里有过一个女练习生离奇坠楼的事。传闻只要凌晨四点从四楼室内跑道经过,就能听到这个师姐在唱歌。"

廖茗觉感慨:"好不吉利啊。"

"噫!"胡姗生理性排斥,"不会是个娱乐圈大瓜吧!"

那是一个夜晚,邓谆从文化课学校补习出来,来到公司练习,想要尽快追上其他人的进度。不知不觉,可怕的事情就发生了。

王良戌问:"出现了吗?"

邓谆严肃地说:"我没控制住自己叫了外卖。"而且还是高卡路里的炸猪排咖喱饭。

"你有病吧?!谁会大半夜吃这个啊!"胡姗怒骂。

其他同学感慨道:"重点完全跑偏了。"

吃完炸猪排咖喱饭后,邓谆负罪感很强烈,于是跑到公司自助区倒了杯碳酸饮料,然后决定去跑步。当然,他也想起了公司里那个恐怖的传闻。但看了眼时间,才刚刚三点半,五分钟下上楼的话,他还能跑二十五分钟。

肖屿崇插嘴:"碳酸饮料没有卡路里吗?还有你这根本不怕鬼吧。"

于是,邓谆就去四楼跑步了。然后,他就见到了那个师姐。

"穿着爆汗服边跑步边练声乐的师姐……她每天勤加练习,就是为了挤进出道位，但是每次考核都不怎么理想。然后她还给我做了思想工作，跟我说没关系，演艺人生只是人生的一部分什么的……后来她出道了，就是我们公司那个四个人的女团，但是出道后就丑闻频发，挡都挡不住，一个成员奉子成婚，一个药物上瘾，连她都被说成队内霸凌……"

"极端现实主义恐怖故事。"作为追星族，赵嘉嘉已经对号入座猜出是哪个团体，"努力根本屁用没有啊。"

"好了，"王良戍笑眯眯地击掌宣布，"两个偷换概念乱讲鬼故事的人接受惩罚出去捞虫子吧。"

室内空调凉爽，室外闷热又要干活儿，大家从未如此齐心协力，直接把邓谆和廖茗觉赶了出去。几个人挡住门，万众一心。

外面已经围了很多虫子，但大多数还是飞蛾。

晚风有些舒服，邓谆转过身远眺。山间漆黑一团，只能听见虫的叫声。

廖茗觉突然撞到他后背。

邓谆转过身，感觉她在继续往下栽，只好伸手支撑住她的肩："别睡了，回去再睡。"

廖茗觉根本没有反应，像小孩子似的说睡就睡。邓谆没办法，只能一边把她的头固定在自己背上，一边小心翼翼地收虫子。等忙完，他才转过身摇醒她。

其实说累也就一般，主要是她太兴奋了，难得参加集体活动，一直在消耗体力。廖茗觉才刚睁眼，就继续犯困，身体向前倒。邓谆再一次挪动位置，终于稳稳当当接住她。她下巴搁在他肩膀上，双手像海豹的前肢，软趴趴搭住他上臂。

僵持几秒钟，邓谆尝试小幅度拍打她的背，同时提醒："起来了。"

廖茗觉猛地醒来，被口水呛住，弯下腰咳嗽。邓谆又帮忙拍背，直到她顺畅了，他们才一起回去。

廖茗觉边走边说："没准会有蛇。"

"真的？"邓谆也吓了一跳。

"哈哈哈，对啊。"廖茗觉有那么一点逗他玩的意思，想要看他手足无措害怕蛇的反应。

邓谆低下头扫视一圈，只见夜间的灯光如光圈般环绕。他朝她看过来，伸出手。廖茗觉有些意外，他的神情却很平静，仿佛什么也没想，他平静地说："那我走前面吧，你小心不要被蛇咬。"

他们回到室内，大家都在吃冰棍。廖茗觉刚坐下，就有之前说过话的男同学凑过来，从泡沫保温箱里抽出一根递给她："廖茗觉，你喜欢西瓜味对吧？特地给你留了这个口味。"

"哦哦哦！谢谢！"廖茗觉很开心地拆开，大吃特吃起来。

男同学没有挪开，继续看着她，她也看着男同学。两个人像傻子似的笑着。旁边有其他人叫他过去，他才起身。

胡姗突然化身绑匪，从身后圈住廖茗觉，贴在她耳后神神道道地问："感觉到了吗？"

"什么？"廖茗觉的嘴巴被冰棍填满。

"这就是了啊！"胡姗恨铁不成钢，收紧手臂，差点把廖茗觉勒死，"被当成最特别的人！"

廖茗觉一激动，立刻转过身，又回头偷偷看那个男生："啊？"

"西瓜味大家都想吃，他刚刚硬留给你的呢。"

"哇！"廖茗觉模仿《情深深雨蒙蒙》里的可云，夸张地表示，"我何德何能""真的有人喜欢我了吗"！

大家坐在桌子拼成的位置上，胡姗板着脸冷笑一声，突然来了个一字马，将脸凑到王良戌背后问："是不是有情况？"

不愧是"火箭队"姐弟，默契到无须多言，即便没有前因后果，王良戌仍然能立即回复："有空调查一下。"

"交给你了。"

"OK。"

胡姗说："放心。小呜呜出马，他什么都会交代出来！"

王良戌说："交给我，保证他吐得干干净净。"

廖茗觉抱着膝盖，把冰棍棍扔到一边，边咀嚼边说："不过嘛，我现在真的没感觉。"

"什么？"

"我不是说了嘛，总觉得没那么想找男朋友了。"廖茗觉没有表情，"走在路上不看帅哥了，看到帅哥心也不会怦怦直跳了。"

王良戌和胡姗齐刷刷地沉默。

然后胡姗掏出手机找到梁朝伟的照片。

廖茗觉立刻倒戈："巴扎帅！"

邓谆突然叼着冰棍出现，走到他们旁边，把用针插好的虫的平均台拿过来，坐下后拿开冰棍，扬了扬下颌道："你之前上课说喜欢吧，送你了。"

廖茗觉惊喜到跳起来，直接双手握住邓谆："谢谢！你对我太好啦！"

◇ ◇ ◇

邓谆抽出手，拍了拍廖茗觉的头，转身离开。

廖茗觉留在原地，脸上的笑容没消散，手还保持着刚刚的姿势，慢慢地挠挠头。她一转身，就撞上胡姗和王良戌的眼神。胡姗飞快地闪开，王良戌立刻低头。

她强行要和他们对上视线，他们俩却像红外线摄像头似的回避。廖茗觉不明所以。

她思索片刻，自言自语道："我不想被当成最特别的人了……但是，我希望邓谆特殊对待我……"

胡姗和王良戌假装没听见。

廖茗觉继续道："我是不是喜欢邓谆啊？不过，我本来就挺可怜他的，加上最近王良戌不能经常陪我们玩，所以有点移情于他，也有可能是错觉。"

胡姗和王良戌总算松了一口气。

只听不远处忽然传来赵嘉嘉一声夹着子音的呼唤："邓卓恩！帮我看看这个翅膀怎么展嘛！"

廖茗觉突然像《鱿鱼游戏》里的机器人，立刻以能杀人的眼睛瞪过去。

邓谆站在赵嘉嘉旁边，不动声色地撂下话："上课不听讲，自作自受。"

廖茗觉又马上从杀人机器人变回人类，笑嘻嘻的，眼里冒粉红色泡泡。

胡姗和王良戌面面相觑。

王良戌发笑："这可不像是错觉啊。"

胡姗面色一沉："我最讨厌一起玩的人跟一起玩的人谈恋爱了……"

"双重吃醋是吧？"

"闭嘴吧你！"

他们从基地回去后还不能直接就休息，要到学校借用实验室整理这些天的作业。登上巴士，廖茗觉刚坐下，就拍着旁边的座位招呼邓谆。邓谆才坐下，她又掏出软糖问他吃不吃。

他放下手机，侧过头，懒洋洋地挖苦说"你小心蛀牙吧"。他就这么短暂地一笑，她都觉得有点心跳加速，皱着眉去找胸口起伏的位置。

廖茗觉去找王绍伟交作业，王绍伟在看作业，她两手捧着脸，撑在办公桌边发呆。

王绍伟扫了她一眼，问："犯什么花痴呢？"

"问你哦，你喜欢你太太吗？"

王绍伟吹胡子瞪眼："废话！那当然！不喜欢还能结婚？！"

"不喜欢结婚的多了去了！"廖茗觉又问，"那你是怎么喜欢上她的啊？"

"呵呵，这就说来话长了。我告诉你啊……"王绍伟说到一半，眼角余光突然瞥见一旁的助教。面对鄙夷的眼神，他连忙挥手。助教撇撇嘴，把脸背过去。教科室里谁不知道王绍伟教授最喜欢的话题就三个，一个是种田，一个是虫子，最后一个就是恋爱。他看个《微微一笑很倾城》嘤嘤嘤的，跟个小姑娘似的。

廖茗觉一点都不客气："快说快说！"

"你听我说，"王绍伟扬扬自得，"她一出现，我的眼睛就黏到她身上——"

廖茗觉大喊："对对对！"

王绍伟继续："她干什么，我都觉得特别可爱！"

廖茗觉肯定："对对对对对！"

王绍伟再往下说："既想跟她在一起，又不想跟她在一起。不在一起会想她，在一起了又紧张！"

廖茗觉说："太对了！"

她又说："不过嘛，虽然这些都符合了，但我就是不太确定我是不是喜欢他……"

结果王绍伟问："刚刚我说那些的时候，你是不是在将那个人对号入座？"

廖茗觉理所当然地道："对啊！"

"老顽童爷爷"用手指戳她："那你就是喜欢他！"

这个暑假，廖茗觉爸爸和妈妈破天荒地一起回老家了。

廖茗觉爷爷气得挥着烟斗要揍廖茗觉爸爸，要不是搬出过世的廖茗觉奶奶，恐怕廖茗觉爸爸还真进不了门。但是，为了躲避他们夫妻一见面就吵的架，廖茗觉爷爷带着廖茗觉去了山上放羊的小屋住。

山里本来就信号微弱，廖茗觉不得不趁放羊时跑到空地上，才有那么一点点 3G 网络。

她发了条朋友圈，配图是蓝蓝的天，内容是："快点开学吧！"

一众同学在下面留言骂她"欠""受虐狂吧你""我立刻追杀全世界优等生"，廖茗觉哈哈直笑，正要回复，就收到私聊的消息。

邓谆问："在家不开心吗？"

"嗯！"廖茗觉手速飞快地回道。

她还想输入更多文字，没想到他直接问："可以打视频电话吗？"

明明对方根本听不到，但廖茗觉还是惊呼出声："等等！"她立刻整理了一下刘海，对着锁屏的手机黑屏龇牙笑了一下，然后才回复："GO!GO!GO!"

他打过来视频，廖茗觉发现邓谆穿着与之前去水上乐园时一样的防水材质的外套，身后是泳池，有不少闹腾的小孩在拍打水花，拿着水枪扫射。而邓谆则一副生无可恋的冷漠相，蹲在泳池前，嘴里叼着什么。

廖茗觉大喊："你不是说不抽烟了吗？！"

因为网络太差，以致整段话卡成一段一段的。

"不是烟。"邓谆把棒棒糖抽出来，回答说，"在家怎么了？"

廖茗觉心安理得地享受关心："羊好臭！你呢？"

"我怎么了？"

"你看着也不开心啊！"她振振有词。

邓谆笑了，和营业时一样好看，却又多了些真实的散漫。"亲戚家的小孩来了，烦都烦死……"说到一半，他就被胖乎乎的手臂从后面遮住眼睛，小孩子们红润的脸蛋挤进镜头，他一边拨开他们一边继续说，"你看，就这样。"

廖茗觉捧腹大笑。

邓谆好气又好笑："别笑了。"

"你小孩缘好好啊，"廖茗觉说，"我就不一样了。村子里的小孩都只知道围着欺负我！"

"所以才不开心吗？"

她想了想回答："那倒也不是。"

邓谆看她不打算说，于是也不再追问，沉默一阵，只能听见这端孩子的玩闹声与那边风的声音。他开口："我可以去接你。"

"啊？"廖茗觉发出疑惑的单音节。

他低着头，打湿的头发向后撩，露出眉骨与额头。他没有看屏幕："不想在家里过暑假的话，我可以到机场接你。"

廖茗觉下意识地眼睛向上翻。

心脏有种坏死的感觉，听到他说的话，就算大脑在判断"是不是真的""合不合理"，却还是无法抑制地感到开心，廖茗觉根本按捺不住笑，故作邪恶地说："嘿嘿，说得这么好听，我会当真的！"

他并不调侃她，径自问："进大三有什么准备吗？"

"你是在问我的未来规划？"廖茗觉反问，"那你呢？"

"我打算考研究生。"邓谆回答。

"哇！很好啊！"廖茗觉眼前一亮，立刻积极起来。

他却好像只关心她的安排："你有什么规划吗？最好提前一点开始准备。"

果然是早当家的廖茗觉，当然不会到了大四才傻乎乎地开始准备，她也早就做好了打算："嗯嗯！我想考公务员！"

她看到画面里的邓谆像卡住似的定格不动了一阵，然后他更换坐姿，很郑重地说："是你擅长的应试考试，比较稳定，不错欸！"

"是吧！"廖茗觉回道，"我本来是想开家生资店的，但那个太容易亏本了。我真的一点风险都承担不起——"

邓谆问："你打算考哪个城市？"

"我想想，应该就学校周边吧……"她毫无根据地做起白日梦，"因为我还挺喜欢这个城市的。"

"可以，那之后我们就……"

邓谆的话说到一半，信号突然糟糕到显示网络差，然后就什么都听不到了。廖茗觉对着手机疾呼"我们就什么啊"长达半分钟，通话还是自动挂断了。

廖茗觉气冲冲地跑下去，回到屋子里，对爷爷说："爷爷，等我考上公务员，咱们就租个房住到城里去！"

这是远大目标。

廖茗觉也在心里定下了短期目标。等开学她就表白。

实训回去那段时间她已经四处打听过了，她拿着笔记本四处请教："告白要怎么做啊？"

听到提问的校园文男主角肖屿崇直接红了脸，他边往嘴里塞意大利面边说："你问我？"

王良戊直接把肖屿崇当模特，给她还原了他告白时的壁咚场景，在肖屿崇困惑的注视下回过头，朝她粲然一笑道："就这样，传说壁咚能让人心跳加速哦。"

而另一边，胡姗则冷冷地回复："我不知道怎么告白，我只知道怎么让男生向我告白。"

王良戊及时笑着打断："她那是高端技术啦，茗觉你学不会的。"

"你说学不会就学不会？"胡姗马上唱反调，"来，廖茗觉！给我听着！比肖秀荣还有用的教程！"

廖茗觉把笔记本翻得哗啦响："洗耳恭听！"

胡姗微微一笑，卷过的短发簇拥着完美的瓜子脸，棕色的睫毛膏与桥本环奈同款美瞳完美契合，涂着豆沙色口红的嘴唇下方有颗淡淡的痣，黑色露肩上衣与皮裙衬托得身材姣好。做着透明美甲的手轻轻撑住下颌，她说："首先，要认清男人都是垃圾。"

肖屿崇发表不满："喂，我们还在这儿呢！"

廖茗觉则在奋笔疾书："好的！"

"男人不管多大都是自以为是的垃圾,给点颜色就开染坊,从不掂量清自己几斤几两,只要感觉到一丁点可能,就会忍都不会忍地冲上来。"胡姗说,"甚至其实根本没可能,他们也会自己意淫出可能性。"

"哇哦!"廖茗觉继续记录。

"所以,只要有那么三次以上的对视,像这样。"胡姗突然望着廖茗觉,露出介于欲言又止与波动的神情。

看着胡姗的皮囊上叠加出那效果,廖茗觉和旁边的肖屿崇都在惊呼:"哦哦哦!"

"或者突然紧逼一下。"胡姗突然靠近廖茗觉,手臂绕过她肩膀,脸凑近。

廖茗觉和肖屿崇再次激动:"啊啊啊!"

"我们美女从不告白!美女要做的就是提供可能性,给他们机会!"胡姗像是在开讲座,抬起手又猛地握紧:"但又亲手掐熄!然后再给机会!再掐熄!"

"啊?"廖茗觉这次蒙了,"这是为什么?"

"不管追到怎样完美的女人,到最后都会腻,都会图新鲜!所以说,"胡姗伸出食指,像《名侦探柯南》里的男主角一样摆出标志性动作,"得到那个男人,你只是收获了一件迟早会离去的垃圾。而失去那个男人,你也只是少了条舔狗罢了。"

廖茗觉若有所思:"哦!"

肖屿崇避之不及:"啧!"

"综上所述,男人都是一根筋的动物,假如你给出信号他不接收,就别揣测这揣测那的了,肯定没戏。当然,也有你一眼看不穿的那种,不过嘛——"胡姗瞥了眼旁边笑眯眯的王良戊,"段位肯定比你高!你驾驭不了的。"

廖茗觉做了决定:"我要来一个壁咚,给他一个眼神,让他看着办。"

胡姗毫不负责地瞎鼓励:"太好了!你已经完全可以出师了!青出于蓝胜于蓝,师父期待你的表现!"

虽然想劝说,但好像对方已经完全听不进去,王良戊苦笑:"茗觉,茗觉啊,她这个方法也就一部分人才能用啦……"

肖屿崇则彻头彻尾第一次听说这个计划:"什么?你要告白?对谁?邓谆吗?"

16 邓谆在发光

将来什么的根本没想过啊。

廖茗觉坐在屋子门口嚼茶耳朵，穿着森系的美女在她身边坐下。两个人也不说话，就优哉游哉地看着星星。

妈妈说："上大学感觉怎么样？"

廖茗觉轻轻摇晃着上半身，转过头朝她微笑："很开心。"

"爸爸妈妈对你的成绩一直很放心，也不要求你一定出人头地……"妈妈伸出手去摸她的头。

不知道是不是厌烦他们刚刚才吵过架，廖茗觉低下头躲开，笑着回复："你们就喜欢这样，嘴上说不用考那么好，其实又很在乎成绩。"

就算被戳穿了，妈妈也只噘着嘴轻轻撞她："反正你现在都读大学了！"

"嗯，"廖茗觉高兴地回道，"交了很多朋友，学了很多东西，也有了未来的规划。可以不留在村子里了。"

又看了一阵风景，廖茗觉说："妈妈，我喜欢上了一个男同学。"中学时她从未考虑过这件事，镇上也不是没有肥头大耳、摇着花手的小混混追求她，但她始终认定自己是要出去的，在这里没有她喜欢的人，也没有她喜欢的生活。

妈妈看着她。

廖茗觉凝视星空，笑容收敛，眼神辽远而浩荡，仿佛风吹过的密林："不管吃多少苦头，我都要过我想过的生活。"

廖茗觉给陆灿发消息祝他毕业快乐，他没有回。她又问起之前参加学生会活动时认识的学姐，才知道他支教去了。至于为什么支教——"秋招大惨败！"学姐用五个字回答。

廖茗觉问："不是还有春招吗？"

"别提了，"学姐语塞，"他被秋招那个公司打空头支票，一直耽搁，结果误了事。"

原来正常就职还得考虑这些啊。廖茗觉头一次知道。

"不止呢，"胡姗在微信群里解释说明，"大一刷KPI，大二就找实习，大三拿推荐信，大四直接 offer 拿到手软才是真正的大学人生赢家。"

肖屿崇难得主动发言："漂亮小呜呜打算去支农吗？"

"支农"这个词廖茗觉知道，是公务员三支一扶中的一个。

王良戌显然没打算走从政这条路："我这个寒假会去农药公司实习。"

胡姗继续问："茗觉考公务员会不会报班？"

"我想上网课自学。"廖茗觉回复，"反正我们学校选调生历年都要求当过兵，我是没戏了……就安心参加国考吧。你呢？"

"完全没想好啊……"胡姗回复。

才进大三就开始考虑这些会太早吗？

No! 虽然胡姗一丁点准备都没做，但也发自内心地承认，规划未来绝不会太早。

然而她一直都是得过且过的，将来什么的根本没想过啊。

暑假还没结束，王良戌提前到烤肉店打工，然后就遇到了独自一人来吃烤肉的胡姗。

他似笑非笑地拎来了炭火："再晚一点就碰不到我了，今天是我最后一天上班。"

"我是来吃烤肉的。"她懒洋洋地抽出筷子。

"那需要帮忙烤肉吗？"他问。

"嗯，"她漫不经心地抬起眼，伸手示意，"麻烦你了。"

"不是说了要做模范朋友，不会单独见面的吗？"他拿着烤肉夹站在一旁。

胡姗下巴一扬："这不是叫了人吗？"

只见肖屿崇和邓谆在店门外遇到，狭路相逢，针锋相对，你一句"你先"我一句"没事"，还是身为服务员的王良戌过去掀开帘子，他们才勉强抓紧时间进来。

邓谆吃着王良戌烤的牛五花："我打算试一下保研。之前成绩虽然没到第一、第二的程度，但是志愿活动、公益以及专业课项目都有做，导师也有熟悉的。先了解一下各大院校的要求吧。"

肖屿崇吃着王良戌烤的猪梅肉："我就和胡姗一样，没计划。"

"谁说我没计划了？"胡姗吃着生菜包胡萝卜，横眉瞪过去，"我也打算考研，而且是跨专业。"

"廖茗觉没来吗？"在朋友面前，肖屿崇根本没有形象可言，嘴里塞满肉问。

"她还在老家，"邓谆回答，"后天才到。"

王良戌笑了："感觉我们真的有点大学生朋友那感觉了啊，还一起讨论毕业的事。"

临走的时候，大家在微信群里开群收款AA，结果被廖茗觉看到，她又哀叹了好一阵"你们背着我出去吃东西"。

正式开学时，肖屿崇答应了学妹的告白，却在短短三周内以"你跟我想象的不一样""我们可能不合适"而被甩掉的新闻传遍了男生宿舍。

肖屿崇承认自己决定恋爱的契机和身边的人有关，朋友一个个地脱单或走在脱单的路上，加上也大三了，他仪表堂堂却没谈过恋爱实在不合常理，所以才被动地迈出这一步，没想到却以这种令人无语的结局收尾。

身边的人还要问，被他一个眼刀制止。胡姗却懒得看眼色，直接凑过来问为什么。

假如是别人，肖屿崇一定不会说，但与胡姗对视不过十秒，终究还是低头回答："第一次出去玩，她就闭着眼睛等我亲她。我感觉太快了……结果她可能觉得有点丢人。"

胡姗一怔，思索片刻，出乎意料地，没嘲笑，只是伸手拍拍他的背："还是找个喜欢的人吧。"肖屿崇有过短暂的停顿。她往前走，转过身朝他笑了笑，然后就转头跟王良戌分享新笑料去了。

廖茗觉迟了一些到学校，放下行李，沿路先打听"邓谆在哪儿"。她像《生化危机》里的爱丽丝，抄着冷兵器就朝保护伞公司奔去。

邓谆刚为课题去找过老师，返程时迎面看到她冲来，还没开口打招呼，就被一下按住了肩膀。他挑眉，马上就被按到墙壁上。廖茗觉咚的一声手按到墙上，目光炯炯有神地盯着他。

"怎么了？"邓谆说完就沉默了。

姿势不怎么舒服，廖茗觉却不知道该怎么收场。

就在这一瞬间，廖茗觉突然发现目标有异动。明明对视了，但邓谆根本没表现出任何情绪波动，反而主动靠近了。

"那个什么，邓谆……"为了维持气场，廖茗觉没松开撑住墙的手，只是把脖子往后缩。

邓谆继续专注地盯着她，波澜不惊地反问："嗯？"

"太近了，太近了。"她被盯得几乎要仰起头，但就算是再怎么笨的鹿也知道，不能把咽喉暴露给任何长獠牙的动物。

廖茗觉只好后退，邓谆却不疾不徐地走近，到最后，她背后只剩下墙壁。只听第二次咚声响起，廖茗觉靠在墙上狐疑地看向他。她被反壁咚了。

"你中午吃的什么？"邓谆问。

廖茗觉摸不着头脑地回答："紫菜包饭。"

"海苔。"邓谆把食物碎屑从她下巴上拈下来，得到答案的同一时间发笑，又放到她手心，"记得擦嘴巴。"

他就要走，廖茗觉杀到他面前："等一等！"她才不是半途而废的个性，既然决定了告白就要做到底，直到听到答复才结束，然而，手机突然响起来。她一方面着急拦住邓谆，另一方面也想接通。万幸还是他善解人意，抬手示意她先接听。

见他愿意等，她这才接通。

"喂？嗯，哦哦。"短促的应和过去，廖茗觉突然流露出惊讶的表情，"表姐来了？"

廖茗觉想都没想抓住邓谆的手就跑，来到一个空自习室，最后竟然打开储物柜，钻了进去。

邓谆站在外面满脸困惑。

下一秒，柜门打开，廖茗觉把他也拽了进去。

两个大学生，还是高于同龄人身高平均线比较多的那种，就这样挤在狭窄昏暗的柜子里。邓谆的手臂撑着另一侧柜子，廖茗觉直接蹲下了。

他低下头，能看到她正在编辑消息的手机界面。胡姗的原话如下："你表姐问你在哪儿，我带她来了哦。"

而廖茗觉的回复却是一大堆牢骚："干吗带她来啊？""趁现在还来得及，赶紧把她在路中间甩掉啦！""不要过来！"

平心而论，刚进大学，第一次来大城市的廖茗觉也好，如今读到一半，认真开始规划未来的廖茗觉也罢，都不是太过精通社会法则的人。她对谁都不算太客气，但也绝不会抵触。但凡多聊两句，只要展示出自己的真诚，马上就能够收获她的真诚。这就是廖茗觉为人处世的原则。她绝对不会对谁抱有偏见，就算是曾经欺负过她的赵嘉嘉，如今也跟她关系不错。

"怎么了？"邓谆问。

廖茗觉抬起头，朝他窘迫地一笑："没事啊，哈哈哈。"

她不是擅长隐瞒的个性，刚强颜欢笑完，就立刻眉头紧锁，显而易见地焦灼和烦躁。

这还是邓谆第一次见到廖茗觉表现出这个态度。

"你讨厌你表姐？"他问。

她有些始料未及似的看着他，又别过脸，微微笑起来："也没有，只是不想见她。"

◇　　◇　　◇

柜子关上后只剩中间的缝隙，廖茗觉就趴在那里眯着眼往外看。邓谆仰着头，一方面无话可说，另一方面也是真的动弹不得。

他忽然问："刚才你想说什么？"

她的身体一下就僵硬了。

廖茗觉来不及思考更多："我其实喜欢你。"刚说出口，突然，狭窄中空的柜子剧烈摇晃，廖茗觉只感觉重心偏移，邓谆也被推着往下压。只听一声闷响，柜门朝下，整个柜子倒了下去。

邓谆俯身支撑着，难堪地阴沉着脸。廖茗觉情不自禁地挪开视线，却因为背部的疼痛龇牙咧嘴。他立刻问她怎么回事，结果因为肢体接触，又平白惹上没有距离感的嫌疑。

不幸中的万幸是动静太大，隔壁自习室的同学听到，过来帮忙翻转柜子，有同学问："你们怎么在这里面？"

他们只好傻笑着敷衍。

邓谆和廖茗觉狼狈地逃出来。

"让你不要那么着急了……"他分明在笑，却故意说了责怪的话。

她完全不反省，只顾着懊恼："我到底在干什么啊？"

就在两个人都松懈了的时刻，突然间，旁边就传来似曾相识的声音："小觉？"

廖茗觉和邓谆齐齐看过去。

映入眼帘的人是一名和廖茗觉一样有着健康肤色的年轻女性，她看到他们的同时立即笑起来，嘴角的酒窝尤其可爱："廖茗觉！"

邓谆看向廖茗觉，她先是目瞪口呆，然后有过微不可察的抵触，但还是立马笑起来："你来啦，表姐！"

廖茗觉的表姐穿着一条碎花衬衫裙，下面却搭配洗得发白的牛仔裤，背着一个运动包，完全的素颜和简单的马尾。值得一提的是，一侧的胡姗同样很尴尬。

廖茗觉用表情在说：不是说麻烦你带她走吗？！

胡姗也用表情回复她：她是人！活生生的人！也不是我想带走就能带走的啊！

两个人无声地交流了一阵，表姐笑眯眯地说："我突然过来，是不是影响你学习了啊？对不起啊，小觉。"

廖茗觉连忙否认："不不不，才开学，哪儿有那么多好学的啊，哈哈！"

"那廖茗觉你就陪你表姐逛逛吧，"胡姗完成了任务，即刻就要开溜，"我还预约了学校健身房，就先走了哈。"

对于腹语廖茗觉几乎无师自通，马上就要喊出"不"来。

邓谆也想起自己还有要做的事："课题那边还要开会，回见。"

"等一下！"廖茗觉下意识去抓他手腕，没想到他会转身，于是狠狠地撞了上去，到最后只好揉着额头说，"那个，我还有想跟你说的事。"

"嗯，"邓谆漫不经心地敲着手机，看都不看她一眼，"我听到了。"

廖茗觉在大喜过望和大跌眼镜两种状态之间左右摇摆："什么？"

"不是说过了吗，之前？"邓谆收起手机，好像回忆似的略微蹙眉，"我也喜欢你，我们是天造地设的好朋友。耶。"他指的是某一次玩真心话大冒险时两个人曾击过掌的经历。

廖茗觉的表情非常精彩，就像野生动物发现掉进了自己刨的陷阱中。他竟然以为她连男女之情都不懂！

"不是那样的……"廖茗觉垂死挣扎想解释一下。

邓谆突然垂下眼，替她把上衣翻出来的口袋边缘塞进去，即便这样亲昵，也只是一副戏谑的态度："有什么需要帮忙再联系。都开学了，别这么没出息。"他明明看到了她坠入冰窖般的表情，却根本没解读出含意，还在开玩笑。

"我要是有出息还喜欢你。"廖茗觉也不遮掩了，索性骂骂咧咧地道。

他笑了，拍了拍她肩膀转身而去。

最后，也就只剩下廖茗觉和表姐。

廖茗觉请表姐去学校附近的快餐西餐厅解决午饭。廖茗觉边吃意大利面边问："姐姐是怎么过来的啊？不会是专门来看我的吧？"

"哈哈哈，"表姐在吃一个很烫的咖喱煎饼，说，"是因为婆婆过来这边的医院看病，我就跟过来照顾婆婆了。"

"啊？病得严重吗？"都特地到大城市来看病了，听起来很吓人的样子，"孩子呢？"

"其实根本没什么事，婆婆一天到晚也不用干活儿，只是想让大家围着她转吧。宝宝给孩子的叔叔婶婶带了，我就趁现在偷偷懒，不过也就只有这两天。"表姐笑了。

廖茗觉点点头："哦哦，那这次来有什么想去玩的吗？"

表姐一点都没犹豫，直接把手机的界面展示给她看："我想去这个欢乐谷。"

收起手机时，表姐继续说："不过我自己去就行，你安心上课。"

小地方出身难免有老乡情结，外加还是亲戚，假如对方不提也就算了，都这样说了，廖茗觉实在不好意思不陪着去："哪儿有一个人去欢乐谷玩的。"
　　表姐一点都没客气，反而问她："你那几个朋友呢？要不要也一起来？我可以请他们去的。"
　　"不用了吧，哈哈哈，就我们去吧。"廖茗觉当机立断做了决定。
　　表姐却指向落地窗外站着的人："那要问一下你这个朋友的意思吗？"
　　廖茗觉不明白为什么肖屿崇总能做出这种让她吃惊且手足无措的事——在她向表姐否认自己认识他的同时，他已经绕道走了进来，顺势坐下拿下包问："你怎么在这里？不用上课？我刚从体育部回来，这位是……"
　　去欢乐谷的事情没瞒住。
　　在"汪汪队立大功"的微信群里，扣1表示要去的有三人，清一色是单身狗。
　　王良戌用很有他风格的口吻说："我答应了我女朋友陪她复习教资，孩他妈和孩他姑陪她去好啦。"
　　胡姗回复："知道了，我的哥。"
　　肖屿崇发来一条长达十七秒的语音，内容全都是脏话。
　　于是天一亮，廖茗觉就猛地掀开被子，刷牙洗脸，把胡姗摇醒，然后在胡姗对着戴美瞳的镜子前对着视频教程化妆。
　　"怎么样？"廖茗觉展示给胡姗看。
　　胡姗边夹耳夹边扫了一眼："嗯嗯嗯！进步很大嘛！"
　　到了大三，廖茗觉辞掉了多数兼职，也不必再每天穿着那些制服到处跑。不知道是不是吃得好了，她进了大学还长高了，有些衣服也不想穿了，于是依葫芦画瓢照着网店里的套装买。她原本个子就高，四肢修长，走地下通道赶去餐厅打工时还被模特公司的人搭讪，想在外形上改善自己轻而易举。
　　托廖茗觉习惯早起的福，两个女生比较快，先绕道去男生宿舍。一大清早，一些不修边幅的男生打着哈欠要去晨练，看到她俩像女强盗似的堵着门还有点犯怵。
　　邓谆和肖屿崇都很慢，邓谆是因为非要收拾完卫生，肖屿崇则单纯是前一天打游戏打到太晚。他游戏段位很高，廖茗觉之前学玩的时候见识过。肖屿崇的车限行，他们叫网约车去欢乐谷。表姐还带了自己在医院用电饭锅煮的鸡蛋来，但除了廖茗觉，其他人都没吃。
　　他们刚好赶上欢乐谷提前开始的万圣节活动，沿路甚至有帮忙提供化妆的站点，鬼屋也一举越过其他项目成为排队最长的地方。

廖茗觉却一副没兴趣的样子："化妆……回去很难洗吧。鬼屋……不都是人装的，也没什么意思吧。"

"怎么回事啊你？"已经买来黑猫猫耳发箍戴的胡姗说，"吃错药了？"

买来吸血鬼牙套和披风的肖屿崇也搭腔："要是平时，肯定是'这个我要试试''那个我也要试试'，还有'大学生就是要干吗干吗'。"

"呃，"廖茗觉生硬地转移话题，"你们不去试那个彩绘化妆吗？"

表姐苦笑着说："好贵的，明明就是在脸上涂几下。"

表姐声音不小，结果一下被化妆摊位的工作人员听到了。不过人家很有职业素养，倒是没说什么，只是被正在看远处喷泉的邓谆吸引注意，也不知道是不是瞄准了这个"移动的宣传广告牌"："小哥哥，你要化妆吗？Joker（小丑）、骷髅都可以，加个微信吧，帮你化不收钱哦。"

只见邓谆一副倒胃口的样子，不客气到略显没教养，对别人的招呼置若罔闻，扭头就向廖茗觉抱怨："要吐了，我最烦别人叫我这个。"

"'小哥哥'？"廖茗觉反应了一下，"'小哥'呢？"

"也不行。"他满脸不快。

"你怎么事这么多，不就是小哥吗！"廖茗觉哈哈大笑。

结果邓谆想了想道："你好像可以。"

她没有听懂："什么？"

"是你这么叫的话，"他突如其来地笑起来，倾斜身体，用侧脸在她头顶蹭了蹭，然后重新站直，好像对待小动物似的，手指掠过她后颈，"就还过得去。"

廖茗觉渐渐意识到了一件事。

对邓谆来说，表面的营业也好，私底下的刻薄也罢，虽然有刻意的成分在，但是，追根溯源，又已经形成了本能。

打个比方，聆听他人说话时，邓谆习惯盯着对方的眼睛，一旦你疑惑地看回去，多半要因那副皮囊与专注过头的眼神停顿，而他立刻就会像套公式般行云流水地微笑。眉毛上扬、牵扯嘴角之类的微表情，难看的人做起来徒增猥琐，美而自知则多半油腻，邓谆并不盲目，只是不在乎长相。

当廖茗觉为什么事感到烦恼时，她还没开口，邓谆就会注意到，主动问起她。廖茗觉寂寞的时候，邓谆也总是第一时间提出见面。她开玩笑的话，他会配合地发笑或挖苦，她想要认真地说些什么时，他也会以同样坦诚的态度回应。

廖茗觉知道自己不会看气氛，而邓谆是看气氛的高手。他明明比她厉害那么多，却直白地说："你说得对。"

这也是练习生时期公司教的吗？邓谆为什么是这么讨人喜欢的人呢？

"看什么？"他对上她充满疑问的视线。

"没什么。"她摇摇头，"就是在想，好喜欢你啊。"

邓谆显而易见地困惑。

与所说的话形成微妙的反差，廖茗觉坦率到充满违和感："发现喜欢你之后，就觉得越来越喜欢。你这里也很好，那里也很好。是因为我喜欢你吗，怎么感觉你到处都是讨人喜欢的地方啊？"

她看到邓谆迟疑了。

"人跟人相处有时候就像照镜子。我是这么觉得的，"他突兀地说了抽象的话，"别人怎么对我，我就怎么对别人。"

廖茗觉却笑了："真的吗？那你也喜欢我喜欢到想把我抱到怀里亲吗？"

邓谆无奈地笑了笑。

玩了几个项目，肖屿崇和胡姗说要去买爆米花和棉花糖，这两个人在吃东西上意外地口味一致，一边打趣对方是"爹味少年"和"姨味少女"一边离去。邓谆起身接了个电话，因此就只剩下廖茗觉和表姐。

欢乐谷里到处洋溢着欢乐的气氛，她们坐在长椅上。表姐说："时间过得真快啊，转眼你都上大学了。"

"……"廖茗觉默不作声。

"看到你上大学我就放心了。"表姐很有大人样地说，"你从小就跟我们不一样，试题做得很快，又喜欢读书，总是读到很晚。你妈妈都怕你眼睛出问题。这么久了，我其实一直都挺担心的。"

廖茗觉的答复很简短："别说了。"

"我一直担心我会拖累你，给你一些不好的影响——"

"可以了，别说了！"廖茗觉没有抬高分贝，因而也不显得凶，只是站起身，脸色不怎么好地解释，"我有点饿了，去买点吃的。等下你们玩去吧，不用管我了。"

廖茗觉扬长而去，而在另一边——胡姗在对着自动贩卖机按键："你不觉得有点奇怪吗？"

"什么？"肖屿崇提前把付款码调了出来。

"廖茗觉的表姐也就比廖茗觉大三岁，比我和邓谆大一岁，就有两个孩子了。"胡姗说，"大的那个还快上小学了。"

肖屿崇沉默了。到底是怎么回事，其实大部分人都有数。如今是信息时代，很多消息，只要愿意上网看看，就不至于一无所知。

他们下一个去玩的项目是跳楼机。

眼看着跳楼机上的游客被高高抛向六十米的高空，又急速落下，邓谆第一个拒绝。廖茗觉吃东西还没回，因此过去的只有剩下三个人。

肖屿崇有点恐高，但他本来就是禁不住激将的脾气，况且这个人还是最爱跟他唱反调的胡姗。为了不被小看，他也只能硬着头皮上。反倒是表姐泰然自若，还跃跃欲试地感慨道："等下上去了风景一定很好，要是能拍照就好了。"

胡姗直截了当地问："是想给老公和孩子看？"

"嗯……"表姐好像没发觉她语气里隐藏的探查之意，语调平常地说，"想发朋友圈吧。"

"你和廖茗觉在老家住得近吗？"胡姗继续问。

表姐笑了："以前挺近的，后来我结婚了。"

就算是阿基米姗，也不可能强行逼问什么。顾及对方的心情，胡姗还是心有不甘地闭上了嘴。

跳楼机开始倒计时。

肖屿崇全心全意祈祷自己停止颤抖，胡姗还在皱着眉苦思冥想，周围所有人都紧张又期待。

就在这一刻，表姐笑吟吟地开了口："你们应该感觉到了吧，小觉有点不想跟我碰面。"

猝不及防，胡姗和肖屿崇不约而同地看过去。

跳楼机上升。上升。

游客们在发出叫声。

跳楼机在顶端停顿。

肖屿崇强忍恐惧，胡姗满脸茫然。表姐笑着说："我跟你们讲讲我们之间发生了什么吧。"

虽然餐厅没什么人，廖茗觉也知道怎么用自助点餐机，但她根本没去吃东西，只是在里面坐了一会儿。

再出来时，她看到胡姗在群里的留言，转而去跳楼机附近。

邓谆坐在长椅上走神，乍一看仿佛园区的某个景点。廖茗觉走近，却没有坐下，只垂着头叹气。

"你确实讨厌你表姐吧？"骤然间，他又问了这个问题，"每次她跟你说话，你都要停一下再回答，也不看着她。"

廖茗觉在嘴里含了一口气，无意识地鼓了鼓脸，随即又叹息："真的算不上讨厌。"

她坐下了，低下头，用脸颊抵住膝盖，用拉伸般的姿势让自己好过一点："受够了，真是的。"

他望向她。

廖茗觉很瘦，脖颈和腰身都格外纤细，背也单薄。他没有去碰她。

"走吧。"邓谆说。

廖茗觉转过头，一簇黑色的头发落下来，被她自己掀开："去哪儿？"

"回去啊，"他起身，"虽然按照常理，突然自己走掉不太好，但你真的不想待下去了吧？"

廖茗觉懵懵懂懂，先点了点头："嗯。"

邓谆向她伸出手，却不看她，仿佛她牵不牵都无所谓，只顾着用手机查找路线："我们可以去坐园区巴士，然后走路回去。可能有点远，但走走也没事……"

廖茗觉想去牵他："要是走不动怎么办？"

"要是走不动了，"邓谆朝她看过去，并不灼热的日光下，那是一张会令人自惭形秽的面孔，他懒洋洋地笑道，"我背你好了。"

替她着想的提议，会让人产生这个人会永远站在她这边的感觉，只顾虑她的心情。

廖茗觉抽回手去。

她没有看他的眼睛，这是她第一次意识到，假如被拒绝，她肯定会伤心的。她会流眼泪，会大哭，会像看过的所有书和电视剧里的失恋的人一样难过。

"邓谆！邓卓恩！"她努力地说下去，"我知道你大学期间不打算谈恋爱，但是之前大一跨年在立交桥上的时候，我大喊一通的时候，你说了'你也是'，我……"

他本意不是打断别人告白，但又不小心这么做了："等一下。"

本来想一口气像念绕口令一样飞快说完的廖茗觉乱了阵脚："啊？"

"对不起，你继续。"

邓谆想弥补，但也无济于事了，廖茗觉已经陷入再而衰三而竭的状态，忘了词，也忘了情绪："呃，什么来着？我……就是……"

她去看他的反应，他却别过了头。他大概率是难为情，但就算是这种反应，之前也从未有过。

"你确定是那种意思？"他提问。

廖茗觉立刻站了起来："当然是了！"

"……"邓谆又陷入匪夷所思的犹豫,"其实我想了很多。"

"什么?"

"你说真的吗?"

"真的啦!"廖茗觉要被急死了。

恰如短路的电脑终于恢复正常,沉默一阵后,邓谆终于变回往常那副无赖的神态。他继续向她伸出手。

廖茗觉有疑惑就会问出来:"这是什么意思?"

"我也喜欢你,跟你一样的意思。"邓谆说。

"噫!"她明明很开心,却故意皱起脸来,坏笑着调侃,"不会是营业吧!"

"不是营业,就是喜欢你。"他纹丝不动地回复。似乎想到什么,他又露出一丝笑意:"虽然没想过把你抱到怀里亲,但想过什么时候结婚,在哪里办婚礼,房子买在什么地方,户口迁到哪儿。"

◇　　◇　　◇

天光大亮,山路上却仍旧晦暗一片,宛如漆黑的油布从天而降,只余下风动时颠簸所产生的微茫波光。有人在剧烈地喘息。廖茗觉清晰地听到自己的心跳,一次又一次,仿佛无论如何都会持续战栗下去。

昏暗的光景中,她转过了头。

"等我碰到我喜欢的人,"话语里夹杂着乡音,廖茗觉还在变声期,身材那样干瘪而瘦小,她仰起头看向远处的山、田野与天空,"我会来告诉你的。"

和邓谆握住的手连着心脏,微微发麻,廖茗觉止不住地长吁短叹,引发邓谆一阵狐疑的注视。他们到了园区巴士的候车点。进入排队的通道,她才夸张地说:"为什么我总觉得你在发光啊?"

什么发光,又不是电灯!

邓谆抬头,仔细想了想,试探着反问:"因为我是你男朋友?"

"太对了!"廖茗觉感觉正中下怀,就像小狗被摸到了最舒服的地方,兴高采烈地继续,"我的恋爱滤镜真的太厚了,怎么看都觉得你是这里最帅的。"

邓谆目不斜视地看着手机回答:"是有点厚。"

然而几乎旁边所有听到她这句没控制音量的大叫的路人都在腹诽——这根本不是什么滤镜好吧!

巴士上人不算多,前排有个被父母带来的小孩睡着了。廖茗觉笑着端详了一会儿,随即闭上了眼。邓谆收起手机,还有点疑惑于她居然老老实实地闭目养神。

看着急遽后退的乐园,邓谆问:"算不上讨厌,但不喜欢?"

廖茗觉扭头看着他,缓了一会儿,才意识到他是在说表姐。"也没有不喜欢。"她重新合上眼,"只是觉得像看自己的黑历史一样,很尴尬。"

下车后去地铁站,有很长一段路要走,不少人会扫码骑车,但邓谆不会。

"你不会骑自行车?"廖茗觉很震惊。

邓谆老老实实地承认了:"嗯。"

"但是你会骑摩托车,也会滑冰啊!这根本就不科学!"她难以置信,"你小时候没有那种经验吗,爸爸妈妈扶着后座让你蹬车?"

他理直气壮:"没有。"

"那就走路吧。"廖茗觉也只能作罢。

才确定情侣关系的男大学生和女大学生,走在平坦到一望无垠的道路上,旁边是飞速离去的陌生人。突然间,廖茗觉说:"这么说起来,我对你还有很多不知道的事情啊。都是因为你什么都不说。"

邓谆看向她。

"以后慢慢了解好了!"廖茗觉冲他灿烂地笑。

一回到学校,廖茗觉就向刚从实验室里出来的王绍伟郑重地宣布:"我有男朋友啦!"等回了宿舍她又向赵嘉嘉和其他室友宣布:"我脱单啦!"她把手机充上电,立刻给妈妈发消息:"我跟我的朋友是一对了,吼吼吼!"

看到她的脱单宣言已经是下午,胡姗回到学校,去食堂吃不放辣也不放味精的麻辣烫。她刚一副"地铁老人看手机"的样子拿着手机坐下,王良戊就端着空餐盘站到对面。

"你吃完了?"胡姗随意地打了个招呼,继续盯着手机说,"邓谆真是要不闷声不响要不一鸣惊人啊,不会是碍于面子才答应廖茗觉的吧。"

王良戊没头没尾地问:"你知道邓谆在微信里把我们俩都置顶了吗?"

"什么?"胡姗充满了感情不对等的受宠若惊感——她没有把妈妈、导师和班群以外的任何联络人置顶,就算跟廖茗觉每天同吃同睡都没有把廖茗觉置顶。

王良戊索性坐下了:"你是短头发,但是之前跨年,我们互送礼物,邓谆送了你一个四千多的香奈儿发绳。你可能都不记得了,那次你随口说了句你要留长头发,大家都没当回事,只有邓谆问了你要留多长。"

胡姗下意识攥紧了拳,表情狰狞地道:"好像有这回事!"

"怎么说呢?他就是那种人吧。"王良戊笑了,"全世界的人彼此都是商业关系，平时什么都不说，不知道你戳中他哪个点了，他就把你当自己人。但是乍一看好像也没有对你很好，闷骚得要死。你还想着怎么攻略他，他已经把你当能上炕的一家人了。"

胡姗忍不住提问："等等，你是怎么看肖屿崇的？"

"啊？"就连王良戊都被搞蒙了，笑眯眯疑惑地道。

"快说。"

"包袱太重、自尊心强的少爷。"他说，"不过他应该是我们里面最容易变幸福的人。"

"我现在就很幸福，"胡姗唱反调，"廖茗觉呢？"

"她其实很聪明，俗话说大智若愚？我觉得她什么都看得很透，不会轻易被外界改变，却又不顽固不化，偶尔也适当地改变自己。"

胡姗终于惊呼出声："我就知道！你在偷偷地读我们的心观察我们吧！"

王良戊解读出对自己有利的含意："哈哈哈，你觉得我看得很准吗？"

她别过脸去，用手机遮挡眼睛，想借此来防止自己被看穿："我讨厌你了，真的！"

"我也可以说说我对你的看法哦。"他纯粹是想恶搞朋友。

"不要！滚！"

第二天廖茗觉和胡姗从宿舍去教学楼上课，一看到邓谆，顿时眼睛都亮了，冲过去先把手背到身后，笑嘻嘻地打招呼："早上好！"

"早上好。"邓谆说。

他们俩看着对方的情形让旁边的另一个人很不爽："我们是来上课，不是来秀恩爱的吧？"

"咦？肖屿崇怎么坐在这里？平时不都离我们远远的吗？"廖茗觉毫无恶意地问。

"今天选修那个创新课题要分组嘛。"王良戊打圆场道。

胡姗就没这么留情面了，冷笑一声，直接揭人老底："听说你俩好上了，某人昨天玩游戏连掉两个段位呢，还不小心穿了拖鞋来上课。"

"啊？！肖屿崇，你——"廖茗觉夸张地捂嘴表示惊讶。

肖屿崇骂骂咧咧地走了。

"他行不行啊！这么别扭，真的会打一辈子光棍的。"廖茗觉叹了一口气。

王良戊捧场道："今天你看起来好成熟哦，茗觉。"

"那当然！"廖茗觉抱住邓谆的手臂，却遭遇了他一阵"我要写字"的挣扎，"我现在可是从母胎单身毕业了！"

王良戊继续捧场，鼓着掌搭腔："好厉害。"

"但是不知道是不是太得意遭天谴，今天起来就长痘了。"廖茗觉掀起刘海。

邓谆本来在写上节课的内容，看了她一眼，随即放下笔，替她按住头发，稍微看了一眼："等一下。"

他单手从包里翻出一支药膏抛给她。

或许是因为情侣当事人中的另一个突然主动开口，前后排都有同学侧着头用眼睛余光看过来。

廖茗觉欲言又止，像顾及什么似的，只小声地说了"谢谢"。

课上到一半，她忍不住跟王良戊说："爹，我跟你说哦。"

"嗯？"王良戊凑过来。

"说真的哦，以前看到情侣腻腻歪歪，我也觉得烦人，以为自己演偶像剧呢……但是轮到我自己，我发现自己也有点冲昏头脑，好丢脸啊。"廖茗觉说。

王良戊只微笑："可是热恋期是谈恋爱的必经之路吧。"

等到课间，廖茗觉把同样的烦恼跟邓谆说了。

邓谆听完沉默了一阵，紧接着面无表情地扫视周围。不得不承认，有不少刚刚还在关心这边的同学纷纷躲避视线，充满默契呼朋引伴离开的声音更是此起彼伏。

最后，他重新看向她，随即带着冷漠的笑容回复："不要紧。没那么多人会关心的。"

邓谆要去实验室，廖茗觉打算去图书馆复习。胡姗说："你们情侣不一起活动没事吗？才刚好第二天吧？"

"嗯，"廖茗觉摆出一副生机勃勃的样子，"我们俩的原则是'相互勉励，共同进步'，目标是'共创美好未来'。"

"满满的正能量啊……学校真应该把你们俩挂到官网上。"胡姗吐槽。

她们俩发奋学习，然后回寝室敷面膜。胡姗最近热衷于跟跳周六野的健身操，廖茗觉平时都是看热闹，今天也被强制要求跟跳。

结束后收了汗，宿舍里却停了热水，廖茗觉和胡姗只好一起拿着盆骑小电驴去澡堂。

洗澡的时候，胡姗想起什么，突然叫她："廖茗觉。"

"你要用我的洗发露吗？"廖茗觉在隔壁问。

"不，"胡姗说，"你还记得大二的时候，我说我对你不爽吗？"

廖茗觉仰着头："记得啊，怎么突然说这个？"

有过迟疑，却还是继续，胡姗说："我还是想再跟你说一次对不起。之前我和王良戌讨论过一次人和人际交往的事。他说复杂的是人，而不是人际交往。后来我仔细想了想，觉得他是对的。人际交往之所以复杂，就是因为人复杂。我们每个人都不一样。性格不同，不爽的点也不同。"

水仿佛银线般哗哗落下，热气雾蒙蒙的像纱帐，转眼扩散开来。廖茗觉闻着手心洗发露的味道，不知道说什么。

"说实话，你有时候确实会让我受伤。就算我知道你根本没有让我不舒服的意思，你只是有你的个性，但我就是会控制不住自己，很累、很难受。不过，"胡姗说，"我想跟你做朋友。我喜欢跟你一起玩。"

廖茗觉总算开口，尽管只是寥寥几个字："那就好。"

"你会害怕自己说的话、做的事伤到别人吗？"胡姗像是好奇似的，突然从隔间里探出头。

"不会，"廖茗觉笑嘻嘻的，坦荡地回答，"只要跟人来往，就肯定免不了吧。"

不知道是模仿她，还是发自肺腑的感慨，胡姗笑着点了头："那就好。"

希望你真诚热烈。

希望你勇敢坚定。

希望你不要害怕，不要害怕伤害他人，因为在所难免，所以希望你能永远我行我素下去。

跳楼机急速下坠，根本听不清廖茗觉表姐的话，悬空时又恐惧万分，万籁俱寂，导致她的声音仿佛俄罗斯方块中的凸起，越发难以忽略。廖茗觉的表姐比他们更早地为人妻、为人母，过着他们所想象不到的日子，体验着他们所理解不了的生活。

欢乐谷与廖茗觉是他们唯一的交集点。

她说："她带我逃走了。"

那是多么不可思议的话，无论谁听到都无法一时半会儿理解其中的含意，只因太难相信，又不够了解，因而无法体会。

十几岁的表姐要嫁给年龄翻倍的男人时，十三岁的廖茗觉做了谁都想不到的事。

山上有猞猁、野猪和猴子出没，道路泥泞不堪，树木密密麻麻。危机如绝望一般在黑暗中四处潜伏。天亮之前要翻过这座山。她不知道廖茗觉是怎么联系到的邻村进镇的摩托车，也不知道廖茗觉是如何打听到的出县的车次，她甚至都不知道廖茗觉是怎么想的。

廖茗觉走在前面，在高高的草木间显得那样渺小。她拽住割裂手心的草，另一只手向表姐伸出来，眼睛那么亮，弥漫着孩子气的天真："姐姐，我们快走。到了外面，洗盘子也好，找厂子上班也好，总能活下去的。"

"你爷爷呢？"表姐问，"爸爸妈妈呢？"眼睛变成了两个陶瓷茶壶盖，将漫上来的眼泪压住，徒留酸涩在胸口徘徊。

廖茗觉不说那些，只说："走吧。"

腿像抽搐似的疼痛，被露水沾湿过的肩膀也好痛，她崩溃了，自暴自弃地向表妹哭诉："我走不动了！"

在娘家，她很早就辍学了，经常照顾表妹，陪着表妹玩。对她来说是游戏，但廖茗觉却不这么觉得。

廖茗觉伸出手去抓她："走不动了，我就背着你走。"

"我不走了！"她终于无法遏制，恼羞成怒地推开廖茗觉，"你发疯了吧？廖茗觉！你有病是吧！你想一想！我们怎么出得去！我真是服了你了！你怎么一点都不懂事！不要再拉着我受罪了！你就会给我找罪受！"

她推开廖茗觉往回走，每一步的脚印都深深地下陷。村子里的人早已来追，要把她带回去。她回过头，这才发现天早就亮了，只是山高树多看不清。她抬起头，远远看见廖茗觉站在原地，那么远，那么孤单。垂下眼睛，她才发觉手臂上沾了血。廖茗觉的手被划伤了。

廖茗觉转过身。

她哭了，是个孩子，也像孩子似的哭个不停。她号啕大哭，一头撞进黎明中去。

17 胡姗灌心灵鸡汤

少爷最近都不来找我们了，一个人孤立我们四个人。

老师在点名："廖茗觉！"

"到！"胡姗回应。

结果理所当然受到老师的强烈谴责："你是胡姗吧！"

老师刚要记迟到，就听到外面传来一阵嘈杂。教室在一楼，廖茗觉直接冲到门口，喘息着连连喊"到"。

廖茗觉穿越大半个教室坐下，王良戌问："你干什么去了？"

"她表姐要回老家，去送人了。"胡姗帮她放书包。

"嗯，因为我以前答应过我表姐，"廖茗觉说，"交到男朋友要跟她说。"

上午课间吃早餐几乎已经成为他们这群大学生的常态，毕竟早起实在不容易。廖茗觉往嘴里塞着吐司说："少爷最近都不来找我们了，一个人孤立我们四个人。"

王良戌当和事佬："会尴尬的嘛。"

"有点可惜。"廖茗觉耸耸肩。

邓谆突然提问，有点叫人猝不及防："你后悔了吗？"

"啊？"虽然发出这个音节的人是廖茗觉，但胡姗也好，王良戌也罢，无一不朝他看过去。

"当初选了肖屿崇会更好……你会这样想吗？"邓谆若无其事，看起来好像只是随意问了句今天晚上吃什么。

廖茗觉停顿了，嘴角挂着面包屑，目光在天花板上转了一圈。她问："假如我说是，你会让我和肖屿崇在一起吗？"

邓谆在用叉子刮盒子里的酱汁，听完抬头看着她："假如是我们还没确定关系的时候，估计会吧。"说完后他立刻回头，问和他隔着一个王良戌的胡姗："还有三明治吗？"

简简单单一句话，轻而易举就扰乱了廖茗觉一整天的好心情。

什么鬼？什么意思？

学习到一半，廖茗觉从书海中猛地抬头，难以置信地问对面的胡姗："该不会……邓谆其实很有渣男潜质吧?"

"你才发现?"回答她的却是隔壁的赵嘉嘉,"你们俩根本就是《乡村爱情》里的王小蒙和《花样男子》里的花泽类,一个在象牙山村振兴农村,一个在纽约住别墅,邓卓恩就是玩玩,你随时会被甩。"

图书馆人员爆满,别说人了,连校园里的猫跑进去,都被老师赶了出来。她们只好在宿舍自习。

"说起来,你倒是一点都不伤心,以前迷恋的练习生当着你的面谈恋爱。"其他戴着束发的发绳和高度数眼镜的室友插嘴。

"怎么说呢?其实我更喜欢他疯狂的感觉。现在没有公司包装,感觉没那味了。"

廖茗觉长叹一口气,绕到胡姗身旁蹲下,把下巴搁到她桌沿上:"大三全是核心课,还要复习这些有的没的,都没法经常一起玩了。"

"这就是大三、大四啊。学习就好好学,不然成绩会下滑的。"胡姗继续盯着电子词典,"我选了文学那边的选修课,这几周会很忙,就不陪你了。"

廖茗觉发出了哀鸣:"啊?!"

到了大三,大家都忙起来了。廖茗觉委屈巴巴,又无可奈何,只有把自己塞进忙碌的学习中去。她和朋友们见面甚至不是在课堂上,而是在试验田和实验室里,就连和刚交往的男朋友邓谆,都只有微信上的交流。

胡姗从新东方试听课回来,就看到对面床位仿佛大卫的油画《马拉之死》。廖茗觉整个人仿佛被蚜虫吸干的树叶,倒在众多学习资料中。

胡姗惊讶地关切道:"你怎么了?"

"啊……"廖茗觉有气无力地转头,看到是胡姗,立即摆出哭唧唧的脸,"没有朋友理我,我要寂寞至死了。"

"没这么夸张吧?"不就是没了公共课,假期也没出去玩嘛。

廖茗觉像在模仿伽椰子:"背书背得要发霉了。而且明明交了男朋友,但是和想象中根本不一样……"

这也没办法,为了达到保研的条件,邓谆要完成的课题比他们复杂,假期也少很多。外加学习累坏了,休息时他多半埋头就睡,也没什么精力线上联系。

眼看廖茗觉精神不振,胡姗立刻上前招人中:"实践课最后一学期了,这个星期就能一起下田插秧了呀!"

廖茗觉用冷水拍打脸颊,振作起来去上课。进了大棚,到了试验田,看到朋友们,她又立刻充满了电。

连王良戍都说:"看到你这么精神我就放心了,最近开心吗?"

廖茗觉露出阳光的笑脸："当然啦！"

填写了实验报告，准备了之后的病理分析，廖茗觉走了出去。恰好身后有车驶来，她才掀起眼，就被一道力气托住腰，不紧不慢地送到道路内侧。邓谆说："不舒服吗？"

"没有呀。"廖茗觉笑着说，"你呢？学习很忙，要记得吃饭啊。"

"嗯。"邓谆也朝她笑了。

远处是和他一起做创新课题的同学，邓谆回头看了眼廖茗觉，她朝他笑着摆了摆手，示意他赶紧去。然而，在他转身的一瞬间，廖茗觉就深深吸了一口气。

她垂下脸，猛然看到路边有蚂蚁在搬运食物，刚蹲下去，就感觉有影子落到身上。邓谆问："今天吃什么？"

廖茗觉抬起头，发现他又回来了，脸上顿时浮现起笑容："蚂蚁今天吃直翅目蝗科的虫子。"

她起身，两个人并排回校区。

廖茗觉问："你不要忙吗？"

"要啊，"他回答，"但也该抽时间陪你。"

"没事的⋯⋯"

"感觉你好像心情不太好。"邓谆看着她，伸手去碰她额头，"没有感冒吧？"

本来还想说什么，突然肢体接触，廖茗觉忘词了："⋯⋯没有。"

"那就好。"他说。

邓谆请廖茗觉吃食堂，酸辣米线加温州馄饨，两个人面对面坐下。因为来得晚，所以食堂已经没什么人。她边吃边偷偷看他。他明明视线从没倾斜过，却好像有第三只眼睛，突然说："你有没有想我？"

"啊？"面对这种问题，廖茗觉毫无防备，不过到底是她，就是非比寻常，还是坦诚到想什么说什么，"肯定想啊。我还以为谈恋爱了就能天天在一起，结果根本不是这样。"

廖茗觉抱怨的时候，邓谆没有笑。廖茗觉吃米线的时候，邓谆没有笑。廖茗觉皱眉盯着他看的时候，邓谆还是没有笑。

有那么一瞬间，廖茗觉都以为他要提分手了。

"怎么了吗？"她问。

"没有，"邓谆说，"只是有点难过。"

"为什么？"

她听到邓谆叹息。他别过头，侧脸寡淡的神情与这暑热退却的时节完美契合:"我也想跟你天天待在一起。"

廖茗觉刚好要去送托盘,一时间愣住了。邓谆也起身,云淡风轻,接着说下去:"不想跟你分开。大一、大二那么闲,要是早点做男女朋友就好了。"

说实在话,廖茗觉有点吓到了,因为邓谆跟她有了同样的想法,也因为邓谆居然这样直白地说了出来。

他出去洗手,问她:"寒假要不要一起出去旅游?"

"可以吗?"廖茗觉顿时眼前一亮,却又不由自主地担心,"可是我看网上说,情侣一起出去旅游很容易吵架来着。"

邓谆的笑点很奇怪,这种时候居然扬起了嘴角,他问:"不想跟我吵架吗?"

"不想。你笑什么啊?"

"没关系,"他低下头,还是按捺不住笑意,"我会好好表现,争取让你开心的。"

廖茗觉才不会让对方单方面付出,立刻表态:"我也会努力的。"

他们又走到校园里的桥上。邓谆掏出手机,翻相册里的照片给她看:"你看这个,之前拍了就想发给你。"

那是很漂亮的日落,廖茗觉惊奇地感慨道:"来,发给我!没想到你也会拍这种风景照。"

然而邓谆回道:"以前都不拍。想给你看,所以才拍了。"他低着头摆弄手机,把照片传给她。廖茗觉偷偷瞥过去,发现邓谆给她的备注是"觉宝"。

被发现以后邓谆反应还很激烈,直接盖住手机,满脸严肃地抛眼刀过去:"有没有隐私意识啊你?"

"喊!"廖茗觉也故意装腔作势,"现在就这么小气!将来查岗你得上天!"

邓谆立刻不服输地递出手机,顺带口头附送解锁密码:"查,随便查。从做练习生那天起,我就没把隐私当回事了。"

"干吗说得好像你当了童子军一样!"廖茗觉把他手机塞回去,马上扬扬得意起来,"嘿嘿,还没有人叫过我'觉宝'呢。"

她正摇头晃脑地陶醉,他就伸出手来,揽住她的肩膀,把她圈到臂弯里,紧紧抱住。她想挣扎,却被遏制了。就这么保持了十几秒,邓谆才松开,垂下眼盯着她道:"谢谢觉宝,给我充电。"

他们沿湖回去,邓谆自然而然牵住廖茗觉。她的心刚刚一震,还没缓过来,他就已经变成十指相扣。

和邓谆谈恋爱是一件不健康的事。心跳时快时慢,让人感觉快要死掉了。廖茗觉第一次意识到,之前无法碰面的日子真真切切是为她的健康着想。

本来不该也不会产生多余的怀疑，然而面临营业级别的冲击，这颗轻飘飘的少女心一下又动摇了。

"邓谆，"她问，"你真的喜欢我吧？"

"喜欢啊。"邓谆却在看远处的湖面。

中午的太阳光尤其刺眼，好在有树荫遮蔽。他们在水域边停留，透明的蜻蜓在水面上舞动。

廖茗觉拍着胸脯，勉强松了一口气："那就好，总觉得你像营业一样。搞得我都紧张了。"

邓谆蓦地笑了："可能会无意识地营业。因为我很想讨你喜欢。"

"哈哈哈，"她是得到答案后就放心的类型，所以根本没把他剩下的话当回事，随意打趣道，"那也挺好的。"

"嗯。"邓谆说，"你知道《鲁滨孙漂流记》吗？"

廖茗觉不明所以地看过去："当然了，那是小学课本要求读的名著吧？"

"鲁滨孙漂流到了孤岛，没有任何同伴，孤独地生活着。不知道过去了多久，他遇到了土著人星期五。他们成了朋友，是那个岛上仅有的两个人。"说这些的时候，邓谆的神情里掺杂着微微的笑意，但他或许并没有快乐，只是感到安慰、迷惘与珍贵，"看这本书的时候，我就会想起你。"

廖茗觉好奇地侧过头："你觉得我是星期五吗？"

"也可能我是星期五。"他看着她微笑，"反正，我在一个孤岛上，很久都只有我一个人。然后你就出现了。"

她回望他。

邓谆说的话，廖茗觉并不完全明白。她只是说："那我要是跟别人在一起了，你会无所谓吗？"

这一回，反而轮到邓谆困惑。他说："怎么这么问？"

廖茗觉还对那天的话耿耿于怀："上次吃早饭的时候，你不是说嘛，你会放开我，让我和肖屿崇在一起。"

邓谆恍恍惚惚回想起好像有这回事，他说："我说的是，'假如是我们还没确定关系的时候'。"

她一下就重新开始期待，开心地问："那现在呢？有什么不同吗？告诉我嘛！"

他没有立即回答她，只是似笑非笑地看向不远处。学校的人工湖里饲养了鸭子，学生也就大一时觉得新鲜，到了大三、大四，路过都不会看一眼。或许是外地来的游客进校园参观，此时此刻正撕碎买来的吐司，扔进湖里喂鸭子。

邓谆说："……就那个大小。"

廖茗觉疑惑地看过去。面包碎片画出一道弧线，落进鸭子的喉咙。

"现在的话，假如要我让给肖屿崇，"邓谆笑着，静静地注视湖面，"我就把他扔到湖里去。"

◇　◇　◇

回去以后，廖茗觉正想着邓谆的话，胡姗就筋疲力尽地回来了。

胡姗像搁浅的海豹似的爬上床，连澡都没力气洗，脸朝下就想睡。跨专业考研难度翻倍，更何况她的目标还是比较高的。

廖茗觉看了她一眼，出人意料，竟然识趣地没去打扰。然而她这么乖巧，反倒搞得胡姗不开心。她趴在床上招手，有气无力地支起脸："大爷来玩啊。"

廖茗觉皱起眉，双手抱胸道："不去。你心情不好的时候会欺负我。"

"怎么会呢……"胡姗来了精神，翻身坐到床沿，又拍拍自己身边，"来，上来嘛。"

廖茗觉鼓起勇气爬上去，马上就被锁住脖子，两个女生嘻嘻哈哈倒在一起，最后并排躺到床上。

因为集体活动的次数大大减少，朋友们多半也都只在微信群里聊天了。

廖茗觉问："上课开心吗？"

胡姗摇摇头："我的数学和政治都差得要死。"

"嗯……"廖茗觉发出小狗似的闷哼，倒也说不出什么建议来，"我反正是不想考研，而且也交不起学费。"

"唉。"

听到她叹气，廖茗觉又安慰说："没事，还早着呢。"

"你呢？"胡姗也问她，"刚趴在电脑前干吗呢？"

廖茗觉用平平无奇的口吻说出了叫人大跌眼镜的话："我在想我的初吻。"

"哈？"胡姗猛地坐起身，像看精神病人一样看向她，"我在这里为未来发愁，你居然跟我谈这些儿女情长？"

廖茗觉傻笑了一下，拽着她的袖子让她躺下，又说："别这么紧张，不是还有一年多嘛。"

无视胡姗鄙视的眼神，她悠然自得地说："我想问问我男朋友能不能接吻。"

胡姗还没搭腔，赵嘉嘉已经嗤笑出声，扬着 Apple Pencil 说："你这也太直接了吧？女生怎么能这么廉价！"

一听到这种论调，胡姗就控制不住自己。然而今天，廖茗觉比她反应更强烈，直接奋起反驳："怎么廉价了？姐就是女王！少管美女的事！"

就连赵嘉嘉都被唬住了。

她心安理得，一副已经拿定主意的模样。

但胡姗也有些肺腑之言："我觉得和廉不廉价没关系，都二十一世纪了，搞个屁的刻板印象。主要还是负担的问题。"

"什么意思？"

"要是动不动就要求这要求那，难道不会被认为是有负担的人吗？"胡姗劝告道，"小心变成沉重的女人。"

仿佛晴天霹雳一般，虽然不懂具体的意思，但"有负担"这三个字，廖茗觉还是理解的。

女生要稳定，男生要自由（也有反过来的情况），这种套路，廖茗觉住老家时常常在《婚姻保卫战》之类的扯皮综艺上看到。热恋期还好，一旦过了那个时候，只要女方积极一点，马上就会被男方扣上"有负担""沉重""让我很辛苦"的帽子。这些话听起来冠冕堂皇，好像某种学科术语，但说白了就是爱不再对等。一方的爱多，另一方的爱不够多，加上性别和生活方式的差异，马上就会积累起比长城长、比珠峰高的芥蒂。

有五百多万粉丝，却还每天在微博广场到处留言加微信的失恋挽回分手复合情感大师说过，最理想的爱情是拉锯战，不能一味占上风，也不能连续输得太多。

廖茗觉偷偷在被窝里看了一晚上，最后得出感想："大师，我悟了！"

想成为恋爱大师，就要忍耐！忍耐！再忍耐！

邓谆忙课题没来上课，廖茗觉就差把"垂头丧气"四个字写在脸上了，连胡姗都嫌弃她："以前没看出来，怎么这么恋爱脑？"

同班男同学比较热情，立刻拉廖茗觉到他们中间看韩剧。大学课堂上背着老师偷偷看电视剧其乐无穷。她打着哈欠说"又是全智贤的什么"，一凑近，发现他们在看《孤单又灿烂的神－鬼怪》。

"男人都这么花心的吗？"廖茗觉整张脸都在表达嫌弃，"之前喜欢全智贤，现在就为金高银哐哐撞墙了？"

王良戌忍着笑插嘴："不是，你等等。"

男主角和男二号霸气驾到，去救遇难的女主角。男同学们压抑着兴奋咿呀一片，抑制不住地低声浪叫："孔刘！我要嫁给你！""李栋旭太帅了！"

廖茗觉无语："神经病吧。"

讲台上的老师直接点名："你们那排的！闲的是吧！期末让你们都挂科！"

下课铃响，王良戌收拾着东西问："我女朋友今天过来这边玩。我打算请她去吃新疆菜，你去吗？"

"你不嫌弃我是电灯泡？"廖茗觉双手握拳，抵住下巴，露出了狗狗讨饭的可怜表情。

"看你太孤单了嘛。"王良戌发笑,又恰好捕捉到路过的另一个人,"少爷,你也一起吧。"

肖屿崇和朋友一起下课,听到召唤,没精打采地看过来。

有那么一瞬间,廖茗觉以为肖屿崇又会傲娇地拒绝,没想到思索半天,他还是点了头。

学校外的新疆菜是一家网红餐厅,不少人会来打卡拍照,廖茗觉却从没来过,她说:"因为每次都排很长的队。"

但今天,王良戌的女友提前帮忙占了位置,所以他们很快就坐下了。

廖茗觉吃着大盘鸡,偷偷观察王良戌和王良戌女友的相处模式,说实话,真的没有什么参考价值。不论女友干什么,王良戌都笑眯眯的,很耐心,也很温柔。换作邓谆,肯定会挖苦讽刺,外加一些莫名其妙的恶作剧。

王良戌请客,他去结账。座位上就只剩下另外三个人。一时间,气氛有点冷。王良戌的女朋友大概看不下去了,于是克服心理障碍,主动发起话题:"你们……是男女朋友吧?"

原本零摄氏度的气氛转眼降到零下十几摄氏度。

之后要去看展览,人家小情侣也是难得约会,还要被人插一脚,廖茗觉过意不去,主动提出回学校。

眼看着肖屿崇还痴痴傻傻,一副什么都不在意,就算王良戌他们去宾馆恐怕都要跟着去洗个澡睡个午觉的憨憨样,廖茗觉忍无可忍,抓住他一起走了。

回去的路上并没有想象中尴尬,廖茗觉甚至回想起初次见面,他要去朋友家,肖阿姨非要他带她去的时候。

肖屿崇问:"胡姗呢?"

"上培训班去了。"

"邓谆在忙材料和课题……"

"嗯。"廖茗觉朝他无可奈何地苦笑,"朋友都有自己的生活,总会渐渐走散嘛。"

像是不习惯她的消沉,肖屿崇一下局促起来。他走在后面,想拍拍她的肩,终究还是收回手,慢慢地说:"等忙完又能聚到一起了。"

廖茗觉低着头:"你也会吗?"

"啊?"他显得始料未及。

"等到了社会上,我还能交到像你们这样的朋友吗?我不知道……"廖茗觉说,"我其实知道,我什么都不懂,总是惹麻烦,都是你们帮我,包容我。

你们那么好，我不想跟你们走散。"

肖屿崇张了张嘴，想说什么，又什么都没说。

廖茗觉声音闷闷的："不能谈恋爱就不能做朋友吗？你也这么觉得吗？"

肖屿崇开口："我不这么觉得，很多事都没有标准答案。做人本来就没有标准答案。"

她看向他，露出招牌的笑脸："我们还是朋友吧？"

他拿廖茗觉没办法，或许他就是喜欢她这一点。虽然没有成为另一半的缘分，但至少，她就像一面镜子，让他认识到了很多，关于自己，关于恋爱，关于将来会遇见的爱人。不论成功还是失败，好的恋爱不会全无意义。友情并不比其他感情低等。在这个常住人口超过2000万的城市里，他们相遇了，一起成长，结识更多的人，见证了对方美丽和脆弱的一面。他们是珍贵的朋友。

肖屿崇末了还是笑了，点点头，回答说："当然。"

今年跨年时的廖茗觉是火力全开的廖茗觉，原因无他，和邓谆约好了去他家复习。

大一的时候，元旦晚会都是强制参加，但凡没有正当的请假理由，全都要像壮丁一样被抓去充当观众。但到了大三，学校根本懒得管这群老油条，就算外宿，也只是区区假条就能解决的事。

对于初次和男友共度良宵的好朋友，胡姗有点犹豫，到底要不要塞成人保健用品给她。她拿不定主意，看网课又入迷到忘了时间，等回过神，廖茗觉已经走了。她再急匆匆打电话过去，就听到廖茗觉在电话里爽朗地回答："啊？我和邓谆不是第一次一起过夜啊。"

胡姗愤怒地挂断了。亏自己这么为她着想，她倒好，什么八卦都没分享过！

尽管邓谆住到了宿舍，但公寓仍然没退租。廖茗觉抵达后在门口徘徊了半天，对着手机前置镜头搔首弄姿，整理仪容。正撞上邓谆收拾房间后，出来倒垃圾，两个人像盯上同一个目标的贼，僵硬地对视。

他家显而易见整理过，也不知道是不是专程为了迎接客人。邓谆问要不要喝椰汁，廖茗觉立刻连连点头："要！"

他走到厨房，手机就响了。邓谆在和人打视频电话，对方是女性。廖茗觉有点好奇，于是偷偷挪到门外。他回头，刚好看见她。

邓谆不避开，索性对手机那边的人说："……别说那个了，给你介绍我女朋友。"

他用口型问她能不能上镜，廖茗觉猛地点头。手机反转，她看到屏幕里的自己，以及看起来根本不像到孩子妈年纪的面孔。

"这是我妈。"邓谆说，"这是廖茗觉。"

廖茗觉完全蒙了。要说什么？等一下，这算不算见家长？早知道她就穿那件绿色毛衣来了，毕竟穿着它一般运气就会很好。她该怎么做？

廖茗觉说："阿姨……好。"

"嗯哼，"那边的回应有点奇怪，"站起来给我看看。"

邓谆插嘴说"别理她"，但廖茗觉还是下意识地起立。邓谆的妈妈挑眉的神态和邓谆很像，她说："不错啊！我喜欢你，有兴趣当模特吗？"

廖茗觉呈僵尸状："模……模特？"

邓谆的妈妈在继续："会唱歌吗？"

"凤凰传奇的都会唱。"廖茗觉的声音在打战。

竟然能得到邓谆妈妈的称赞："挺好的，接地气。有没有别的什么才艺？"

"倒立？"廖茗觉已经开始说胡话。

"很不错！现在能表演吗？"

廖茗觉立刻回头检查空间够不够大。

"我妈妈在模特经纪公司工作……"邓谆及时打断，不情不愿地解释，当即把手机拿去挂断，"不好意思。"

那之后，邓谆的妈妈还陆续打来好几个电话。他们坐在书桌旁，Lightcycle（智能台灯）把色温控制得很温暾。邓谆没有置之不理，却也没接通，只是发了消息过去。

望着邓谆看手机时的侧脸，廖茗觉又在内心默念了好几遍"忍耐"。他倏然回过头，就看到廖茗觉默念《心经》的样子，傻乎乎的，很可爱。邓谆不由得微笑，无意识地用了极温柔的语气："怎么了？想上洗手间吗？"

"没什么啦，"耳朵有点热，廖茗觉笑起来，不经大脑地吐出本意，"就是有点想亲你。"

搞砸啦！忍个头，根本忍不住啊！

脑袋像蒸汽火车头一样喷射热气，对上邓谆讶异的神情，廖茗觉满脑子都是换个星球生活。她想蒙混过关，又或者找个地洞钻进去，但还在搜肠刮肚，就已经得到答复。

邓谆只说了一个字："噢。"

文书材料、奖项、院校资料搜集，未来足够他们这些大学生为之头痛。昨天刚熬过夜，邓谆默不作声翻了一页书，突如其来地撑住侧脸。他看向她。

几乎所有的朋友都说邓谆段位比她高，是她应付不来、能轻而易举把她耍得团团转的存在。她判断不出他的笑容是真是假，也不知道要怎么做。"妈妈。"她在心里说，"妈妈，我喜欢上了了不得了的人怎么办？"

灯光下，邓谆笑起来。"我也想，"他的笑意像夜间短时间开花的花卉，措置裕如，他把错题集向她推过去，"但是先学习吧。"

廖茗觉用力点头："好！"

她是学习的俘虏、爱的战士，勇敢狗狗不怕困难。恋爱中的女大学生是无敌的！

廖茗觉飞速刷题，写满笔记，归纳总结，背记知识点。偶尔抬起头，她就看到邓谆也在专心致志地看书。

她确实觉得可以休息时暂停的。创新性课题的分数可以用其他选修课的分数代替，不用保研的同学多半会走捷径，廖茗觉也是如此。他们到底在做什么？她有点好奇，所以才凑过去。她没想到邓谆会抬头。

年轻的面庞离得那样近，是能够数清睫毛的距离。大脑片刻地空白，邓谆面无表情地靠近。廖茗觉吞咽口水，想后退，却不知道自己在期待什么，没来得及闭上眼——

邓谆撞了一下她的头。

"看什么看？"他看着捂住额头的廖茗觉，堪称冷酷，毫无人性地道，"继续学。"

◇　◇　◇

你是魔鬼吧？！

廖茗觉捂着额头学习，肚子里骂人的话全咽了下去。其间邓谆起身去做饭，蒸好饭后回来坐下。廖茗觉抬起眼有一搭没一搭地看他。

"我来做吧？"她翻了一页书。

"没事。"他回答。

天黑了，两个人开始一边吃晚饭一边看电视。

廖茗觉还没撑到十二点就困了，加上邓谆家电视机放在卧室，她坐在地上，看着看着，头就往后仰，直接挨到了床尾。

邓谆起身洗了澡，站着观察她好久，终于伸手轻轻拍她的脸颊，低声说："廖茗觉，起来了。"

"嗯……"廖茗觉皱着眉，发出抵抗的声响，分明还处在梦中。

"小觉。"见叫不醒她，他索性在她身边坐下。他看着她，抬手掩住脸，却没能把笑意按下去："觉宝，去床上睡吧？"

廖茗觉总算睁开眼，却仍然半梦半醒，搞不清状况。她伸出手臂，一副懒洋洋任人伺候的样子,邓谆也是破天荒地好脾气——又或者说,他其实脾气一直很好,只是时机很奇怪。他手臂穿过她的背后和腘窝,直接把她抱了起来。

她感觉身体碰到床,倒头就要继续睡。邓谆还想洗漱,刚转身,就被突如其来地抓住手腕。廖茗觉爬起来,紧紧环住他的腰,把脸贴在他紧实的小腹上:"不要走啦!"

他发笑,先推搡她肩膀,没用什么力气,也的确推不开,于是索性去摸她的头:"就去刷个牙。你不刷牙吗?"

"噢!"不知道戳中了哪根神经,廖茗觉猛地惊醒,睡意全消,跟着他一起去了洗手间。

邓谆给廖茗觉拆了一支新的牙刷,又专门找了一只刷牙杯给她。

她问:"不是有一次性的吗?"

"我还是想读本校的研究生,毕竟专业强势。就算今年没考上,估计明年也会再考,肯定还会住这边。"他简要地说着,自顾自刷牙。

廖茗觉也重复同样的流程刷牙,恍恍惚惚突然意识到,是她可以经常来住的意思——这就是情侣吗?她忍不住低下头,感觉开心到心脏蓦地收紧。

"怎么了?"邓谆浑然不觉,还以为她不舒服。

"没事,"廖茗觉伸出一只手,"一点事都没有!"

不知道是真的没察觉,还是为了不刻意破坏这种气氛,邓谆像完全没关心要同床共枕这一点,直接躺倒在床上,以筋疲力尽到面无表情的姿态定闹钟:"明天早晨这个点起来,我们一起散步去吃早餐。"

"好!"听到他说吃,廖茗觉连连点头,随即触及他的目光。

邓谆说:"睡吧。"

脸又微微烫起来,突然要和异性这样亲密,她有点难为情。她躺下了。

两个人中间的空间能放下一只超大号的皮卡丘。

"晚安。"邓谆关了灯。

廖茗觉平躺在床上,睁眼看着天花板。

怎么说呢……和想象中有点不一样啊。不亲亲抱抱的吗?不擦枪走火的吗?虽然她没有那种打算,但不是都说男生会忍不住,然后可能冲进浴室洗冷水澡的吗——

她倾斜视线,想辨认出他的轮廓。邓谆的声音在黑暗里响起,他询问:"睡不着?"廖茗觉迟疑了片刻,就听到衣物与床单摩擦的声音。她感觉到自己以外的温度靠近了,他的手臂绕过她的后颈,把她圈进怀里。

廖茗觉终于看清了邓谆,他离得很近,也有些陌生。疲倦在他脸上像是一种化妆，令好看的人变得更好看。

"没事的，"她想挣脱，"你睡吧。"

"旁边的人睡了，一个人醒着多孤单啊。"他的语调云淡风轻，仿佛自己说的是再平常不过的事。稍稍沉默后，他接下去："我很小就过集体生活了。做练习生的时候，大家经常在宿舍聊天。"

"都聊些什么呢？"她有点好奇。

"就一些男生的事。游戏、练习，还有各个公司吧。"邓谆待过的公司比较多，练习的时间也长，所以经常发言。

"哦，对了，"廖茗觉挣扎了一下，让邓谆把给自己枕的手臂收回去，她趴着，看着他的脸问，"你妈妈上次也给你打电话了吧？在欢乐谷。"

"嗯。她总想让我回去继续练习。"

廖茗觉有些不开心："为什么啊？你不想吧？"

邓谆给了她确定的答复："不想。"

"可以不回去吗？我想喝水。"她让他把床头的水递给她。

邓谆没有照做，而是道："现在喝明天会水肿……忍耐一下吧。"

廖茗觉苦思冥想，随即问："你小时候她做过什么对不起你的事吗？虽然孝心很重要，但有的时候，和爸爸妈妈打交道也得有方法。要是有什么能让她心虚的事情，也可以搬出来用一用啊。"

分明是离谱的建议，却让邓谆沉思了半晌。他说："……有点道理。"

"我可是去爸爸家耍泼才要来的学费，现在过得很舒服，所以觉得一点都不亏。"廖茗觉不觉得得意，也没有很羞耻，就只是陈述事实。

邓谆沉默了一阵，随即转移了话题。他问："寒假想去哪里玩？"

"我都可以呀，"廖茗觉转过头，鼻尖几乎擦到他的耳郭，"你想去哪里呢？"

"……去迪士尼？最近不是有很红的角色吗，过去应该也就住一个晚上。或者去故宫，还能当天去当天回。"他这就去掏手机。

她反倒很意外："那么近啊。"

说实话，邓谆跟她提到一起旅游的时候，她本来以为会去一个礼拜，最短也得五天，地点也应该更远些。

过了一阵，她翻了个身，掏出手机自己查找，发现明明有很多路线。她百思不得其解，邓谆到底是怎么想的。

廖茗觉很困惑。

然而第二天早晨起来，邓谆在取快递，廖茗觉蓦地意识到什么，重新打开App。

她调整了一下预算。假如把预算调低，那就只剩下那几个选择了。邓谆是不可能缺钱的,但问他理由,也被轻描淡写地带过,她后知后觉意识到什么。

"邓谆,"廖茗觉直接趴到邓谆的后背上,手搭在他肩膀上,把脸从后面凑近,"你是不是在照顾我的经济状况?"

"我不是在照顾你的经济状况。"邓谆回答得很快,语气波澜不惊,但复述句式实在太刻意。

廖茗觉提醒正在拆快递的他:"那里已经划过了,不要再刮了。"

"……"

她说:"你这样我好过意不去啊。"

邓谆一声不吭,几秒钟后才下定决心。他猛地转身,廖茗觉直直跪在了他两侧膝盖间的空间。邓谆说:"我付钱,一起去三亚怎么样?"

"肯定不行啊!"廖茗觉立刻说,"平时请吃食堂就算了,我也能请回去。老这样我会觉得自己欠了你,会慢慢不敢跟你说话的。"

两个人谈恋爱,并不是在一起就皆大欢喜,也不是心意相通就万事大吉。还有很多很多的烦恼等着他们去克服,万幸的是,他们都做好了准备。

眼看着邓谆的表情转瞬间改变,也顾不上是真的还是装的,廖茗觉已经伸出手。她抱住他,把他的脸贴在自己胸口,把脸压下去。

廖茗觉说:"谢谢你。"

从没被这样拥抱过,也不习惯接受道谢,如果不觉得自己有做什么,邓谆像是想挣扎,但被她更用力地束缚住。

她说:"假如能省点钱,我确实会轻松一点……但是这样会不会消耗我们的感情啊?"

她看着他,他说:"应该不会。"

"你怎么那么肯定……"

"因为我其实不喜欢旅游,"他总算挣脱,成功起身,若无其事地回答道,"只是想跟你出去玩而已。"

"嘿嘿,你说得我都不好意思了。下午我有网课,就先回去了。"她边说边站起来,把桌上的东西一一收进手袋里。

他坐在书桌旁,随意地瞥过来:"在这里也可以学吧?"

"不行,"她言之凿凿,"有时候我还是有点分心。我要好好学习,Go!Go!Go!回去加油了!"每当她迈出一步,心里就更多一分勇气。

"廖茗觉。"邓谆突然抓住她包带,她当即后退,回过头时距离急遽拉近,濒临亲吻,却又恰到好处地保持着距离。他笑了,像彰显运势的转盘缓慢转动,指示出这一轮的大奖:"拜拜。"

廖茗觉看着他的眼睛,像是灵魂被那双擅长用深情做杀器的笑眼吸进去。

她看到他有些为难似的思考了片刻。他的手贴住她的后脑勺与腰身,那是廖茗觉所能想象到的最好的亲吻,不会深入到让她窘迫,也绝对没有敷衍的意思,轻缓而体贴,温柔在这一刻暴露无遗。

他没有着急离开,而是把下颔搁在她肩膀,继续拥抱她,将脸隐匿到她漆黑的发间。廖茗觉笑了,像捉弄,也纯粹是感到幸福,她一字一顿地说:"全世界我最喜欢你!"邓谆也笑了,手向下,把她抱起来,在走廊上转了两圈。

两个人像小动物一样嬉笑,本以为没人,却在回头的瞬间骤然撞上走廊另一侧邻居家小朋友探出的目光。

邓谆照旧笑着,并空出一只手挥了挥。小朋友掉头冲回家里去了,只留下稚气未脱的喊声:"妈妈!狐狸精在吸村姑的精气!"

大三下学期过得尤其快。

廖茗觉花了大部分时间在学习上。按照她的说法,以前的学习是为了能拿奖学金和评优,而这次的学习为的是将来长久的饭票,理所当然要更努力。偶尔闲暇时,也会跟胡姗聊天,廖茗觉说:"朋友们不知不觉都忙自己的去了,感觉我也没有想象中那么难过。"

胡姗在练英语听力,按下暂停键抬头说:"因为你谈恋爱了吧。"

"这也有关系?"

"生活就是这样。虽然失去了一些东西,但也会得到一些东西。"胡姗灌心灵鸡汤,"快乐也能冲散一些难过。日子的盼头不就是这样。"

临近暑假时,邓谆夏令营的申请没能通过。出于个人原因,整个大学期间,他的一举一动备受周围关注,一点再正常不过的挫败都会引来关注,他们聊也就算了,听说有个群没注意到邓谆本人在,直接在里面调侃。虽然谈不上幸灾乐祸,但也绝对谈不上善意。邓谆的态度是"至少没搞到我学信网截图""本来我就是边缘人啊"。肖屿崇就不同了,看不惯自己人受欺负,直接撕破脸道:"做人不要太无赖。"

虽然少爷一展护短风姿,但在"汪汪队立大功"群友会上却只得到一片笑声。

胡姗马上玩梗:"兄弟是我翅膀。你若动我翅膀,我必废你天堂。"

王良戊非常配合地道:"农业大学一条街,打听打听谁是爹。"

"气死我了!"廖茗觉狂发喷火表情,"我要约他们到学校操场单挑!"

胡姗回复:"你冷静点,你一个对他们几个,怎么能叫单挑?"

"太可恶了！我看了，他们几个又没申请，关他们屁事啊！为什么非要跳出来 judge（评论）人家！"

"会用'judge'这个词了，了不起。"胡姗发了一排鼓掌的 emoji（表情符号）。

王良戌发了个小狗偷笑的表情："他们就只是找乐子啦。踩别人一脚，嘴贱一下，不就能显得自己很牛嘛。"

"真正的强者从不会整天对别人指手画脚！"

邓谆倒是真的很镇定，反而是他安抚别人："没事的，准备预推免和九推好了。再不行就考试。"他是真没放在心上，转头就去做后续能做的事了。

大三的暑假，系里还有一次实训。这次时间长达小半个月，实验设备更齐全，任务也重很多。虽然专业课方向不同，但说白了主要内容就一个——下田干活儿。

18 山楂树之恋

现在想来就像一场梦。

实训之前,肖屿崇、廖茗觉和王良戌在学校食堂吃当天限定的冰粉,冰粉分量足又便宜,三个人吃两大碗,放了很多水果和芋圆。廖茗觉明明刚刚才吃的饭,却还是吃得最多,边疯狂吸入边说:"这个好像我老家的木瓜水。"

王良戌笑眯眯地问:"等暑假要不要一起去茗觉老家玩一次啊?"

"算了吧,坐车都能把人坐死——"肖屿崇话没说完就被廖茗觉拍了一下。

这边三个人正打打闹闹,胡姗姗姗来迟,她摘下墨镜,强行夺走肖屿崇调羹里那一勺水果,咀嚼着问:"有没有什么快速赚钱的方法?"

"裸贷。"肖屿崇第二次被拍,这次出手的是胡姗。

她说:"我刚从派出所回来。"

这下三个人都傻眼了:"啊?"

"我没事,就是我在找兼职,我想去箍个牙,所以需要钱,一个高中朋友就推荐我去刷单……"

她还没说完,王良戌已经开口:"真的是朋友吗?"

"现在不是了,"胡姗斩钉截铁地道,"让我加了个群,对方说要赚钱就立刻转三百块教学费过去。我不信,和他吵起来了。他直接拉黑我,我气不过,就报警说他诈骗。"

肖屿崇冷着脸:"警察不会管吧。"

"肯定啊。"胡姗说。

"打工的话,海底捞工资挺高的。就是比较累。"身为中阶打工达人的廖茗觉发表观点。

同为中阶打工达人的王良戌也给出建议:"是的,其实送外卖也可以赚钱。"

"对,对。"两个打工达人频频点头,对彼此的想法都很认可。

"但是一定不能偷懒。一般来说,要赚钱的话,都是要吃苦的。"廖茗觉说,"不然肯定会被骗。"

"自媒体呢?"肖屿崇示意在吃东西的小呜呜,"请拥有几十万粉丝的博主给我们介绍一下。"

王良戌很仗义地传授经验："唯热度是图就行了。什么热门发什么，什么能吸粉发什么，然后接推广，赚钱。"

"你这也不是一般人能干的啊。"

胡姗想了想，最后决定去舞蹈教室面试老师。

邓谆最后到场，一来就看到他们在打鸡血。他直接坐到廖茗觉旁边，面对送过来的冰粉摇了摇头，听了事情经过后说："我有认识的 dancer 在做这个，没准可以内推。要帮你问问吗？"

"再好不过。"胡姗抛给他一个眼神。

事情圆满解决。

这次实训去的地方很远，甚至要坐高铁，假如说上次是郊游，那这回简直就是班级旅行。坐在高铁上，廖茗觉掏出一台笔记本电脑，打开一部泰国电影《初恋这件小事》。

"你下的？"胡姗拿下耳机。

"不是的。这是陆灿的电脑，我的在修。他前段时间支教回来，把自己的电脑借给我了。"廖茗觉说，"然后我发现里面有好多电影。"

几个人看得津津有味，廖茗觉突然提问："问你们哦，男生对女生的外貌真的那么看重吗？"

"不是吧。这里面的学长也不是看中了女主的脸。"肖屿崇在后面那一排，支在座椅靠背顶端说。

王良戌搭腔："外貌肯定能加分。"

"不过说实话，我认识的男的里，对女生外貌的评价普遍还是挺无情的。"肖屿崇又叙述了一下真实现状，"女生也会觉得男生矮穷矬吧。"

"邓谆呢？"胡姗看他又要口头犯贱，索性把烧着的炭火夹到别人那里去。

邓谆坐廖茗觉旁边，思索片刻，诚实得有点缺心眼："我没想过。"

"什么意思？现在也没想吗？那你跟廖茗觉在一起的时候都在想什么？"胡姗大为震惊。

肖屿崇冷笑着插嘴："你别问他。他审美残疾。"

旁边男同学不知道是触动了哪个开关，突然间凑过来："Get 不到全智贤的美的人全世界至多百分之五。邓卓恩就是其中之一。他都不觉得食堂阿姨和桥本环奈有区别。"

"你这人真的是有什么残疾吧……"胡姗伸手就去扒拉他，"有病要治啊！"

然后邓谆板着脸甩开她："离我远点。"

自始至终，廖茗觉都默默不作声，聚精会神地盯着邓谆，这时候才开口："那你觉得我好看吗？"

"不知道。"邓谆的回答令"火箭队"二人纷纷握拳，但后一句又稍微让人宽慰一些，"但是我喜欢。"

离开车站前大家上洗手间，胡姗坐在箱子上帮忙看行李，竟然随手搜到了邓谆的微博。最后一条已经是三年前，是一封陈述自己出于个人原因决定回归普通人的手写信。那字迹胡姗很熟悉，她平时借他笔记什么的都能看到。一般来说，练习生退出是不用做这种说明的，但他当时有过限定组合活动，又被官网公开，积累过一定人气，所以才要说明一下。

除了那一条，邓卓恩也公事公办地发过一些动态。这时一个声音响起，赵嘉嘉抽着电子烟说："那都是公司发的。他连这个账号的密码都没有。"

"是这样吗？"不追星的胡姗有些意外。

"嗯。"她反问，"怎么，你想挖朋友墙脚？"

"想死吗？"胡姗翻了个白眼。

"他不会欺负自己女朋友的，应该不会。"同为女生，又和廖茗觉同寝室，赵嘉嘉大概也能猜到她的顾虑，"认识的私生饭都说他最难打交道了，私底下在便利店门口抽烟，心情好就算了，心情差会反拍私生饭然后发到他们官网内部的 App 上。而且，上次我看到了。"

眼看着赵嘉嘉突然压低音量靠近，胡姗有点戒备："看到什么？"

"寒假返校回来的时候，邓谆到图书馆外面接廖茗觉啊。他展开外套抱她，还瞪盯着他们看的人呢……超级帅的啦。"

"……花痴。"

基地里种了花卉，大家都没心思看，齐刷刷跑去种地。

前几年的时候，种田也就廖茗觉在行，到了高年级，大部分同学都在各项作业中锻炼成了一把好手。从山上下来，同学们分享着各自"绑架"来的虫子。基地里有牛和羊，不少人跑去看动物了。

廖茗觉找了一圈，看到邓谆在和一个基地负责人聊天。"在干什么呀？"她跳过去问。邓谆回过头，却说："刚好要找你。"

闲聊时，看守基地的当地人提到有片潮湿的地带有很多蝴蝶。趁着休息时间，邓谆想去看看。

他们步行上了山。

平时基地需要门卫，门卫没读过大学，兴致勃勃地问他们："你们不都是城里人嘛，干吗硬要学种田啊？"

廖茗觉最先反驳的是这一点："我不是城里人。"

邓谆没急着回答。他在该有亲和力时往往能做得很好，他说："小时候吃饭，总怕菜上面喷农药。但不喷农药，又可能有虫子。要是科技发展了，种植方法进步了，就不用担心这些了。"

他说得很通俗，对方一下也笑了，乐呵呵地赞同道："那倒是。"

见他们要拍照片，基地门卫索性先顺路回家。邓谆拍了不少照片，坐到树荫下一张张查看。廖茗觉也坐下，笑着探过头。他用手遮住显示屏上方，没什么表情，却很乐意递给她看。手机信息提示音持续不断地响，他打开来，是带队老师在群聊里问谁保管无人机。

廖茗觉把头靠在邓谆肩膀上，没来由地叹了一口气。他立刻抬手摸摸她，好像只是一种条件反射。

"考公务员的话，大学学的东西就都用不上了吧。"她说。

"挺正常的，"他回答，"王老师不是说了嘛，很多人都改行了。"

廖茗觉慢慢侧身，更换姿势，双臂抱住邓谆："我们以后会结婚吗？"

"会吧。"邓谆说，"一直在一起就会。"

廖茗觉忍不住笑了："也有可能突然发生什么事，我们就闹掰了，对吧？"

"嗯……反正，我不会主动跟你分手的。"他低着头，廖茗觉注视着他，他说，"我做了未来都以我们两个人为利益共同体的准备。"

他突然握住她的腰，支撑着她的身体站起来。他起身，拍了拍她牛仔裤上的灰，又把垫在地上的外套收起，两个人一起下山了。

一个多星期后，老师才给同学们半天自由活动的时间。班长找村里的人租了辆面包车，大家一起去镇上玩。廖茗觉觉得没什么好玩的，主要是觉得和她老家街上差不多，所以跟胡姗和王良戌依依惜别。

"真的不去吗？"王良戌说，"那我们带奶茶给你喝。"

廖茗觉很理智地拒绝了："不用，我都猜得到，肯定连蜜雪冰城都没有！"

她想看一会儿电影，却发现电脑没电了。寝室的充电头都被占用充充电宝了，她突然想起老师说过楼上是空实验室，可以去充电，但还没装监控，晚上要小心点。她上了楼，推开门后有些惊讶。陈列柜一排排摆满了，仿佛迷宫般等着她绕来绕去，穿梭其中。

廖茗觉走进去，有些期待，有些茫然。就在这时候，她听到了熟悉的声音。

"廖茗觉？"

是邓谆。她说："邓谆？"

"这边。"他回复。她走路明明没有发出声音，但他还是辨认出她的脚步声。

不知道转过几个拐角，廖茗觉最先看到被风吹起的窗帘。邓谆站在窗边，在鸽子羽翼般纷飞的窗帘中逐渐显露出脸。她喜欢他的长相，也喜欢他的站姿、用筷子的方式、说话的口吻以及时而冷淡时而甜蜜的神情。

邓谆说："在这里。"

廖茗觉三步并作两步跳过去，发现刚好有插口，于是给电脑充上电。她转了两圈，发现都没有其他人，看样子是大家都去镇上了。"你怎么不去？"她问。

"我问了王良戍，知道你不会去。"他说。

"嘻嘻，"廖茗觉的优点之一是很容易开心，她掀开电脑道，"那我们一起看部电影好了。"

他随意打开了一部电影，打开声音，影片里是夏日炎炎、风、青春、友情、爱情、未来。

廖茗觉把腿收到座椅上，抱住膝盖，慢慢地笑起来："我好开心啊，第一次谈恋爱是跟你。"

邓谆看向她，她盯着屏幕。夏天的实验室很热。

第一次恋爱是人给生活赋予的意义之一，或许能成为年老时想起来仍会微笑的疗愈，也有可能会变成终身挥之不去、竭力摆脱的噩梦。

她说："来上大学是到现在我人生里最重要的事。来这里之前，做很多事之前，我都很激动、很期待，但是也很害怕。我觉得自己好笨，什么都不懂。"

没有人不会害怕，没有人不会失望，没有人不会伤害别人。

他的手触摸她的脊背，那消瘦的、单薄的脊背。

"跟你说，"廖茗觉忽然想到什么，眼睛亮亮的，对他笑着说，"我小的时候，爸爸妈妈都经常在外面。第一次来月经垫卫生巾，是表姐教我的。可是表姐结婚了，不能经常陪我。村里有男的嬉皮笑脸问我要不要嫁给他，没有人告诉我要怎么办。但是，我有爷爷。我是爷爷带大的。"

"嗯。"他在听。

"我爷爷抄着锄头冲出去，说谁欺负我他就弄死谁。"她笑起来，余晖透过窗户，落到那张能令人想起森林的脸庞上，"不让别人随便碰我，也让我不要理那些话。我爷爷告诉我，要保护好自己。"

这一幕，他大约会记得一辈子。邓谆想。

廖茗觉回到刚才的话题："啊！真的好紧张！这种事情感觉好怪啊！"

"慢慢来。"邓谆不慌不忙地说。

廖茗觉一挥手："你为什么一副老司机的样子啊！"

被殴打肩膀的邓谆吃痛："没有，只是这种事本来也没那么重要。"

"你没有那种世俗的欲望吗？"这也是她从网上学的词语。

"有啊。"

基地外传来车的响动，大概是同学们满载而归。他们也收起东西下楼，楼梯间里光线昏暗，廖茗觉把东西给邓谆，自己歪七扭八走在楼道里。他看着她的背影，突然叫了她的名字。

廖茗觉回过头，邓谆不疾不徐地把东西塞到一只手里，随即伸出另一只手，绕过她盘起的头发，将她抵在墙边接吻。

楼下脚步声渐近，廖茗觉吓得睁大眼。邓谆意味不明地笑了，再度吻她。

脸颊升温，刚解开束缚，廖茗觉马上无声地骂他一句。邓谆却走得很快，匆匆下楼。远远能听见他和其他同学交谈的声音。廖茗觉这才慢吞吞往下走。

然而她刚离开楼梯，就看到邓谆加快脚步迎面走来。

"你——"她的声音不自然地中断。

已经让同学放好了东西，他伸出双手，一只握着她手臂，另一只扶住她的脸，接吻的同时退回楼梯间。

呼吸和心跳一并紊乱，她身后没有凭依，因此瘫倒下去。邓谆的手垫在她背后，仿佛与她一同浸没到黑影中，俯身帮她向下沉。她躺在台阶上，气喘吁吁地看着他。

"你看，"他笑了，"有的吧。"

◇　◇　◇

王绍伟年纪大了，不用负责带队，但还是抽空过来了一趟。当时大家正在基地里摸鱼，明明是植保人，却都跑去喂牛，把抓了个正着的"老顽童爷爷"气得够呛。为了庆祝老师来（其实是找个由头偷懒），大家决定煮火锅吃。

刚好重庆的同学带了火锅底料来，把打麻将的桌子掀了，翻出偷藏的电热锅，然后到村民家里买肉和菜。

廖茗觉她们女生被分配了留在基地洗碗、煮汤的工作，男生们出去买食材。

本来说好只买肉和菜，结果回来的时候他们还额外拎了鱼丸、粉丝和鸡蛋。

"你们去打劫啦？"廖茗觉满脸惊恐。

胡姗倒是一眼看穿是什么情况，冷哼一声，道："班长又让咱们家的男人出卖色相。"

班长故意油腔滑调地道："嘿嘿，爱美之心，人皆有之。人家阿姨、奶奶这是看得起咱们！"

被村里的阿姨、奶奶拉扯着盘问了半天的肖屿崇浑身乏力，邓谆和王良戊还算见多识广，不为所动，直接一起洗菜去了。

廖茗觉走到肖屿崇身旁，略微同情地放缓语调道："你就休息一下吧。"

他望着她，难免感动，所以有些走神。

结果胡姗马上凑过来补充道："休息会儿，等下我叫你刷碗。"

这一天晚上，大家都玩得很尽兴。

廖茗觉没定闹钟，却还是一大清早就醒来。同学们都还在睡，她站在走廊里刷牙，远远看到有一辆黑色小轿车在道路上行驶，居然是朝基地来的，大概是来接王绍伟的。廖茗觉下了楼，准备去棚里转转，刚好撞见乘客从车上下来。其中一个人有些眼熟，但她一时半会儿实在想不起来。

从棚里回来，她又碰上他们上车。出乎意料，她并没有看到王绍伟，反而看到邓谆站在屋檐下，在老师的陪同下送对方离开。

她偷看了好一阵才上前。

"这是在干什么呢？"廖茗觉把手背到身后，轻轻晃着肩膀，若有若无地撞他一下，"你起得好早啊。"

邓谆转身往里走："你不也是。"

"嗯，你要去赶材料吗？"她笑嘻嘻的，先确认他忙不忙再说。

"去吃早饭吧。"他回答，牵住她的手。

"不要只喝咖啡了。"她向手指注入力气。

他们回去的时候，其他同学都起来了，正在院子里玩公主抱的游戏。王良戊轻松地抱起肖屿崇，然后胡姗也想试着抱肖屿崇，结果两个人一起瘫坐在地上，笑得动弹不得。廖茗觉也冲过去跟他们一起玩。

她回过头，招手呼唤邓谆。他朝她笑了。

不知道为什么，廖茗觉总觉得那个笑容有点伤心，但模糊不清，更多的像是他不愿被她察觉什么。于是她只装作不知道。

大学男生女生们笑成一团。

暑假的时候，廖茗觉没有回老家。

高年级生一起写了申请的缘故，学校宿舍并未关闭，她继续住在学校，专心复习。胡姗也就只回家待两天，很快又回来了。肖屿崇回了家。王良戊被实习的公司派去海南一个连出租车都没有的地方出差，还在跟当地少数民族的居民沟通途中被误会是诈骗，分享经历到群里，引发了一阵无情的大笑。

邓谆发消息过来："你不是大半年没见爷爷了？"

"嗯，所以爷爷打算过来。"廖茗觉本来在学习，隔了好久才回复，"他想向肖屿崇的爸爸妈妈道个谢，毕竟他们照顾我那么多。"

"那我们去机场接机？"

她立刻高兴地回复："可以呀！太好了。"

他们随手抓了肖屿崇充壮丁，三个人一起开车去机场，在校门口偶遇同学，还被乐呵呵地调侃了一句："你们这是什么三人行组合啊。"说者无心，听者有意，仔细一想，这阵容的确勉勉强强算是曾经的三角恋。不过廖茗觉和肖屿崇的恋爱无疾而终，肖屿崇走出阴影的速度又太快，导致她根本没有什么实感。

"你根本没喜欢过我吧？那只是我看《可能可能爱》上头后产生的幻觉吗？"

"什么东西……"

"*Maybe Maybe Love* 啊！今年才播的恋爱综艺，邓谆都知道，你居然没看过？！"

邓谆受不了他们大吵大闹，加上手机有来电，于是道："安静点。"

她问他："是你妈妈？"

邓谆摇摇头。他接通，应付了几句，最后说："我现在有点不方便，可不可以之后再聊？"

他的反应有点奇怪，却也没有解释。他是不想说就绝对不会说的类型。他们到得比较早，三个人先去快餐店吃饭。廖茗觉点了汉堡和奶昔的套餐，肖屿崇要的是汉堡配薯条。邓谆看了半天，最后只把点餐板推了回去。

"你吃过了吗？"肖屿崇问。

邓谆随意地回答："没事，你们买吧。感觉没什么想吃的。"

廖茗觉耿耿于怀，想专程去给他买点别的吃，但邓谆拒绝了。大家大快朵颐的时候，他就吃了点肖屿崇的薯条。

就算是这种时候，廖茗觉也不忘用手机 App 刷题。肖屿崇这种不努力惯了的人，随口问："你这是打算一次上岸啊？"

"嗯，肯定是越早越好。我也没有那个条件耗。"虽然应届生身份能保留，但她没有那种优越的经济条件和悠闲的心态能慢慢来。

"模考怎么样？"

"就还行吧。"

他们才聊了几句，邓谆就伸出手臂，从身后抱住廖茗觉，警告地盯着肖屿崇，没头没尾地道："你想去喂鸭子吗？"

肖屿崇满脸狐疑："什么？"

值得一提的是，在偌大的到达层，廖茗觉的爷爷实在太好找了。

他们看到一个在 36 摄氏度高温下穿加绒背心的老人。

肖屿崇见过廖爷爷，但邓谆没有。见面时打过招呼，廖爷爷一言不发，先默默扫视他们两个人，然后闷不作声从口袋里摸出钞票想给他们零花钱——

"不用了，不用了！"

"谢谢廖爷爷！"

两个大小伙子好不容易才谢绝。

一见到爷爷，廖茗觉立刻换上了乡音，快速且用力地说着"我就说大城市也没那么冷""叫你别穿那么多了"。邓谆和肖屿崇想帮忙拿行李，但廖爷爷显然不是他们概念里的老人家，轻而易举扛起一个箱子和一个满满当当的蛇皮袋，廖茗觉再拎上几个装土特产的塑料袋和编篓，祖孙俩不费吹灰之力就搞定了。

他们去把车开出来。邓谆坐上副驾驶座，边系安全带边说："感觉廖爷爷跟廖茗觉性格不太像。"

"对，"肖屿崇发动车子，"他跟廖茗觉讲话都特小声，还说方言。我在她家住了好几天，她爷爷就跟我说过一次话。"

"哈哈哈，真可怕。"邓谆发笑，肖屿崇却没搭腔。

他想说什么，车门却突然被打开，是廖茗觉从后面搬东西进来。他转而下车去帮忙。

驾车去肖屿崇家，途经便利店，廖茗觉差点把上半身探出去，连忙叫爷爷看外面："我一开始就在这里做事！也是在这里碰到了我老坎！"

爷爷问了句什么，廖茗觉发出豁达的大笑，伸手去拽邓谆："是这个啦！"

邓谆笑着向廖爷爷重新问了个好，再回头看，那家店的事、做练习生的事，现在想来就像一场梦，好像是上辈子的事了。

现在的他已经享受过大学生活，认真学习，找到专业方向，交过朋友，认识了女朋友，和大家一起唱过 KTV，跨过年，过过情人节。

"……居然这么久了。"即便是肖屿崇也不由得感慨。

到车站附近时，邓谆主动下了车。"都饭点了，我就不去了，省得叔叔阿姨麻烦。肖屿崇、廖爷爷，再见。"他靠到廖茗觉那侧车窗上，说完才起身后退。

"啊，"只有过转瞬即逝的惋惜，廖茗觉即刻笑起来，"那你路上小心点。"

"嗯。"他回答。

"不要学习太累啦，也要注意放松眼睛。"她摆出做眼保健操的姿势，看起来特别可爱。

他笑了。怎么会有板着脸那么凶，笑起来又很乖的人，真让廖茗觉费解。邓谆说："到家给你发消息。"

肖屿崇都要开车了，廖茗觉还在喊："晚上要跟我聊视频哦！"

"虐狗要遭雷劈的知不知道？"肖屿崇埋怨道。

"最近邓谆对我好温柔啊。"廖茗觉美滋滋地翻出手机，却忍不住叹息，"他不会是在营业吧？"

"营业不好吗？对你好还不行，那多贱啊。"

"我也说不清。"廖茗觉把脸靠在前方座椅靠背上，而副驾驶座已经空空如也，"就是又希望他对我好，又怕不是真心吧。"

"女人真难搞。"说完这句，他有过刹那的欲言又止。

下车进门，肖屿崇爸爸妈妈已经准备好了饭菜。廖茗觉的爷爷也把堆成小山的土特产送进去。

廖茗觉收到邓谆的消息才放心，刚转身，就发现肖屿崇没来由地在过道尽头等她。她用眼神问他怎么了。

肖屿崇也有过迟疑，末了还是艰难地开口："放假的时候……我也是听同寝室室友说的，不知道真假，还在基地的时候，邓谆好像被警察找了。"

"啊？"廖茗觉的反应像是看到一则并不怎么靠谱的科普短视频，"怎么可能啊？我们不是都在一起吗……"

僵持的状况转眼就缓和，肖屿崇试着打圆场："也是。而且他们问了他，他说，好像只是他之前捡了个钱包又拾金不昧，所以警察才找他。"

安静片刻，他用手掌摩挲后背，慢慢说："那我去吃饭了。"

她也点点头："嗯。"

拾金不昧？

廖茗觉收起手机，准备下楼，突然间，实训时所目睹的场景在脑海闪现。原来那些人是警察。她没有想太多，继续往下走，但更多记忆源源不绝地涌现。她记起与警察一起来到基地的熟面孔是谁了——

礼嵩是J3公司的工作人员，按理说和邓谆已经不再是需要打交道的关系。前公司的业界人员和警察千里迢迢专程到基地找邓谆，且气氛凝重，应该不会是因为拾金不昧吧？

◇　　◇　　◇

有那么一段时间，邓谆和廖茗觉就像打死不往来的冤家，丝毫看不到两个人一块儿走的场景，以致一度有传言说他们分手了。廖茗觉看似人缘好，实则也是在小范围内。熟悉的同性多半会痛骂邓谆"王八蛋"，更多女生则觉得理所当然，说哪儿有王子跑湖边跟丑小鸭谈恋爱的，对邓谆这个人的评价也呈两极分化，不怪别人，怪他开关按上去和按下来时反差太大。不过，男同胞们倒是都很理解，认为见一个爱一个才是男人本色，等读了研，邓卓恩这个档次的，只会更受欢迎。

值得一提的是，邓谆也好，廖茗觉也罢，对于大家的这些评价一无所知。至少，这些评价完全没传到女生寝室去。因为廖茗觉和邓谆每晚必打视频电话半小时，风雨无阻，雷打不动。

　　来往减少只是因为课程没了，两个人又要各自准备考试。值得一提的是，邓谆那边九推过了，来不及庆祝，立刻要准备复试。廖茗觉则专心致志准备秋天的国考。他搬回了公寓，单独住复习时间更自由。胡姗很疑惑廖茗觉为什么不去，廖茗觉说她做不了柳下惠，结果被胡姗骂"没出息"。

　　赵嘉嘉又在那儿说酸话怪话："这么在意学习，还抽时间打视频电话。"

　　"你不懂，"廖茗觉据理力争，"这叫充实心灵！补充能量！有助于我集中注意力，提高学习效率！"

　　不过说实话，廖茗觉学习的确很有一手。这一手不是说她有神功，而是她吃得了苦。曾几何时，即便是只有天选之子才能乐在其中的高数，她也能硬扛着听课刷题，一分一分把成绩提上去。

　　有的时候，有些同学会没有恶意地感慨"家里条件差的更会读书"。每当听到这种话，邓谆多半会和颜悦色地回敬一句"懒和笨很正常，不用给自己找理由"，可是，真正被说的廖茗觉却不在乎。

　　"算了吧，她也没说错。只是具体问题要具体分析。"听到不喜欢的话，廖茗觉多半会较真，但和邓谆在一起，就总会宽宏大量，反倒衬得邓谆斤斤计较。

　　他们打视频电话，为了不打扰室友，廖茗觉总是会主动出去，走到楼梯间。外面黑咕隆咚，邓谆心疼她，所以老想草草结束话题。廖茗觉也耍小孩子脾气，想要的就要想要，这向来是她的优点："不拜拜！不再见！你再陪我聊会儿——"

　　邓谆没吭声，还是挂断了。她坐在椅子上，有点郁闷，但还要刷题，只能闷头继续学习。胡姗留意到，以为他们吵架了，虽然没打算多管闲事安慰人，却也想着等会儿消夜要不要带她一起。

　　大家正学习时，廖茗觉突然扔下耳机跳起来。

　　大家都有点蒙，还以为地震了。只见廖茗觉像个即将接受神启的女巫，穿着睡裙和人字拖，站在寝室中间无缘无故地傻笑。

　　"你们听到了吗？"摩托车的引擎声中，她说，"是邓谆。邓谆来了。"

　　大学部分地区不允许摩托车行驶，但进入校园多半没关系。她蹦蹦跳跳地冲出门，室友都面面相觑。等她下楼，把手机手电筒打开，就看到邓谆手里晃着头盔，驾轻就熟地走过来。

　　他们有一两周没碰面了，都在做复习冲刺。看到邓谆，廖茗觉高兴坏了，跑过去抱住他。说不清道不明，可能真的单纯是想他，也可能是学习压力大，她鼻子一下有点酸。她说："你怎么不待在家里好好复习啊！跑过来干吗！我都没洗头！"

邓谆看气氛的水平高超到能分辨什么时候该说话，什么时候不该说。他知道她嘴上怪他，心里未必完全这样想。

她没让不争气的眼泪掉下来。邓谆捧起她的脸，想要亲亲她。廖茗觉抬手挡住，难为情地破涕而笑："有监控的。"

他来得突然，走得也很快。但没过二十分钟，外卖电话就来了。邓谆买了给她们一整个寝室吃的芝士炸猪排、章鱼烧和果汁，多到要两个人去拿。赵嘉嘉直接拍了个视频发朋友圈，用来暗示想追自己的备胎们。

她配的文字是："这个世界上最可怕的不是有人比你帅，而是比你帅的人比你更会舔。"

廖茗觉不喜欢把对人好的行为说成"舔"，愤愤不平地反驳道："这是宠好吧？！"

俗话说，舔狗舔到最后应有尽有。开系统那天一查，邓谆已经确定不用再准备研究生考试了。

别的人都在庆祝，只有他毫无反应，静悄悄地搬回宿舍。原因只有一个，女朋友还没上岸。

接下来的日子，邓谆的生活基本就是围着廖茗觉打转。

廖茗觉嫌去食堂麻烦，直接买了一箱桃李面包和娃哈哈，在宿舍就靠这点干粮度日。邓谆得知以后天天送饭上门，还买了西柚和草莓，偶尔是猕猴桃跟西瓜，切好后分门别类地装好，送过来给她吃。

宿管阿姨感天动地放他进去（其实是休息时间允许）。邓谆来之前让廖茗觉预告了一下，寝室的人没什么意见，毕竟免费外卖吃了不少，拿人手短，趁大扫除欢迎他。

要形容邓谆，任何形容或许都模棱两可，但称赞外貌绝对不会错。他一进来，除了胡姗，其他几个女同学莫名其妙都本能地缩倒，搞得好像他马上就要开专辑签售会。

作为老朋友，胡姗就没那么客气了。她把卫生棉条和敷完揿下来还没扔的面膜都搁桌上，看到邓谆，第一反应是从柜子里翻出厚椰乳和浓缩咖啡球，在邓谆说"谢谢"之前发号施令："给我泡杯生椰拿铁喝喝。"

邓谆知道她是嘴上不饶人的典型，索性从同样的地方又翻出一套，给廖茗觉也倒了一杯："不介意吧？"

"这个我是不介意，"胡姗打量着他，"不过你要是有什么事瞒着我们，那就不一定了。"

但凡这时有片刻沉默，都会显得不合时宜，但是邓谆说："什么呢？"

"你这几个月看着都挺累的，没出什么事吧？"胡姗不动声色，用窄窄的眼刀掠过他。

邓谆笑起来："怎么会？"

那个笑容毋庸置疑很美观，但只让人更不安，假得离谱，简直梦回刚认识时烤肉店外的交锋。

男朋友来了，廖茗觉特地洗了头——留长发超过五年的朋友应该都明白，这算是多么大的牺牲。但这一次，她不用男友催，自己就埋头学习起来。

室友还想劝两句，类似"你男朋友来找你玩呢""今天就不用学了吧"，然而邓谆完全没意见，直接找了把椅子，在她旁边坐下，从包里掏出一本《茄果类蔬菜病虫害诊治原色图鉴》开始看。

到了邓谆要走的时候，廖茗觉才起身。两个人去食堂吃了晚饭，然后分道扬镳。

赵嘉嘉吐槽："你们俩是八十年代的山楂树之恋是吧？"

正在复习考研的胡姗更正："山楂树之恋是七十年代。"

在车站分别的时候，廖茗觉叽叽喳喳说着学习的事。她发现邓谆在走神。

"怎么啦？你最近好像瘦了好多……"廖茗觉伸出手，去抚摸他的额头，"是不是生病了啊？"但那里只是冰冰凉凉的。

因为经常伏案，所以她早早围上了围巾。此时此刻她摘下来，给邓谆一圈一圈围上。廖茗觉说："你要照顾好自己，知道吗？"

邓谆冷冷地望着她，仿佛在用目光检查什么，良久没回应。她索性踮起脚，在他嘴唇上啄了一下。

他摸了摸她的脸，突如其来地低下头。廖茗觉以为他要吻她，于是自觉地闭上了眼睛。然而她等了很久，再睁眼，却发现邓谆仅仅是望着她。他来回摩挲她的前额，终于还是说："有事就找我。"

"嗯。"她笑了，发出了提问似的感慨，"邓谆，你怎么对我这么好啊！"

他错以为是提问。"因为谢谢你。"他说。

"你说过啦。"廖茗觉慢慢后退，道别之际，灿烂地笑着替他回忆。

"我知道。"

他说过了，早在他刚复学时，在大学生的聚会上。"在我最需要的时候，你出现了，说了我最需要的话，告诉了我我最需要知道的事。"他曾这么说过，而他现在也这样认为。

对于与王良戌关系好的两个女同学，王良戌女朋友都不太喜欢，不是讨厌，只是与她们很难来往。廖茗觉总是不会看眼色，咋咋呼呼，像一团风，和敏感点的人几乎是死对头。胡姗则有点阴森森的，不爱说话，时不时会笑，看似温柔，却不会主动向人示好。但相比起来，还是后者好一点。毕竟胡姗不会贸然做什么，而廖茗觉却是彻头彻尾的社障克星。

胡姗和王良戌单独碰头，本来叫了肖屿崇，但他也在爸妈介绍的公司实习，不一定来得了。

天气渐渐冷了，他们本来早就约好了出来吃糖水，到后来不得不去吃糖炒板栗和烤红薯。

胡姗很爱吃这个，为了保持身材，所以吃得少。之前过生日，肖屿崇买了一斤给她，被她骂个半死，两个人都很委屈。说句题外话，胡姗很挑剔，只有王良戌送日本低卡路里的全麦面包和酵素获得了好评。邓谆送了Switch（游戏机）和健身环给她，还被反问"宿舍那么小，我要在哪儿玩"。好在大家都是朋友，对她嘴贱心软这种事心知肚明，否则恐怕反目成仇也不奇怪。

"你试试我的。"王良戌还把自己那份伸向她。

胡姗板起脸，咀嚼时脸鼓成兔子脸："前段时间，我去帮教授打杂，听他说了一点邓谆的事情。"

"是什么？"

"被警察找啊什么的。"

"我知道。"短短三个字从王良戌嘴里说出来就叫人安心，他说，"这段时间你们学习，我也要实习，没碰上面，我就没有管。"

"嗯……"胡姗感慨，"我已经开始准备二战了。"

"别这么没自信嘛。"他微笑。

"想跳楼，最极端的时候觉得要是我们宿舍出个跳楼的，搞不好就能保研了。"胡姗长叹一口气。

王良戌说："哈哈哈，那是挺疯的。"

"你觉得我出国好吗？"她猝不及防地问。

他的态度很慎重："你是一时兴起？"

"也不是，挺早就想过了。觉得要是能去国外看看多好，所以才考的雅思。"胡姗吃完把包装袋收起来，"你没想过吗？"

他在笑："其实我爸挺多同事都把孩子往国外送，有的是因为成绩，有的是为了避免特权。我爸很反感这种事。我就脚踏实地好好工作好了。"

"也好。"

不知道怎么的，他们又自然而然绕回刚才的话题。胡姗说："邓谆真的没事吧？"

"不会有事的，"王良戊看着她，温柔而笃定地道，"你放心。"

复习好累。不想学习了。廖茗觉感叹道。

行测和申论都不是那么容易难得倒她，廖茗觉最擅长沉住气，然而前段时间报名，却一下把她搞晕了。网站老师都说什么"考得好不如报得好"，待遇差不多，地点有差别，在同一个地方的单位有区别，早报名没法捡漏，晚报名档案可能过不了。想到这些繁杂的程序，一道道潜规则，廖茗觉心力交瘁，终于定下来，又没心思学习了。

她给妈妈发了消息，妈妈没有回，怕爷爷担心，也不能去吵爷爷，最后，也就只有找邓谆了。

"他们都说哪里哪里关系很要紧，这个报名估计要挤破头……我要是报了没考上怎么办？都这么努力了……"廖茗觉倒了一通苦水，到最后才觉得紧张，"你会不会觉得我很娇气啊？"

"不会。"邓谆说，"我喜欢你娇气点。"

一点都不夸张，她听到就开心了："真好！再说点！"

邓谆接下去："廖茗觉，我过来接你，今天到我家住吧。"

脆弱状态的廖茗觉很好说话，不假思索地答应："好。"

她在宿舍等，邓谆买了她喜欢吃的米线，陪她在楼下吃完才走。等到家，地暖也开得热乎乎的，廖茗觉走进去坐下，感觉整个人都要融化了。

邓谆看她袜子破了洞，叫她拿去扔掉。她不想动，于是假装睡着了。没想到他收拾了一下，就坐到她身边，替她脱掉袜子，换成新买的保暖袜。

"这是坐月子的人才穿的！"廖茗觉说。

"神经病，"邓谆冷笑，"冷就可以穿好吧。"

她起身，坐到他怀里，离他更近些。邓谆把脸搁在她颈窝，被廖茗觉摸狗狗似的摸脖颈。

实在难得，廖茗觉也有没信心的时候："要是我考不上怎么办？考两三年也考不上怎么办？最后必须回老家去端盘子、找厂子上班怎么办？"

邓谆思考了一下。"那我们就先扯证吧，结了婚再考，省得再变卦。"他说，"这样我会安心点。"

廖茗觉直接一拳捶过去："谁管你安不安心！"

19 毕业快乐

我们是很好的朋友。

廖茗觉气得抄起行测书追过去，邓谆直接进了厨房，从里面反锁。他们倒是不再打打闹闹，而是像电影《情事》里一样边在两侧移动边看着对方。厨房与阳台相连，到最后他指了指冰箱，她试探着打开，发现里面竟然有他提前去买的哈根达斯。廖茗觉拿出来，好奇地问："怎么就一个呀？"

"我没有胃口，你吃吧。"邓谆走出来，坐到餐桌旁回答。

廖茗觉拆开了，却推到他面前。她说："你下巴是不是越来越尖了？"

"嗯？"邓谆抬起手，手掌不经意间遮住小半张脸，"胡楂没剃干净。"

他起身，绕到洗手间去。

廖茗觉捧着冰激凌过去，靠在门边看他用电动剃须刀刮胡子。她喂给他吃，笑嘻嘻地问："很甜吧？好不好吃？"

"买给你吃，当然挑了好的买。"他回答得很凛然。

他难得先洗了澡，躺在床上看视频。廖茗觉洗了头发，吹干的时间比洗的时间还长。等她回到卧室，发现邓谆戴了蓝光眼镜，室内有点暗，所以屏幕的光都映在脸上。她把他的眼镜摘下来，戴到自己脸上，又倒下去抱住他的手臂，和他依偎在一起问："你怎么在看时事政治的网课？你又不用考。"

他说："我想记一下，然后明天早晨可以提问你。"

"不是吧你？"廖茗觉立马哀号，"你怎么不直接去华图当老师啊？"

"哪里有那么容易当。我对别人考试也没兴趣。"邓谆把电脑盖上，闭目养神地说。

他准备睡觉，她把夜灯关了。躺下去之后，她说："我爸爸给我报了一个考前冲刺班，要集训，要搬到那边去住。"

邓谆背对着她，沉默一阵，在她几乎以为他睡着之际开口："什么时候？"

"大后天就过去了。我说了不要的，他没听我的就报了。不去的话钱不退，我有点心疼……"廖茗觉从背后抱住他，心里默默想，邓谆是不是又瘦了点，"你有没有好好吃饭啊？"

邓谆回答："吃了。最近太忙了。"

"那也要好好休息啊。"她的脸贴着他,突然有些不想去了。

但他马上就转过身来,抱住她,贴住她那散发着和他同样的洗发水香味的头发,闷声说:"嗯。你好好加油。"

"我是不是不去比较好啊?"她仰起脸,嘴唇刚好碰到他的下颌。

他更用力地拥抱她:"去吧。"

廖茗觉从臂弯和被褥里抬起头来。邓谆分明没有睡,甚至连眼睛都没闭上,只是静静盯着她看。她叫了他一声:"邓卓恩。"

"你就别叫这个名字了。"他笑了,贴过来,亲了亲她的眼睛,又亲了亲脸颊。

"邓谆,"她问他,眼睛在黑暗里亮闪闪的,"你知道我喜欢你吗?"

他略微以手肘支起身,去碰她睡裙下和衣领上的部分。他说:"这样会讨厌吗?"

"不会啊。"她被他弄得有点痒,所以低低地发笑。

和廖茗觉接吻,邓谆时不时会摆出耐心而温存的姿态来,多停留一阵,却不强迫和掠夺什么。她很喜欢他这样,无论何时何地,只要有他在,就好像在松软的草地上打滚一般惬意。

他又问:"可以摸摸你吗?"

或许是室温太高,廖茗觉感觉有点热。她说:"可以呀。"

邓谆倾斜身体,手臂撑在她两侧。因为线条很好看,以至廖茗觉下意识地抚摸,他抬起手,没什么表情,好像家里不知道主人为什么突然逗弄自己的猫,茫然地投去询问的眼神。她难得窘迫,但也还是强撑着东拉西扯:"之前第二次碰到你的时候,我就在想了,这人是不是会家暴啊,感觉能一拳打死我。"

邓谆思考了一阵,戏谑地回答道:"……是你一拳打死我吧。"

他又亲了她一会儿,她越发觉得热,这样下去,估计等会儿还要洗澡。她才吹干的头发,打湿了很麻烦,因此说着就伸出手去:"别闹了,睡觉吧。"

女生的手盖住了他的脸,仿佛棕榈叶遮蔽了绿色的玫瑰。邓谆抬起眼,在她手指的缝隙间盯着她。他安静得太久,廖茗觉反倒狐疑,一动不动地维持僵局。

她突然感觉手上湿漉漉的。

邓谆在舔她的虎口,细密而郑重,温柔得像与恋人亲吻。

廖茗觉只觉得脑海内传来暖风机运载过度的嗡鸣,蓦地抽回手,挡在泛红的面庞前。她想说什么,一下又没说出来。邓谆稍稍眯起眼,仿佛想在黑暗中分辨出她的表情。

他伸出手,冰冷的手指从下方抵住她两颊,将她的脸朝上拢。廖茗觉索性耍无赖地瞪着他。邓谆反而笑了,他断断续续地吻她的耳郭、太阳穴和嘴唇。他停顿下来是为了说完那几句话:"我怎么会让你死?我自己死都不会让你死。没有你我不就一个人了吗?"

说完以后,他起身,先把地暖关掉,然后躺上床睡觉。廖茗觉听着他的脚步声来来回回,最后陷入寂静,内心很挣扎——总觉得今晚要睡不着了。但她还是低估了自己的心理素质和睡眠质量,一觉睡到了大天亮,一直到邓谆早饭都买回来了,到床边叫她。

廖茗觉的行李很少。她在宿舍收拾了一下,甚至没让朋友们送她。廖茗觉的爸爸开日产车过来接她,顺便想看看女儿的男朋友。首先看到王良戌,他寻思,小伙子个子挺高,就是脸怎么这么白,不会是有什么毛病吧。结果肖屿崇从后面走上来,一把搭住王良戌的肩膀,两个人聊起等会儿去吃什么,看着肖屿崇,廖爸爸又陷入了沉思,这男同学看着有点不靠谱的公子哥那味。再回头,他就看到廖茗觉正在车边和另一个男生说着什么。

那小孩最明显的特征就是好看,好看得叫人有些担心会太过阴柔。他别过脸,突如其来注意到这边,廖爸爸这才发觉自己见过他。邓谆是随时在乖小孩和坏小孩间切换的那类人。

"拜拜啦!"廖茗觉打开车窗大声道别。

"好好备考,好好考试,"胡姗说,"到时候我们去看你。"

乍一看起来挺伤感,事实是廖茗觉不在第一天,王良戌和肖屿崇去吃了寿喜锅自助餐,发照片到群里,引发公愤;廖茗觉不在第一周,肖屿崇和胡姗去吃酸菜鱼,还对着镜头比耶,引发小范围公愤;廖茗觉不在半个月,王良戌带了大闸蟹给胡姗和肖屿崇吃,三个人的合影发到群里,引发了廖茗觉的愤怒。

廖茗觉白天基本都在上课,晚上也要自习,大家甚至会集合站在一起喊口号来鼓舞士气。廖茗觉不喜欢干这个,所以被讲师批评了,晚上看到大家玩得很开心,委屈像积蓄已久的冷水从头直接泼下来。

她没有在群里发言,却哭唧唧给每个人群发了同样的苦水,发给邓谆的多加了一句"很想你"。

于是,邓谆和胡姗决定去看她。

经胡调查员和邓调查员核实,另外两人缺席的确有正当理由。到了大四,嫌疑人肖某的论文濒临死线,却因他本人的完美主义想推翻重写,嫌疑人王某要代表实习单位参加竞赛,目前正在郊区答题。

胡姗和邓谆叫了网约车过去。他们和廖茗觉约好一起吃晚饭,邓谆买了水果和奶茶,准备带到那边给廖茗觉吃。胡姗前段时间买到一款很舒服的无钢圈内衣，亲身体验感觉不错，于是囤了几件给廖茗觉送去。

他们早早地出发，一切都很顺利，只可惜世事难料。车子因为前方出现事故被堵在了高架桥上。

起初两个人还挺有耐心，但耽搁的时间长了，终于还是耐不住性子了。

胡姗用手机查询到目的地步行要多久，勉强下定决心，回头想跟邓谆提议，就看到他手机上同样是地图界面。两个人一拍即合，下车步行。桥两侧边缘有窄窄的人行通道是万幸，虽然离目的地还很远。

胡姗抬起手抱怨："怎么这么晒啊？早知道今天就涂防晒霜了。"

邓谆像突然想起什么，遗憾地道："早知道给廖茗觉也带一支。忘了。"

"她每天就复习，不会晒太阳的。"她侧过身，扬了一下手臂，"你这脸的大小是真实的吗？嫉妒死我了……但你这已经不是消水肿了吧。"

邓谆不吭声，只顾着埋头走，从她身旁经过。

胡姗舒了一口气，追上前去问："要不要喝点水？你真的看着瘦了很多。上次叫你去吃饭你也不去。怎么了？廖茗觉不在就闹情绪了？"她最后一句纯粹是玩笑话，单纯想活跃气氛。

"不是。"他却只简短地回复，看起来格外疲倦。

胡姗是深思熟虑后才这么说的："先休息一下吧。"

放在往常，邓谆即便不想说话，也不会这样抵触，多半是实在辛苦，才如此惜字如金："不用。"

"休息一下，你先站着别走了。"胡姗拦到他跟前。她原本语调还冷冷清清，眼下也着急起来："邓谆，别着急。你不舒服吗？不舒服就告诉我呀。"

他说"没事"，无力令她感到强烈的不满。她说："你别这样好吗？你之前就这样，好像除了廖茗觉，大家都跟你没关系一样。我很担心你，你就当我不舒服，现在休息一下可以吗？"

她看到他转过身。

邓谆漠然地望着她。有时候，胡姗会觉得他讨厌，但也很想抱抱他。尽管不会主动这么觉得，她也能理解，廖茗觉打从一开始就特别关照他的理由。邓谆是个可怜而可怕的人，习惯了说谎，把喜欢他的人耍得团团转。

她希望她的朋友能是更健全一点的人，更积极一点的人，更真实一点的人。但人和人的相遇往往不讲道理，学生时代不掺杂利益的友谊也是如此，无法抵抗，难以回避。

"邓谆，"胡姗的嘴唇翕动，她近似悲怆地问，"你不舒服吗？"

他没有回答她。

邓谆直直倒了下去。

很难描述清当时的完整经过，因为胡姗忘记了，她忘了自己是先惊呼还是先扑过去的。"邓谆！"她大声叫他的名字，一切画面宛如电视剧，她把他翻过来，把头垫高，让他的上半身靠进她怀里。

邓谆磕到了脸和嘴角，有不算多的血流出来。胡姗的手在发抖，要打120，不能惊慌失措。等待救护车来到的过程中，她一直在喊他的名字。邓谆看起来那么瘦，大四没有课，大家都很久没见面了。他前段时间虽然病快快的，加上本来就丧兮兮的，但好歹没到这地步。

说来好笑，这是胡姗这辈子第二次上救护车。第一次是小时候祖母去世。祖母是家里唯一照顾她的人，父母动粗，祖母也会拦着。

她被医务人员询问与患者的关系，她说："朋友。我们是很好的朋友。"

她坐在原地等待，邓谆的爸爸妈妈都在外地。她垂头丧气地坐着，还没有开始哭，就听到走廊尽头的询问声。

"请问一下——"肖屿崇没说完，他们就对上了目光。

胡姗说："少爷！"这个称谓平时是调侃，可到了这种时候，配上哭腔，居然拉满喜剧效果。

"我带了他的病历本和医保卡来……"肖屿崇刚刚跑过，现在急促地喘息着。胡姗难得没嫌弃，给他递卫生纸。

他说："没事吧？"他问的是她，也是邓谆。

"没事，"胡姗的回复中带着悲伤的恳切，"肯定没事的。王良戊说过了，'不会有事的'。他都说了的。"

◇　　◇　　◇

廖茗觉笔试结束那一天，王良戊开车去接她。她把头探到车里，发现里面没有其他人，又念叨着"想搞惊喜是吧"，回过头环顾四周，却也没在人群中找到熟悉的面孔。

王良戊坐在他那辆二手车的驾驶座，笑眯眯地解释道："肖屿崇遇到了一个印度尼西亚的美女，非要追着去跟人家结婚。胡姗和邓谆拦他去了。"

廖茗觉面无表情地反问："骗人的吧？"

"好吧，被你拆穿了。其实是胡姗做拉皮手术，做到一半突然反悔，邓谆和肖屿崇陪她打官司去了。"

廖茗觉无可奈何地微笑："你说这种谎不怕被胡姗诅咒吗？"

"嗯……邓谆本来胃就不好，在医院是老客户，一直不吃饭，又把胃搞坏了，现在要去装机械胃，马上你就能看到他表演吞刀片了。"

廖茗觉的表情有点害怕："真的假的啊？好恐怖。"

"开玩笑的，"王良戍笑了几声，倾身替她打开副驾驶的门，示意她赶紧坐进来，"他们三个人逃课去音乐节玩了。"

"音乐节？那不是在沿海那边吗？"廖茗觉边坐进来边问，"邓谆保研就算了，肖屿崇也有个实习单位，胡姗怎么办啊？"

"等我一下。"王良戍从上衣口袋里翻出手机，拨了一个视频电话。

手机那头出现闪亮逼人的灯光和躁动不安的音乐，戴着镭射眼镜的肖屿崇、戴了彩色假发片的胡姗，以及在削苹果的邓谆也入镜。三个人都在随音乐摇晃，信号不好，画面卡顿也很严重，乍一看他们不像在音乐节，而像是在精神病医院。

廖茗觉痛苦地阻挡着电音进入耳室，与此同时大喊着问那边的人："你们干吗呢？"

"啊？！"肖屿崇大喊着回复。

"我说！你们干吗呢？"廖茗觉继续大喊，分贝高到令车外面的人都看过来。

"我们玩呢！"肖屿崇大喊。

廖茗觉犹豫了一下，还想问其他的，结果不知道是不是网络不好，他们这边给那边重复太多的缘故，肖屿崇突然像中邪一样重复起来："我们玩呢！我们玩呢！我们玩呢！我们玩呢！我们玩呢！"

王良戍受不了给挂了。视频时长没超过两分钟。

刚挂断，胡姗就以迅雷不及掩耳的速度除去灯光，扯下头上从淘宝上包邮买的廉价假发片，肖屿崇也立刻关掉音乐，甩掉那副沙雕墨镜，邓谆照常坐在病床上，把削完皮的苹果往嘴里送。接下来由胡姗和肖屿崇向即将赶来的护士道歉，万幸的是因为更换病房，房间里暂且没有别的病患。

另一边的王良戍一边心虚一边维持表面的风平浪静——说一半谎话一半真话应该不算撒谎吧。

只要瞒住这几天，等邓谆出院，就能回到廖茗觉身边了。国考很快就会出成绩，廖茗觉马上就能知道能不能参加面试。等一切都尘埃落定了再说，这一定是最好的办法，谁都不会影响。

廖茗觉靠在车窗边默不作声。

虽然邓谆四肢健全，但大部分时间都要一个人待在医院，未免还是有点可怜。朋友们只好轮番来看他。

胡姗是受影响最大的，尽管有惊无险，可要说是PTSD（创伤后应激障碍）也不为过。有一次她带着复习的书过来，发现邓谆不在病床上，吓得魂都飞了。

她楼上、楼下都找过,终于在负二层的食堂看到扶着点滴杆移动的邓谆。她汗流浃背、惊魂未定,他倒是一边吃着香蕉一边用看弱智的眼神看向她。

他们一前一后回去。

邓谆走在前面,胡姗慢吞吞跟在后面,不远不近,保持着别人都看不出来他们认识的距离。

胡姗说:"你想吃麻辣烫吗?"

"医生不让吃。"邓谆头也不回地回答。

"你平时都吃什么……"胡姗有一搭没一搭地道,"学校食堂的温州馄饨是吧?好吃吗?"

他还挺趾高气扬的:"不正宗。"

他们就这样走回了住院部,离开电梯,进入走廊。

忽然间,邓谆放慢脚步。胡姗留意到了,所以也随之停下。她抬起眼,看到病房门前不算不速之客的不速之客。

邓谆的妈妈看起来更像他姐姐,年轻、美丽,留着一头红色的鬈发,穿着修身的包臀连衣裙。正红色的口红全涂,浑身散发着刺鼻的香水味。

"好久不见。"这次见邓谆,妈妈的态度与以往都不同,并不是更温柔,纯粹是在示弱,"这位是?"她干的是识人的行业,绝不会混淆见过的脸。就算签约的是双胞胎模特,她也能轻而易举地分辨清楚,所以知道这不是他介绍过的女朋友。

邓谆说:"朋友。"

"同学。"同一时间,胡姗下意识地回答。

他们的回答撞上了,虽然都没错,却徒然增添尴尬。

邓谆进了病房,回到病床上。胡姗抱住手臂,没好意思直接坐下,只把椅子向邓谆妈妈推过去。邓谆妈妈摇摇头。

"卓恩,"妈妈说,"妈妈这次过来,是想看看你怎么样,顺便陪陪你。"

邓谆一声不响地低着头,不知道究竟在想什么。他说:"其实我以前就不太喜欢你这样。"

他看着她,眼里没有怨气,宛如从水中挖掘出的玻璃器皿般清澈。

"……什么?"妈妈问。

"妈妈,你一直都叫我的艺名。"他又垂下脸,不再与她对视。

"我只是不知道你为什么要一直在意这些细枝末节。"妈妈走近他,手扶在病床床尾,哀婉地倾诉道,"我已经答应你了,不需要你再做明星了。以后我们都不谈这件事了,好吗?"

邓谆回答说:"好。"

"那我们改天再聊吧。妈妈爱你。"她说着,指尖轻轻触碰医院的被褥。

他朝她笑了:"嗯。"

一直到对方离开好久,胡姗才意识到,刚刚她该退出去的。事实上,放在往常,她肯定明白这个道理,但邓谆的妈妈出现得实在太突然了,外加那副拥有充足震撼力的华丽外表,实在叫人有些恍神。她有些想和邓谆道歉,邓谆却没来由地开口:"有件事,我妈妈不承认,但她心里知道,自己一直亏欠我。"

"……"

"我小时候参加了很多选秀,大部分都能进到最后一轮。结果有一次,对方公司高层面试我们几个人,有男有女,最大的也就十五岁,最小的跟我一样大。

"我们一个一个进去。他要我把衣服都脱掉。其实也有要看这些的公司,但肯定不会让脱光。而且一般对方人会很多。那天只有几个人,都是大人,没有摄像机,也没有软尺,一个男的让我脱掉衣服。我很害怕,可还是脱了。他也就摸了摸,没干别的,不过我感觉到了,我其实感觉出来了。虽然那个时候我才上小学……"

她听明白了,却没有说话。

"那个公司很有名,到现在都很有名。就算今年警察开始收集证据,也拿他们一点办法都没有。我这几个月都在想这件事,虽然没有那么恨他们……"说到一半,邓谆用手腕蹭了一下眉骨,随即若无其事地说下去,"他给我妈妈发了邮件,邀请我妈妈过去签合同。我不愿意,我妈妈觉得有前途。要是签了合同,起码好几年都要服从安排,出道的话就更别说了。只要公司想,如果你不听话,一直雪藏你也可以。"

那场面试结束后,邓谆哭了。

为什么那时候痴痴地照做了呢?为什么呆呆的,没有反抗呢?为什么像个僵尸一样?

很长一段时间里,他没有同龄人从三岁起就体验过的叛逆期。邓谆总是顺从,能努力的话都会努力,属于他自己的意识就像淤积在水中的泥沙,之所以存在,不过是因为可以。选秀中,妈妈会全程陪在身边,最终还会一直询问他的表现。僵尸小孩有着苍白的肤色,不会改变的容颜,那种僵硬或许正是美的代价。

在妈妈怀揣着对美丽未来的期望签字前,他终于还是不得已全盘托出,如同亲手砸碎自己的自尊心,胸腔里有些东西被击得粉碎。

那一地碎片始终没收拾,明明一直在心里,明明一直没消失,是什么时候开始淡忘的呢？复学，大学。大学多好啊。

他回过头看窗外，侧脸比童年时成熟许多，却又好像分毫不差。

"真他妈无语。"他听到她在说。她别过脸。

邓谆没有发出声音，只是凝视着她。"你哭了吗？"他想问。

"你会跟廖茗觉说吗？"

"打算说，"他回答，"挑个好的时间、好的地方，聊聊以前和将来。"

胡姗替他把被褥拉起来，用力压了压。泪滴落在床单上，变成微不可察的"白芝麻"。

邓谆说："我突然觉得没什么大不了的了。"

"啊？"胡姗在擤鼻涕。

"我也是现在才发现，"他把抽纸递过去，被她接过来，"这么多年，我耿耿于怀的其实不是这件事本身，而是没有人在乎我遇到这件事。"

"我在乎的，廖茗觉在乎的。王良戌他们也会在乎的，"她说，"假如你有证据，警察叔叔也会在乎的……没有说警察现在不在乎的意思。"

"是吧。"他终于笑了。

出院那天，邓谆胖了几斤，脸色也好了很多，尽管以后需要长期服用的药又增加了。

笔试第二名并不怎么值得庆祝，这就是残酷的公务员考试。廖茗觉报了个班学习如何面试，枯燥乏味，费解难懂，却又必须强打精神。她正百般无聊，等待前面的同学完成练习，突然间，因为听到什么声音，所以猛地扑向窗口。

她看到了邓谆。

他坐在摩托车上，头发长长了，摘下头盔时将头发向后撩，仰起头微笑。

廖茗觉举起双手挥动，又见他掏出手机。邓谆给备注为"觉宝"的联系人发了消息："什么时候下课？"

廖茗觉一时太激动，以至退化到对着微信输入栏说话："我可以旷课！"在背后培训老师"不准旷课"的怒喝声中，她这才乖乖地编辑文字："可能还要半小时！"

"我等你。"邓谆回复。

廖茗觉不争气地沉迷于手机："我好想你啊，好想抱抱你！之前给这里的人看你的照片，他们还说是我从网上找的！说是我的幻想！"

邓谆发了个省略号，继而恢复以往那副无赖的语气："什么幻想？廖茗觉，快点下来挨亲。"

靠窗座位的女生也向下看，猝不及防地挑眉，看一看廖茗觉才问："你男朋友？"

"嗯！"真的很难按捺住幸福，廖茗觉嘚瑟地笑了，"很帅吧？"

◇　◇　◇

——来采访一下，大学最后一个学期你是怎么过的？

廖茗觉在吃陆灿学长打包来分给学弟、学妹的重庆小面，还没咽下去就抬手掩着嘴巴回答："我基本上就是政审、体检，配合单位那边交材料之类的。不过有跟男朋友趁着机票打折去消费不高的地方转了转，很开心，又没花很多钱。应该可以给大家做个参考，去旅游没必要非往网红地钻嘛！只要两个人在一起就很开心啊！"

——哈哈哈，真的很开心吧。那男朋友呢？大学最后一个学期你是怎么过的？

邓谆在看手机，抬头瞄了一眼，随即笑了，不过很快又收敛："你怎么老玩这个？"

——你整天用手机都看什么呢？回答一下吧，大学最后一个学期你是怎么过的？

邓谆把手机屏幕展示给他看，是像素游戏："开罗游戏，就是经营学校、温泉村这些。大四下学期啊……反正也保研了。导师不找我，每天玩都玩腻了。"他像故意用拉仇恨的口吻在说话。

——你呢？来说说看吧。

肖屿崇也在吃重庆小面，出处和廖茗觉一样。他擦着嘴回答："写写论文，实习。工作定下来了。好像没别的了。啊，我报了个学 Java（计算机语言）的班。感觉工作以后时间肯定很紧张，所以趁现在能学点什么就学点什么。就这样，没了。"

——武藏，胡姗，我的姐，来……

胡姗早晨撞断了美甲，现在正拿指甲锉疯狂弥补，脸色阴沉，但还是强行换上端庄到冷淡的微笑，慢条斯理地回答："考研那天，我早早地就起来了，化了个妆，然后直接没去。反正也考不上，充气氛组也没意义。不过我在办澳大利亚的打工签证了，应该会去那边先省吃俭用赚一段时间钱，等着申请学校。要是不行，也走一步算一步……你最后一个学期怎么过的？"

王良戌想了想，说："也就是去公司，参加一些竞赛。仔细一想，时间过得好快啊，感觉什么都没干，一转眼就要毕业了。"

"是吧，"廖茗觉端着碗开腔，"好像昨天还在军训呢。"

"公务员入职要军训吗？"胡姗问。

肖屿崇说："又不是学校，训什么训。"

"到时候就可以自己租房住了，嘿嘿。等攒点钱就把爷爷接过来。"廖茗觉沉浸在对未来生活的想象中，"有爷爷在，还可以养条小狗。"

王良戌问："你喜欢狗吗？"

她回答："嗯哪！很喜欢！以前高中时在《青年文摘》上看过一个故事，说狗的寿命只有十几年，是因为人出生后，要学习了才知道怎么爱别人，怎么积极乐观地生活，但是狗从一开始就知道怎么做，所以不需要那些浪费的时间。"

"尽是歪理。"胡姗插嘴道。

"确实不可能啦，哈哈哈，但是很有意思啊。"

他们五个人去吃烤肉，座位是一般提供给四个人坐的卡座。廖茗觉索性起身，和相熟的同事打了个招呼，不用店员过来帮忙，自己操刀给他们烤。

专业的就是专业的，廖茗觉边烤还要边显摆："那时候每次来了新人，店长可都是让我烤个样子给大家学的。"

恰好店长从后面经过，索性停下来，跟在这里上过班的王良戌打招呼："给你们打个八八折。"

回头他又叫了群生面孔过来，十分自然地差使道："来，看看这个前辈怎么烤的。学着点啊，小廖之前在咱们店里可是蝉联三个月的服务王牌，直接把她前任师傅小王给顶了。辞职的时候我可舍不得了呢。"

来烤肉店打工的人年龄参差不齐，但到底是学校周边的店，显而易见有些年轻面孔。

胡姗随口问了离自己最近的女生："你是大学生？"

"嗯，"女生颔首，有些害羞地回答，"暑假兼职。"

"才刚高考完，都没有好好玩吧？"王良戌看了一眼日期，抬起微笑着的脸，"别太辛苦了。"

女生性格有些内向，倒是她旁边差不多年纪的男生很爽朗，大咧咧地插嘴道："我会照顾她的！"

"你们是好朋友？"廖茗觉收起镊子，拉下口罩问。

看见男生和女生齐刷刷染红的面颊，以及欲言又止的反应，幸福溢于言表，大家也都心领神会。

"哦！"不过只有廖茗觉最直接，"你们是一对！"

肖屿崇已经开始夹肉吃："很明显好吧？"

邓谆一筷子把他拦住了，笑着斥责："还没烤好，你急什么。"

"真好啊，"廖茗觉把肉翻了个面，有过短暂的委屈，终究还是感慨，"没有人永远上大学，但是永远有人上大学。"

离校日期定下来以后，毕业典礼也提上了议程。

廖茗觉从网上买了学士服，发了一组从小红书上搜到的毕业照模板，恳求"汪汪队立大功"群的群友陪自己拍。大家理所当然都顾左右而言他，最后充其量也就让步到一起穿着拍了个正经的纪念照。

毕业典礼的本科毕业生代表选定了一位考上清华研究生的女同级。学生会负责各项章程，但正值新旧交替，人手有些稀缺，所以从毕业生里抓人帮忙。作为前传媒部部员，廖茗觉很不巧地被盯上了。

"学姐你高高瘦瘦的，最适合干这种形象工程的事情啦！"被派来游说的学弟殷切地吹捧。

她负责的工作是在颁发毕业证书时把放证书的车子推上去，推完就可以归队准备自己领毕业证书了。彩排的时候，廖茗觉用手机拍了毕业典礼的布置，全部发给了妈妈。妈妈回复了她一个大拇指。

进大学之前，他们是高中生，只知道读书，被大人庇护，对未来充满美好的想象。

离开大学后，他们是大人，会找工作赚钱，要背负社会和家庭的压力，把想象变成现实，开辟新的未来。

大学毕业典礼开始了。

奏唱国歌，奏唱校歌，校长发言，教师代表发言。似乎这世界上不可能所有事都一帆风顺，轮到学生代表发言时，廖茗觉被负责行政工作的老师抓壮丁了。

"你……你是廖茗觉？"老师喘息着，拍拍她肩膀，"你去代表本科学生发言吧。"

面对完全脱离计划的指令，廖茗觉大跌眼镜："啊？！"

"原定的那个女孩子突然肚子疼，进了厕所，实在出不来。这个季节，怕是吃了什么变质的……我记得你成绩挺好的，还一直拿奖学金是吧？反正你快上，之前你也听过她彩排。稿子给你，按照上面读就行。"

廖茗觉根本没搞清状况，司仪那边却已经接到消息，大声念出了她的名字。台下同学大多没注意，但也有一些人不约而同做出反应。

胡姗皱起了眉，王良戍在发笑。邓谆问了一圈旁边的人，确认自己没听错。

廖茗觉被推了上去。

还是往常听讲座的礼堂，还是平时朝夕相处的校友同学，可是，当站在台上，她才恍恍惚惚意识到，真的要毕业了。

"喂？"廖茗觉没什么当众演讲的经验。

"'喂'个头啊，又不是打电话。"肖屿崇笑着挖苦。

"嗯……敬爱的老师,亲爱的同学们,"她在竭力回想已经过去一段时间的公务员面试,这样可打不了高分,"很荣幸在这里代表本届毕业的全体学生发言……"

选她上去的老师正在台下鼓励:"很好!就这样念完!念完就行!"

廖茗觉盯着演讲稿,突然安静了。随着她沉默,台下反而传来细微的议论声。

她像是花了十几秒阅读完全文,末了抬起头,笑容洋溢,青春自由,直接甩开了那张稿纸:"感谢学校栽培,感谢老师教导,感谢各位同学的陪伴,我会继续奋斗……几句话就能说完的事,干吗扯这么多?这上面完全是废话嘛!"

此言一出,一片哗然,但也夹杂着笑声。典礼上的发言,理所当然是套话。

廖茗觉丝毫没意识到自己正在引发骚动,横冲直撞,不可阻挡,抛开演讲稿自行发挥:"开学典礼的时候,院长说了,学习上要知农爱农、服务'三农',生活上要敢于尝试、青春无悔,对吧?"

院长正坐在台上,被询问时难免猝不及防。

台下的班导几乎把手机捏碎:"毕业演讲还搞什么互动,还跟院领导搞……"

"说一点后悔都没有过是假的,但想尝试的,我都试过了,可以努力的,我也都全力以赴了。有时候会偷懒,不过我不会自责太久。大学四年,我最感谢的人……"

无力挽回的老师濒临自暴自弃,已经在下面哀求了:"说你的朋友都行!真的!"

"是我自己!"廖茗觉坚定地说下去,自信满满地称赞自己,"是我坚持独立思考,也是我约束了自己的懒惰、自私、自卑和傲慢,不管闲事,好好学习,认真工作,只考虑我自己和对我来说重要的人,把每一天都过得有意义!"

"这人在干吗啊……"有学生在抱怨,却听到身后传来稀稀拉拉的掌声,回过头看见的,是和廖茗觉认识的同班同学。总有人是看在眼里的。

"我建议大家也这样。比起迷茫不安、犹豫不决,与其随波逐流,对世界和别人不满,还不如尽情去做对自己、对身边的人有利的事,尝试新鲜事物,度过无悔的人生。祝大家健康、平安、鹏程万里、青春永恒。毕业快乐!"她笑了。

台下有人笑着鼓掌,也有人在抱怨"有病"。廖茗觉刚下台就被抓过去狠批,各路领导和老师恨不得扒她一层皮,只可惜她不再是在校生,不能给个警告处分或记过。轰然大笑中,王良戊边拍手边说:"说得挺好嘛。"肖屿崇板着脸,眼圈居然红了。胡姗鼓掌的同时在挑刺:"怎么都不讲点报效祖国什么的,以后怎么在单位混?幸亏她有编制。"

结束之后,邓谆久久站在原地,等回过神,旁边的人已经在合影、唱歌,聊着现在和将来。他往外走,张望四周,其间婉拒了想跟他拍照的陌生人,也跟教授打过照面。他正迷惘时,背后传来女生的声音:"邓谆!"

他回过头。

廖茗觉踮起脚朝他挥手,脸上是灿烂的笑容。在她旁边,王良戊在和胡姗拍照,肖屿崇则被其他同学搭讪问联系方式。

"邓谆!快点,走啦!"他们喊。

"好。"他回复。

邓谆背上包,朝他们飞驰而去。

番外：谢谢你喜欢我

"谢谢你把我当成最特别的人。"

烤肉店播放起音乐榜单的热门曲目，墙壁上贴着做旧的黄色海报，有人进来时，脸上粘着贴纸的店员抬头说："欢迎光临！"

然而，才看清来人面孔，店长就一改刚才的客气，从柜台后跑出来，一左一右揽住过来的男女道："你们怎么来了？"

左边是如今已经在生物科技企业风生水起的王良戌，他此时此刻正笑眯眯地问候道："好久不见了。"

右边则是公务员在职的廖茗觉，她兴高采烈地打量起店里的新装潢："好气派啊！老板，你赚了不少钱吧？！"

"也就一点点啦！"老板谦虚地摆了摆手，立刻引他们坐下，随即不知道第多少次地向店员介绍，"来来来，这两位是你们的前辈，能边烤牛小肠边调西瓜酒的小廖跟零投诉的小王——"

一如既往按照惯例，王良戌先扫码点单。

他只点茶水和最基础的肉、小菜、蘸料和主食。

他们坐下等了一阵，门再度响起，胡姗和肖屿崇吵着架进来，两个人说话声音不大，却都像连珠炮弹似的，针锋相对，语不惊人死不休。

他们以前就这样，胡姗最爱和肖屿崇抬杠，直把肖屿崇气得说不上话，肖屿崇又不愿吃瘪，于是两人顺利成为欢喜冤家。朋友们的反应多半是"你们吵一会儿，差不多了就来吃饭"，假如吵到真的停不下来，王良戌就会及时出马，按住他们的脑袋，和颜悦色、温和友善地笑着让他们消停。

两个人嘴上吵架，行为倒是很和睦。肖屿崇边说"你这根本就是挑刺"边让出里面的座位给她，落座后，胡姗反唇相讥"是你自己逻辑不严密"的同时还给他倒水。

"你们看这个膈膜肉，看着好好吃。"廖茗觉拿起菜单，带着幸福满满的笑容说。

如今在航空公司担任空姐的胡姗看过来，嫌弃地眯起眼："牛横膈？行吧。"

现在转行做策划的肖屿崇郑重其事地评价："看着不错。"

总有东西能一下平定骚动，比如廖茗觉，比如廖茗觉背后无声微笑的王良戌，比如看起来很美味的烤肉。

于是第二次点单，他们又加了七七八八的肉和饮料，胡姗一直在保持身材，所以又点了一堆蔬菜。

最后一个人来的时候，店里已经逐渐热闹起来。他们根本没有等他的意思，都已经开始烤肉。老板也已经认识他，提醒他进来时小心门口的台阶。

说邓谆风尘仆仆也不为过，他穿着很多口袋的橄榄色外套和马丁靴，脸却还和以前一样熠熠生辉，漂亮到惹人憎——主要是胡姗，她用力咂着嘴抱怨："你这个头身比……你到底是怎么护肤的啊？！"

从硕士在读到毕业后工作都在农科院的邓谆放了包，才刚坐下，廖茗觉就跳起来说"你吃吃这个"，然后把包着肉的蔬菜朝他递过去。

虽然肉卷包得很大，塞进嘴去很勉强，但邓谆迟疑半晌，对上廖茗觉期待的目光，还是张开了嘴，然后就喷了肖屿崇一身。

肖屿崇跳起来大叫："我去！恶不恶心啊你！邓卓恩，你给我死出去！"

王良戌却拿着烤肉夹，笑着叫邓谆坐到他和廖茗觉中间。

五个人吵吵闹闹，总算是到齐了。

于是第三轮点餐，肖屿崇把扫码点单的界面递给邓谆，邓谆看了半天，加了个廖茗觉爱吃的冷面。

王良戌在把烤好的肉放到邓谆盘子里。胡姗按住王良戌肩膀，迫使他坐下去，又把烤肉夹推给肖屿崇，说："他都没吃几口，你来。"肖屿崇虽然骂骂咧咧，但还是接了过去。廖茗觉被辣得吸气，邓谆立刻递了果汁过去。

"那个什么，"手动摆弄吸油烟机，确保烤肉的烟不会漫到头发上，胡姗盯着锅上翻烤的肉问王良戌，"所以你在汪汪队立大功群里说的是真的吗？"

邓谆扭头问："什么？"

肖屿崇把肉夹给他，漫不经心地说："你没看手机啊？"

廖茗觉已经在用手机翻聊天记录。

王良戌笑眯眯地说："嗯，是真的哦。"

大家看手机的、烤肉的、吃烤肉的，无一例外，全都不约而同看向他。

王良戌说："我要去美国了。"

因为父亲的工作，他还在中学时就已经经历过一次是否要出国的抉择。特殊的家庭背景使得他不得不避嫌，虽然父亲也好，他自己也罢，都完全没有那方面的想法，但最好还是要杜绝抢占资源的可能。

不过，机缘巧合，阴错阳差，王良戌还是留下了。

而如今，公司要派遣他去国外学习，他将因为自己个人的决定离开，甚至连漂亮小呜呜这个账号都停更了。

"公费学习，我是觉得挺好的。没有不去的理由。"肖屿崇最先表态，朝王良戌点了点头，"加油。"

王良戌也笑着回应："谢啦。"

"我也经常往国外跑，虽然不是美洲那条线。"胡妠是最无所谓的了，毕竟她本身的工作就是满世界飞，"以后去看你，为了爱和正义！"

"嗯。"王良戌点点头，并且接住她的梗，"为了守护世界的和平！"

"技术方面多交流。"邓谆抬起手，有点小孩子气地跟他碰拳。

大概觉得幼稚，王良戌也笑了，却还是配合他说："那当然。不过你别老突然打视频电话来，我对象都怀疑你了。"

四个人都窃窃发笑，最后也就只剩下一个人没吭声。

邓谆先看过去，廖茗觉还一心一意吃小菜，比起"这萝卜真好吃"，她的样子看起来更像是想逃避现实。

空气一片死寂。

胡妠突然伸出手，无声无息，把廖茗觉不断夹着的小菜拿开。

于是，廖茗觉只能用筷子夹住空气，送进嘴里。

"干吗这个样子？"时至今日，肖屿崇早已对家庭角色扮演游刃有余，十分自然地扮演刀子嘴豆腐心的妈妈，"别让你爸担心啊！"

廖茗觉只好说："加油！"

"嗯。"王良戌似笑非笑地点头。

但她还是嘴角抽搐，面部狰狞地说下去："我会想你的！"

长大成人后，再坚固的小团体也会聚少离多，或许下一步就是分道扬镳、天各一方。悲伤太正常，可他们之中大多数仍保持乐观。

"又不是再也不见了。要是你不能出国，我会回来看你的。"王良戌笑着说。

"你到那边要经常跟我们聊天！"廖茗觉委屈巴巴，胡妠连忙夹了一筷子五花肉过去，把她的嘴塞严实了。

为了欢送王良戌，他们决定一起进行一次两天一夜的度假旅行。

人一多，凑假可不容易。大家几乎都有感慨，学生时代没别的好，就算事情多，但至少能自己安排时间。

廖茗觉在单位是少有的年轻人，原本他们都以为她请假会很难，没想到参加工作后，她那热情的性格倒是和老干部们很合得来。她提前加班完成任务，然后轻松弄到了假。

胡姗请的年假。

邓谆调休。

肖屿崇反而是最难搞的，听说他闹到差点跟同事吵起来，不过还好最后成功了。

他们度假去的是附近的沿海城市，住的民宿还是王良戊女朋友家里开的。

能出去玩了，廖茗觉低落的心情一扫而空，不过，邓谆还是有点担心。

她在房间里兴致勃勃地收拾行李，他一边帮忙一边说："到时候你提前跟单位申请，办个护照，我们去他那里玩就好了。"

廖茗觉回过头，对他露出灿烂的笑脸，道："嗯！"

每当看到她那无忧无虑的笑脸，总觉得烦恼就烟消云散，邓谆总觉得自己这样不好。他想多考虑一些，为她多做一些准备，让她尽可能地感到快乐，而不是单方面从她身上得到力量。

他拽了拽她衣角。

廖茗觉还在絮絮叨叨说今天吃中午的剩菜，感觉衣角被拉，于是回过头。

她转过去，这次，邓谆牵住的是她的手。

他两只手拉住她，慢慢地、小心翼翼地将她拉近。

廖茗觉觉得他这个样子很难得，所以也只笑嘻嘻地歪着头，想看他葫芦里卖的什么药："怎么啦？"

他把她拉到自己跟前，随即抬手揽住她的腰，一鼓作气地把她带近。反而是廖茗觉没防备，直接摔到他身上。邓谆没倒下去，抬起头望向她。

他打量她的神情很专注。

廖茗觉垂下头，被他逗得发笑，然后也专心致志，用发亮的眼睛来回看他。

"我没有那么脆弱！"她说着埋下脸亲了他的嘴唇，"好朋友过得好，我会为他们高兴的。而且，我也相信我们的友情没有那么脆弱。"

搂住她腰的手臂收拢，邓谆把脸贴到她身前，说："你太厉害了。"

"真的？"廖茗觉总是这样，很乐于接受别人的称赞，也不吝啬夸赞别人，"你也是！每天早上做的早饭都很好吃！衣服也洗得很干净！"

"那是洗衣机洗的。"他故意不解风情地道。

"那也要人去按开关啊！"她言之凿凿，一副理直气壮的样子。

他终于也忍不住笑了。

终于凑齐人的那一天，大家最感慨的是还好人数是五。

"再多一个人，我们就得开两辆车了。"驾驶座上的王良戌说。

胡姗在副驾驶座上对着镜子贴假睫毛："要是像某位少爷一样开两个座的跑车也不行。"

"你对我意见很大啊。"肖屿崇把替他们带的咖啡分出去，胡姗和王良戌都是美式，邓谆不喝，廖茗觉图新鲜点了生椰拿铁。

他们在度假村订了民宿。

民宿是两层楼的木制房屋，五个人顾不上参观，放下行李就出去玩。

几个人先坐船去岛上参观。

虽然是工作日，但刚好撞上学生的暑假，所以游客也不少。刚上船时没有座位，廖茗觉还被挤得东倒西歪，就被邓谆拉到船沿去吹风。

广播在用方言腔的普通话介绍海上景色，外面很晒，风却凉凉的。廖茗觉闭着眼说："好舒服啊。"

邓谆望着她笑，伸手给她把帽檐压低。

肖屿崇皱着脸埋怨道："都谈恋爱这么久了，肉不肉麻啊！"

到了岛上，日晒加倍，不过按照地图走，要参观的很多。廖茗觉、肖屿崇和邓谆三个体力好的冲在前面，胡姗撑着伞，没来由地感慨了一句："这天气，搞得我想起大学的时候了。"

植物保护专业的学生没少进山下田，实训也都是夏天，晒跟热是常态，就算转行，进入社会，那也是一段珍贵而难忘的回忆。

大学毕业三年，他们都改变了很多。

廖茗觉已经融入了大城市的生活，感到什么新奇、新鲜、没见过的次数逐渐减少。就算面对追星族，邓谆也不会再被认出来了，区区公开练习生，很快就淹没在浩瀚的人潮中。肖屿崇交过几个女友和职场朋友，出的糗多了，没面子也没什么大不了了。胡姗偶尔也开始指教后辈，虽然态度说不上亲切，但居然也引来几个小女生崇拜。王良戌决定去国外学习。

但一切又好像什么都没改变。

到了岛上，刚下船，廖茗觉就冲去租自行车。

然后几个人又有新的大发现，肖屿崇居然也不会骑自行车。

邓谆都在廖茗觉的教导下学会了！

于是廖茗觉和胡姗两个人存心挑衅，故意骑着自行车在肖屿崇周围转圈。

肖屿崇坐的是邓谆后座，此情此景十分容易令人回想起那年夕阳下水上公园的滑梯。邓谆说："别抱太紧，我怕痒。"

两个已经参加工作这么久的男性社会人士，一个穿套头卫衣，一个穿短袖

T恤，都还是大男生样，倒和以前也没什么区别。

大家去上洗手间。

一般来说，男生会更快一些。但廖茗觉确实干脆利索，她出来时，外面还没有人。

邓谆之前上过，所以在替另外四个人拿东西。

王良戊的鸭舌帽被盖在他头上，他背着廖茗觉的双肩包，手里拎着胡姗的奢侈品包包，脖子上挂着肖屿崇的手袋，整个人看起来像圣诞树一样。

他虽然完全失去知名度，但好歹那张脸和身材还是曾经被娱乐公司相中，一路发展星途的模样。

有两个女生正在路灯旁跟他聊天，大概率是在要微信。这种情形见多了，身为女友，廖茗觉已经习以为常。

他原本低着头，这一天，廖茗觉穿着一件绿色的T恤，才走近，还没开口，仿佛冥冥之中接收到什么信号，他就这么抬起了脸。

看到她的一瞬间，他的眼睛马上亮起来。

廖茗觉就看到他跟女生们说了些什么，女生们望过来，倒也不尴尬，还是笑着的，就这么离开了。

他们两个人往人迹罕至的小路走，先下去等其他人。

"哦，还挺招蜂引蝶的嘛。"廖茗觉乐呵呵地挤对他。

邓谆自然而然地揽住她，故作轻松地说："我说我家小廖老师在那边。"

"谁是你老师啊，"她摆动肩膀，躲开他的手，"我是觉宝！"

"觉宝是我的，我是小廖老师的。"邓谆颠三倒四地乱说绕口令，把廖茗觉逗笑了。

她伸出手去探他的额头："神经兮兮的，你中暑啦？"

橘色的夕阳迁徙而来，拿海鸥的踪影充当足迹。树荫间只听得到海浪的声音。邓谆身体偏移，向她靠过来，她上身往后仰，先转动眼珠，环顾四周。

"没有人。"他笑了，然后吻了她。

王良戊下来的时候，就看到他们俩干站着。他笑了，只说："廖茗觉，你……"

他没说完，胡姗已经来了，伸出手找邓谆要包。然而才靠近，她就瞪大了眼睛，随即严肃地比责："你们接吻了吧？臭不要脸！"

邓谆一怔，随即笑了，翻口袋找餐巾纸。廖茗觉像玩老鹰抓小鸡一样护到他跟前，又回头，看到他正在擦嘴巴上沾到的唇彩。

他们在街上打包了海鲜、烧烤和粥回民宿，五个人在楼下玩胡姗的游戏机。

"这还是大学的时候邓谆送我的呢，"胡姗一回去就卸了妆，敷着面膜含混不清地说，"还有健身环。"

门外响起敲门声，王良戌立刻起身过去，来的是他的女朋友，她特意送一些水果来给他们吃。

大家也不算陌生人了，都笑着叫她进去玩。她还是很害羞，一直藏在王良戌背后，有点放不开的样子。

"要不要一起玩《舞力全开》？"廖茗觉眼睛里有星星，"新版本有很多K-POP（韩国流行音乐）哦！"

肖屿崇边吃东西边插嘴："你都知道K-POP了……真是时代变了。妹子吃炒河粉吗？"

"他们就是一群二傻子。"王良戌笑着拉住女友，指腹轻轻蹭她的手臂。她也朝他露出不好意思的微笑，引来在场单身人士"别喂狗粮了"的怒吼。

明明分了房间，最后他们却都横七竖八地睡在一楼。还好是夏天，不会感冒。廖茗觉向邓谆那边挪了挪，也不管他有没有睡着，就握住他的手抬起。

那是和女生完全不同的骨骼，他能轻易用它抱住她，也会用它揉自己的头。他说过很多次感谢她，感谢她闯进他的生命，也感谢她总是在他最需要时伸出援手。但其实这种心情是一样的。

"谢谢你喜欢我。"廖茗觉小声地说，"谢谢你把我当成最特别的人。"

她闭上眼睛。

坠入梦乡之际，她感觉身边有人靠近。

他紧紧抱住她，像温暖的小狗，把她纳入臂弯，用脸蹭了蹭她头顶。"我也是。"邓谆说。

21 番外：青春像小狗一样

刚刚好地相遇，刚刚好成为朋友，刚刚好地爱着彼此。

飞机划过天际，发出锉刀在木板上卷过般的声响。经过海关，人来人往的大厅，青春的少年少女们雀跃地嘻嘻哈哈，白发苍苍的老人们也鸭行鹅步。拉杆行李箱在大理石地板上快速行进，高跟鞋清脆而果断地敲击着地板，胡姗还穿着空姐的制服，脖子上系着彩色丝巾，苗条、美丽而引人注意。

她拿出手机，先"喂"了两声。

"你在哪儿？"她说，"把车开过来吧，我们门口见。"

单位新来的联培硕士不爱下地，抱怨说以后一定不从事本专业相关行业，直到那个星期的周五，邓谆回来上班了。

刚参加工作时，邓谆过得不算太顺利。

说来有点好笑，喝醉后他还打电话跟妈妈抱怨，干吗给他生这样一副长相。以貌取人是人之常情，他是年轻人，又长着一张看起来就不干正事、只会夺人眼球的脸，难免引起注目。不过不到半年，他就洗清不务正业的嫌疑，成功和大家打成一片。

一要归功于他专业过硬，完美符合院里"上台能讲，下地能干"的要求；二则是他不惜丑化自己形象，特地留起了胡子。前者不算什么，后者让他不舒服了很久。虽然徒手抓虫、摸土都不在话下，但他其实还挺在意个人卫生的，大学刚住宿舍时还硬生生靠一己之力带领全寝同学夺得了流动红旗。

所以，入职三个月后，邓谆在汪汪队立大功群里留的感想是："胡子好恶心。"

再然后，看他长得帅，说话也正常，领导就动了给他找对象的念头，于是加了他微信。然而一加上领导就受不了了。这个人一周能发八次与女友相关的内容，要知道，一个礼拜只有七天。连女友寄给他一瓶小菜他都要炫耀，得是生活有多贫瘠。

随便打听一下，他就像打开了话匣子。平时只有在聊专业时才会多说几句的人突然变成话痨，从他们大学怎么学习说到放假回她老家一起玩，他两眼放光，要不找个借口赶紧脱身，估计他能一直说到下班。

等到大家都适应了，邓谆才重新开始在外貌上修边幅，在此之前，他甚至不想和廖茗觉打视频电话，嫌影响自己在她心中的形象。

廖茗觉一开始也栽了大跟头，滑稽的是，她自己一点都没察觉。

刚步入社会，尤其是体制内，就算是她无法理解的规则也得遵守。她很多事都不懂，办事时还老擅作主张给人添乱，导致被训了好几次。

然而，也正因此，常常会把一些琐事委托给下属的领导也没敢随便差使她。

入职三个月后，廖茗觉在汪汪队立大功群里给自己和朋友们打气："虽然现实里有很多事我们都无可奈何，但是我会加油的！"

有趣的是，有些时候生活中的人并不会因你闯些小祸而讨厌你。她不是坏孩子，也没有那些弯弯绕绕，工作很快就上手，阿姨辈的前辈很喜欢她。勇敢小狗不怕困难，她过得很开心。

他们对糟糕却也带来了希望的生活感谢，对坚定而热烈的自己感谢。

廖茗觉养了一只小狗。

她住的地方离单位有点远，但早点起床就行，只是偶尔被临时传呼有点棘手。小狗会给爷爷遛——爷爷搬到了大城市，跟廖茗觉住在一起，每天都在公寓楼顶种东西。

每次邓谆来，才出电梯门，小狗就开始在门内打转。他进来，先弯腰摸小狗的头，用与冷淡表情完全不符的亲昵语气说："爸爸来了，想爸爸了吧——"

然后他就和廖爷爷打招呼，见廖茗觉没回来，就先蒸米饭，之后去打扫卫生。

廖茗觉风风火火冲回家，先扑到阳台抱邓谆。邓谆正在晾衣服，只好张开手臂，先把衣架挂好，随即抱住她转两圈。

晚饭是专程做给廖爷爷吃的。

上车时，邓谆边看手机边说："房子今年八月会提前出来，我爸说想帮我们一次把房贷还完。"

"哈哈哈，再说吧。"廖茗觉才拿驾照没多久，兴奋地摩擦手掌，美滋滋地说，"看我头文字J闪亮登场！"

"你别开太急，胡姗才下飞机。"他叹了口气，"她发了消息，说会晚点到。"

二手车疾驰到眼前,降下车窗,露出王良戊笑嘻嘻的脸来:"May I help you?"

胡姗压低墨镜,先笑一下,随即才坐上去。她先拉下遮光板检查妆容,边侧过脸颊边说:"你剪短头发很帅。"

"我的荣幸。"王良戊对得到她称赞表态,"少爷难得不加班,所以定了今天。你是刚从摩洛哥来?"

"在法兰克福转的机。"她回答。

把遮光板收上去,胡姗又问:"你跳槽了没有?"

"没。"

"干吗不跳?上次我真的恨不得隔着七个小时时差给你打国际电话骂醒你!私企都这样的吗?那个负责人根本就是压榨你,受虐狂啊你!"

王良戊不反驳,只是笑,把胡姗搞得都委屈了:"我是担心你。"

"我知道。"他继续发笑,不疾不徐地说下去,"我跟上面检举,把那个负责人弄离职了。现在是我坐他的位子。"

她睁大眼睛,又惊又喜,末了也笑起来。

他们聊着天,其实之前也偶尔在网络上联络,或许有过忘记与对方分享的时候,但再次谈论起来也绝不会尴尬。

车子经过大学城,在交通灯前停下。

比起只埋头学习的中国式高中,相较无时无刻不现实的成人社会,大学是一段独特的时光。她看着车窗外,突如其来地发表感慨:"真好!"

他看向她。分明她无所指向,他却轻轻敲打方向盘,慢条斯理地附和:"是啊。"

驶入停车场,下车,进店,男方与女方都是一样清瘦,十足十地引人注意。平价而富有烟火味的餐厅里,说话从来不讨喜的肖屿崇已经等在那儿,见他们进来,没有叙旧,先埋怨:"太慢了,你们是开着车去穿梭银河了吗,火箭队?"

胡姗马上抬杠:"你怎么不反省自己来得太早啊?"

肖屿崇气到难以置信,王良戊则自顾自看手机:"他们还没到吗——"

门被推开时,一切都刚刚好。

肖屿崇喊出声:"赖子来了啊。"

"廖茗觉!我想死你了!"胡姗差点哭了。

王良戊只是微笑着。

气氛刚刚好热闹,未来刚刚好继续。成长不是年轻人的专利,变老不是必然的选择。刚刚好地相遇，刚刚好成为朋友，刚刚好读了同一所大学，刚刚好地爱着彼此。

青春像小狗一样。

图书在版编目（CIP）数据

青春啦小狗 / 小央著. -- 北京：北京联合出版公司，2024.5
ISBN 978-7-5596-7413-5

Ⅰ.①青… Ⅱ.①小… Ⅲ.①长篇小说-中国-当代 Ⅳ.① I247.5

中国国家版本馆 CIP 数据核字（2024）第 039578 号

青春啦小狗

作　　者：小　央
出　品　人：赵红仕　　　　　　出版监制：辛海峰　陈　江
责任编辑：管　文　　　　　　　特约编辑：王苏苏　丛龙艳
特约监制：殷　希　穆　晨　　　产品经理：谢佳卿
封面设计：桃　乐　　　　　　　内文排版：芳华思源

北京联合出版公司出版
（北京市西城区德外大街 83 号楼 9 层 100088）
北京联合天畅文化传播公司发行
天津中印联印务有限公司印刷　新华书店经销
字数 345 千字　710 毫米 ×1000 毫米　1/16　19 印张
2024 年 5 月第 1 版　2024 年 5 月第 1 次印刷
ISBN 978-7-5596-7413-5
定价：49.80 元

版权所有，侵权必究
未经书面许可，不得以任何方式转载、复制、翻印本书部分或全部内容。
如发现图书质量问题，可联系调换。
质量投诉电话：010-88843286/64258472-800